rororo

Fleur Reynolds hat mit «Die Schule der Lust» einen ungewöhnlichen erotischen Roman geschrieben, der die Leser in die Abgründe menschlicher Leidenschaften entführt und zugleich das historische Panorama einer untergegangenen Kultur entfaltet.

Fleur Reynolds

Die Liebesschule

Erotischer Roman

Deutsch von Ulrike Thiesmeyer

Rowohlt Taschenbuch Verlag

2. Auflage Oktober 2004

Deutsche Erstausgabe
Veröffentlicht im Rowohlt Taschenbuch Verlag,
Reinbek bei Hamburg, März 2004

Die Originalausgabe erschien unter dem Titel
«Handmaiden of Palmyra»

Published by Arrangement with Virgin Books Ltd.
Umschlaggestaltung any.way, Andreas Pufal
(Foto: Photonica)
Karte Seite 7 Peter Palm, Berlin
Satz aus der Minion bei Dörlemann Satz, Lemförde
Druck und Bindung Clausen & Bosse, Leck
Printed in Germany
ISBN 3 499 23559 5

Danksagung

Jeder Name hat seine eigene Geschichte, und ich danke folgenden Frauen für ihre Liebe und Unterstützung, früher und heute: Beryl, Christine, Margaret Mary, Fiona, Sarah, Mireille, Ruth, Jane, Lisa-Anne, Sonja, Rosie, Reiko, Mariejanig, Francine, Sabah, Mozhan, Myrtle, Maggie, Ine, Suzette, Badiene, Frances, Roxanna, Peigi und Heather.

Die folgenden Personen haben wirklich gelebt, und ich habe sie mit ihren historisch überlieferten Wesensmerkmalen ausgestattet. Was die wichtigsten Begebenheiten in ihrem Leben anbelangt, die dieser Roman schildert, habe ich mich an die mir bekannten geschichtlichen Fakten gehalten:

Königin Zenobia
König Odainat
Paul von Samosata
Cassius Longinus
Firmus der Ägypter
Prinz Maaen
König Hairan
Lucius Aurelian
Timogenes

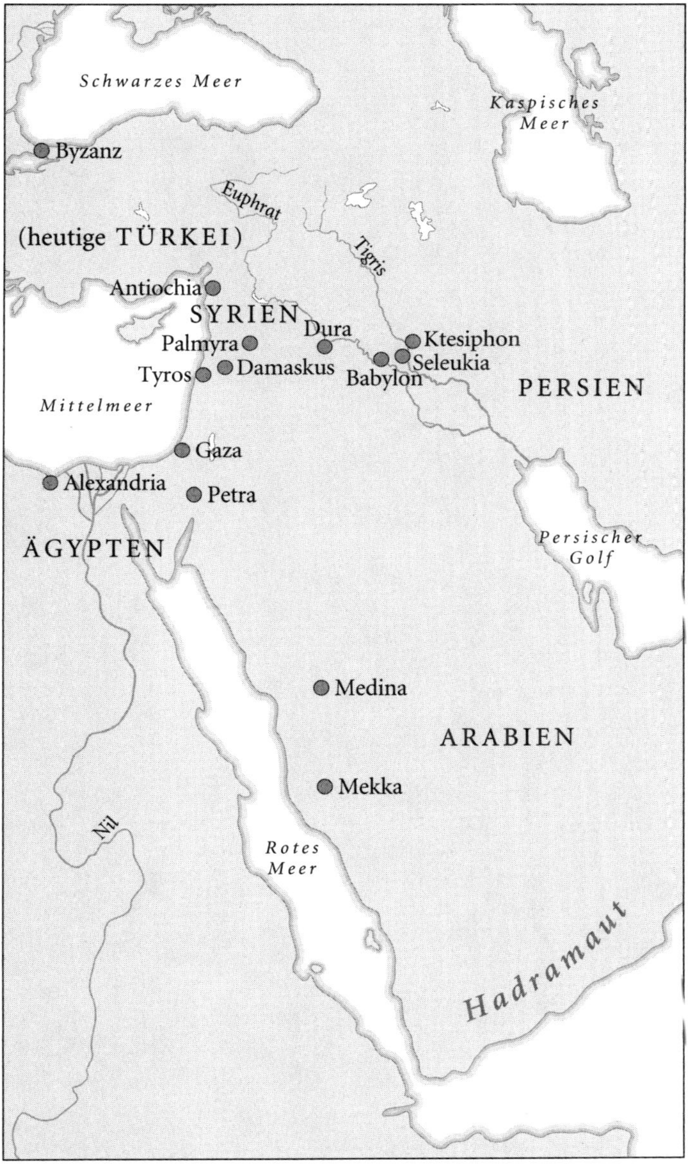
Schwarzes Meer
Kaspisches Meer
Byzanz
Euphrat
Tigris
(heutige TÜRKEI)
Antiochia
SYRIEN
Dura
Palmyra
Ktesiphon
Seleukia
Babylon
Tyros
Damaskus
PERSIEN
Mittelmeer
Gaza
Alexandria
Petra
ÄGYPTEN
Persischer Golf
Medina
ARABIEN
Mekka
Nil
Rotes Meer
Hadramaut

Syrien, 260 n. Chr.

Kapitel eins

«Wie aufregend das war», dachte die junge edle Samoya, drehte sich um und schmiegte ihren straffen, bloßen Bauch an die Binsenmatte, die auf dem Marmorfußboden des Tempels lag. Sie hörte zwar die Stimme der Priesterin, aber die Bedeutung ihrer Worte blieb im Dunklen. Samoyas Gedanken waren weit weg. Ihr spukte wieder der Besuch im Palast durch den Kopf, wo sie ausdrucksvolle erotische Wandmalereien der Götter gesehen hatte, wie sie mit Sterblichen kopulierten.

Mit dem eigenen Körper und denen ihrer Sklavinnen war sie wohl vertraut, aber sie hatte noch nie einen Mann nackt gesehen. Größe, Länge und Form der göttlichen Geschlechtsteile hatten sie in Erstaunen versetzt. Wieso war ihr die entsprechende Wölbung bei den Männern in ihrer Umgebung noch nie aufgefallen? Oder konnten nur die Götter mit derart mächtigen Gliedern aufwarten? Und war dies der Grund für die Verzückung, die sich auf den Gesichtern der Sterblichen auf den Fresken zeigte?

Samoya entsann sich, wie sie Antonius, den hübschen jungen römischen Geistlichen, mit Blicken abgetastet und sich gefragt hatte, ob sich unter seinem strengen schwarzen Gewand wohl ein Glied verbarg, das sich mit denen der Götter messen konnte. Am liebsten wäre sie dem Geheimnis an Ort und Stelle auf den Grund gegangen. Dieser Gedanke, Antonius' Gegenwart und die freizügigen Malereien hatten tief in ihrem Inneren ein jähes Prickeln ausgelöst.

Antonius war von seinem Brotherrn, Paul von Samosata, dem Bischof von Antiochia, gebeten worden, die Tochter seines Besuchers auf einem Rundgang durch seine Villa zu begleiten, wozu er sich nur widerwillig bereit erklärte. Bei Samoyas Ausstrahlung war sein Widerwille noch stärker geworden. Sie war betörend schön, und ihre erotische Schönheit hatte ihn beunruhigt. Sie hatte eine gerade Nase und einen rubinroten, sehr vollen Mund, der stets leicht schmollte. Ihr langes, üppiges rotgoldenes Haar war geflochten und mit Bändern durchwirkt. Der Zickzack der Haarbänder fand einen Widerhall in den Riemen ihrer Sandalen, die sich an langen Beinen hinaufwanden; Antonius überlegte, ob es diese Einschnürung, die an Fesseln erinnerte, war, was ihn so erregte. Zu gern hätte er ihren nackten Körper komplett mit Lederriemen gefesselt gesehen. Ein Schauer des Verlangens überlief Antonius, als ihr blasses, ovales Gesicht mit den veilchenblauen, von langen schwarzen Wimpern umschatteten Augen ihn hochmütig musterte. Wie unverhohlen sie ihn ansah. Und sehr aufreizend. Er verspürte eine ungeheure Lust, sie zu berühren, ihre Brüste zu tasten, ihren süßen Po, ihr Geschlecht. Aber sie war, wie er nur zu gut wusste, unerreichbar für ihn. Antonius trat etwas von ihr weg, um nicht in Versuchung zu geraten, und nickte lächelnd ihrer großen blonden Sklavin zu.

Samoya überlegte fieberhaft, wie sie wohl am besten Antonius' Penis anfassen könnte; er stand bewusst abseits und wich ihrem Blick aus. Wenn sie sonst etwas anstellen wollte, was ihr verwitweter Vater nicht gebilligt hätte, tat sie sich immer mit ihrer Lieblingssklavin zusammen, der nordischen Irene. Dafür aber fehlte jetzt die Zeit; außerdem konnte Samoya sehen, dass Irene Antonius ebenfalls interessant fand. Sie warf ihm einladende Blicke zu. Sehr zu Samoyas Missfallen, das sich noch steigerte, als sie sah, wie Antonius Irene mit verstohlenem Lächeln leicht zunickte. Irenes Mutter, so hieß es, sei Christin gewesen. Ob Irene ihm wohl ein geheimes Zeichen gegeben hatte? Samoya wusste es nicht, und es war ihr auch einerlei. Sie musste sich jetzt rasch einen Plan ausdenken und in die Tat umsetzen, bevor der Rundgang vorüber war.

Samoya musterte Antonius aus dem Augenwinkel. Zwar war er nicht besonders groß, aber durchaus ansehnlich. Er hatte hellbraunes Haar, haselnussbraune Augen, eine lange, schmale Nase mit leicht geblähten Nasenflügeln und einen breiten, sinnlichen Mund. Am meisten jedoch beeindruckte sie die Schönheit seiner langen, feingliedrigen Hände. Ob bei ihm wohl, war ihr durch den Kopf geschossen, gewisse andere Körperteile auch so lang und edel waren, und ob er unter seinem Gewand noch etwas anhatte? Bestimmt nicht, entschied sie. Nicht einmal Christen würden ihre sonderbaren Ideen derart auf die Spitze treiben, sich dadurch zu geißeln, dass sie bei solcher Hitze Unterwäsche trugen.

Samoya tat, als betrachte sie die Wandmalereien, und überlegte dabei fieberhaft. Wie konnte sie Antonius unauffällig unter die Soutane greifen und seine Männlichkeit betasten? Sie könnte unvermittelt einen Schritt zurück tun und absichtlich stolpern, eine Hand ausstrecken, um nicht zu stürzen, dann blitzschnell an Antonius' Oberschenkel hochfahren und seinen Penis anfassen. Samoya beschloss, diesen Plan in die Tat umzusetzen. Nun musste sie nur noch die geeignete Gelegenheit finden.

«Und dies hier ist Leda mit dem Schwan.» Antonius' Stimme riss sie aus ihrer Träumerei.

«Ach ja, Leda», sagte Samoya blasiert, «Gemahlin des Tyndareos und Mutter der Klytämnestra. Der Schwan, der sich ihr nähert, ist in Wahrheit Zeus.»

Dieses Gemälde fand Samoya weniger fesselnd als die vorangegangenen. Es war nicht anschaulich genug. Sie deutete ein Lächeln an und schritt Antonius voran, damit er noch besser sehen konnte, wie schmal ihre Taille war, wie wohlgeformt ihre schwingenden Hüften.

Samoya hatte ihren Vater gebeten, ihn bei seinem Besuch des christlichen Bischofs begleiten zu dürfen, dessen Palast kein bisschen ihren Erwartungen entsprach. Dort herrschte größter Luxus, der Bischof beschäftigte eine Armee von Köchen, die ständig Speisen servierte, und auch für großzügigen Nachschub der besten Weine aus dem Libanon und Italien war gesorgt. Dazu war der Palast mit den herrlichsten Möbeln und erlesensten Wandbehängen aus Seide ausgestattet. Und obschon der Bischof und sein Sekretär schlichte schwarze Gewänder trugen, waren seine schönen, üppigen Sklavinnen in hauchdünne, durchsichtige Seide gehüllt, die ihre verlockenden jungen Leiber sehr vorteilhaft zur Geltung brachte. Samoya fand, sie ähnelten mehr sinnlichen Liebesdienerinnen als armen, unterdrückten Sklavinnen strenger, bußfertiger Christen. Wodurch das weit verbreitete Gerücht Lügen gestraft wurde, Christen versagten sich die Wonnen des Fleisches. Die sie schlecht nannten, verrucht, eine Sünde. Auf den Bischof schien dies jedenfalls nicht zuzutreffen. Vielleicht, dachte Samoya, hatte er ja deswegen Ärger mit seiner Gemeinde; einige Mitglieder wollten seinen Palast schließen und ihn seines Amtes entheben lassen, um ihn durch einen gestrengen Mystiker aus Alexandria zu ersetzen.

Samoya war näher zu Antonius getreten, fort von ihren wachsamen Sklavinnen, und hatte ihn in sinnlichem Flüsterton nach seinem Leben im Palast gefragt. Antonius verschlug es die Sprache. Beim Blick in ihr entzückendes, reines junges Gesicht fühlte er sich außerstande, ihr von den bacchantischen Orgien zu erzählen, die hier fast jeden Abend stattfanden. Stattdessen hatte er vorgeschlagen, in den Garten zurückzugehen, wo der Bischof und ihr Vater Wein verkosteten. Und genau in diesem Moment ließ Samoya sich rücklings gegen ihn sacken und sank wie ohnmächtig zu Boden. Antonius eilte ihr sogleich zu Hilfe und ging neben ihr in die Knie. Was Samoya dazu nutzte, ihm blitzschnell mit den Händen die Beine hochzufahren. Noch bevor ihre Sklavinnen zur Stelle waren, um sie aufzuheben und davonzutragen, gelang es Samoya, seine verborgene, nackte Länge zu berühren.

Als ihre Fingerspitzen auf seine Haut trafen, stockte Antonius vor Wonne und Überraschung der Atem. Während ihre Finger geschickt sein Glied umfassten, bestürmte ihn ein Schwarm höchst aufreizender sexueller Visionen, wirbelte umher und entrang sich ihm in einem lauten Keuchen. Mehr denn je verlangte es ihn danach, sie zu packen, auf dem Boden auszustrecken, in sie einzudringen, sie in Ekstase zu versetzen. Geschwind war ihre Hand sein dickes, sich versteifendes Glied entlanggefahren. Vor Qual und Erregung hatte er aufgestöhnt.

Samoya hatte gefühlt, wie weich Antonius' Hoden waren und wie schnell sein Penis steif wurde, und das amüsierte sie. Sie begriff sofort, dass seine Männlichkeit wegen ihrer tastenden Finger so gewachsen war. Jetzt wusste sie, wie es sich mit dem Geschlecht der Männer verhielt: klein und schlaff harrte es aus, bis es erregt wurde. Dann wurde es plötzlich lebendig. Samoya fand diese Entdeckung aufregend, sie verschaffte ihr ein Gefühl der Macht. Diese Offenbarung sollte sie nie wieder vergessen.

Bei der Erinnerung, wie ihre Hände Antonius' Phallus streichelten, merkte Samoya, dass sie vor Erregung feucht zwischen den Beinen war. Unwillkürlich stieß sie einen lang gezogenen, sinnlichen Seufzer aus.

«Samoya!», fuhr die Priesterin sie ungehalten an. «Du bist nicht bei der Sache. Steh auf und wiederhole nochmal den gesamten Tanz. Und zwar so lange, bis du ihn richtig beherrschst. Seit dein Vater dich in den Palast dieses elenden Christen mitgenommen hast, bist du mit deinen Gedanken überall, nur nicht da, wo sie sein sollten.»

Die Priesterin zürnte Pernel, ihrem Bruder, weil er seine Tochter zu dem Christen mitgenommen hatte. Dabei richteten sich ihre Einwände nicht so sehr gegen den ausschweifenden Mann selbst. Mit ihm konnte sie leben. Es war seine Religion. Und was die Priesterin Verenia betraf, war die neu gegründete Sekte verderblich, schädlich und für Frauen sogar gefährlich, da voller Geringschätzung ihnen gegenüber. Verenia wollte nicht, dass ihre Nichte davon auch nur im mindesten beeinflusst wurde.

«Ich verbiete euch, dort nochmal hinzugehen», hatte Verenia zu Pernel und Samoya gesagt, nachdem sie erwähnt hatten, wo sie gewesen waren. «Wir verkehren nicht mit Christen.»

«Warum nicht?», hatte Samoya gefragt.

«Weil sie einige sehr sonderbare Ideen haben. Du bist jung und könntest davon verseucht werden. Sie gestatten in ihrer Religion keine Priesterinnen. Und das Hauptziel ihrer Priester scheint die Verleugnung der Frauen zu sein, ihrer Aufgaben und Beiträge zum Leben, und das kann für das Gleichgewicht auf der Welt verheerende Folgen haben.»

Samoya hatte eingewandt, sie hätte im Palast dafür keine Belege gesehen. Samoyas Verteidigung der Christen hatte Verenia sofort aufgeschreckt, fand sie doch ihre schlimmsten Befürchtungen bestätigt: Sie versuchten, sie zu bekehren. Sie hatte Samoya eingehend über ihren Besuch ins Verhör genommen und, da ihre Antworten sie nicht zufrieden stellten, das Datum für ihre Initiation festgelegt. Was wiederum Samoya in Unruhe versetzte. Sie wusste, sobald ihre Initiationszeremonie vorüber war, würde ihre Vater mit Vorbereitungen für ihre Verheiratung beginnen. Heirat aber war in ihren Plänen nicht vorgesehen. Sie wollte nach Athen gehen, um dort Medizin zu studieren. Sie hatte sich über Kräuter und ihre Eigenschaften kundig gemacht, gelernt, welche wohltätig waren und welche giftig. Sie brauchte die Priesterin als Verbündete. Ihre gesamte Zukunft stand auf dem Spiel, sie musste sich bei ihrem Vater durchsetzen und alle Heiratspläne durchkreuzen, die er haben mochte. Nur Verenia konnte ihr dabei behilflich sein. Ihr Wort war Gesetz.

«Samoya», sagte die Priesterin müde. «Hör auf zu träumen und führe die Schritte richtig aus.»

«Entschuldige, Tante Verenia», sagte Samoya kleinlaut und zerknirscht. Aber nach dem achten Versuch beherrschte sie ihren Tanz perfekt.

«Jetzt darfst du gehen», sagte die Priesterin mit einem Lächeln.

«Tante», entgegnete Samoya, die wegen der Wärme in Verenias Lächeln den Moment für günstig hielt, ihr Glück zu versuchen. «Bitte, Tante, würdest du meinen Vater fragen, ob ich nach Athen gehen und Ärztin werden darf?»

«Gern», sagte Verenia. Samoyas Herz tat vor Freude einen Sprung, wurde aber im Nu wieder bleischwer, als die Priesterin fortfuhr: «In ein paar Tagen. Wir haben hier zu viel zu tun. Nun kleide dich an und spute dich, sonst kommst du noch zu spät ins Gymnasium zu deinen Waffenübungen.» Verenia neigte sich hinab und gab Samoya rasch einen Kuss. Samoya wusste, es war die Wahrheit, nicht nur eine Ausrede, und sie dankte den Göttern dafür, dass Verenia ihr nicht mehr böse war.

Nachdem sie ihren bunten, geometrisch gemusterten Rock aus reiner Seide und das dazu passende Mieder angelegt hatte, eilte Samoya zu ihren Sklavinnen, die geduldig hinter einem mächtigen Vorhang hinten im Tempel gewartet hatten. Es war ihnen nicht gestattet, den heiligen Tanz zu sehen, den Samoya einstudiert hatte.

Die drei Mädchen waren ungefähr in ihrem Alter. Sie hatten Samoyas Leben von Kindesbeinen an geteilt. Als Töchter anderer Sklaven waren sie in Pernels Haushalt zur Welt gekommen. Bis auf Irene, die Pernel als fünfjähriges Waisenkind eines germanischen Stammes in einer Garnison am Schwarzen Meer gekauft hatte. Ihre helle Haut und ihr liebes Wesen hatten es Pernel ganz besonders angetan. Er hielt sie als Rarität, legte aber größten Wert darauf, dass ihr blondes Haar stets hochgesteckt und bedeckt war, denn er wollte nicht, dass sie ihm geraubt wurde.

Irene war bei Tag Samoyas Vertraute, und nachts teilten sie das Lager. Sie hatte immer schon in Samoyas Zimmer geschlafen, doch seit neuestem ließ Samoya sie bei sich im Bett schlafen. Niemand wusste, dass sie einander zärtlich in den Schlaf streichelten.

Samoya hakte sich bei Irene unter, während sie durch die Vorstadtstraßen zum Gymnasium eilten. Sie freute sich schon auf die Übungen und darauf, mit ihrer Freundin Zenobia den neuesten Klatsch auszutauschen.

Bei ihrer Ankunft an dem großen Gebäude am Stadtrand fand Samoya die Türen verschlossen vor. Die Übungen waren vorüber, und alle waren fort, bis auf eine Sklavin.

«Die Herrin Zenobia hat mir aufgetragen, Euch zu sagen, dass sie zum Üben draußen vor die Stadt gegangen ist.»

«Sie hätte doch warten können», sagte Samoya verstimmt.

«Und sie hat Eure Ausrüstung mitgenommen», sagte das Mädchen.

«Alles?», fragte Samoya. «Die Bögen und Pfeile und Speere?» Bisweilen wäre es Samoya lieber gewesen, Zenobia wäre nicht ganz so unabhängig und eigensinnig.

«Ja», bestätigte die Sklavin. «Und ich weiß, wo sie ist, und soll Euch hinführen.»

Auf einem Abhang mit Blick auf die Stadt sah Samoya die schlanke Gestalt Zenobias, die gerade Speerwerfen übte. Als Samoya näher kam, ließ sie sich auf den Boden fallen.

«Es ist zu heiß, um heute weiterzumachen», erklärte Zenobia. «Aber sag mal, wo warst du denn so lange? Ich bin schon ewig hier.»

«Die Priesterin. Sie hat mich immer wieder diesen Tanz einüben lassen. Sie meinte, ich wäre nicht bei der Sache ...»

«Hatte sie Recht?»

«Ja, schon.»

«Hast du an diesen Burschen gedacht, Antonius?»

«Ja.»

«Lass es. Der Sekretär eines christlichen Bischofs, der ist nichts für dich.»

«Wer redet denn davon oder gar von Heirat! Außerdem, denkst du nie an Männer?», konterte Samoya gereizt.

«Nein, an Männer nicht, nur an Prinzen», entgegnete Zenobia.

Plötzlich drang von fern das Geräusch marschierender Füße an ihre Ohren. Die beiden schönen jungen Frauen beschirmten sich die Augen vor der Sonne und blickten vom Berg in die der Stadt Antiochia entgegengesetzte Richtung. Soldaten kamen in geschlossener Formation direkt auf sie zu.

«Perser», riefen die Sklavinnen entsetzt und wollten die Flucht ergreifen.

«So ein Unsinn», sagte Zenobia streng. «Es sind Römer. Seht doch die Uniformen und die Standarte.»

«Was sollen wir tun?», fragte Samoya.

«Tun? Was für eine dumme Frage. Die Römer sind unsere Verbündeten», entgegnete Zenobia.

«Ich meinte», präzisierte Samoya, «sollen wir hier sitzen bleiben und warten, bis sie vorbei sind, oder lieber vor ihnen weglaufen?»

«Warum sollten wir weglaufen? Wir spazieren ganz gemächlich zurück nach Antiochia. Und falls die Römer uns einholen, dann sei's drum. Hm, ich frage mich, ob unser Krieg mit den Persern wohl vorbei ist.»

Eine halbe Meile vor den Stadttoren sprang Zenobia über einen Baumstamm, der quer über dem Weg lag, stürzte dabei und verdrehte sich schlimm den Knöchel. Sie stieß einen lauten Schrei aus und ließ sich am Wegrand nieder.

«Schau mal, wie er anschwillt», jammerte Zenobia, den Blick angstvoll auf den schmerzenden Knöchel geheftet.

«Alles in Ordnung. Gebrochen ist nichts, er ist nur verstaucht.»

Dann riss Samoya einen Stoffstreifen vom Kleidersaum der nächststehenden Sklavin ab und wickelte ihn locker um Zenobias Fuß, nicht als Verband, sondern als Schlinge, und reichte Zenobia die beiden Enden zum Festhalten.

«Hüpf und stütz dich auf mich. Wir müssen hinunter ans Wasser», sagte Samoya.

«Wieso?», fragte Zenobia.

«Weil ich deinen Fuß ins kühle Wasser stecken will. Wenn du ihn eintauchst und wieder rausziehst, dann wieder eintauchst, wird die Schwellung zurückgehen.»

Samoya und die Sklavinnen halfen Zenobia am Schilf vorbei, damit sie ihren Fuß ins Wasser halten konnte.

«Au!», rief Zenobia aus. «Das ist kalt.»

«Soll es ja auch sein. Wenn es nicht kalt wäre, würde es dir ja nicht helfen.»

«Sehr schlau von dir», sagte Zenobia.

«Ich habe es dir doch schon erzählt, ich will Ärztin werden», antwortete Samoya.

«Meinst du, das kannst du?»

«Wüsste nicht, wieso nicht», sagte Samoya, die bei dem Gedanken glänzende Augen bekam. «Ich habe Priesterin Verenia schon gebeten, mit meinem Vater darüber zu reden.»

«Ach ja?»

«Er hat großen Respekt vor ihr und vor der Göttin.» Samoya verstummte abrupt, als sie Zenobias zweifelnde Miene sah. «Vergiss nicht, sie ist außerdem die Schwester meines Vaters. Und wenn sie auf meiner Seite ist …»

«Die Ausbildung ist teuer.»

«Na und, mein Vater ist reich. Er kann es sich leisten.»

«Ja, aber wo doch deine Brüder fort sind und gegen die Perser kämpfen, baut er da nicht auf deine Hilfe im Geschäft?»

«Ja.»

«Und falls sie umkommen sollten und ihm irgendetwas zustößt, na ja … Bist du dann nicht seine Erbin?»

«Ja. Hör mal, wieso konstruierst du Schwierigkeiten, wo gar keine sind?»

«Keine Ahnung, ich kann es mir nur nicht vorstellen», sagte Zenobia, auf einmal todernst.

«Was soll das heißen, du kannst es dir nicht vorstellen? Jetzt redest *du* Unsinn. Schau, wenn die Priesterin sagt, ich werde eine gute Ärztin, wird mein Vater zustimmen.»

«Wenn ich Königin bin, werde ich hier in Syrien auch Schulen für Medizin erbauen», sagte Zenobia verträumt.

«Wenn du Königin bist!», rief Samoya aus.

«Ja», erwiderte Zenobia. «Eine Wahrsagerin hat mir geweissagt, ich würde Königin sein und von zwei Kaisern geliebt werden.»

«Oh!», sagte Samoya ein wenig ungläubig. Sie starrte ihre Freundin an. Sie war zwar bildhübsch, aber mager, und das war nicht modern. Samoyas Vater predigte ihr jeden Tag, dass Männer wohlgenährte, üppige Frauen bevorzugten. Ihnen stand der Sinn nach molligen Frauen mit Speckrollen, die etwas zum Anfassen boten, an die sie sich ankuscheln und wo sie Trost finden konnten. Samoya musste lächeln bei dem Gedanken, wie ihr Vater sie unentwegt mit leckerem Gebäck und köstlichen Süßigkeiten zu mästen versuchte. Vielleicht würde Zenobia auch irgendwann Fett ansetzen, aber davon war noch nichts zu sehen. Und obwohl sie sehr schön war und einen scharfen Verstand hatte, was manchen Männern zusagte, war Zenobia auch streitlustig. Was den meisten Männern, nach Aussage ihres Vaters, nicht gefiel. Wie also wollte sie nicht nur einen, sondern zwei Kaiser dazu bringen, sich in sie zu verlieben?

«Und was hat die Wahrsagerin noch gesagt?»

«Sie hat gesagt: ‹Wenn ich Liebe sage, meine ich Liebe.› Womit ich erst mal in meine Schranken gewiesen war», lachte Zenobia und setzte hinzu, «aber sie hat mir auch gesagt, ich würde herrschen, bis die Sonne von Westen nach Osten wandert.»

«Aber das geht doch gar nicht.»

«Genau. Also werde ich für immer herrschen.»

«Hast du diese Wahrsagerin teuer entlohnt?», fragte Samoya skeptisch.

«Nein.»

«Aber du hast ihr geglaubt!»

«Warum auch nicht?»

«Vielleicht erzählt sie jedem Mädchen, dass es Königin wird.»

«Nein. Das glaube ich nicht.»

«Hm, und wann hat diese Wahrsagerin dir das erzählt?», fragte Samoya.

«Hier, während ich auf dich gewartet habe. Wie aus dem Nichts tauchte sie auf, griff sich meine Hand und weissagte mir. Sie sagte, das hätte sie schon anderntags tun wollen, als ich auf dem Markt einkaufen war.»

«Darfst du denn immer noch auf den Markt?», fiel Samoya ihr verblüfft ins Wort.

«Ja, selbstverständlich.»

«Mein Vater lässt mich nicht mehr hin.»

«Warum nicht?»

«Er meint, es wimmelt dort von Aufrührern, es sei zu gefährlich.»

«Ich hatte ein paar Eunuchen zu meinem Schutz dabei.»

«Mein Vater will mich nicht mal in Begleitung gehen lassen. Er meint, dort käme es heutzutage ständig zu Krawallen, und schuld daran seien diese Christen. Egal. Wo ist denn diese Wahrsagerin jetzt? Vielleicht könnte sie mir ja auch die Zukunft weissagen.»

«Sie ging davon in Richtung Antiochia», sagte Zenobia.

«Wie sah sie denn aus?», fragte Samoya.

«Uralt, zahnlos, mit massenhaft goldenen Armreifen und großen Ohrringen, und sie ging an einem Krückstock und hatte mitten auf der Stirn ein rotes Feuermal.»

Die beiden Freundinnen waren so ins Gespräch vertieft, dass sie die näher kommenden Soldaten erst bemerkten, als ihre Sklavinnen in heftige Unruhe gerieten und manche sogar in Tränen ausbrachen.

«Was ist denn schon wieder?», fragte Zenobia unwillig.

«Die Soldaten, Herrin», jammerten sie.

Samoya rappelte sich hastig auf, als der Standartenträger in Sichtweite kam. Zenobia versuchte es ihr gleichzutun, merkte aber, dass sie nicht aufstehen konnte, und mit ihrem vor Schmerz heftig klopfenden Knöchel konnte sie auch nicht laufen.

«Aber ich kann unmöglich hier bleiben, die Römer müssen mich für ein Waschweib halten», sagte Zenobia.

Worauf Samoya einigen Sklavinnen auftrug, sich ihre Freundin auf die Schultern zu laden. So unbequem, mühselig und langsam das auch war, Zenobia war es so lieber. Und Widerworte wagte ihr niemand zu geben.

Lucius Aurelian war tief in Gedanken versunken. Er hatte den Krieg heil überstanden, was er seinem Glauben an den Sonnengott Elagabal zuschrieb. Vor jeder Schlacht betete er für sich und seine Männer. Außerdem betete er, es möge ihm beschieden sein, die grünen Berge seiner Heimat wiederzusehen, in dem schönen Land, das Italien gegenüber an der blauen Adria lag. Trockene Wüsten, schroffe, karstige Gebirge und Völker, deren Sitten er nicht verstand – all dessen war er überdrüssig. Lucius Aurelian war ein stattlicher, untersetzter, kräftiger Bauer, und er hatte es eilig. Er wollte nach Rom. Um dort als erster Kommandant dem Kaiser Gallienus zu berichten, dass die Perser vernichtend geschlagen waren und es in Persien erst in zwei Generationen wieder genug erwachsene Männer zur Bildung einer neuen Armee geben würde. Lächelnd dachte er an die zusätzliche Schwierigkeit, die sie den Persern bereitet hatten. Er und sein Verbündeter, Prinz Odainat von Palmyra, hatten dafür Sorge getragen, dass keine Generäle am Leben blieben, die sie in Kriegskunst hätten unterweisen können. Die persische Armee war gründlich dezimiert. Lucius Aurelian bedauerte nur, den Perserkönig nicht gefangen genommen zu haben. Der verschlagene, böse alte Monarch hatte sich in den entlegensten, östlichsten Teil seines Königreichs geflüchtet.

Lucius wurde aus seinen Gedanken gerissen, als sein zweiter Offizier auf seinem Pferd zu ihm aufschloss.

«Schön, Herr», sagte Marcus Protarchus.

«Was?», fragte Lucius Aurelian.

«Der Frieden, Herr», antwortete sein junger Offizier. Und deutete auf den Fluss, der sich gemächlich durch die fruchtbare Ebene wand, auf die Frauen, die dort fröhlich ihre Wäsche wuschen, während ihre Kinder vergnügt im Wasser planschten und herumtollten.

«Ja. *Pax Romana*, und möge ihr lange Dauer beschieden sein», pflichtete der Kommandant ihm bei, während ihm durch den Kopf ging, dass es nicht immer so gewesen war.

Vor einigen Jahren waren die Perser bis Antiochia vorgedrungen, hatten die Stadt geplündert und alle Bewohner der Ebene massakriert. Lucius hatte das Ergebnis gesehen, und es war alles andere als erfreulich. Jetzt aber herrschte Frieden. Zwar galt es noch, versprengte Reste der persischen Armee auszuheben, die nunmehr als Banditen marodierten. Sie stifteten Unruhe im Buschland und in der Wüste, aber im Großen und Ganzen herrschte Frieden. Die Freuden des Friedens kamen ihm in den Sinn. Gutes Essen, Wein und Frauen. All dies entbehrte er nun schon seit geraumer Zeit.

Die gerade, breite Straße, vor Jahrhunderten von früheren Armeen auf dem Durchmarsch erbaut, hörte unvermittelt auf, und sie waren in den Außenbezirken der Stadt angelangt. Der Fluss war weniger wild, friedlicher, und vereinzelte Häuser säumten seine Ufer. Lucius Aurelian ließ den Blick über die prächtigen Villen der reichen Kaufleute schweifen und überlegte, welche er zum Quartier erwählen sollte. Wozu Karriere beim Militär machen, wenn man nicht auch die Privilegien eines Befehlshabers in Anspruch nahm. Seine Männer müssten mit der Garnison vorlieb nehmen, ihm jedoch stand ein gewisses Maß an Komfort zu. Vielleicht könnte er ja den jungen Marcus mitnehmen. Der Kommandant hegte ein väterliches Interesse an Marcus. Er stammte aus Äthiopien, und Lucius hatte ihn in Alexandria aufgelesen, wo er als Waisenknabe durch die Straßen irrte. Er war ein hübscher Junge, gut gewachsen und muskulös, und Lucius hatte ihn sofort in die Armee aufgenommen. Denn der Tod als Soldat, kalkulierte er, wäre für ihn allemal weniger schlimm als ein Leben als missbrauchter Lustknabe in den Bordellen der Stadt.

Marcus hatte sich als guter, loyaler Soldat bewährt, aber Lucius Aurelian spürte, wie es in dem jungen Mann brodelte. Vom Frieden überfordert, könnte er sich gar zu übermütig ins Vergnügen stürzen. Sich verlieben oder, schlimmer noch, der Lust verfallen. Marcus, entschied Aurelian, war viel zu wertvoll, um den Harpyien in den Tavernen von Antiochia ausgeliefert zu werden.

«Marcus.»

«Ja, Herr.»

«Siehst du die Villa da drüben?» Lucius Aurelian wies von der Straße auf ein von Apfelsinenbäumen umstandenes Herrenhaus am Hang.

«Ja, Herr.»

«Reite hin und setze den Eigentümer in Kenntnis davon, dass ihm die Ehre zuteil wird, die nächsten paar Tage dem Vertreter Seiner Kaiserlichen Hoheit Quartier zu gewähren. Ich reite weiter zur Garnison.»

«Ja, Herr.»

«Und, Marcus ...»

«Ja, Herr?»

«Sag Bescheid, dass sein zweiter Offizier ihn begleiten wird.»

«Oh! Vielen Dank, Herr», sagte Marcus und trabte los in Richtung Villa.

Lucius Aurelian grinste schief, als er eines kuriosen Anblicks gewärtig wurde. Ein Grüppchen junger, mit Bögen, Pfeilen und Speeren beladener Frauen kämpfte sich, ein Mädchen wie tot in seiner Mitte tragend, mühsam vorwärts. Ihr fröhliches Gekreische jedoch ließ darauf schließen, dass sie höchst lebendig war. Hin und wieder aber hörte er sie auch vor Schmerz stöhnen.

Lucius Aurelian ließ seinen Trupp Halt machen und ritt los, um nach dem Rechten zu sehen. Samoya bemerkte ihn als Erste.

«Lasst jetzt nur nicht die Herrin Zenobia fallen», fuhr sie die Sklavinnen streng an, «es kommt ein Römer auf uns zugeritten.»

«Dann lasst mich sofort runter», befahl Zenobia. Nie im Leben dürfte ein Römer, wer auch immer er war, das Wort an sie richten, wenn sie sich im Nachteil befand.

Behutsam ließen die Sklavinnen Zenobia hinab, bis sie, schwer auf Samoya gestützt, auf einem Fuß dastand.

«Ihr scheint in Schwierigkeiten zu sein», sagte Lucius Aurelian, der sie von seinem edlen Araberhengst aus unverwandt ansah.

Die Sklavinnen drängten sich furchtsam zusammen, aber Zenobia und Samoya blickten ihm unerschrocken entgegen, beeindruckt davon, wie männlich und imposant er in seiner Uniform wirkte.

«Ja. Ich habe mich am Knöchel verletzt», verkündete Zenobia, überrascht, einen Römer Latein mit fremdartig bäuerlichem Akzent sprechen zu hören. Für einen einfachen Soldaten jedoch war sein Auftreten zu gebieterisch, und sie schloss, dass er der Kommandant war. Dazu hatte er etwas an sich, in seiner Haltung, im Funkeln seiner harten blauen Augen, in seiner muskulösen Männlichkeit, das sie unerklärlich anziehend fand. Zenobia fand das aufregend, möglicherweise gefährlich. Erstaunt registrierte sie bei sich den Wunsch, von ihm berührt zu werden. Die kräftige Hand, die nun sein Schwert umfasste, sollte sie umfassen. Sie schüttelte den Kopf und ermahnte sich. Ein absurder Gedanke. Der Kerl war ein Bauer, ein Emporkömmling in römischer Uniform. Trotzdem, er übte Macht aus und konnte ihr gewähren, was sie sich wünschte. Zenobia beschloss, ihr Glück zu versuchen. Sie zeigte ihm ihr bezauberndstes Lächeln.

«Ihr hättet wohl nicht zufällig eine Trage übrig, auf der ich nach Hause getragen werden könnte», sagte sie.

Vor Staunen über die Kühnheit ihrer Freundin riss Samoya den Mund auf. Lucius Aurelian brach in Gelächter aus. Er war so an die verschüchterten Frauen des Orients gewöhnt, die vor ihren Männern kuschten und buckelten, dass ihre freche Unverfrorenheit ihm höchst erfrischend vorkam. Er musterte sie aufmerksam. Schlank und dunkel mit blitzenden, grünbraunen Augen. In ihr glomm ein Feuer, das ihm in die kriegsmüden Knochen fuhr.

«Bleibt, wo Ihr seid, und ich werde sehen, was ich tun kann», sagte er und galoppierte zu seinen Männern zurück.

«Zenobia, wie konntest du nur!», rief Samoya, als der Römer außer Hörweite war.

«Ganz einfach», sagte sie. «Ich hatte genug von der unbequemen Schlepperei, und mein Fuß tut wirklich weh. Ich lag da oben auf den Schultern der Mädchen und malte mir bildlich aus, wie es wäre, sanft in einer Sänfte getragen zu werden. Und plötzlich …»

«Wie meinst du das, bildlich ausgemalt?»

«Ich habe es mir vorgestellt», erklärte Zenobia betont geduldig.

«Oh! Stellst du dir oft Dinge vor?», fragte Samoya.

«Ja. Wenn ich etwas möchte, stelle ich es mir vor, und dann

bekomme ich es. Natürlich ist es nicht immer ganz so, wie ich es mir vorgestellt habe. Eine improvisierte Trage mag keine Sänfte sein, aber sie kommt ihr näher als die Schultern der Sklavinnen.»

Wenig später kam Lucius Aurelian mit vier Fußsoldaten zurück. Über seinem Sattel lag eine zusammengerollte Leinwand. Die Soldaten hatten lange Stangen dabei. Lucius warf ihnen die Leinwand zu, sie rollten sie auseinander und schoben die Stangen durch die Schlaufen an der Seite. Lucius Aurelian saß von seinem Pferd ab und verneigte sich vor Zenobia.

«Wenn Ihr erlaubt», sagte er und hob sie mühelos hoch.

Der Augenblick der Berührung, als seine starken Arme ihren zierlichen Körper umfingen, war, als würden sie in ihrem tiefsten Wesen vereinigt. So machtvoll war dieser Augenblick, dass beide ihn nie wieder vergessen sollten. Und er kam so unerwartet und plötzlich, dass sie beide davon überrascht wurden. Fast schien es, als verschmölze ihr Fleisch bei der Berührung und würde für immer eins. Zenobia wurde schwindelig, so rasch pulste ihr das Blut durch die Adern. Sie spürte eine Erregung, vermischt mit Beklommenheit, wie sie sie nie zuvor empfunden hatte. Es war wie ein heftiges Kribbeln vom Scheitel bis zur Sohle, aber es war angenehm, sehr sogar, und sie wollte mehr davon. Ihr war, als stünde sie in Flammen, als würde ihr tiefstes Wesen von seiner Berührung verzehrt. Sie konnte ihren Herzschlag hören. Wie er dröhnte. Das schmerzhafte Pochen in ihrem verletzten Fuß aber schien wie durch ein Wunder verschwunden. Könnte er sie doch fester umfassen, sie liebkosen, ihre Arme, Beine, Brüste streicheln. Verstohlen sah sie hoch zu seinen Lippen. Wie würden diese Lippen wohl schmecken? Wie würden sie sich an ihrem keuschen Mund anfühlen? Zenobia schloss die Augen. Sie wagte es nicht, den Römer anzusehen, aus Furcht, er könnte ihren inneren Aufruhr erraten. Dann schmiegte sie sich an ihn, um an seinem Körper zu riechen.

Lucius Aurelian spähte hinab auf das reine, junge, aber entschlossene Gesicht, das an seiner Brust ruhte, und war verblüfft über seine Gefühle. Er hatte in seinem Leben schon viele Frauen besessen, doch keine davon hatte je ein solches Feuer in seinen Lenden entfacht wie die junge Frau, die er nun in den Armen hielt. Ihr süßer Duft drang ihm in die Nase. Wie berauschend er war. Zu gern hätte er sie gestreichelt, geküsst, beschützt, den Schmerz in ihrem Fuß beseitigt. Zu gern hätte er sie zärtlich geliebt und nie mehr damit aufgehört. Etwas in ihrer Reaktion, in der Sprache ihres zarten Körpers, der sich an ihn schmiegte, verriet ihm, dass diese Empfindungen nicht einseitig waren. Was seine Gefühle noch anfachte. Seine zärtliche Liebe steigerte sich zu dem Wunsch, sie unter sich zu begraben, sie leidenschaftlich zu lieben. Durch ihre Berührung war in ihm eine Empfindsamkeit erweckt worden, von deren Existenz er in seinen über dreißig Lebensjahren nichts geahnt hatte.

Die beiden schienen zu schweben, ohne irgendetwas oder irgendwen außer sich und ihrem kurzen Augenblick der Verzückung wahrzunehmen. Eine Sekunde, die eine Ewigkeit zu dauern schien. Lucius drückte Zenobia ein wenig fester an sich, dann bettete er sie auf die Trage.

«Eine Trage, wie sie einer Königin gebührt», sagte er mit ganz leicht bebender Stimme. «Jetzt müsst Ihr nur noch meinen Männern sagen, wo Ihr wohnt, dann tragen sie Euch nach Hause.»

Sie sahen einander unverwandt an, seine blauen Augen drangen tief in ihre grünbraunen. Etwas Unglaubliches war zwischen ihnen geschehen, aber sie ließen sich beide nicht anmerken, dass sie sich dessen bewusst waren. Jede Pore, jedes Nervenende war sich der Wahrheit bewusst.

Zenobia flüsterte den Soldaten ihre Adresse zu.

«Wünsche sichere Reise», sagte Lucius Aurelian, salutierte hastig und ritt zu seiner Truppe zurück.

Samoya war nicht entgangen, dass zwischen Zenobia und dem Römer etwas Seltsames vorgegangen war, und sie trat unbehaglich von einem Fuß auf den anderen. Sie wusste es nicht genau zu benennen, aber eine sonderbare Spannung lag in der Luft. Bei der sie sich überflüssig vorkam, unnütz. Sie sah der sich entfernenden Gestalt des Soldaten nach und schaute dann ihre Freundin auf der Trage an.

«Zenobia, geht es dir gut?», fragte sie.

«Wunderbar ... ich meine, viel besser», sagte Zenobia mit einem warnenden Blick, der unmissverständlich besagte: «Und nun still, Samoya, ehe die Soldaten etwas hören», und Samoya begriff. «Komm mich doch heute Abend besuchen, dann erzähle ich dir alles.»

«Ich kann nicht», jammerte Samoya.

«Wieso nicht?», zischte ihre Freundin zurück, während die Soldaten sie emporhoben.

«Da habe ich meine letzte Probe im Tempel. Hast du vergessen, heute Abend ist doch meine Initiation.»

«Ja», gestand Zenobia. «Das hatte ich ganz vergessen.»

Sie war ein Jahr älter als Samoya und schon im Vorjahr in die Mysterien der Großen Göttin eingeweiht worden.

«Dann morgen», rief sie, «komm morgen früh vorbei und berichte, wie der Abend war, und dann erzähle ich dir auch alles.»

Samoya sah ihrer Freundin nach, die im Laufschritt auf das Stadttor zu befördert wurde. Sie scharte die Sklavinnen um sich und trottete mit ihnen langsam in dieselbe Richtung. Samoya wusste, was auch immer mit ihrer Freundin passiert war, es war etwas, worüber sie vor den Soldaten nicht sprechen konnte. Vielleicht könnte sie sich nach den Proben rasch davonstehlen und ihre Freundin vor der Zeremonie kurz besuchen. Dann würde sie alles erfahren. All dies ging Samoya durch den Kopf, als sie kurz vorm Stadttor auf ein altes Weib aufmerksam wurde, das unter einem Olivenbaum hockte. Geräuschvoll schmatzend versuchte sie, mit ihrem zahnlosen Mund etwas trockenes Brot zu kauen. Als Samoya vorbeikam, hob sie den Blick. Samoya bemerkte das rote Feuermal auf ihrer Stirn und blieb stehen. Die Greisin hob einen Finger und bedeutete ihr und Irene, neben ihr Platz zu nehmen. Sie nahm Samoyas Hand, musterte sie eingehend, schloss die Augen und sprach dann in leierndem Singsang:

«Ein ferner Ort ist deiner Reise Ziel
Voll scheußlichem Prunk und Reichtümern viel
Wirst Eheweib, doch lieben einen andern
Aber Obhut finden nach langem Wandern.
Es lächelt dir Fortuna dann
Doch trifft dich zweimal Witwenbann
Bis Mutterglück dir wird beschieden.»

Die verblüffte Samoya bekam keine Gelegenheit, der verschrumpelten Alten weitere Fragen zu stellen, denn diese ließ Samoyas Hand sogleich fallen und blickte nun Irene starr in die Augen. Dann fuhr sie, fast wie in Trance, mit ihrem Singsang fort:

«Keine Sklavin, einen Krieger sehe ich
Ein Krieg für dich, doch nicht für mich.
Das Reich wirst du durchstreifen, es ist wahr
Entlang der Flüsse N, E, T.
Sie weisen dir dein Wohl und Weh:

Beim ersten wirst du siegen, beim zweiten unterliegen
Am dritten dann finden die Heimat immerdar.»

Worauf die Greisin die Augen schloss und sich von Samoya und ihrer Sklavin abwandte.

«Aber …», fing Samoya an.

«Nun geht», brummte die Alte barsch. «Mehr habe ich nicht zu sagen.»

«Nenn deinen Lohn», sagte Samoya. «Wie sollen wir dich entlohnen?»

Die Alte wandte den Kopf ein wenig herum und stellte fest, dass Samoya Turnkleidung trug und keinen Schmuck.

«Gib dem ersten Bettler, dem du begegnest, eine Goldmünze.» Mit diesen Worten schlurfte die Alte davon. Samoyas übrige Sklavinnen, die geduldig in der drückenden Hitze ausgeharrt hatten, bestürmten sie nun mit Fragen, was die alte Wahrsagerin erzählt hatte.

«Ich werde zweimal Witwe, ehe ich Mutter werde», sagte Samoya, «und Irene wird Krieger.»

«Ein Krieger!», riefen sie. «So ein Witz. Die kann ja nicht mal einen Ball geradeaus werfen, geschweige denn einen Speer, oder mit Pfeil und Bogen umgehen. Außerdem, sie ist eine Sklavin, eine Frau, wie soll sie da Krieger werden?»

«Wer weiß», sagte Samoya, während ihr plötzlich auffiel, dass die Alte ihr zwar eine Reise an einen fernen Ort geweissagt, aber nichts von Medizin erwähnt hatte. Eine Königin, eine Witwe und ein Krieger, ging Samoya durch den Kopf, während sie ungewohnt schweigsam die letzte halbe Meile nach Hause zurücklegte. Was für merkwürdige Prophezeiungen.

Zenobia lag so ruhig wie möglich da, als die Soldaten mit ihr das Tor passierten und sie durch die Straßen der Stadt trugen.

Sie schloss die Augen, um die grelle Sonne und ihre Umgebung auszublenden. Lieber wollte sie in Gedanken der Empfindung nachspüren, die ihren Körper entflammt hatte, als der römische Kommandant sie in den Armen hielt. Ein Augenblick, der niemals hätte enden sollen. Sie hatte sich nach einem Kuss von ihm gesehnt, doch was hätte sie getan, wenn er ihr tatsächlich die Lippen auf den Mund gelegt und sie geküsst hätte? Sie hatte gespürt, wie ihre Lippen vor Verlangen brannten, das immer unerträglicher wurde, begleitet von dem übermächtigen Wunsch, vom Gewicht seines Körpers fast erdrückt zu werden, während seine Hände über ihre Brüste fuhren, zwischen ihre Beine …

«Geht es Euch besser, Herrin?», fragte einer der Soldaten.

«O ja, vielen Dank», murmelte sie gespielt schläfrig.

«Dachte ich mir schon. Ihr habt nämlich gerade fast gelächelt», sagte er.

Zenobia verzog das Gesicht. Sie musste ihre Gefühle besser verbergen. Die Soldaten durften nicht erraten, dass sie heimlich über ihren Kommandanten phantasierte.

«Wie weit ist es noch?», fragte ein anderer Soldat.

Zenobia richtete sich auf dem Ellenbogen auf und sah sich um. Sie wurde gerade die von Kolonnaden gesäumte Hauptstraße der Stadt entlanggetragen. Und Leute starrten sie an. Wodurch sie sich verwirrt und schutzlos fühlte.

«Die zweite rechts ab und dann links, gleich das erste Haus», sagte sie und schloss wieder die Augen, um ihre herrliche Tagträumerei fortzusetzen. Aber der Zauber war verflogen, sie vermochte ihn nicht wiederherzustellen.

Traurigkeit überkam sie bei dem Gedanken, den Mann womöglich nie wiederzusehen. Warum sollte sie auch? Er war nur ein römischer Soldat. Sie würde Königin sein. Doch an die Empfindung würde sie noch lange denken. Bei der Lektüre der großen Dichter würde sie nun wissen, was mit Liebe gemeint war. Liebe? Zum allerersten Mal kam Zenobia das Wort, der Gedanke in den Sinn. Liebe. War dies die Empfindung gewesen, die in jenem Moment von ihr Besitz ergriffen hatte? Falls ja, so erkannte sie, war es ein Gefühl, das nicht zu beherrschen war. Und damit etwas, was sie nicht billigte. Liebe, entschied sie, würde keinen Platz in ihrem Gefühlshaushalt haben. Schon gar nicht die Liebe zu einem einfachen Römer. Zenobias Interesse galt Kaisern. Oder mindestens Fürsten.

Dann kam ihr ein anderer Gedanke. Wenn der Krieg gegen die Perser beendet war, würde der Prinz von Palmyra heimkehren. Vielleicht könnte sie ihren Vater dazu bringen, von Antiochia nach Palmyra zu übersiedeln und sein Geschäft in die Hauptstadt zu verlagern. Schließlich war Palmyra die Oase im Herzen der syrischen Wüste, wo die Wege von Ost und West sich kreuzten. Dank seinem Wohlstand würde er bald Aufnahme in die Gesellschaft finden. Und vielleicht, möglicherweise, würde Odainat, der Prinz von Palmyra, sich in sie verlieben. Er war zwar kein Kaiser, aber der Bruder des Königs. Und außerdem ein glänzender Soldat, im Gegensatz zu seinem Bruder. Der König hatte nur seine Ausschweifungen im Kopf. Vielleicht könnte der König ja dazu gebracht werden, zugunsten seines Bruders auf den Thron zu verzichten? Vielleicht brauchte der Bruder des Königs eine Gemahlin, um den König zum Thronverzicht zu bewegen?

«Sind wir da?», unterbrach der Soldat ihre ehrgeizige Träumerei. «Denn dies hier ähnelt mehr einem Palast als einem Haus.»

«Ja», bestätigte Zenobia schlicht. «Hier wohne ich.»

Und die Soldaten trugen sie die Marmortreppe empor, die hinaufführte zur prunkvollen Villa ihres Vaters.

Kapitel zwei

«Du musst dich bereitwillig unterwerfen», sagte die üppige, in einen goldenen Umhang gehüllte Prinzessin Berenike, während sie an einer saftigen Quitte lutschte.

«Ja, Eure Hoheit», entgegnete Samoya. Instinktiv verzog sie keine Miene ihres schönen Gesichts, gestattete sich nicht die kleinste Regung, die ihre wahren Gedanken verraten hätte.

Wie jedermann in Antiochia war Samoya bekannt, dass Prinzessin Berenike sich als Kupplerin für König Hairan, ihren dekadenten Bruder, betätigte.

Es war tiefste Nacht, zwei Stunden vor Sonnenaufgang. In dem großen, säulenbestandenen, mit Wandmalereien geschmückten Schlafgemach brannten Kerzen. Samoya kam das alles äußerst ungelegen. Die Proben im Tempel hatten sich hingezogen, weshalb sie Zenobia nicht mehr besuchen konnte und heimgekehrt war, wo sie schon von Prinzessin Berenike samt Gefolge erwartet wurde. Dabei hatte Samoya nur einen Wunsch, nämlich vor ihrer Initiationszeremonie noch ein wenig zu schlafen. Wegen des ebenso unerwarteten wie unwillkommenen Auftauchens der Prinzessin aus Palmyra wurde daraus nun nichts.

Samoya war wütend über diesen Überfall. Sie konnte nichts dagegen ausrichten, nur höflich sein und hoffen, die Prinzessin möge zu der Überzeugung gelangen, dass Samoya sich für eine Rolle bei Hof nicht eignete. Denn noch ehe der Tag um war, würde ein Vater in der Stadt seine Tochter verlieren. Natürlich würde dem Vater erklärt, das sei eine Ehre; dass seine Tochter ihrer Schönheit, Eleganz und guten Herkunft wegen erwählt worden sei; dass er und seine Familie dem Reich Palmyra einen Dienst erwiesen. Jeder Vater aber wusste, dass seine Tochter nicht bloß dem Reich zu dienen hätte.

Samoya fragte sich, wer der Prinzessin wohl von ihr erzählt hatte. Vielleicht ein Konkurrent ihres Vaters, der so den Verlust einer eigenen Tochter abzuwenden gedachte. Samoya hoffte inständig, dass die Wahl nicht auf sie fiel. Das würde ihre Zukunftspläne völlig zunichte machen. Trotzdem musste Samoya die Gastgeberin spielen und, der Etikette gehorchend, den Wünschen der Prinzessin Folge leisten.

«Löse ihr Haar», wies Prinzessin Berenike eine dralle Sklavin mit nackten Brüsten an, die sich sogleich ans Werk machte und Samoyas prächtige rotgoldene Locken aus den engen Seidenbändern wickelte, bis ihre Haarpracht sich sinnlich um ihre Schultern ringelte.

«Schon viel besser», sagte Berenike und gab der Sklavin Zeichen, sich zu entfernen.

«Weißt du, warum ich hier bin?», fragte Berenike herrisch.

Die Königsschwester thronte auf einem kunstvoll geschnitzten, süß duftenden Zedernholzsessel und stierte lüstern die zarte, barfüßige junge Frau vor sich an. Sie trug ein schlichtes cremeweißes Leinengewand, das in der Taille mit einem goldgeflochtenen Gürtel zusammengerafft war.

«Nein, Eure Hoheit», log Samoya und sah gebannt zu, wie die palmyrenische Prinzessin sich ihres Geschmeides zu entledigen begann.

Sie streifte goldene Armreifen von ihren molligen, runden Armen, legte ihre goldenen Fußspangen ab und auch die vielen Halsketten, die aus verschiedensten, mit Gold verwobenen Edelsteinen bestanden. Mit achtloser Gebärde ließ Berenike die Kostbarkeiten in ihre Schmuckschatulle fallen und klatschte sodann in die Hände. Worauf zwei hünenhafte Nubier in sehr kurzen Tuniken aus einer Ecke des Gemachs herbeieilten. Der eine trug eine Schale aus Alabaster, der andere einen Krug.

«Entkleidet mich», befahl die Prinzessin.

Sie streckte die Arme von sich, damit die Sklaven ihr den goldenen Umhang, das halb durchsichtige, knöchellange Gewand aus purpurfarbener Seide und den langen schwarzen Seidenschlüpfer abstreifen konnten, bis sie splitternackt war.

Samoya empfand insgeheim Neid, als sie im Geiste ihre eigenen zart knospenden Brüste mit dem vollen, üppigen Busen der Prinzessin verglich. Sie stieß einen tiefen Seufzer aus. Zum ersten Mal in ihrem Leben wünschte Samoya sich, auszusehen wie eine andere. Das war ungewöhnlich, denn obwohl Samoya auch ihre Schwächen hatte, so gehörte doch Eitelkeit nicht dazu. Weil ihr Äußeres aber nicht dem gängigen, modischen Ideal entsprach, ahnte sie nicht, wie schön sie war, und hätte sehr gestaunt, wenn jemand sie als schön bezeichnet hätte. Falls sie zur Braut erkoren würde, dann, glaubte Samoya, wegen des Reichtums ihres Vaters, nicht wegen ihrer körperlichen Vorzüge.

Gar kein Zweifel, dachte Samoya, die Prinzessin von Palmyra war hinreißend. Und äußerst erotisch. Große, runde dunkelbraune Augen, schwarz mit Kajal umrandet, prangten in einem runden Mondgesicht. Sie hatte makellose, dunkelolivfarbene Haut, ihre Wangen waren zart mit Rouge betont, die vollen, sinnlichen Lippen dagegen grellrot geschminkt. Ihr ganzer Körper, ihre großen Brüste, ihre drallen Arme, ihr runder Bauch, ihre wohlgerundeten Schenkel und Beine – all dies verströmte lustvolle Sinnlichkeit.

Samoya fühlte sich unbehaglich. Selbst im Halbdunkel merkte sie, wie sonderbar die andere Frau sie anstarrte.

Berenike unterzog Samoya einer eingehenden Prüfung. Je länger sie die Kleine anschaute, desto sicherer war sie sich, das

Mädchen mit den richtigen Attributen gefunden zu haben. Allerdings müsste sie umsichtig vorgehen. Der Vater des Mädchens war ein Problem. Er würde nur einwilligen, hatte er ihr erklärt, wenn seine Tochter der Heirat in Palmyra aus freien Stücken zustimmte. Da ihm so wenig an einer Verheiratung seiner Tochter gelegen schien, war Berenike umso entschlossener, diese herbeizuführen. Und zwar mit ihrem Bruder Prinz Alif. Nun musste Berenike nur noch dafür sorgen, dass das Mädchen ihrem Vorschlag zustimmte.

«Nun entfernt noch meine Haarspangen», befahl Berenike.

Die stattlichen jungen Nubier machten sich gehorsam an die schwierige Aufgabe, Prinzessin Berenikes fragilen Haarschmuck aus reinem Gold aus der Fülle ihrer welligen schwarzen Mähne zu entfernen.

«Du weißt also nicht, warum ich hier bin?»

«Nein, Eure Hoheit», entgegnete Samoya.

«Dann will ich es dir verraten.» Berenikes Haar war inzwischen von den Sklaven ausgiebig gebürstet worden. Sie erhob sich von ihrem Sessel und schritt, nackt, wie sie war, und mit der fließenden Anmut einer großen, sinnlichen Raubkatze, hinüber zu einem Haufen prachtvoll bestickter Seidenkissen. Wie ein Panther, der seine Beute belauert, ließ sie sich darauf nieder. Nach einem aufreizenden Seufzer spreizte sie ihre Beine und streckte die Füße ihren Sklaven entgegen.

Samoya folgte mit dem Blick jeder ihrer Bewegungen. Warum die Sklaven der Prinzessin wohl den seltsamen dünnen Ledergürtel nicht abgenommen hatten, den sie um die Taille geschlungen trug? Der Gürtel mündete nicht in die üblichen flachen Troddeln, vielmehr waren seine Enden verstärkt und in eine steife Form gebracht. Es sah aus, als würden der Prinzessin von Palmyra zwei mächtige Lederknüppel zwischen den Beinen baumeln.

Die beiden Nubier verneigten sich tief und stellten die Schale auf dem Boden vor der Königsschwester ab. Aus dem Krug gossen sie lindernde, angewärmte aromatische Öle in die Schüssel. Beide nahmen einen Fuß ihrer Herrin und tunkten ihn in die Schale, um dann mit einer langsamen, rhythmischen Massage zu beginnen, ausgehend von Berenikes Knöcheln, die Waden hinauf bis zu den Schenkeln.

«Unser Verwandter, Prinz Alif, braucht eine Frau», stellte Prinzessin Berenike unverblümt fest. «Und einer Familie in Antiochia wird die Ehre meiner Wahl zuteil. Nun, was hältst du davon?»

«Das liegt nicht in meiner Hand, denn das ist zu viel der Ehre für unsere einfache Familie», flüsterte Samoya scheu, den Blick gesenkt. Berenike fand die Zartheit des Mädchens erregend.

Sie spürte eine heftige Wollust in sich aufsteigen. Sie wollte Samoya anfassen, ihre weiche, blasse Haut betasten, ihre Beine, ihre Brüste, ihre Lippen. Aber noch nicht jetzt. Warten konnte das Vergnügen steigern. Sie würde die Vorfreude gründlich auskosten. Um ihr Verlangen vorerst zu stillen, begann Berenike, gierig mit den Händen über die starken, muskulösen Beine ihrer schwarzen Sklaven zu fahren.

Während sie sich am Gefühl ihrer Haut ergötzte, hob Berenike verstohlen den Blick zu Samoya. Die Figur des Mädchens war fast knabenhaft, ihre kleinen Brüste noch kaum erblüht. Ihre veilchenblauen, leicht mandelförmigen Augen wären eine willkommene Abwechslung von den ewigen braunen und schwarzen Augen, die man sonst bei Hofe sah. Ihre kurze, gerade, typisch palmyrenische Nase und ihr rotblondes Haar ließen auf gute, alte Familie schließen. Samoya und ihr Vater lebten zwar in Antiochia, ihre Physiognomie, Haut- und Haarfarbe aber entsprachen genau dem in Palmyra und jenem

Teil Syriens verbreiteten Typ. Berenike gefiel, was sie sah, und ihrem Bruder, dessen Neigungen sie genau kannte, würde es nicht anders ergehen. In dem Augenblick entschied sie, Samoya mit an den Hof zu nehmen. Berenike zweifelte nicht im mindesten daran, dass der König und Prinz Alif mit ihrer Wahl mehr als zufrieden wären.

Samoya stand schweigend da und sah zu, wie die Sklaven der Prinzessin ihren Pflichten nachkamen. Niemand hätte erraten, dass sie der älteren Frau tief misstraute und sich der Schwierigkeit ihrer Lage voll bewusst war. Sie wollte nicht heiraten. Aber wenn Prinzessin Berenike sie dem Prinzen Alif zur Gemahlin erkor, was konnte sie da tun? Wie konnte sie das ablehnen?

Vom königlichen Haushalt verschmäht zu werden, wägte Samoya ab, wäre ihren zukünftigen Heiratsaussichten nicht eben förderlich, das galt es zu berücksichtigen. Aber erwählt zu werden, das hieß, buchstäblich ein Leben als Prostituierte zu führen. Zumindest wurde das im provinziellen Antiochia gemunkelt, wo skurrile Geschichten über das Leben am Hof von Palmyra für die Einwohner einen nie versiegenden Quell für Klatsch und Tratsch bildeten. Plötzlich wusste Samoya einen Ausweg aus ihrer misslichen Lage. Die Ansprüche der Großen Göttin hatten Vorrang vor denen des Königs. Sie würde Priesterin Verenia bitten, sie als Novizin im Tempel aufzunehmen. Dann aber fiel ihr siedend heiß ein, dass sie in der Nacht keine Gelegenheit bekäme, mit der Priesterin zu reden. Die Schwester des Königs machte von ihrem königlichen Vorrecht Gebrauch, dem Initiationsritus bei Morgengrauen beizuwohnen. Und da in den nächsten Tagen eine Reihe Tempelzeremonien anstanden, würde Verenia keine Zeit für sie haben. Im Geiste stampfte Samoya vor Ungeduld mit dem Fuß auf. Die Zeit war kostbar, das wusste sie instinktiv. Ärger wallte in ihr auf, als sie erkannte, dass ihr nichts übrig blieb, als zu warten.

Samoya sah zu den beiden schwarzen Hünen, die sich über ihre Herrin beugten und ihr Öl in jeden Teil ihres Körpers massierten. Samoya spürte ein Prickeln in ihrem Körper, auch schoss ihr das Blut ins Gesicht. Das Prickeln kannte sie schon. Samoya entsann sich, wie sie neulich erst zu Bett gegangen und sich mit den Händen am schlanken Körper hinabgefahren war, um sich zu erregen. Während ihre Finger umherstreiften, sich von ihrem hellen, rotgoldenen Busch zu den fleischigen Lippen darunter vorarbeiteten, war ihr verborgenes Geschlecht mit jeder zarten Liebkosung weicher, schmiegsamer und feuchter geworden. Sie hatte sich ausgemalt, wie sie Irene anwies, den Kopf zwischen ihre gespreizten Beine zu stecken und ihre verborgene Öffnung zu lecken. Aber das war gar nicht nötig. Denn die neben ihr liegende Sklavin hatte erraten, wonach sie sich sehnte, und ihre Hand ausgestreckt. Sanft hatte sie Samoya über den Po gestreichelt, dann die Finger vorgeschoben an Samoyas nasses Geschlecht, wo sie zart an ihren jungfräulichen Lippen rieb. Beharrlich hatte sie so an ihr gespielt, bis ein herrliches Gefühl mächtig durch ihren Körper geströmt war, das sie wild erschauern ließ. Danach hatte sie tiefe Zufriedenheit verspürt und war in einen tiefen, festen Schlaf gesunken.

Samoya sah zu, wie die Prinzessin sich wand und wälzte, während die großen Hände der Sklaven ihre vollen Brüste kneteten, den schwarzlockigen Busch zwischen ihren Beinen und ihren großen, fleischigen Po streichelten.

«Eine feuchte, prickelnde Möse gehört zu den größten Freuden des Lebens», sagte Berenike, «und die habe ich jetzt. Ihr zwei wisst, was zu tun ist.»

Die Worte der Frau schlugen Samoya in ihren Bann. Ein

Schauer überlief sie, als einer der Männer sich zwischen Berenikes Beine kniete und seine Zunge zwischen den Beinen seiner Herrin umherwandern ließ, sachte an ihre geheimen Lippen stieß und schließlich ihre Klitoris bezüngelte. Berenike wiegte sich seufzend und hob die Hüften. Der andere Sklave liebkoste weiter ihre Brüste. «Tiefer. Geh tiefer», befahl Berenike heiser, während sie sich vor Wonne wand. «Tu, was ich dir sage, oder ich lasse dich auspeitschen.» Der Sklave vergrub seine Zunge tiefer im Geschlecht der Prinzessin, bewegte sie rascher.

Samoya war verblüfft. Ein Widerstreit der Gefühle tobte in ihr. Sie war zugleich abgestoßen und erregt. Es kam Samoya vor, als würde sie sich öffnen und anschwellen. Ein heftiges Verlangen, berührt zu werden, ergriff sie. Sie zwang sich, ihre Hände ruhig an den Seiten zu halten, obwohl diese sich immer wieder, wie von selbst, über ihre Schenkel stahlen. Ihr Mund war plötzlich trocken, ihre Kehle wie zugeschnürt. Sie leckte sich über die Lippen und schluckte mühsam, um wieder Speichel zu sammeln. Ihre Brüste taten weh. Sie spannte die Pomuskeln an.

Während sie zusah, wie die riesenhaften schwarzen Sklaven ihrer Herrin zu Willen waren, sie streichelten und leckten, zuckte Samoya unmerklich mit den Hüften und ballte die Fäuste, um nur ja nicht ihr Kleid hochzuziehen und sich zu berühren.

Die palmyrenische Prinzessin räkelte und wand sich mit geschlossenen Augen auf den Seidenkissen, während die Männer weiter jede Handbreit ihres nackten, runden Körpers liebkosten. Samoya überlegte fieberhaft, ob sie sich wohl heimlich davonstehlen könnte, ohne dass Berenike etwas davon mitbekam.

«Rühr dich nicht vom Fleck», herrschte Berenike sie an. «Vielleicht brauche ich dich noch.»

Bei diesen Worten löste die Prinzessin ihren Gürtel und reichte eines der phallusförmigen Enden dem Sklaven, der sie gerade leckte.

«Sei ein Mann», befahl sie. Erst da wurde Samoya klar, dass der Sklave ein Eunuch war. Der Sklave kniete sich zwischen Berenikes Schenkel, band sich den Gürtel um die Hüften, hielt das verstärkte Ende direkt vor den Eingang zu Berenikes Geschlecht und wartete.

«Nun dring in mich ein», verlangte Berenike Sekunden später.

Samoya verfolgte fasziniert, wie der Sklave nach und nach den dicken, langen Lederknüppel in Berenikes nasses Geschlecht schob. Er bewegte sich vor und zurück, als wäre der Gegenstand ein Teil von ihm, und ließ ihn tiefer in Berenikes warme, geschwollene Muschi gleiten. Ehe sie sich versah, merkte Samoya, dass sie die Hüften im Rhythmus der Stöße bewegte, die der Sklave ausführte. Sie spannte und entspannte ihre Pomuskeln, ihr Atem ging stoßweise, genau wie bei Berenike.

«Bist du nass zwischen den Beinen?», fragte Berenike.

«Ich weiß nicht», gab Samoya stockend zurück.

«Du weißt es nicht!», rief Berenike japsend, während der Sklave weiter in sie eindrang. «Dann komm hierher. Ich werde dich befühlen und es dir sagen.»

Zitternd ging Samoya langsam zu Prinzessin Berenikes Lager hinüber. Berenike streckte eine Hand aus und begann, zärtlich Samoyas Knöchel zu streicheln. Bei der Berührung der Frau erschauerte Samoya am ganzen Körper. Berenikes Hand fuhr höher und höher unter ihr cremeweißes Gewand. Samoya hielt den Atem an, als die Finger der Prinzessin ihre weichen, fleischigen Schamlippen zu liebkosen begannen. Samoya konnte spüren, wie sie immer nasser wurde, und ihre

Brustwarzen waren steif. Wie gern wäre Samoya dort berührt worden.

«Gefällt dir das?», gurrte Berenike, während sie sanft Samoyas saftiges, nasses, offenes Geschlecht rieb.

«Ja», entgegnete Samoya heiser. Berenikes vor- und zurückgleitende Finger lösten ein köstliches Prickeln aus, das ihr in Wellen durch den Körper strömte, vom Hals über den Nacken in die Brüste, in den Bauch und die Gebärmutter und tiefer hinab; wo die kaum erträgliche Empfindung in eine Nässe mündete, die sie fühlen konnte. Und mit diesem Gefühl begann der Kreislauf von neuem, trug sie aber höher und höher, denn je nasser sie wurde, desto tiefer konnten Berenikes Finger in sie eindringen, sich hochschieben und sie reizen. Während sie zusah, wie der Eunuch, der einen vollwertigen Mann spielte, Berenike mit dem Lederdildo pfählte und der andere ihre Brüste knetete, verlangte es Samoya danach, mehr Hände über ihren Körper gleiten zu spüren. Berenike hörte abrupt auf, Samoyas Geschlecht zu streicheln, und zog sie neben sich auf die Kissen hinab. Immer noch im Rhythmus des Sklaven zuckend, zerrte Berenike Samoyas Kleid hoch, umfasste ihre knospenden Brüste und reizte ihre steifen, dunkelrosa Brustwarzen.

«Zieh dein Kleid aus», befahl Berenike.

Samoya gehorchte. «Nun gib mir deinen Mund und öffne deine Beine weit.»

Samoya bot ihren vollen Schmollmund der Prinzessin dar, die erst mit der Zunge langsam darum herumfuhr, ehe sie Samoya ihre Lippen fest auf den Mund presste.

Samoya schloss die Augen und gab sich ganz Berenikes Mund und Zunge hin, dem zarten Druck ihrer feisten Hände, die gierig über ihre Brüste fuhren. Samoya begann sich vor Lust zu winden.

Gleich darauf spürte Samoya einen anderen Körper über ihrem und dann eine neue, fremdartige, wundervolle Zerstreuung, als etwas, klein und warm, nass und dick, rings um ihre geschwollenen Schamlippen zu streichen begann. Sie schlug die Augen auf und sah den riesigen schwarzen Eunuchen, der Berenikes Brüste gestreichelt hatte, neben sich kauern. Sein Kopf steckte zwischen ihren Beinen. Es war seine Zunge, die Samoyas offenes, nasses Geschlecht erkundete, erregte und reizte. Dann berührte er ihre Klitoris. Diese Berührung war so machtvoll, so entzückend, dass Samoya vor Wonne sogleich laut aufstöhnte, sich wand und wiegte und herumwarf. Und so ging es immer weiter, bis jedes Fünkchen Energie in ihr sich in ihrem Bauch zusammenballte. Im Rausch der Ekstase bäumte ihr Körper sich starr auf, ein plötzliches Zittern erfasste sie. Dann sammelte sich eine verzehrende Hitze in ihr und entlud sich in einer mächtigen Explosion.

Samoya lehnte sich erschöpft zurück, überwältigt von einer Vielzahl Empfindungen. Sie spähte zu Berenike, deren Schenkel erbebten, während der Sklave unerbittlich den Lederphallus in sie rammte. Stöhnend warf sie sich herum, stieß einen gellenden Lustschrei aus, sackte dann plötzlich zusammen und sank in die Kissen zurück. Berenike schloss Samoya sanft in die Arme und küsste sie auf die Wange.

«Meine Liebe, das hat dir Spaß gemacht, oder?», sagte die Prinzessin.

«Ja», flüsterte Samoya scheu.

«Möchtest du das gerne nochmal erleben?», fragte die Verführerin, während sie Samoyas Brüste sanft liebkoste und an ihrem Ohr knabberte.

«Ja.»

«So sei es, wenn du einwilligst, Prinz Alif zu heiraten. Weißt du, der Prinz hat einige hochinteressante Gewohnheiten und

Neigungen», sagte Berenike, die beim Gedanken an manche seiner perverseren Praktiken katzenhaft lächelte. «So schaut er für sein Leben gern Frauen beim Liebesspiel zu. Er wäre entzückt zu sehen, wie du deine Beine spreizt und ich deine wunderbaren, süßen, zarten jungfräulichen Reize befühle. Und ich würde dich lecken und dir beibringen, mich zu lecken. Schließlich hast du es doch genossen, als der Sklave dir seine Zunge zwischen die Beine gesteckt hat, oder?»

«O ja», beteuerte Samoya eifrig.

«Er wird dir zeigen, wie es geht», sagte Berenike und griff nach ihren Knüppeln. «Und wie man die handhabt.»

Berenike fuhr Samoya langsam damit an den Schenkeln entlang. «Fühl doch, wie weich das Leder ist, öffne deine Beine kurz.»

Samoya tat wie geheißen, und Berenike ließ den dicken Knüppel über ihr Geschlecht gleiten. Obwohl sie eben erst einen Höhepunkt erlebt hatte, reagierte Samoya sofort, indem sie ihre Beine weiter spreizte.

«Ah, den bekämst du wohl gerne reingesteckt, was? Du würdest gern von meinem hübschen Schatz durchbohrt. Nun, das wirst du noch, aber nicht jetzt. Ein andermal werde ich dir zeigen, wie du dir Vergnügen verschaffen kannst, wann immer dir der Sinn danach steht. Ich werde einen anfertigen lassen, extra für dich. Jetzt musst du nur noch zustimmen, mit nach Palmyra zu kommen und Prinz Alif zu heiraten. Tust du das?»

Berenike küsste Samoyas weiche, nachgiebige Lippen und liebkoste ihre Brüste, während sie den ledernen Phallus ganz zart gegen die Öffnung des Mädchens drückte.

«Ja. O ja», hauchte Samoya. Das Erwachen hatte begonnen. Sie hatte ihren Körper entdeckt und welches Vergnügen in ihm schlummerte.

«Gut. Dann ist das abgemacht, und ich werde mit deinem

Vater reden. Nun aber schnell», sagte Berenike. «Die Göttin wartet.»

Berenike drehte sich zu ihren Sklaven um und befahl ihnen, erst sie und dann Samoya anzukleiden. Während die purpurne Seidenrobe um ihre üppige Gestalt drapiert, der dünne Ledergürtel um ihre Taille geschlungen und der Umhang aus gesponnenem Gold um ihre Schultern gelegt wurde, betrachtete Berenike das in die Kissen geschmiegte Mädchen. Sie war vollkommen. Ein bildschönes Gesicht, ein exquisiter Körper und, ihren heftigen Reaktionen nach zu urteilen, erotisch offenbar äußerst empfänglich. Berenike sah sich in ihrer ersten Einschätzung bestätigt. Samoya war die Auserkorene, der König würde begeistert sein. Sie musste zwar noch viel lernen, aber, und bei dem Gedanken leckte Berenike sich über die Lippen, sie wäre eine gelehrige Schülerin. Und Prinz Alif bekäme eine mehr als unterwürfige Gemahlin.

Die beiden Sklaven rüttelten Samoya sanft aus ihrem leichten Schlummer. Sie rieben ihren Körper mit frischen aromatischen Ölen ein, an den Brustwarzen und zwischen den Beinen besonders sorgfältig. Samoya hatte geglaubt, nach der heftigen Entladung nie wieder dort unten berührt werden zu wollen. Doch sie stellte überrascht fest, dass sie im Gegenteil noch empfindsamer war. Ihr ganzer Körper war hellwach, ihre geheime Öffnung klaffte auf, pulsierte und genoss die sanften Liebkosungen ihrer Hände. Sie wollte mehr. Träge und sinnlich wand sie sich vor und zurück, auf und ab, während die beiden Eunuchen ihre Haut ganz mit Öl salbten, bis sie von neuem erregt war. Dann hüllten die Nubier Samoyas Körper in ihr dünnes Leinengewand.

«Wir treiben es bald wieder», sagte Prinzessin Berenike, berührte zart die harten Brustwarzen des Mädchens, fuhr ihr dann mit den Händen an den Beinen empor und versetzte

Samoyas Geschlecht einen letzten sanften Stoß mit den Fingern. «Zur Erinnerung. Ach, und, Samoya …»

«Ja, Eure Hoheit?», sagte Samoya, unter der kundigen Berührung der Frau erbebend.

«Ich schlage vor, du übst ein wenig mit deinen Sklavinnen. Lass sie in einer Reihe antreten und die Beine spreizen, dann lecke sie und finde heraus, welche du am liebsten hast, welche am schnellsten auf deine Zunge reagiert und sich öffnet. Dann spreiz du die Beine, lass sie ihren Kopf dort begraben und dich lecken. Du bist von Künstlern der Lust bedient worden, du weißt nun, was du empfinden solltest, also sag ihnen genau, was du willst, leite sie an. Aber geh nicht bis zum Letzten. Dieses Vergnügen wird dir ein andermal und anderswo zuteil. Und wenn du sie alle gekostet hast, meine Liebe, nimm die Besten, die Geilsten mit nach Palmyra.»

Die Nubier lauschten verstohlen lächelnd ihrer Herrin, während sie Samoya den goldgeflochtenen Gürtel um die Taille schlangen, ihr einen Kranz aus Lorbeer und Spargelblättern auf den Kopf setzten und ihr den leeren Lehmbecher sowie ihre Zeremonialflöte reichten. Es war noch eine Stunde bis Morgengrauen, aber Samoya war bereit für die Vielnamige Göttin.

Prinzessin Berenike klatschte in die Hände, und die Türen des großen Schlafgemachs öffneten sich zum Hof hin, wo noch finstere Nacht herrschte. Irene und die anderen Sklavinnen kamen mit Kerzen herbei. Langsam zogen sie in einer Prozession aus Pernels Villa hinaus in die dunklen, frisch gekehrten Straßen. Auf dem Weg zum Tempel schlossen sich ihnen weitere Freundinnen und Bekannte an. Alle schritten barfuß dahin, bis auf Prinzessin Berenike, die in einer Sänfte dahinschaukelte. Normalerweise hätten ihre Eunuchen sie getragen, aber während der Riten durfte kein Mann sich dem Tempel nähern, vor allem nicht während der so bedeutsamen Initiationsriten.

Als Samoya den Fuß auf die erste Stufe setzte, die zu der mächtig aufklaffenden Steinvulva emporführte, welche den Eingang zum Tempel bildete, wehte ein Schauer der Furcht sie an. Im Rausch extremer sexueller Erregung hatte sie eingewilligt, den palmyrenischen Prinzen Alif zu heiraten. Die Heirat musste irgendwie verhindert werden. Aber wer würde ihr helfen? Mit jedem Schritt, den sie tat, betete Samoya inständig zur Göttin, ihr einen Retter zu schicken.

Kapitel drei

In den folgenden Wochen schlug fast alles fehl, was Samoya sich vorgenommen hatte.

Prinzessin Berenike war weiter zu Gast in der Villa, was Samoya daran hinderte, zu entwischen und Zenobia zu besuchen. Dabei hätte sie der Freundin zu gern von ihrer Begegnung mit der alten Wahrsagerin am Stadttor erzählt, und was sie über ihre und Irenes Zukunft gesagt hatte.

Auch von Prinzessin Berenike wollte sie ihr erzählen. Wie dieses verdorbene Weib die Beine gespreizt und ihren Sklaven erlaubt hatte, ihre Schamlippen zu teilen und mit Fingern und Zungen in ihre geheimen Tiefen vorzudringen, und wie sehr dieses Schauspiel Samoya erregt hatte. Was für ein wütender Hunger bei diesem Anblick in ihrem Körper erwacht war, und wie die ausschweifende Prinzessin sie zu sich befohlen und ihr die Schenkel gestreichelt hatte, bis sie Samoyas Geschlecht fand, das sich ihrer Berührung nur zu bereitwillig öffnete. Sie wollte Zenobia schildern, wie unerwartet aufregend es war, zu spüren, wie die Frau sie mit ihren Fingern erkundete. Wie ihre inneren Körperteile ganz dem Vergnügen geweiht schienen und wie Prinzessin Berenike ihr gezeigt hatte, wie diese Körperteile erregt werden konnten. Sie wollte ihrer Freundin beschreiben, wie beharrlich die Prinzessin die Finger in ihrem Geschlecht bewegt hatte, um die Wände und Häutchen ihrer gereizten Vulva zu stimulieren, bis sie triefend nass war und von Begierde erfüllt. Wie ihr Unterleib auf die Berührung der Frau reagiert hatte, als wäre sie ein Musikinstrument und als würde plötzlich eine wunderschöne Melodie auf einem Teil ihrer selbst gespielt, an den sie nie einen Gedanken verschwendet hatte. Außerdem wollte sie ihrer Freundin erzählen, wie einer von Berenikes schönen schwarzen Eunuchen sich über sie gebeugt, den Kopf zwischen ihre Beine gesteckt und an ihrem offenen, geilen Loch geleckt hatte, bis es von Verlangen durchströmt wurde. Und wie er eine Stelle gefunden hatte, einen Punkt an ihr, der bei Berührung seiner Zunge Wellen von Wollust in ihr ausgelöst hatte, so herrlich, dass sie sich wild herumwarf und es nie hätte enden sollen. Und wie sie in erotischen Träumen von völliger Hemmungslosigkeit überwältigt worden war.

Wie sie, während ihr Körper derlei Freuden ausgesetzt war, sich ausgemalt hatte, wie Männer ihr Glied in ihren Mund steckten. Mit der Aufforderung, daran zu saugen, zu lutschen, es mit ihrer Zunge zu reizen, bis der Saft herausschoss. Und dann hatte sie sich vorgestellt, an Händen und Füßen gefesselt und geknebelt zu sein. Und wie andere Männer zwischen ihre Schenkel drangen, mit ihrem Glied ihre Beine hochfuhren, ihr entblößtes Selbst teilten und in sie stießen, sie nahmen, während eine unbekannte Hand weiter an dem winzigen Punkt spielte und ihr Gefühl wahnwitziger Begierde noch steigerte. All das wollte sie Zenobia erzählen, und auch, wie sie im Taumel äußerster sexueller Ekstase der Heirat mit Prinz Alif zugestimmt hatte.

Samoya bekam keine Gelegenheit dazu, da Berenike sie so gut wie nie aus den Augen ließ. Sie fühlte sich ständig beobachtet und bespitzelt. Und zu ihrem großen Leidwesen befahl ihr Vater Irene, fortan bei den übrigen Sklavinnen zu nächtigen. Nun hatte sie keine Vertraute mehr und musste allein schlafen. Wenn die Prinzessin nicht in ihrer Nähe war, folgten ihr die Eunuchen auf Schritt und Tritt. Selbst wenn Berenike mit Pernel erbittert um Samoyas Mitgift feilschte, behielt sie Samoya bei sich. Berenike spielte mit ihr wie eine Katze mit einer Maus.

Was Samoya in vielerlei Hinsicht verdross. Vor allem, weil sie sich in einem permanenten Zustand körperlicher Erregung und Frustration befand. Die Prinzessin sollte sie noch einmal berühren, ihre Eunuchen ihren Körper liebkosen. Was ihr aber dauerhaft verwehrt blieb. Ihre Hoffnung, doch einmal von der Prinzessin in ihr Schlafgemach gerufen zu werden, erfüllte sich nicht. Worauf Samoya beschloss, sich mit Irene zu vergnügen, was aber durch die Entscheidung ihres Vaters vereitelt wurde.

Eines Vormittags, eine Woche nach ihrer Initiation, gelang es Samoya, einmal allen zu entkommen, ihrem Vater, ihren Sklavinnen, selbst Irene, vor allem aber war sie der erdrückenden Gegenwart Prinzessin Berenikes und ihres vorwiegend männlichen Gefolges entronnen.

Ganz allein saß Samoya in einem stillen Winkel des weitläufigen, sorgfältig gestalteten Innenhofs, inmitten von Tamarinden und Feigenbäumen. Sie atmete erleichtert auf, ordnete ihr aus vielen Lagen bestehendes langes Kleid aus geblümter blauer Seide und betrachtete zufrieden die Springbrunnen und Blumen, die Myrthenhecken und Vögel. Der Garten hatte immer eine besänftigende Wirkung auf sie. War sie aufgewühlt, beruhigte er sie. War sie in schwermütiger Stimmung, sorgten seine vollendete Symmetrie, die Harmonie aus Stein und Metall, seine Farben – die kühl blau und grün gefliesten Laubengänge, die Blumenbeete voll flirrend roter und gelber Blüten, Geißblatt, Jasmin und Rosen, dazu die bunten Schmetterlinge, die überall umherflatterten – dafür, dass ihr leichter ums Herz wurde, ihr Seelenfrieden wiederkehrte und Heiterkeit sie erfüllte. Sie schloss die Augen und saß ganz still da, ohne etwas wahrzunehmen außer dem süßen Duft der Rosen und dem Summen der Bienen.

«Steh auf.» Unvermittelt drang Prinzessin Berenikes Befehl in ihre träumerische Stimmung.

Samoya gehorchte sofort. Berenike zog ihr hinten die Röcke hoch und entblößte ihren hübschen, nackten Hintern.

«Halt den Rock hoch», sagte die üppige Prinzessin.

An einer langen goldenen Schnur trug Berenike ein kleines Kissen bei sich. Dies legte sie auf die Bank aus Zedernholz, wo Samoya eben noch gesessen hatte. Dann bettete sie ihre Hand rücklings auf das Kissen, mit nach oben ragenden Fingern, und hieß Samoya wieder Platz nehmen, dergestalt, dass Berenikes Finger mühelos in ihr Geschlecht eindringen konnten.

«Sag mir, welche Jahreszeit magst du am liebsten?», fragte Berenike, während sie mit den Fingern an Samoyas Schamlippen entlangfuhr.

«Den Frühling», sagte Samoya, und die Berührung von Berenikes kühlen Fingerspitzen an ihrem weichen, warmen Geschlecht ließ ihre Säfte strömen. Samoya wiegte sich in den Hüften, um Berenikes Finger tiefer in sich eindringen zu lassen.

«Du darfst nicht zappeln», zischte Berenike. «Keiner darf ahnen, was ich hier mit dir mache. Du musst lernen, zu genießen, ohne dir etwas anmerken zu lassen. Und du musst den Gebrauch deiner Muskeln lernen. Sie müssen meine Finger umgreifen.»

«Meine Muskeln!», rief Samoya verdutzt aus.

«Deine Liebesmuskeln. Drück meine Finger mit deinen Liebesmuskeln. Nun mach schon», befahl sie. «Spann sie an und rede weiter mit mir, als würde nichts geschehen. Dein Vater soll ja schließlich nicht merken, dass seine süße jungfräuliche Tochter gerade an sich herumspielen lässt.»

Bei Berenikes Worten wurde Samoya noch nasser. Sie spannte ihre Pobacken an, zog dann ihre inneren Muskeln zusammen und umklammerte so Berenikes Finger.

«Gut», sagte Berenike anerkennend. «Mach weiter damit

und zeig mir währenddessen die Blumen im Garten. So kann dein Vater sich denken, was du sagst, ahnt aber nicht, was ich gerade tue. Er wird glauben, du unterweist mich in den Freuden des Gärtnerns; wir dagegen wissen, dass ich dich in den Freuden der Lust unterweise.»

Samoya saß neben Berenike, kerzengerade, mit erigierten Brustwarzen, die gegen die weiche Seide ihres Mieders drückten, und nannte ihr die Namen der verschiedenen Pflanzen. Während Samoya mit lauter Stimme sprach und ihre inneren Muskeln um Berenikes beharrlich stoßende Finger anspannte und löste, spielte Berenike weiter an ihr herum und flüsterte ihr ins Ohr.

«Deine Brustwarzen sind steif. Soll ich sie berühren? Hör nicht auf zu reden, nick einfach.» Samoya nickte. «Ich werde heute Abend in meinem Schlafgemach speisen, und du sollst mein Gast sein. Hast du verstanden …?»

«Aber mein Vater …»

«Deinem Vater werde ich sagen, ich muss dich in Hofetikette unterweisen, was ja auch der Fall sein wird – wie jetzt auch. Du sollst in mein Schlafgemach kommen, aber vorher wirst du Löcher in dieses Mieder schneiden, damit deine entzückenden Brustwarzen entblößt und berührbar sind, und in all deine Röcke machst du einen Schlitz von der Taille bis zum Boden. Von jetzt an sollst du jederzeit verfügbar sein.»

«Jederzeit!», rief Samoya aus.

«Ja, von jetzt an sollst du für mich und jeden sonst, dem ich Zugang zu dir gewähre, verfügbar sein. Ist das klar? Rede weiter, nick einfach.»

Samoya nickte heftig, so erregend fand sie Berenikes Vorschlag. Die Vorstellung, Berenike oder einer ihrer Sklaven könnten sich ihr nähern und sie streicheln, wann immer es ihnen passte, war einfach zu erotisch. Vor Vorfreude und stummer Erregung spannte Samoya ihre Muskeln fester um Berenikes Finger.

«Deine gesamte Aussteuer wird so gestaltet. Ich werde dir zwei meiner Sklavinnen dalassen. Es sind vorzügliche Schneiderinnen. Sie werden deiner Schneiderin helfen, alle Kleider meinen Anweisungen gemäß anzufertigen.»

«Wen denn?», fragte Samoya.

«Phyllis und Hermione. Beide sehr begabt. Ihre Nähkunst ist unerreicht. Ach, und heute Abend, Samoya, wirst du dir die Augen verbinden lassen.»

«Die Augen verbinden! Warum?», fragte Samoya.

«Zu meinem Vergnügen. Du musst verstehen, Samoya, alles geschieht nur zu meinem Vergnügen. Selbst deine Unterweisung dient meinem Vergnügen», sagte Berenike und zog ihre Finger aus Samoyas Geschlecht. «Nun geh. Ich möchte, dass du dich ausruhst, schläfst. Heute wird eine lange Nacht. Außerdem ist es fast Mittag, und langsam wird es selbst zum Spielen zu heiß.»

Samoya verließ die Prinzessin und zog sich in ihr kühles, marmorgefliestes Gemach zurück, um ihren Befehlen Folge zu leisten. Sie war äußerst erregt, ihr Geschlecht war geschwollen, weit geöffnet und enttäuscht. Sie hatte den Wunsch, das Bedürfnis, dort berührt und gestreichelt zu werden. Es war erst Mittag. Wie sollte sie es in ihrem Zustand höchster Empfindsamkeit bis zum Abend aushalten? Sie zog sich aus, hockte sich auf einen Haufen Seidenkissen an die Marmorwand und machte sich daran, ihre Röcke von der Taille an aufzuschlitzen. Samoya saß nackt da und schnitt gerade kleine Löcher in ihr Mieder, als Irene unangekündigt hereinplatzte. Seit Prinzessin Berenikes Auftauchen hatte sie Samoya kaum zu Gesicht bekommen, und schlimme Eifersucht hatte sie geplagt. Mit aufreizendem Schmollmund blickte sie ihre Herrin an.

«Warum zerschneidest du denn deine schönen Kleider?», fragte Irene.

Samoya schaute zu ihrer blonden Sklavin hoch. Sollte sie ihr die Wahrheit sagen oder nicht? Sie starrte Irenes volle Lippen an, ihre großen Brüste mit den vorstehenden, nur notdürftig mit einem dünnen Streifen schwarzer Seide bedeckten Brustwarzen, ihre langen, von durchscheinender Seide locker umhüllten Oberschenkel, und dachte, wie sehr ihr Irene fehlen würde, wenn sie ohne sie nach Palmyra reiste. Dann erinnerte sie sich an Prinzessin Berenikes Aufforderung vor ihrer Initiation. Koste deine Sklavinnen. Finde heraus, welche dir am meisten Lust bereiten kann. Vielleicht war nun ja die Gelegenheit, zu prüfen, ob sie Irene nach Palmyra mitnehmen sollte.

«Du fragst zu viel», sagte Samoya schroff. «Los, setz dich aufs Bett.»

Samoyas Tonfall verwirrte Irene. Sie war von ihr nie wie eine Sklavin behandelt worden, immer wie eine Freundin. Sie wurde nicht schlau aus dieser neuen Person, die einen Prinzen aus der Königsfamilie heiraten würde. Irene verneigte sich und nahm Platz auf Samoyas breitem Bett.

Nachdem sie zwei Löcher hineingeschnitten hatte, zog Samoya ihr hellgrünes Mieder wieder an und achtete darauf, dass ihre Brustwarzen aufreizend hinausragten. Dann wählte sie aus ihren frisch geschlitzten durchsichtigen Röcken zwei aus, in Grellrot und Mattgelb, und streifte sie sich über die nackte Haut. Ihre Taille umwickelte sie mit einer langen, dünnen Lederschnur und verzichtete auf Pantoffeln. Dann wirbelte sie übermütig durchs Zimmer und merkte, wie die geschlitzten Röcke sich teilten und ihren Po und ihr rotgoldenes Dreieck entblößten. Und Irene saß da und schaute zu, aufgeregt und voll heftigem Verlangen, Samoyas Brustwarzen und den geheimen Ort zwischen ihren Beinen zu berühren. Den

Ort, der ihr gehörte, wenn sie nachts das Lager teilten. Samoya tänzelte zu Irene hinüber und beugte sich vor, um der Sklavin ihre Brüste zu zeigen.

«Deswegen habe ich mein Mieder zerschnitten», sagte sie keck. Irene rührte Samoya nicht an, sondern saß reglos und mit gesenktem Blick da. Sie wusste nicht, was sie tun sollte, was von ihr erwartet wurde.

«Berühr meine Brustwarzen», befahl Samoya.

Zaghaft streckte Irene eine Hand aus, legte die Finger um die winzigen Knospen und drückte sie.

«Küss sie, saug daran», verlangte Samoya. Irene tat wie geheißen, dann stieß Samoya ihre Sklavin plötzlich rücklings aufs Bett hinab. Nun kniete Samoya sich so über ihren Kopf, dass ihr Geschlecht über Irenes Mund schwebte.

«Ich will, dass du deine Zunge hierhin steckst», verlangte Samoya, indem sie ihre Schamlippen aufhielt und dem Blick ihrer Sklavin jede darin verborgene Höhlung und Fältelung offenbarte. «Ich will, dass du mich küsst und leckst und meine empfindlichste Stelle findest.»

Irene zitterte. Seit Wochen sehnte sie sich danach, den Kopf zwischen den Schenkeln ihrer Herrin zu begraben, und nun wurde es ihr befohlen, ohne jede Gefühlsregung. Warum nur? Wieso hatte Samoya sich so verändert? Wenn sie früher das Bett teilten, herrschte Zärtlichkeit zwischen ihnen, wenn sie einander streichelten, dann sanft und liebevoll. Jetzt aber wurde es ihr befohlen, und das widerstrebte ihr. Irene drehte den Kopf zur Seite. Samoya geriet in hellen Zorn. Ihr ganzer aufgestauter Ärger entlud sich im Wutanfall einer verzogenen Göre.

«Du bist ungehorsam», schrie sie. «Dafür werde ich dich auspeitschen. Du bist eine Sklavin, mehr nicht, *meine* Sklavin! Merk dir das und bück dich!» Geschwind löste Samoya den Lederriemen von ihrer Taille, riss Irene den Rock vom Leib und befahl ihr, sich mit gespreizten Beinen hinzulegen. Mit dem dünnen Riemen streichelte und reizte sie die nackten Pobacken ihrer Sklavin, zog ihn hin und her über Irenes pralle, rosige Haut. Dann trat sie zurück, das Leder sauste durch die Luft und traf mit einem Knall auf Irenes Fleisch. Das Mädchen zuckte vor Schmerz zusammen. Samoya holte immer wieder neu aus, mit jedem Hieb, jedem grellroten Striemen auf der blassen Haut ihrer Sklavin steigerte sich ihre sexuelle Erregung. Irene gehörte ihr. Sie konnte mit ihr machen, was sie wollte, und sie spürte ein so ungeheures Gefühl von Macht dabei, das ausgestreckt liegende Mädchen zu peitschen, dass ihr Verlangen noch angefacht wurde. Irenes Körper zuckte und krümmte sich, sie wand sich und schrie, während das Leder auf ihre nackten Pobacken niedersauste. Zwischen jedem Hieb legte Samoya nun Hand an sich. Vor Erregung hatte ihr Geschlecht sich weiter geöffnet, ihre Säfte quollen reichlich, und es war nun höchste Zeit, Irenes Zunge dort spüren.

«Nun wirst du mich lecken», sagte Samoya, «aber erst bedankst du dich bei mir fürs Auspeitschen.»

«Danke sehr, Herrin», sagte Irene, ließ sich vom Bett gleiten und kniete sich demütig vor Samoya. Ihr Hintern brannte ganz herrlich von den Peitschenhieben, ihre Brustwarzen waren steif, und auch ihr Geschlecht war offen und triefnass. Die empfangenen Schläge hatten sie erregt. Nun wollte sie Samoya kosten, wollte spüren, wie unter ihrer Zunge das weiche Geschlecht ihrer Herrin sich nach und nach entfaltete.

Samoya zog den Kopf des Mädchens an den Haaren hoch. Dann spreizte sie selbst die Beine, schob das Becken vor und stieß ihre Sklavin mit dem Gesicht in ihr Schamhaar.

«Leck mich. Steck deine Zunge dahin und finde meine besondere Stelle. Falls nicht, peitsche ich dich nochmal. Und sag: Danke Herrin, danke für die Erlaubnis, mich zu berühren.»

«Danke, Herrin, danke für die Erlaubnis, dich zu berühren», sagte Irene.

Ihre Zunge bahnte sich einen Weg vorbei an den rotgoldenen Löckchen ihrer Herrin und tastete sich vor zu den Furchen und Falten, die tief verborgen in der rosig pulsenden, glitschigen Höhle lagen, die Samoyas geheimes Leben barg. Irene fuhr mit der Zunge hinab, dann hinauf. Samoya zuckte. Irene hatte die kleine, vorstehende Knospe aus hartem Fleisch gefunden. Einem winzigen Penis gleich war sie gewachsen, und Irenes Züngeln entflammte sie noch mehr. Samoya nahm sich zusammen, suchte Halt an Irenes Schultern, während die schleckende Zunge ihrer Sklavin ihr die köstlichsten erotischen Visionen bescherte. Sie geriet ins Wanken. Sie zitterte und bebte. Es verlangte sie nach mehr. Tiefer, weiter in ihr drin.

Samoya glitt zu Boden und lag mit gespreizten Beinen da, die Hüften hochgereckt. Irene kniete sich vor ihre Herrin, griff hoch und umfasste Samoyas Brüste. Während sie mit ihren Brustwarzen spielte und zugleich zwischen ihren Beinen schlürfte und schleckte, fand Irene langsam Gefallen daran, wie Samoyas nasses, weiches Geschlecht schmeckte und sich anfühlte. Irenes nackter, von Striemen überzogener Hintern ragte empor, bot ihre zweite Öffnung dar wie auch ihr eigenes, inmitten heller Löckchen rosig aufklaffendes Geschlecht.

«Steck mir deine Finger rein», befahl Samoya.

Irene ließ eine von Samoyas Brüsten los, fuhr mit der Hand ihren Bauch hinab, vorbei an ihrer leckenden Zunge. Dann begann sie mit langsamen, immer tieferen Stößen in Samoyas geschwollenes Geschlecht. Immer fester stieß sie zu. Samoya schloss die Augen und reckte ihre Hüfte immer höher, um die

Stöße tiefer empfangen zu können. Und sie zog ihre Muskeln um Irenes Finger zusammen.

«Übst du schön, meine Liebe?», ließ sich auf einmal die Stimme der Prinzessin hinter ihnen vernehmen.

Samoya riss erschrocken die Augen auf. Prinzessin Berenike stand in der Tür, begleitet von ihren schwarzen Eunuchen. «Dann musst du uns gestatten, euch zu helfen.» Prinzessin Berenike kam ins Zimmer stolziert, die beiden Sklaven hinterdrein. Beim Gehen schwenkte Berenike ihre Röcke, und Samoya fiel auf, dass diese ebenfalls ganz durchgehend geschlitzt waren. Ihr Geschlecht war einladend, und von ihrem Gürtel baumelten wie gewohnt die Knüppel. Berenike trat neben Irene und berührte die blasse Haut am nackten Po der Sklavin.

«Wer hat dir denn hier den Hintern versohlt?», fragte sie rhetorisch, während sie die Striemen befühlte. «Warst du das etwa, Samoya?»

«Ja, Eure Hoheit», gestand Samoya vom Boden aus und wollte sich auf den Ellenbogen aufrappeln.

«Oh, bleib nur liegen, meine Liebe», sagte die Prinzessin. «Du bietest einen sehr hübschen Anblick. Er hat uns alle sehr ergötzt. Sage mir, ist deine Sklavin es gewöhnt, ausgepeitscht zu werden? Hast du das schon öfter mit ihr gemacht?»

«Nein, Eure Hoheit.»

«Dann muss ich dich beglückwünschen. Für eine Anfängerin hast du dich prachtvoll geschlagen. Offenbar schlummern ungeahnte Talente in dir.»

Berenike begann, ihren Gürtel langsam abzulegen; als sie ihn gelöst hatte, knotete sie ihn in der Mitte auf und gab ihren Nubiern je eine Hälfte.

«Wie ich sehe, bist du ein braves Mädchen», sagte die Prinzessin und fuhr mit den Fingern flüchtig über Samoyas aus dem durchlöcherten Mieder lugende Brustwarzen. «Und dafür hast du eine Belohnung verdient. Ihr zwei», Berenike gab den Eunuchen Zeichen, «küsst ihr die Brustwarzen.»

Die beiden Eunuchen kauerten sich links und rechts von Samoya hin und legten ihre Münder über Samoyas rosig vorstehende Brustwarzen, um sie mit einer Kombination aus Knabbern und Züngeln zu reizen, bis sie ganz hart waren. Samoya reckte die Hüften noch höher, und Irene drängte sich ihr tiefer zwischen die Schenkel.

Berenike sammelte ein paar Kissen ein und schob sie Samoya unter den Po. Dann teilte sie ihre Röcke, stellte sich genau über Samoyas Kopf und kauerte sich nieder, bis ihr offenes, reifes Geschlecht dicht über Samoyas Mund schwebte.

«Meine Liebe, während deine Sklavin dir die Muschi leckt, wirst du mir nun meine Muschi lecken. Deine hübsche kleine Zunge wird mich verwöhnen. Und währenddessen werde ich einem meiner Sklaven befehlen, deine Sklavin mit meinem kleinen Schatz zu schänden.»

Prinzessin Berenike zeigte auf den größeren der beiden und wies ihn an, sich den Lederphallus umzubinden.

«Jetzt nimm sie», sagte sie und verfolgte, wie der große Nubier zwischen Irenes Beine kroch, ihr Geschlecht weiter dehnte und dann in die kniende Sklavin eindrang. Als er in sie stieß, schrie Irene vor Lust auf und zuckte vor, während sie weiter zärtlich an Samoyas Klitoris knabberte. Samoya hob den Kopf, als Prinzessin Berenike ihr ihr Geschlecht auf den Mund presste. Ihre Zunge glitt hinauf in die Nässe der feuchten Falten. Und ihr salziges Aroma rann hinab auf Samoyas Lippen. Samoya hob die Hände, um Berenike weiter zu öffnen, damit ihr Mund und ihre Zunge tiefer dringen, mehr von ihr aufnehmen konnten. Berenikes offene, geschwollene Nässe glitt mühelos über Samoyas Mund, und vor Verzückung stockte ihr der Atem. Aber ihre verborgene Stelle hatte Samoya noch nicht entdeckt. Vor Eifer, einzudringen, war sie mit der Zunge erst gar nicht hochgefahren. Berenike verlangte es heftig danach, an dieser geschwollenen, steifen, inzwischen ziemlich großen und sehr erregten Spitze liebkost zu werden.

Berenike wechselte die Stellung. Sie legte sich neben Samoya auf die Seite, sodass ihr Geschlecht genau auf Höhe ihres Mundes war, ihn jedoch nicht berührte. Berenike reckte ein Bein empor.

«Bring mir meinen anderen Schatz», befahl Berenike dem Eunuchen, der immer noch Samoyas Brustwarzen mit dem Mund verwöhnte. Dann fasste sie hinab und hielt ihr Geschlecht weit auf. Der Eunuch kniete sich, den großen Phallus in den Händen, gegen die Pobacken der Prinzessin und erwartete gehorsam ihren nächsten Befehl.

«Führ ihn in mich ein», sagte sie.

Berenike legte dem Nubier ihren hochgereckten Fuß auf die Schulter, und er führte die Hand mit dem Lederknüppel unter ihrem Bein herum und trieb das Gerät langsam, fast zärtlich in ihr geiles Loch. Berenike seufzte und wiegte sich in den Hüften, ganz wie die Sklavin, die mit dem Kopf weiter zwischen Samoyas Beinen steckte und sie leckte, seufzte und sich in den Hüften wiegte, während sie von dem anderen Eunuchen durchbohrt wurde.

«Samoya», keuchte Prinzessin Berenike, während der Sklave seiner Pflicht nachkam. «Dreh den Kopf und schau her.»

Samoya drehte den Kopf und sah zu, wie der mächtige Lederknüppel ins Geschlecht der Prinzessin fuhr und wieder heraus, hinein und heraus, und sie spannte ihre eigenen Liebesmuskeln um Irenes Finger an und drückte. Sie hätte auch gern den Lederknüppel gespürt. Sie wollte einen Mann. Samoya wollte spüren, wie ein Phallus in sie eindrang.

«Das hättest du auch gern, was?», gurrte Berenike genießerisch. «Aber das geht nicht, noch nicht. Vorher wirst du einen Mann haben. Und ich werde dabei zusehen. Ich will zusehen, wie du einen großen, dicken Kolben aufnimmst, vielleicht sogar mehr als einen. Ich will einen Mann, einen echten Mann, auf dir liegen sehen, der seinen Schwanz tief in dich steckt, und ich will dich zappeln sehen, meine Liebe. Zusehen, wie du es willst, wie du es bekommst und zappelst. Das wird ein Spaß für mich. Aber nicht heute. Nun wirst du deinen Kopf zwischen meine Beine stecken, und deine wunderschöne, starke Zunge wird meine Lustknospe finden und daran lecken, knabbern und lutschen. Und wenn du es diesmal nicht richtig machst, wirst du es sein, die ausgepeitscht wird. Verstanden? Wie ich dir schon sagte, mein Vergnügen ist die Hauptsache. Also such jetzt die geheime Stelle und leck sie.»

Die Vorstellung, ausgepeitscht zu werden, bescherte Samoya einen jähen Schauer der Erregung. Die Peitsche, die ihr Fleisch geißelte und rote Striemen hinterließ. Die Mischung aus Vergnügen und Schmerz. Berenike stöhnte unter den beharrlichen Stößen des Eunuchen mit dem Lederknüppel. Irene bewegte sich unter den wuchtigen Stößen des anderen Eunuchen immer schneller, während sie weiter an Samoyas Geschlecht schleckte. Samoya fühlte, wie eine Fülle von Empfindungen sie überwältigte, sie spreizte ihre Beine weiter und sehnte sich schmerzlich danach, an ihren harten Brustwarzen gestreichelt oder gelutscht oder gebissen zu werden. Sie streckte die Zunge heraus und fand sogleich Berenikes große, hart durchpulste Knospe. Sie merkte, wie sie sich unter ihrer Zunge aufstellte, und knabberte unerbittlich daran. Sie biss hinein und rieb Berenike an den Schamlippen entlang, während der Lederdildo weiter vor und zurück in ihr Geschlecht fuhr. Berenikes Fuß hielt es nicht mehr auf der Schulter des Sklaven. Er reckte sich in die Höhe und verharrte dort starr, aber zitternd. Berenike erbebte am ganzen Leib. In einem ungeheuren Aufschrei brüllte sie ihre Lust heraus und befahl dem Eunuchen dann, den Knüppel aus ihr herauszuziehen, ebenso den anderen aus Irene. Aber Irene war noch nicht so weit, wie Samoya bemerkte, und sie bat darum, dass ihre Sklavin den Höhepunkt genießen konnte.

«Nicht jetzt», sagte Berenike streng. «Bring sie heute Abend mit. Und, Samoya, spiel nicht nochmal mit ihr. Und sie darf nicht mit dir spielen. Und das ist ein Befehl.»

Worauf Prinzessin Berenike sich erhob, ihre Kleidung ordnete und mit ihren Sklaven das Gemach verließ. Samoya und Irene starrten sich an.

«Sie wird es nie erfahren», sagte Samoya, packte Irene an der Hand und stieß sie aufs Bett. «Legen wir uns über Kreuz hin.»

Sie fuhr mit den Händen an Irenes Körper hinab und umfasste ihre Brüste, dann streckte sie sich langsam flach aus und rückte tiefer hinab, bis sie das hell gelockte Geschlecht ihrer Sklavin vor sich hatte. Samoya legte ihr einen Finger an die Spitze und liebkoste sie sanft. Irene öffnete sich unter ihren Fingern, ihr Atem ging keuchend und stoßweise. Die beiden rückten seitlich zusammen und machten sich mit Mund und Zunge am Geschlecht der anderen ans Werk, wo sie geschwind arbeiteten, bis die Säfte ihnen über die Beine strömten, etwas in ihren Bäuchen sich fest zusammenzog und sie gleichzeitig kamen. Die beiden jungen Frauen lagen nebeneinander, völlig ermattet und satt vom erotischen Spiel. Alle Gedanken an Finger und Münder und Phalli verflüchtigten sich.

«Ich will dich mitnehmen nach Palmyra», sagte Samoya und küsste ihre Sklavin auf den Hals, während sie glücklich und zufrieden dalagen. Irene war beglückt, das zu hören. Eng umschlungen schliefen sie ein.

Aber Prinzessin Berenike hatte alles mit angesehen. Von der offenen Tür aus hatte sie beobachtet, wie Samoya und Irene sich miteinander vergnügten, und dabei war ihr ein lüsternes, zufriedenes Lächeln übers Gesicht gehuscht. Heute Abend würde sie Hauptspeise und Dessert genießen. Sie wies die Eunuchen an, einige ihrer speziellen Spielzeuge vorzubereiten, dann legte sie sich schlafen. Anders als die ungehorsamen Mädchen wusste sie ja, dass es eine sehr lange Nacht werden würde.

Am frühen Abend, als es kühler war, rief Samoyas Vater sie zu sich in die große Empfangshalle, für eine Partie Backgammon. Er erwarte Kunden, sagte er, und wolle sich bis dahin ein wenig die Zeit vertreiben.

«Wunderhübsch siehst du aus», sagte er und gab seiner Tochter ein liebevolles Küsschen auf die Wange.

Samoya hatte sich sehr sorgfältig geschminkt. Wie von der Prinzessin angeordnet, trug sie ihre nun von der Taille abwärts geschlitzten Röcke. Über ihr Mieder hatte sie einen lockeren Schal drapiert, um ihre herauslugenden Brustwarzen vor ihrem Vater zu verbergen, aber zugleich Berenikes Anordnungen zu gehorchen. Als sie sich auf die Kissen setzte, bauschten sich die Röcke auf, und es erregte sie, das leicht kratzige Gewebe der Kissenhüllen am Po zu spüren.

Sie waren mitten im Spiel, als Bischof Paul und sein Sekretär Antonius eintrafen. Samoyas Vater forderte Antonius auf, das Spiel gegen seine Tochter zu beenden, und führte den Bischof sogleich in ein Vorzimmer, um dort ein Geschäft mit ihm abzuschließen. Antonius blieb vor Samoya stehen und sah den beiden angeregt plaudernden Männern nach. Ihrem Tonfall nach feilschten sie bereits eifrig miteinander.

Samoya blickte in der weitläufigen Halle umher. Die Sklaven standen dienstbereit an der hinteren Wand. Sie rief Irene zu sich und trug ihr auf, einen höheren Tisch zu holen und Antonius Pfefferminztee zu bringen. Irene lächelte verschwörerisch. Sie wusste, dass Samoya beim Besuch im Palast des Bischofs eine Ohnmacht vorgetäuscht hatte, um so dem jungen Mann an den Schwanz greifen zu können. Was ihre Herrin diesmal wohl vorhatte? Irene entfernte sich, und Samoya ließ ihren Schal ein wenig sinken, damit der junge Mann einen kurzen Blick auf ihre rosigen Brustwarzen erhaschen konnte, die aus ihrem Mieder lugten.

Der junge Mann schluckte schwer. Der Schweiß brach ihm aus. In seinem locker fallenden schwarzen Gewand kam er sich allzu verletzlich vor. Er fühlte, wie Leben in seinen Penis kam, der sogleich in die Höhe schnellte. Samoya betrachtete die jäh sich wölbende Beule an seinen Lenden, sah ihm dann direkt in die Augen und leckte sich über die Lippen. Antonius begann zu zittern. Irene kehrte mit einem größeren, höheren Tisch und dem Pfefferminztee zurück. Samoya stand auf, damit Irene Platz zum Umräumen hatte, und ließ ihre Röcke umherwirbeln. Wodurch Antonius Gelegenheit bekam, einen Blick auf Samoyas hübschen Po und das winzige rotgoldene Dreieck oben an ihren seidenglatten Schenkeln zu erhaschen. Samoya nahm wieder Platz auf den Kissen. Sie ordnete ihre Röcke so, dass ihre Gliedmaßen bedeckt blieben, sie aber das raue Kissengewebe am nackten Po und den weichen Falten ihres sich öffnenden Geschlechts spüren konnte. Behutsam hob Irene das Backgammonbrett hoch und räumte es beiseite. Dann bückte sie sich und stellte den neuen Tisch vor Samoya ab. Beim Bücken spannte sich Irenes durchsichtiger schwarzer Rock über ihren Po, und Antonius konnte deutlich die von Samoyas Peitschenhieben hinterlassenen Striemen sehen. Bei dem Anblick zuckte sein Schwanz noch mehr in die Höhe, und er stellte sich die Frage, wer das wohl getan hatte und wo.

Mit neu erwachtem Interesse musterte er die hoch gewachsene blonde Sklavin, aber da unterbrach ihn Samoyas Stimme.

«Bitte nehmt doch Platz», beschied Samoya Antonius höflich und wies auf den Haufen Kissen, wo eben noch ihr Vater gesessen hatte. Irene goss den kochend heißen Pfefferminztee ein und reichte ihn Antonius.

Als er das dampfende Getränk an die Lippen führte, ließ Samoya sich auf ihren Kissen nach vorn gleiten, um ihre Beine unter den Tisch zu stecken. Dort fuhr sie ihm mit den Füßen unters Gewand und tastete sich beharrlich hoch, bis sie mit den Zehen seine Hoden berührte. Und er konnte nichts dagegen unternehmen. Er zitterte so sehr, dass er sich ihren Zehen überlassen musste und nur hilflos seine Teeschale umklammern konnte. Samoya schaute ihn unschuldig an, während sie seinen großen, schlaffen Sack zwischen ihren Füßen umhergleiten ließ, dann schob sie einen Fuß höher und fuhr damit an seinem dicken, harten Penis auf und ab. Ihm stockte der Atem.

«Ihr seid dran, glaube ich», sagte sie, räkelte sich rücklings in die Kissen und stützte sich ab, um noch besser mit den Füßen an seinem prallen Schwanz reiben zu können. «Aber vielleicht sollte Irene für Euch einspringen. Sie kann nämlich auch spielen.» Samoya nickte ihrer Sklavin zu.

Irene nahm ein paar Elfenbeinspielsteine vom Brett und wollte sie eben platzieren, als Samoya sie wie zufällig anstieß und ihr die Steine aus der Hand fielen.

«Oje!», rief Samoya. «Sie sind unter dem Tisch gelandet. Irene, das ist sehr unartig.» Samoya verpasste Irene einen schallenden Klaps auf den Po. «Such sie lieber hervor. Sonst können wir nicht weiterspielen. Ab mit dir unter den Tisch …»

Irene fühlte, wie ihr Po von dem Klaps brannte, als sie sich bückte. Samoya neigte sich vor und flüsterte ihr ins Ohr.

«Nimm seinen Schwanz in den Mund.»

Irene glitt hinab auf den Marmorboden und kroch unter den Tisch. Samoya zog flink ihre Füße zurück, schlug ihre Röcke auseinander und kreuzte die Beine im Schneidersitz, sodass Antonius ihr rosig aufklaffendes Geschlecht zu sehen bekam. Ehe Antonius sich von dieser schamlosen Geste noch erholt hatte, lüpfte auch schon Irene sein Gewand und umschloss mit ihren Fingern, die vom Marmorboden noch eiskalt waren, sein warmes Glied. Die plötzliche Kälte an seiner empfindsamen Haut ließ ihm ein wildes Prickeln von den Eiern hoch in den Bauch schießen, und sein Penis wurde noch steifer und länger. Dann schloss Irene ihren großen, breiten Mund um den langen, harten Schwanz und saugte daran.

«Ich glaube, ich bin dran», sagte Samoya und ließ ihren Schal ganz fallen, damit Antonius ihre Brustwarzen durch die Löcher in ihrem Mieder ragen sehen konnte. Sie nahm einen Spielstein und fuhr sich damit genüsslich um die steifen, dunkelrosa Knospen. «Aber ich glaube, ich habe noch eine bessere Idee.» Samoya führte sich den Spielstein an Brüsten und Bauch hinab, bis er an ihrer Klitoris ruhte. Dann begann sie, sehr langsam und sanft ihren kleinen, prallen Auswuchs zu reiben.

«Und jetzt seid Ihr wieder dran», sagte Samoya, die ihre Beine leicht öffnete und schloss, während sie an sich herumrieb.

Er konnte nichts tun. Seine Hände waren zu weit vom Tisch entfernt, um an die Spielsteine zu kommen. Irene lutschte seinen Schwanz, bis dieser so prall war, dass er das Gefühl hatte, es nicht mehr lange aushalten zu können. Er taumelte am Rand des Orgasmus und fürchtete, nun gleich in diesen Abgrund der Wonne zu stürzen. Er zitterte. Er wollte die wunderschöne, unschuldig wirkende, verdorbene junge Frau nehmen, die ihm gegenübersaß und an sich herumspielte. Er wollte in ihre Sklavin Irene eindringen, deren Mund seinen Kolben immer tiefer umschloss, während sie seine Eier umfasste. Sein innerstes Wesen brodelte in ihm empor. Schmerzliches Verlangen zog ihm den Bauch zusammen. Er konnte es nicht mehr zurückhalten. Mit einem langen, lauten Aufschrei kam er und spritzte ihr in den Mund.

Plötzlich vernahm Samoya aus der Ferne Stimmen. Ihr Vater und der Bischof kamen zurück. Züchtig bedeckte sie sich und legte den Spielstein zurück aufs Brett. Irene tauchte wieder unter dem Tisch vor. Antonius saß mit rotem Kopf da, völlig verwirrt. Samoya rechnete damit, dass ihr Vater sich nach dem Spiel erkundigen würde. Als sie ihn näher kommen sah, stand sie also rasch auf und riss dabei absichtlich das Brett um. Sie sah Antonius an.

«Oje! Was soll's. Ihr habt, glaube ich, gewonnen!», sagte sie.

Ihr Vater kam in die Halle gehastet, den Bischof dicht hinter sich. Pernel schien aufgebracht.

«Wo ist die Prinzessin?», fragte er.

«In ihrem Gemach», entgegnete Samoya.

«Soeben ist ein Bote aus Palmyra eingetroffen. Man wünscht ihre sofortige Rückkehr», sagte Pernel. Sein Blick fiel auf die neben seiner Tochter auf dem Boden kauernde Irene. «Du, lauf und sag Ihrer Königlichen Hoheit Bescheid.»

Wenige Minuten später befand sich Pernels Villa in hellem Aufruhr. Der christliche Bischof und sein Sekretär verabschiedeten sich hastig. Beide wirkten sehr zufrieden, wenn auch aus sehr verschiedenen Gründen. Der Bischof, weil er einen vorzüglichen Jahrgangswein zu einem sehr vernünftigen Preis herausgeschlagen hatte, Antonius, weil Irene ihm mit dem Mund einen sagenhaften Orgasmus beschert hatte. Er war verblüfft darüber, wie geschickt sie ihre Zunge zu gebrauchen wusste, und Samoyas Talent für heiße Erotikspiele hatte ihn überrascht. Letztes Mal, als sie ohnmächtig geworden war und ihn am Schwanz gepackt hatte, dachte er noch, das sei ein Unfall gewesen. Jetzt wurde ihm klar, dass sie die Sache geschickt eingefädelt hatte. Im Stillen nahm er sich vor, Pernels Haus wieder zu besuchen – bald. Vielleicht könnte er ja die große blonde Sklavin dazu bringen, es ihm nochmal mit dem Mund zu besorgen. Während er schweigend neben dem Bischof herging, überlegte er, ob ihre frühreife Herrin womöglich noch andere, ebenso aufregende Spiele ersinnen könnte.

Leider liefen Antonius' erotische Phantasien ins Leere. Samoyas bevorstehende Vermählung mit Prinz Alif war noch nicht bekannt gegeben worden. Als er später davon erfuhr, tröstete er sich mit den Sklavinnen im Palast des Bischofs. Und hoffte, irgendwann einmal die betörende Evastochter mit den Veilchenaugen und ihre bezaubernde nordische Sklavin Irene wiederzusehen. Und dann würde er sie beide vögeln, bis ihnen Hören und Sehen verging, weil sie ihn so schön aufgegeilt hatten.

Als Irene in das opulente Gemach trat und Prinzessin Berenike mitteilte, in Palmyra wünsche man dringend ihre Rückkehr, erfasste Berenike sogleich ein leise brodelnder Zorn. Berenike hatte sich auf eine lange Nacht voller Ausschweifungen gefreut. Sie hatte schon eine ganze Reihe Lektionen für Samoya und ihre Sklavin ausgeheckt. Und Bestrafungen.

Berenike sah zu, wie ihre beiden Eunuchen ihre speziellen Spielzeuge wegpackten, und seufzte vor Wut. Damit war eine großartige Gelegenheit dahin. Ihr Bruder, der König, konnte manchmal die reinste Landplage sein. Aber sein Wort war Gesetz. Sie musste gehorchen und auf der Stelle zurückreisen. Schade. Diese beiden Früchtchen hatten eine Strafe mehr als verdient. Berenike schaute zu Irene hinüber, die stumm dastand und wartete, entlassen zu werden. Nun, Samoyas

Lektionen in Gehorsam müssten zwar bis zu ihrem Eintreffen in Palmyra aufgeschoben werden, aber vorläufig konnte sie die beiden schon mal ein wenig strafen. Sie würde Irene mitnehmen.

Samoya war am Boden zerstört, als Prinzessin Berenike sie davon unterrichtete. Beim Abschied auf der Treppe vor der Villa ihres Vaters verspürte sie eine ohnmächtige Wut. Die Tränen liefen ihr übers Gesicht, als sie Irene küsste. Für die Prinzessin aber hatte sie gerade ein paar höfliche Worte übrig.

Ehe sie sich auf ihr niedergekauertes Kamel setzte, winkte Berenike Samoya noch einmal zu sich. Sie schob ihr den Mantel beiseite und zwickte sie in die Brustwarzen, während sie ihre Anweisungen wiederholte: In jedes Mieder mussten Löcher für ihre Brustwarzen geschnitten, jeder Rock musste durchgehend geschlitzt werden, und sie musste diese Sachen jederzeit tragen. Sollte der Anstand es erfordern, könnte sie sich mit einer fließenden weißen oder schwarzen Robe bedecken. Doch was auch geschah, sie musste jederzeit verfügbar bleiben. Dann gab Berenike ihr Anweisungen für ihre Ankunft in Palmyra. Samoya sollte in Weiß und Gold gekleidet sein. Sie musste parfümiert und eingeölt sein und vollständig rasiert.

«Prinz Alif hat eine Schwäche für nackte Mösen», sagte sie. Dann brachte der Kameltreiber das Reittier dazu, aufzustehen, und Berenike schaukelte gemächlich von dannen.

Samoya stand allein da, als sie plötzlich das Gefühl hatte, beobachtet zu werden. Sie drehte sich um und sah, wie die beiden riesenhaften schwarzen Wagenlenker der Prinzessin sie lüstern anstarrten. Samoya starrte zurück. Irgendetwas an den beiden jagte ihr einen Schauer über den Rücken. Die beiden kamen drohend näher. Samoya rührte sich nicht vom Fleck. Sie würde weder zurückweichen noch sich ihre Angst anmerken lassen, schon gar nicht auf der Treppe vor ihrem eigenen

Haus. Die beiden griffen sich unter die Tuniken und zogen ihre mächtigen Schwänze hervor. Samoya stockte der Atem.

«Eines Tages, Herrin», sagten sie, «eines Tages werden wir Euch besitzen.»

«Niemals», stieß sie hervor und bespuckte sie.

«O doch, und *dafür* werdet Ihr teuer büßen.»

«Amos, Aaron», rief Prinzessin Berenike. Die beiden Wagenlenker ließen ihre Riesenglieder wieder unter ihren Tuniken verschwinden. Nach einer unverschämten Verbeugung vor Samoya machten sie auf dem Absatz kehrt und liefen zu ihrer Herrin. Dann zogen die Prinzessin und ihre Karawane davon und mit ihnen auch Irene.

Samoya blieb mit ihrem Vater und den für ihre Reise nach Palmyra erforderlichen Vorbereitungen zurück. Wochen emsiger Betriebsamkeit brachen an, denn es galt, Samoyas Aussteuer anzufertigen, vor allem ihre Kleidung; feinste Baumwoll- und Seidenstoffe wurden plissiert und bestickt und mit Edelsteinen besetzt. Gemäß Prinzessin Berenikes Anweisungen und unterstützt von den beiden Sklavinnen, die sie bei ihr zurückgelassen hatte, wies Samoya ihre Schneiderinnen an, in all ihre Mieder Löcher für ihre Brustwarzen zu machen, die zum Schutz vorm Einreißen mit dünnem Leder eingefasst wurden. Und die Schlitze in ihren Röcken wurden ordentlich gesäumt, als ganz normaler Teil der Gestaltung. Unter den wachsamen Augen von Phyllis und Hermione, den beiden Sklavinnen Prinzessin Berenikes, führten die Schneiderinnen alles wie gewünscht aus. Doch sie tratschten auch darüber, und immer wildere Gerüchte über die Verworfenheit am Hofe von Palmyra machten in Antiochia die Runde. Niemand verstand, wie Pernel seine Tochter dorthin lassen konnte.

Pernel ließ von den Juwelieren aus den schönsten, funkelndsten Edelsteinen Diademe und Armbänder, Halsketten und Fußspangen anfertigen. Bei den besten Holzschnitzern gab er Hocker und Stühle und Tische in Auftrag, die seine Tochter nach Palmyra mitnehmen würde. Er feilschte mit den Teppichhändlern, die mit Mustern aus der ganzen Welt ins Haus kamen, damit Samoya nur aus der besten Ware auswählen konnte. Und Pernel und Samoya organisierten die Karawane, die Kamele, den Begleittross und die Route.

Nach ein paar Wochen gelang es Samoya, sich einmal davonzustehlen, um ihre Freundin Zenobia zu besuchen, doch als sie zu ihrem prachtvollen Haus kam, wurde dieses gerade mit Brettern vernagelt. Zahlreiche Kamele standen schwer beladen auf der Straße, und Zenobia gab einer Reihe Kameltreiber Anweisungen, wo ihre kostbarsten Besitztümer verstaut werden sollten.

«Wir reisen ab nach Palmyra», erklärte Zenobia ihrer Freundin, als sie ihr verdutztes Gesicht sah. «Wir wären schon längst unterwegs, wenn der christliche Bischof nicht aufgekreuzt wäre und mit mir eine Diskussion über Theologie angefangen hätte. Mein Vater war außer sich, aber einer guten Debatte kann ich eben nicht widerstehen.»

«Wie langweilig», sagte Samoya. Ihrer Ansicht nach gab es die Große Göttin, und damit hatte es sich. «Hatte er seinen Sekretär dabei?», hakte sie nach.

«Oh, den hübschen Antonius! Nein, der war nicht dabei. Er ist aus irgendeinem Grund nach Alexandria geschickt worden.»

«Aber wieso reist du denn nach Palmyra?», fragte Samoya erstaunt. Zenobia hatte nie erwähnt, dass sie Antiochia zu verlassen beabsichtigte. Jetzt aber fiel Samoya auf, wie rätselhaft Zenobia sich verhalten hatte. Die letzen Wochen über hatte sie sie kein einziges Mal besucht. Da sie ja mit ihren eigenen Reisevorbereitungen alle Hände voll zu tun hatte, gab sie nichts darauf, aber jetzt war sie empört, dass ihre älteste, beste Freundin eine solche Entscheidung treffen konnte und abreiste, ohne sich von ihr zu verabschieden.

«Mein Vater meint, wir können dort bessere Geschäfte machen, jetzt, wo der Krieg mit den Persern vorbei ist», entgegnete Zenobia; sie verschwieg Samoya aber wohlweislich, wie sie stundenlang auf ihren Vater eingeredet hatte, um ihn zu überzeugen, dass ihre Aussichten auf eine wirklich vorteilhafte Heirat sich durch einen Umzug in die syrische Hauptstadt erheblich verbessern würden.

«Aber ...», jammerte Samoya, «ich habe dir so viel zu erzählen.»

«Erzähl's mir jetzt, mach schnell.»

«Das geht nicht.»

«Und ob das geht. Fass dich kurz», fuhr Zenobia sie streng an.

«Na ja, es sieht so aus, als würde ich auch nach Palmyra ziehen», sagte Samoya.

«Was ist denn aus Athen geworden?»

«Daraus wird nichts. Ich habe mich bereit erklärt, Prinz Alif zu heiraten.»

«Ach! Ich dachte, du wolltest nicht heiraten», sagte Zenobia.

«Wollte ich auch nicht», sagte Samoya.

«Und, was hat dich umgestimmt?»

«Prinzessin Berenike», sagte Samoya knapp. Jetzt war nicht die Zeit für einen vertraulichen Plausch. Wegen der Sklaven und Kameltreiber um sie herum konnte sie Zenobia nicht mehr erzählen. Und ihr auch nicht die ersehnten Fragen über den römischen Kommandanten stellen.

«Nun, Samoya, dann viel Glück, bis bald in Palmyra», sagte Zenobia, während sie ihre zierliche Gestalt in den wunderhübschen, bunten Gewändern in ihren weiten schwarzen Wüstenmantel hüllte. Die beiden Freundinnen küssten sich zum Abschied, dann ließ Zenobia sich auf ihr Kamel helfen und ritt majestätisch aus Antiochia hinaus. Samoya scharte ihre Sklavinnen um sich und trat den Heimweg an. Heftige Enttäuschung setzte ihr zu, sie fühlte sich einsam und verlassen, während sie durch die Straßen trottete.

Langsam und missmutig schlurfte sie dahin. Um auf andere Gedanken zu kommen, beschloss Samoya spontan, dem Geheiß ihres Vaters zuwiderzuhandeln und auf einem Umweg heimzukehren, über den Markt. Sein strenges Verbot stammte noch aus der Zeit vor ihrer Initiation, beruhigte Samoya sich, bevor sie offiziell zur Frau wurde. Jetzt konnte sie tun, was sie wollte.

Ein paar ihrer Sklavinnen wandten ein, sie sei für eine solche Eskapade nicht angemessen gekleidet. Samoya sah an sich hinab. Sie trug ein langes, fein plissiertes, hellrosa Gewand, dessen goldene Einfassungen die Schlitze kaschierten, die ihr Geschlecht entblößten, dazu das grüne Mieder, aus dem rosig ihre Brustwarzen vorlugten. Es lag eng um ihre jungen Brüste an und betonte die Blässe ihrer Haut. Sie zog den dünnen Mantel aus cremeweißer Seide, der das Rotgold ihrer Haare noch stärker leuchten ließ, enger um sich. Heimlich musste sie ihnen zustimmen, aber das hätte sie nie zugegeben.

«Haltet euch dicht bei mir», sagte sie, «vielleicht finden wir ja was Hübsches, ein Tongefäß oder einen neuen Händler mit anderen Teppichen.»

Einige der Mädchen aber, die schon einmal wegen Ungehorsams Pernels Peitsche zu spüren bekommen hatten, versuchten Samoya umzustimmen. Was Samoya außerordentlich missfiel. Sie verteilte Ohrfeigen und erstickte jeden Widerspruch mit der Drohung im Keim, wer ihr nicht gehorche, müsse bald in der Küche schuften.

Die Sklavinnen scharten sich um sie, zum Schutz gegen die Blicke der Ladenbesitzer und Kunden, während sie die sonnigen, kopfsteingepflasterten Gassen durchstreiften. Je näher sie ihrem Ziel kamen, desto mehr Waren wurden an Ständen vor den kunterbunt gewürfelten Häusern der Leute feilgeboten. Menschen kamen und gingen, stritten, kauften und verkauften entlang eines schmalen Durchgangs in der Straßenmitte. Samoya fand ihren unerlaubten Abstecher aufregend und bummelte furchtlos an den Ständen vorbei, ohne darauf zu achten, ihre Sklavinnen stets bei sich zu behalten. Als sie einen Bettler sah, entsann sie sich der alten Wahrsagerin und drückte ihm rasch eine Goldmünze in die Hand.

Plötzlich erhoben sich Lärm und Tumult. Samoya wurde gegen eine Mauer gedrängt, als schwarz gekleidete Männer schreiend und brüllend vorüberstürmten, die wild mit den Armen fuchtelten, Steine warfen, Schubkarren umstürzten und auf den Waren der Händler herumtrampelten.

«Was ist los, was ist los?», rief Samoya.

«Zurück, aus dem Weg», erhielt sie zur Antwort.

«Sie sind sich uneins über den Wert der verschiedenen Götter», rief einer. Und schon brach ohne ersichtlichen Grund ein regelrechter Krawall los, an dem sich alle beteiligten. Die Männer in den schwarzen Gewändern rauften mit Tempelpriestern, Markthändler prügelten und schlugen aufeinander ein. Und ständig schienen alle auf Obst oder Gemüse auszurutschen. Samoya stand Todesangst aus und hielt verzweifelt nach ihren Sklavinnen Ausschau. Einige von ihnen lagen verletzt am Boden. Der Lärm von Geschrei und Gebrüll und zusammenkrachenden Marktständen war so groß, dass niemand das herannahende Hufgetrappel hörte. Ehe sie sich versah, wurde Samoya von einem starken, pechschwarzen Arm emporgehievt und umstandslos über den Schoß des Reiters geworfen. Dann galoppierte der Reiter mit ihr quer durch die Menge, die vor dem heransprengenden Hengst panisch beiseite stob.

Sobald sie den Massentumult hinter sich gelassen hatten und das Pferd gemächlich dahintrabte, war Samoya es leid, muskulöse, pechschwarze Oberschenkel anzustarren, und drehte den Kopf, um hinauf in das Gesicht ihres Retters zu sehen. Und in dem Moment war es um sie geschehen.

Ihr Herz schlug höher, als sie in das Gesicht des schönsten Mannes blickte, den sie je gesehen hatte. Er trug eine römische Uniform, aber ihre Kenntnisse römischer Abzeichen reichten nicht aus, seinen Rang zu bestimmen. Seine Haltung aber, die breiten Schultern, sein aufrechter Sitz im Sattel, all dies wirkte gebieterisch. Und aufregend, ungeheuer aufregend. Er zog den Zügel straff und sah mit seinen tiefschwarzen Augen zu ihr hinab.

«Wo wohnst du?», fragte er. Beim Klang seiner Stimme, die wie schwerer brauner Honig war, wurde Samoya ganz flau im Magen. «Und sag jetzt nicht, beim Markt, denn ich weiß, das wäre gelogen.»

Samoya wäre es gar nicht eingefallen zu lügen, und sie nannte ihm sofort die Adresse ihres Vaters.

«Wusste er, wo du warst?»

«Nein», sagte sie und schauderte bei dem Gedanken, wie zornig ihr Vater sein würde. «Ach, meine Sklavinnen, meine armen Sklavinnen.»

«Mach dir keine Sorgen um sie», sagte der römische Soldat, «ich hatte einen Trupp bei mir, wir haben gesehen, was los war. Meine Männer haben Befehl, alle zu bergen.»

«Aber wo werden sie dann hingebracht?», fragte Samoya beklommen. «In die Garnison?»

«Nicht alle. Deine Sklavinnen bringen sie zu dir nach Hause», sagte er. «Nun, junge Dame, wie ist dein Name?»

«Samoya Cato», erwiderte sie. «Und deiner?»

«Marcus Protarchus, und ich finde, du solltest in etwas würdevollerer Haltung reiten.» Er war Samoya beim Hinsetzen behilflich und legte dann die Arme um sie.

Samoyas cremeweißer Mantel hatte bislang ihren Körper vollständig verhüllt. Für diesen Schutz war sie auch dankbar, aber nun merkte sie, wie sehr ihr der geschlitzte Rock jetzt zupass käme. Sie spreizte die Beine so über den Sattel, dass ihr Rock sich teilte und zu beiden Seiten hinabhing, während ihr Geschlecht und ihr Po entblößt wurden. Mit dem Rücken lehnte sie sich an den ledernen Brustpanzer des Römers und rückte ihren Po so zurecht, dass er genau zwischen seinen Schenkeln ruhte.

So trotteten sie ein Weilchen dahin, bis Samoya sich leicht bewegte. Was zur Folge hatte, dass sein Penis sich regte und wuchs. Sie spürte, wie er hart wurde. Das fühlte sich so gut an, dass sie übertrieben auf dem Pferd auf und ab wippte, um das Gefühl weiter auskosten zu können. Er wuchs immer weiter. Sein eigenwilliger Liebesmuskel bahnte sich energisch einen Weg zwischen ihre Pobacken und an ihr Geschlecht. Sie spannte ihre inneren Muskeln an. Er sollte glauben, das Pferdegeruckel sei der Grund dafür, dass sie ständig gegen seinen stetig wachsenden Phallus stieß. Das stimmte auch zum Teil, doch jedes Mal, wenn sie auf seiner Männlichkeit landete, zog sie ihre Muskeln zusammen und verspürte als Reaktion ein Zittern, das ihn durchströmte.

Samoya rückte etwas vor, um besseren Halt zu finden. Dann glitt sie wieder zurück gegen seine inzwischen harte Rute, die pochend an ihre Schamlippen stieß. Dies, entschied sie, war nicht nur der beste Ritt ihres Lebens, nein, sein Glied schien es sogar mit der Ausstattung der Götter auf den Wandgemälden beim Bischof aufnehmen zu können.

Schweigend ritten sie dahin. Sie spürte, wie ihre Brustwarzen steif wurden, drehte sich in der Taille um und ließ ihren Mantel hinabgleiten, sodass eine ihrer Knospen seinen Bizeps streifte. Marcus umschloss sie noch fester mit den Armen. Bei der Berührung spannte sich sein ganzer Körper an. Samoya spreizte ihre Beine weiter. Sie spürte, wie aus ihrem tiefsten Inneren urtümliche Nässe quoll und ihre Bewegungen geschmeidiger machte. Sie glitt auf ihm vor und zurück. Ein zufälliger Betrachter hätte sie für zwei Reiter gehalten, die aufs Schönste mit ihrem Pferd harmonierten. Nur sie wussten, dass sie kopulierten.

Samoyas Kehle war wie ausgedörrt. Sie zitterte am ganzen Leib, während sie den Rhythmus aufrechterhielt. Jede Faser ihres Körpers schrie, nimm mich, nimm mich. Dann spürte sie seinen Atem am Hals. Ein Schauer rieselte ihr über die Kopfhaut. Sie schluckte schwer. Vor Erregung zog sich ihr Bauch fest zusammen. Sie ließ den Kopf zur Seite sinken. Seine Lippen fuhren ihr übers Haar und verharrten an ihrem Ohrläppchen. Ihr Geschlecht dehnte sich, öffnete sich, regte sich unter seinem steifen Penis.

«Ich will dich», raunte er und ließ die Zügel schnalzen, worauf das Pferd sogleich losgaloppierte.

«Wo bringst du mich hin?», fragte Samoya heiser.

«Dahin, wo ich dich vögeln kann», entgegnete er und lenkte das Pferd aufs Stadttor zu.

«Wo ist das?», flüsterte sie.

«Wart's ab», sagte er und stieß mit seinem harten Glied gegen sie.

Marcus hatte beschlossen, sie in das Haus zu bringen, in dem er und sein Kommandant Quartier genommen hatten. Er würde sie die Treppe hinauf in sein Zimmer tragen. Dort würde er sie in die Arme schließen, ihre Lippen küssen, mit den Händen ihre Beine hochfahren und mit den Fingern an ihrem geheimen, verborgenen Ort spielen. Er wusste, sie war nass und bereit. Er würde ihre entblößten Brustwarzen liebkosen, ihr das Mieder vom Leib reißen, ihre reizenden Brüste streicheln. Dann würde er sie rücklings auf sein Bett werfen, ihr die Beine weit spreizen, sich zwischen ihre Schenkel drängen und sanft in ihr offenes, nasses Loch eindringen.

Samoya schwirrten ganz ähnliche Visionen durch den Kopf. Wobei er aber den Vorteil hatte, den Ort zu kennen, wo es geschehen würde. Sie musste ihr Liebesspiel im leeren Raum ansiedeln. So sah sie nur seine Hände, die ihr über den blassen Leib fuhren, sie berührten, sie erregten, spürte seine Fingerspitzen an ihren Brustwarzen, seine Brust auf ihrer Brust, seine Lippen auf ihren Lippen, seine Zunge in ihrem Mund. Samoya wurde ganz schwindelig vor Vorfreude. Sie wusste kaum, auf welchen Teil seines Körpers sie sich konzentrieren sollte. Auf seinen Mund, der sich auf ihren drückte, ihre Lippen auseinander zwang, ihr die Zunge hineinstieß. Auf seine Hände, die ihr Kleid hochschoben, ihre Schenkel streichelten und dann ihren geheimen Ort fanden, der sich ihm öffnen würde. Der schon jetzt vor Verlangen nach ihm prickelte.

Ihre Visionen schärften sich, wurden immer wirklicher. Sie würde ihm mit den Händen über die seidig schimmernden, pechschwarzen, muskulösen Schenkel fahren. Samoya sog scharf die Luft ein, als sie sich vorstellte, wie sie seinen Kolben umfassen würde. Er würde so steif wie ein Rammbock sein, sie würde seine Uniform anheben, und da wäre er dann, so riesig wie Jupiters, aber schwarz und pochend vor Energie. Bereit, sich in sie zu bohren. Wenn sie ihn umfasste, würde sie spüren, wie er vor Verlangen rhythmisch pulsierte. Samoya ertappte sich dabei, wie sie seinen Arm umklammerte und daran auf und ab fuhr, als wäre er sein Penis. Er hatte ihre Gedanken wohl erraten; denn die Rute zwischen ihren Beinen zuckte spürbar, was sie in ihrer Nässe mit einem Wackeln beantwortete.

Marcus hielt sie fest umklammert, während sie durchs Stadttor ritten. Samoya gab sich weiter ihren Tagträumen hin. Erst würde er sie küssen, dann hochheben, und sie würde ihm die Beine um die Taille schlingen, und er würde sie auf seine Schwanzspitze sinken lassen. Sie würde spüren können, wie sie sich dehnte, während dieses prachtvolle Stück sie öffnete und ihr Geschlecht ihn in seiner vollen Länge aufnahm.

Marcus zog ihr die Hand auf den Rücken, damit sie seinen Kolben betasten konnte. Ein berauschendes Gefühl. Ihr ganzer Körper zitterte vor Erwartung. Sie wollte ihn auf sich spüren, fühlen, wie sein Körper sie in Besitz nahm.

Eine halbe Meile hinter den Stadtmauern erblickte sie ein großes Haus auf einem weitläufigen Anwesen. Marcus ritt darauf zu, ließ das Pferd abrupt anhalten, rief einen am Säulengang stehenden Sklaven herbei und warf ihm die Zügel zu.

«Bring ihn in den Stall», befahl Marcus, als er sich vom Sattel schwang. Dann trug er Samoya ins kühle Dunkel des Hauses, hastete mit ihr die Treppe hoch und öffnete die Tür zu seinem Schlafzimmer mit einem Tritt.

«Mein Kommandant, Lucius Aurelian, und ich haben hier Quartier genommen.» Damit ließ er sie auf den Boden hinab und presste seinen Mund auf ihre Lippen.

Und sobald sein Körper sich an sie drückte, ergriff eine Art Besessenheit von Samoya Besitz. Sie verlor jede Kontrolle über ihre Bewegungen, ihre Muskeln und auch ihre Gefühle. Sie schwankte, wand sich wie eine Tänzerin, ihre Hüften schwangen hierhin, ihre Brüste dorthin, doch dabei verlor sie nie den Körperkontakt zu ihm. Und dann fuhr sie mit den Händen hinab. Sie musste seinen Penis fühlen. Sie musste ihn in die Hände nehmen. Und vor allem musste sie ihn betrachten.

Unter seiner Uniform war Marcus nackt, und als ihre Hand nach seinem Schwanz griff und ihn umfasste, lief ihr ein ungeheurer Schauer über den ganzen Leib. Als sie ihn ansah, stockte ihr der Atem. Wie prächtig er war. Sie wand sich und rückte die Beine auseinander, damit er leichter mit den Händen ihre Schenkel hochfahren konnte. Instinktiv begann sie, sein mächtiges Teil zu streicheln. Hoch und runter, hoch und runter. Er stieß einen langen Seufzer aus, während sie ihn in ihren kühlen Händen hielt, und er entledigte sich des Brustpanzers und brachte seine breite, haarlose Brust zum Vorschein.

Samoya spürte ein Kribbeln vom Hals bis zum Bauch, als seine Finger nach und nach in ihre offene, feuchte Geilheit drangen. Ohne die Finger herauszuziehen, hob er sie hoch und trug sie hinüber zu einem breiten, mit Kissen übersäten Bett. Dort warf er sie nieder, zerrte ihr Kleid hoch, teilte ihre Beine, drückte seinen Mund auf ihren und seinen Schwanz an ihren verborgenen, nassen Eingang.

Samoya schlang ihm die Arme um den Hals und reckte die Beine empor, schlang sie ihm um die Taille und hakte die Füße hinter seinem Rücken zusammen.

«Ja», flüsterte sie. «Ja, nimm mich jetzt.»

Marcus ließ sich nicht lange bitten. Langsam und sehr behutsam glitt er in sie. Stückchen für Stückchen teilte er sie, bis sie sich völlig geöffnet hatte und ihn ganz aufnahm. Sie wälzten und wiegten sich, hoben und senkten ihre Leiber im Gleichklang. Sie strich ihm über den Rücken und reckte ihre Hüften hoch, und er nahm sie und ritt sie, bis die erregenden Gefühle in ihrem Körper, die Knoten in ihrem Bauch, die Trockenheit in ihrer Kehle sich zu einem so heftigen Moment der Leidenschaft bündelten, dass ihnen beiden war, als würden sie fliegen. Und dann sackten sie einander ermattet in die Arme und küssten sich zärtlich.

Marcus fuhr Samoya in der Kutsche seines Kommandanten nach Hause. Während der Heimfahrt entschied Samoya, dass sie Prinz Alif nicht heiraten würde. Sie würde mit diesem wundervollen Soldaten nach Rom gehen. Sie würde alles für ihn aufgeben. Sie würde seine Frau werden.

«Bist du verheiratet?», fragte sie. Sie brannte auf eine Antwort auf diese entscheidende Frage.

«Nein», lachte er. «Vor lauter Krieg und Töten habe ich noch nie an Liebe gedacht.»

«Hättest du gern eine Frau?», fragte sie.

«Irgendwann», antwortete er. «Aber jetzt noch nicht. Ich will keine Witwe und vaterlose Kinder hinterlassen, die der Gnade anderer Männer ausgeliefert sind. Ich werde heiraten, wenn meine Soldatenzeit um ist.»

«Wann wird das sein?», fragte sie.

«Wenn ich diese Dienstzeit beendet habe und nach Rom zurückkehre. Die Perser sind besiegt, die Goten verhalten sich ruhig. Der Frieden könnte von Dauer sein. Vielleicht heirate ich dich. Du könntest mit mir nach Rom kommen.»

Marcus drehte ihr Gesicht zu sich und küsste ihre Lippen. Samoya gab keine Antwort. Ihr Herz hämmerte wie wild, ihr Mund war trocken, und ihr war furchtbar flau zumute.

Marcus schien über ihr Schweigen verblüfft. Aber sie hatte nicht vor, ihm zu verraten, dass sie Prinz Alif versprochen war und bald nach Palmyra aufbrechen würde. Erst müsste sie ihrem Vater beibringen, dass sie nicht mehr den palmyrenischen Prinzen heiraten wollte, sondern einen jungen römischen Soldaten. Ihr Vater wäre natürlich erbost darüber, aber er würde schon nachgeben. Wie immer. Und dann würde sie mit all ihren wundervollen Sachen, ihren Kleidern, ihrem Schmuck, in die andere Richtung reisen. Nach Rom statt nach Palmyra. Und dann würde sie glücklich sein bis an ihr Lebensende.

«Mein Vater wird sehr böse sein», wechselte Samoya das Thema. «Weißt du, ich sollte nämlich auf gar keinen Fall zum Marktplatz gehen.»

«Dann verraten wir ihm einfach nichts davon», sagte Marcus und drückte sanft ihre Hand.

«Und ich bin sehr lange weg gewesen», setzte sie hinzu. «Wie wollen wir das erklären?»

«Von dem Krawall hat er bestimmt schon gehört, also werde ich ihm sagen, ich hätte dich bewusstlos aufgelesen und zur Garnison gebracht, wo die Ärzte dich gepflegt haben, bis du dich wieder erholt hattest.»

«Vielen Dank», sagte Samoya leise und küsste ihn noch einmal.

Die Kutsche bog in die Straße ein, in der die Villa ihres Vaters stand. Samoya blieb vor Schreck fast das Herz stehen. Kamele und ihre Treiber verstellten ihnen den Weg. Aus dem Haus kamen hektisch Sklaven gelaufen, beluden die Kamele, winkten sie weiter und huschten ins Haus zurück.

Jemand rief nach ihrem Vater. Pernel kam aus dem Haus gehastet und marschierte schnurstracks auf die Kutsche zu. Er nickte Marcus grimmig zu und packte seine Tochter am Arm.

«Deine Brüder sind aus dem Krieg zurück», sagte er und schleifte sie förmlich aus der Kutsche aufs Haus zu.

Für einen zärtlichen Abschied blieb Samoya keine Zeit. Wortlos wurde sie die Treppe der Villa zur großen Halle hinaufgezerrt. Marcus schaffte es mit knapper Not, die Kutsche in der verstopften Straße zu wenden, und fuhr wieder denselben Weg zurück, den er gekommen war.

«Wir reisen sofort ab nach Palmyra», verkündete Pernel.

«Aber, aber …», stammelte Samoya, die es nicht gewohnt war, so grob angefasst zu werden, schon gar nicht von ihrem Vater.

«Diese Stadt ist zu gefährlich. Deine Brüder werden sich hier ums Geschäft kümmern, während ich dich zu deiner Hochzeit bringe.»

«Aber, Vater …»

«Kein Aber», fiel Pernel ihr barsch ins Wort. «Zieh dir deine Reisekleidung an. Wir brechen sofort auf.»

Ergeben trottete Samoya die Treppe zu ihrem Zimmer hoch, das vollkommen leer geräumt war, nur ihre schwarze Wüstenkleidung lag dort parat. Sie zog sich aus. Tränen begannen ihr übers Gesicht zu laufen. Warum hatte sie Marcus nicht die Wahrheit gesagt? Jetzt würde er sie nie wiederfinden. Sie wäre Hunderte und Aberhunderte Meilen weit weg in Palmyra, und er würde nach Rom gehen. Sie würden sich nie wiedersehen.

Samoya legte sorgfältig die schlichten schwarzen Sachen an, Mieder, Rock und Mantel, die für die Reise durch die Wüste erforderlich waren, und ein Plan nahm in ihrem Kopf Gestalt an. Vielleicht könnte sie sich von der Karawane absetzen? Vielleicht könnte sie einige ihrer Sklavinnen dazu bringen, sie zu begleiten. Wenn sie ihnen ihre Freiheit in Aussicht stellte, könnte es gelingen. Auf jeden Fall müsste sie etwas Schmuck mit sich führen. Wie ärgerlich, dass schon alles verladen war, und sie wusste nicht, was wo war. Sie müsste es schlau anstellen und in Erfahrung bringen, auf welchem Kamel sich ihr Schmuck befand. Sie musste lächeln bei der Vorstellung, wie sie ihren Vater übertölpelte. Ihre Tränen versiegten, und ihr war schon viel leichter ums Herz. Ihre Entscheidung stand fest. Wenn sie erst in der Wüste waren, würde sie sich davonstehlen, nach Rom reisen und dort Marcus ausfindig machen.

Kapitel vier

Als Prinzessin Berenike mit ihrer langen, aus Hunderten schwer beladenen Kamelen bestehenden Karawane Antiochia hinter sich ließ, war sie äußerst missgestimmt.

Pernel hatte zwar in die Vermählung seiner Tochter mit Prinz Alif eingewilligt, aber er hatte es sich nicht nehmen lassen, Samoya nach Palmyra zu begleiten, um ihrer Hochzeit beizuwohnen und noch einige Zeit in der Stadt zu verweilen. Was Berenike ganz und gar nicht ins Konzept passte. Sie hatte mit dem Fürsten der Beduinen ihre eigene Übereinkunft. Jede für den Hof bestimmte künftige Braut, die auf dem Weg nach Palmyra die Wüste durchquerte, stand ihm zu seinem Vergnügen zur Verfügung und, wenn es ihm beliebte, auch dem seiner Männer. Was aber kaum möglich war, wenn sie von ihrem Vater begleitet wurde. Und Samoyas Fall war besonders heikel. Pernel mit seinen Handelswegen, seinem Wissen und seinen Beziehungen war zu wertvoll, um verprellt zu werden. Irgendwie, überlegte Berenike, musste sie Vater und Tochter trennen. Aber wie?

Diese Frage bereitete Berenike Kopfzerbrechen, als ihre Karawane an einer Oase Halt machte, die aus Sand, Geröll, Felsen und ein paar kümmerlichen Pflanzen bestand. Umgehend machten sich ihre Sklaven daran, ihr riesiges, luxuriöses Zelt sowie ein paar kleinere aufzuschlagen. Später, als Berenike allein zu Abend speiste – Lammbraten, ungesäuertes Brot und Datteln, dazu vorzüglicher Wein von Pernel –, waren ihre Kameltreiber emsig damit beschäftigt, Wasserschläuche zu fetten, Seile zu drehen, Sättel zu flicken und sich um ihre Tiere zu kümmern. Erst wenn all dies erledigt war, durften auch sie essen, sich vergnügen und schließlich schlafen legen.

Kurz vor Sonnenuntergang kam ein Grüppchen barbusiger Sklavinnen in Berenikes Zelt. Sie näherten sich ihr auf Knien und küssten ihr die Füße, dann lösten sie ihr den Ledergürtel mit den phallischen Enden und legten ihn neben ihr Bett. Nachdem sie sie entkleidet hatten, rieben sie ihr den wohlgerundeten, sinnlichen Körper mit duftenden, mit Zitronensaft versetzten Ölen ein, wobei sie besondere Sorgfalt auf ihre Brustwarzen verwandten, und betteten sie dann auf ihr Daunenlager.

«Auf welche von uns fällt Eurer Hoheit Wahl für heute Nacht?», fragte Kia, die Wohlgenährteste.

«Auf dich», entgegnete Berenike, reckte die Arme empor und spreizte ihre Beine.

Kaum hatte Kia ihrer Herrin den Kopf zwischen die Beine gesteckt und begonnen, sie dort zu lecken, als aus der Ferne das Bimmeln von Glöckchen zu ihnen drang. Wenig später vernahmen sie das unverkennbare Dröhnen über den Sand donnernder Kamelhufe. Berenike befahl ihrer Sklavin, in ihrer Stellung zu verharren, richtete sich auf ihren Kissen auf und blickte gespannt zum Zelteingang. Lange brauchte sie sich nicht zu gedulden. Bald trat Tamoral, der hoch gewachsene, raubvogelhafte, schmucke Beduinenfürst in Berenikes Zelt, begleitet von drei halbnackten, von Öl schimmernden Stammesgefährten.

Berenike bedachte Tamoral mit ihrem katzenhaftesten Lächeln. Wie gebieterisch er aussah, wie prachtvoll in seinen indigoblauen Wüstengewändern, mit dem von einem schwarzen Wollring gehaltenen, bestickten Kopfputz. Und wie aufregend, mit den hinter den breiten Ledergürtel geschobenen Dolchen und dem an seinen langen, starken Beinen hinabhängenden Krummschwert, der Reitgerte in der Hand und seinem mächtigen, pulsierenden Penis, der sich deutlich abzeichnete.

«Berenike, ich grüße dich», sagte er mit seiner tiefen Stimme. Beim Anblick der beiden nackten Frauen auf dem Bett stellte sein Penis sich umgehend noch strammer auf.

«Tamoral!», rief Berenike und wand sich ein wenig, als ihre Sklavin ihre Klitoris berührte. «Ich hatte ja keine Ahnung, dass du in der Gegend bist. Ich kann dir Pfefferminztee oder Kaffee anbieten.»

«Erst mal gar nichts.» Tamoral stand nicht der Sinn nach Getränken. Und er war kein Freund des modischen, bitteren Kaffees, den Kaufleute für ein Vermögen aus Arabien einführten. «Wir haben euch seit Antiochia beschattet. Was hat dich dort hingeführt?»

«Ich war auf Brautschau für Prinz Alif.»

«Wen hast du erwählt?», fragte er, setzte sich neben sie und berührte ihre Brustwarzen leicht mit der Spitze seines Dolches.

«Samoya, Pernels Tochter», antwortete Berenike.

«Wie ich höre, soll sie sehr schön sein», sagte Tamoral.

«Allerdings.»

«Hat sie für dich die Beine breit gemacht?»

«O ja, und ich habe sie von einem meiner Eunuchen lecken lassen.» Tamoral war sofort erregt. Er gab einem seiner Sklaven Zeichen, sein Gewand anzuheben, um der palmyrenischen Prinzessin einen Blick auf seine herrliche Männlichkeit zu gestatten. Als der Sklave langsam Tamorals Robe anhob und den hellbraunen Schwanz seines Herrn zum Vorschein brachte, der lang und dick, pochend und stolz emporragte, entrang sich Berenike ein tiefer Seufzer der Begierde. Sie spannte ihre fleischigen Pobacken an. Sie wusste, wie dieses Gerät sich anfühlte, und dieses Gefühl würde sie in wenigen Sekunden wieder genießen.

«Los, lutsch mir den Schwanz», sagte Tamoral hitzig und ließ die Reitgerte kurz auf ihre harten Brustwarzen sausen. Er wollte sie nehmen. Wollte fühlen, wie sie sich unter ihm wand. Und er wollte ihr wehtun. Wollte ihr den Schmerz seines Verlangens zu spüren geben. Und sie sollte um Gnade betteln, während er mit der Gerte ihren runden, nackten Po bearbeitete. Er schlang die Finger in Berenikes Haar, zog ihren Kopf auf seinen Bauch zu und stieß ihr seinen Schwanz in den Mund. Gleichzeitig legte Berenike ihm die Hände um den großen Hodensack und spielte mit seinen Eiern, ergötzte sich daran, wie weich sie in ihrer Hand lagen, während ihr Mund an seinem mächtig erigierten Glied auf und ab fuhr.

«Wer hatte in Antiochia mit dir Sex?», fragte er.

«Niemand», antwortete Berenike, um dann weiter Schaft und Spitze seines dicken Penis zu lecken.

«Du lügst», knurrte er drohend und hieb ihr mit der Gerte gegen die Hand.

«Nein, nein, es stimmt», beteuerte Berenike und lutschte fester und schneller, in Erwartung des nächsten Streichs.

«Männer», rief Tamoral die halbnackten Krieger zu sich, die er am Zelteingang zurückgelassen hatte. Beim Anblick der Prinzessin, die von ihrer Sklavin geleckt wurde, während sie wiederum ihrem Anführer den Schwanz lutschte, hatten ihre Schwänze sich steil aufgerichtet. Tamoral reichte dem einen seine Gerte.

«Jai, hör zu», sagte Tamoral, «sie behauptet, sie hätte in Antiochia nicht der Fleischeslust gefrönt. Das glaube ich ihr nicht. Zwölf Hiebe auf ihren Hintern. Dann kannst du sie haben.» Tamoral machte es Spaß, die mächtige Prinzessin von Palmyra zu demütigen. Er wandte sich an den kleinsten der drei.

«Tika, entferne diese Sklavin.»

Tika packte die dralle Kia an den Schamlippen und tat wie geheißen.

«Dreh Ihre Hoheit um. Damit wir ihren stattlichen Hintern zu sehen bekommen.»

Diese Worte wirkten wie ein Ansporn. Berenike widmete sich mit noch mehr Hingabe Tamorals Gerät. Voll Vorfreude wechselte sie flink die Stellung, drehte sich vom Rücken herum und kniete sich leicht hin, um ihren großen Po, weich und einladend, der Gerte darzubieten. Jai umfasste mit der einen Hand seinen eigenen langen, dünnen und sehr harten Schwanz, während er Berenikes erhobenes Hinterteil mit der anderen bearbeitete. Berenike zuckte zusammen, als der erste Hieb ihr nacktes Fleisch traf und köstlicher, süßer Schmerz sie durchfuhr. Sie zappelte, drehte und wand sich, schrie wie von Sinnen, während Tamoral ihre Hände umklammert hielt, sodass sie nicht entwischen konnte. Der Mann ließ die Gerte mit beträchtlicher Wucht auf sie niedersausen, bis sich zwölf tiefrote Striemen kreuz und quer über ihr nacktes Fleisch zogen.

«Jetzt nimm sie, in den Arsch», befahl Tamoral. Jai kniete sich zwischen Berenikes Beine, packte sie an den Hüften, teilte ihre Pobacken und zog sie nach hinten auf seinen langen, dünnen, aufgerichteten Penis. Sie war offen und nass. Ihre Säfte waren hinabgesickert bis an ihren Anus. Jai drang mit feurigem Ungestüm in sie ein, bohrte sich in sie, bis sie taumelte, wankte, zitterte und sich wand.

Tika ließ sich rücklings zwischen Tamorals Beine gleiten und legte den Mund um Berenikes große, pendelnde Brüste, während er mit den Händen Tamorals Arschbacken weit spreizte, damit Jai seinen Schwanz über den Spalt seines Herrn reiben konnte. Und die fette Sklavin, Kia, kam angekrochen, nahm Tikas hübsch geformtes Gerät in ihren dicklippigen Mund und fuhr so lange mit der Zunge daran auf und ab, bis ihm vor Erregung ganz flau wurde und er das Verlangen verspürte, sich zu entladen.

Die Sonne ging unter, der Mond leuchtete am Himmel und warf sein fahles Licht auf die sechs Körper, die sich schimmernd umeinander wälzten.

Später, als sie mit Tamoral allein war, schmiegte Berenike ihren üppigen Körper an seine festen, muskulösen Lenden und drückte ihm ihren rot gezeichneten Po gegen die Schwanzspitze.

«Wüsstest du eine Möglichkeit, Samoya von ihrem Vater zu trennen?», fragte Berenike. «Und zwar, ohne dass er Verdacht schöpft oder sein Zorn geweckt wird.»

«Können wir nicht irgendwen bestechen?», fragte Tamoral. «Hat er keinen Erben, den wir benutzen, manipulieren und später erpressen könnten?»

«Nicht dass ich wüsste», entgegnete Berenike.

Dann erzählte sie Tamoral, wie sie während ihres Aufenthalts in Antiochia in Erfahrung zu bringen versucht hatte, wer sein Erbe war, aber vergebens. Sein riesiges Geschäftsimperium schien ein Ein-Mann-Betrieb zu sein. Berenike fügte hinzu, ihres Wissens sei bei Geschäftstreffen stets nur eine weitere Person anwesend gewesen, Samoya nämlich. Dass sie die Erbin sein könnte, schlossen Berenike und Tamoral übereinstimmend aus.

«Und ist sie noch Jungfrau?», fragte Tamoral.

«Technisch gesehen, ja», entgegnete Berenike. Bei dem Gedanken erwachte Tamorals Rute zuckend zu neuem Leben. Er könnte der Erste sein. Er führte Berenikes Hand oben an seinen Penis und forderte sie auf, die Planung ihm zu überlassen. Die Gelegenheit zu einer Orgie in der Wüste würde er sich auf gar keinen Fall entgehen lassen. Er würde die Dinge so regeln, dass Samoya ohne ihren stets wachsamen Vater in Palmyra eintraf.

«So wachsam ist er gar nicht, das eine oder andere konnte ich ihr schon beibringen», sagte Berenike. «Und sie hat sehr schnell gelernt. Fast zu schnell. Also habe ich ihr zur Strafe ihre Lieblingssklavin weggenommen.»

«Wo ist diese Sklavin jetzt?», fragte Tamoral.

«Im Zelt nebenan. Willst du sie mal sehen?»

«Ja, lass sie herbringen.»

«Gehen wir lieber zu ihr», sagte Berenike. Sie hüllte ihren üppigen Körper in ein langes rotes Seidengewand und trat mit Tamoral hinaus in die beißend kalte Nachtluft der Wüste. Bei einem Zelt, das kleiner war als ihres, aber immer noch groß genug, um mindestens zehn Männern und Frauen Platz zum Stehen und Umhergehen zu bieten, blieb Berenike stehen. Sie schlug das Tuch am Eingang beiseite und trat mit Tamoral ein. Tamoral schnappte hörbar nach Luft.

Irene kniete am Boden. Ihr blasser, runder, nackter, frisch ausgepeitschter Po ragte in die Höhe, genau ihnen entgegen. An ihren Knöcheln befanden sich schwere Ketten, mit denen ihre gespreizten Beine an Steinkugeln fixiert waren. Tamoral schritt seitlich um das Mädchen herum. Ihre Ellenbogen und Unterarme ruhten auf einem Teppich, der über den Sand gebreitet worden war. Ihre Handgelenke waren gefesselt. Ihr Kopf ruhte seitlich auf den Händen. Sie trug eine Augenbinde und war geknebelt. Ihr langes blondes Haar fiel ihr lose über die Schultern, ohne ihre Brüste zu berühren, die in enges Leder gezwängt waren, aus dem nur ihre Brustwarzen herausragten. Dieses Korsett reichte bis an ihre Taille, wo es so eng zusammengeschnürt war, dass ihre Flanken aufschwollen. Tamoral trat wieder zurück, um ihre Pobacken anzustarren. In ihren Anus war ein großer, polierter Holzpenis eingeführt, der mit Ketten an ihrer Taille und ihren Oberschenkeln befestigt war.

Berenike klatschte in die Hände. Durch einen zweiten Eingang hinten im Zelt kamen ihre zwei Nubier herein, begleitet von ein paar dicken Frauen mit schweren Brüsten. Sie waren alle splitternackt und hatten Lederphalli in unterschiedlichen Größen umgeschnallt. Einer war lang und dünn, einer kurz und dick, einer klein und dünn und der letzte groß und dick. Dienstbereit stellten sie sich dicht neben dem knienden Mädchen auf.

«Sie war zu eng. Also besorgen sie es ihr abwechselnd in den Arsch», erklärte Prinzessin Berenike. «Sie musste geweitet werden. Zwischendurch, in den Pausen, wird eins meiner Spielzeuge eingeführt, damit sie gedehnt bleibt. Willst du zusehen oder mitmachen?»

«Zusehen», entgegnete er.

Berenike wies die beiden Eunuchen an, die Ketten zu lösen und den Holzpenis zu entfernen. Das Mädchen stieß einen Seufzer aus. Tamoral wusste nicht zu sagen, ob vor Freude, Erleichterung oder Furcht. Berenike trat auf eine ihrer dickbusigen Sklavinnen zu, tätschelte ihr die Brustwarzen und zog sie dann an ihrem kurzen, dicken Phallus genau zwischen Irenes Beine.

«Du als Erste», sagte Berenike.

Die dicke Frau ging in Stellung, packte Irene an den Hüften und stieß dann in das frisch gedehnte Loch der Sklavin. Zu sehen, wie die großen Brüste der dicken Frau mit der olivenfarbenen Haut vor- und zurückpendelten, während sie dem Mädchen den Phallus in den Anus rammte, erregte Berenike, und sie streckte eine Hand aus, um Tamoral den Schwanz zu streicheln. Der aber hatte sich auf die andere Zeltseite verzogen. «Wechselt, und zwar immer, wenn ich in die Hände klatsche», sagte Berenike.

Irene kniete in völliger Ergebenheit da und ließ ohne ein

Murren die unaufhörlichen Stöße ihrer wechselnden, lederbewehrten Partnerinnen über sich ergehen. Tamoral saß im Fersensitz da und betrachtete gebannt ihren Kopf. Das über ihr Gesicht fallende Haar schwang im Rhythmus der Bewegungen vor und zurück. Noch nie hatte er jemanden mit so heller Haut und so blonden Haaren gesehen. Und etwas in ihm wollte nicht, dass ihr weiter Gewalt angetan würde. Warum, wusste er nicht. Er sah zu, aber ohne das geringste Vergnügen.

«Aufhören», schrie er plötzlich, sprang auf die Beine und fuchtelte wild mit den Armen. «Verschwindet, lasst uns allein.»

«Was ist los?», fragte Berenike verwirrt, während ihre Sklavinnen sich aus dem Zelt trollten, ratlos, was sie wohl falsch gemacht hatten.

«Ich will sie», gab er knapp zurück.

«Nimm sie. Ich hatte dich gefragt, ob du zusehen oder mitmachen willst. Dann nimm sie eben jetzt.»

«Ich will sie behalten.»

«Was! Du kannst sie nicht haben.»

«Warum nicht?»

«Weil sie mir gehört.»

«Ich kaufe sie dir ab.»

«Geld habe ich mehr als genug. Und du, Tamoral, hast nichts, was ich gern hätte», sagte Berenike.

«Und ob ich das habe», erwiderte Tamoral.

«Oh, was mag das sein, das würde mich interessieren!», rief Berenike spöttisch.

«Ein Überfall auf Pernels Karawane. Die Trennung von Vater und Tochter. Und du weißt genau, dass nur ich dazu imstande bin. Nur ich verfüge über die nötige Schläue und genügend Männer. Ich schlage dir also vor, das Mädchen gegen deinen Plan einzutauschen.»

Berenike setzte sich hin und sann darüber nach. Damit hatte sie nicht gerechnet. Sie dachte, es würde Tamoral größtes Vergnügen bereiten, zuzusehen, wie es der blonden Sklavin in den Arsch besorgt wurde, und es dann auch selbst zu tun. Doch dass er dem Treiben Einhalt gebot! Das sah ihm kein bisschen ähnlich. Bestimmt verfolgte er mit ihr eigene finstere Pläne. Berenike bilanzierte blitzschnell. Ein dummes blondes Sklavenmädchen im Austausch dafür, dass Pernel nach Antiochia zurückgeschickt wurde und Samoya allein, aber mit ihrer Mitgift in Palmyra ankam. Gar kein Vergleich. Was immer Tamoral von Irene wollte, er konnte es haben. Sie war wertlos.

«Also gut. Abgemacht», sagte sie.

«Gut, lass sie losbinden, säubern, mit Ölen einreiben und in andere Kleidung stecken. Ich nehme sie gleich mit», sagte er, packte dann Berenike an der Hand und schleifte sie unsanft zu ihrem Zelt zurück. «Jetzt bist du an der Reihe, Miststück», zischte er.

Tamoral zog sich Berenike rücklings auf die Brust, verlagerte sein Gewicht auf eine Seite, spreizte eins von Berenikes Beinen quer über seinen Bauch, umfasste ihre großen Brüste mit den Händen, quetschte fest, schmerzhaft fest ihre Brustwarzen und ließ dann seinen Schwanz emporwandern, bis er von unten in ihre offene und triefnasse Muschi eindrang. Er stieß seinen dicken, stolzen Penis in sie, während sie sich wand und keuchend nach mehr verlangte, fester, fester. Dann zog er sich zurück und fand ihr anderes Loch, das er ohne Vorwarnung voll Heißhunger plünderte. Und er biss sie und kratzte ihr mit den Fingernägeln über den Bauch. Berenike hatte nichts dagegen. Ganz im Gegenteil. Sie bockte und wand sich. Zu spüren, wie sein bestes Stück sie dehnte, sie nahm, sie ausfüllte, erregte Berenike fast über jedes erträgliche Maß. Wieder begann das Ziehen in ihrem Bauch. Sie reckte starr die

Beine vor, hob den Po und begann zu zittern. Tamoral spürte, wie kurz sie vorm Kommen war, wie sie sich um ihn zusammenzog, und stieß immer und immer wieder zu. Jeder Zoll von ihr sollte ihm unterworfen sein. Dann, mit einem laut herausgekeuchten Schrei, kamen sie zusammen. Kurz darauf schlief Berenike erschöpft ein.

Als sie bei Morgengrauen erwachte, stellte sie fest, dass Fürst Tamoral, seine Männer und Irene fort waren. Sie empfand tiefe Befriedigung, aber auch leises Unbehagen wegen der blonden Sklavin. Allerdings hatte Tamoral sich ihrer ja ausgiebig angenommen, also bestand zur Eifersucht kein Grund. Und sie hatte seine Neugier geweckt, was Samoya betraf. Tamoral würde dafür sorgen, dass der Vater nach Antiochia zurückkehrte und Samoya allein nach Palmyra weiterreiste. Sie freute sich schon darauf, Samoya ganz für sich zu haben. Was sie noch alles mit ihr anstellen würde. Bei der Vorstellung merkte sie, wie sie wieder nass wurde.

Dann kam ihr ein anderer Einfall. Sie ging zu dem großen Kasten, in dem sie ihren Papyrus und ihr Siegel aufbewahrte. Sie begann einen Brief an Pernel, in dem sie schrieb, sie schicke ihre zwei besten, fähigsten Sklaven als zusätzliche Eskorte für Samoyas Reise nach Palmyra. Berenike lächelte vor sich hin. Die würden ihre Investition beschützen. Sie würde ihnen Erlaubnis geben, die junge Frau bei Nacht zu beschäftigen. Und tagsüber würden sie wachsam nach Plünderern Ausschau halten, und sobald Tamoral auftauchte, wären sie dabei und könnten aufpassen, dass der Beduine genau das tat, was sie wollte: Pernel von seiner Tochter trennen. Und mehr nicht. Berenikes leises Unbehagen darüber, wie hartnäckig Tamoral die junge blonde Sklavin für sich gefordert hatte, hatte sich inzwischen zu handfestem Groll ausgewachsen. Am Ende widersetzte Tamoral sich noch ihren Anordnungen. Nahm Samoya womöglich als Geisel, um Lösegeld zu erpressen. So hätte sie Zeugen für sein Verhalten. Sie rief ihre beiden Wagenlenker, Amos und Aaron, herbei. Sie gab ihnen den Brief und trug ihnen auf, nach Antiochia zurückzukehren. Um dort Pernel aufzusuchen. Sollte seine Karawane schon unterwegs sein, sollten sie sich ihr anschließen. Und sich immer in der Nähe der edlen Samoya aufhalten. Sie öffnete den Kasten, in dem sie ihre Spielzeuge aufbewahrte, und nahm eine Reihe Handfesseln und Peitschen heraus.

«Nachts werdet ihr die junge Dame in ihrem Zelt bei Laune halten», sagte sie und händigte ihnen die Utensilien aus. «Ihr bleibt immer in ihrer Nähe, und wenn die Beduinen eintreffen, um sie auf dem letzten Teil der Reise zu eskortieren, weicht ihr nie von ihrer Seite.»

«Was genau dürfen wir mit ihr machen? Sie peitschen?»

«Ja.»

«Dürfen wir sie vögeln?»

«Oh, ich glaube schon», sagte die Prinzessin und langte nach ihren Schwänzen, die fast wie auf Kommando hochgeschnellt waren. Das Gefühl ihrer Haut und ihrer mächtigen Ständer erregte sie. «Sobald ihr wieder in Palmyra seid, erstattet ihr mir auf der Stelle über alles, was geschehen ist, Bericht. Verstanden?»

«Ja, Eure Hoheit», sagten sie.

«Und wenn ihr ankommt, sorgt dafür, dass sie meine Anweisungen befolgt, was ihre Kleidung betrifft. Überzeugt euch davon, dass ihre Röcke von der Taille an durchgehend geschlitzt sind und ihre Brustwarzen aus dem Mieder ragen. Falls nicht, ist dies ein hinreichender Grund, sie zu bestrafen, und falls sie alles befolgt, überlasse ich es euch, etwas anderes zu finden.» Mit diesen Worten hob Berenike ihre Röcke und bückte sich.

«Ja, Eure Hoheit», sagten sie, beim Anblick ihres nackten Hinterns vor Vorfreude grinsend.

«Amos, besorg's mir», sagte sie. «Ganz auf die Schnelle, dann könnt ihr beide los, und viel Spaß.»

Amos zog den einladenden Hintern der Prinzessin auf seinen mächtigen Schwanz und rammte ihn ihr direkt hinein. Einige Minuten stieß er mit voller Kraft in sie, bis er abspritzte. Amos und Aaron brachen auf. Berenike gab Befehl, ihr Zelt abzubrechen, und die Karawane setzte ihren Weg nach Palmyra fort.

Irene fühlte sich benommen und wund. Nachdem sie losgekettet worden war, stand sie zitternd und erschöpft da, gefasst auf den nächsten Angriff auf ihren Körper. Aber er blieb aus. Stattdessen wurde sie in ein derbes, dunkles Tuch gehüllt und über den Sand zu einem Grüppchen kleinerer Zelte geschleppt, die Tamorals Männer im jenseitigen Teil der Oase aufgeschlagen hatten.

Die verwegenen, wilden Stammeskrieger gaben ihr ein ihr unbekanntes Getränk, vielleicht Kamelmilch, überlegte sie. Aber der Geschmack war süß, nicht salzig. Vielleicht hatten sie noch etwas hineingetan. Berenike hatte ihr nur das bittere, sandige Wüstenwasser zu trinken geben lassen. Nachdem sie ihren Durst gelöscht hatte, wurde sie von den Männern zu ihrer Verblüffung behutsam mit Schafsfellen zugedeckt, damit sie schlafen konnte.

Wie lange sie geschlafen hatte, wusste sie nicht, aber als sie aus ihren Träumen hochschreckte, war es immer noch dunkel. Schlaftrunken rappelte sie sich auf die Beine. Ein paar Momente lang war sie so benommen, dass sie nicht wusste, wo oder wer sie war. Sie trug Kleidung, die sie nicht wiedererkannte. Und sie war sauber und duftete frisch. Während sie schlief, hatte jemand sie mit Ölen gebadet und ihr neue Sachen angezogen. Aber sie sah aus wie ein Mann. Sie war in eine Männertracht gesteckt worden, mit rot-weiß gemustertem Kopftuch und einem langen weißen Hemd aus grobem Leinen, das in der Mitte gegürtet war. Sogar mit Dolch und Schwert hatte man sie versehen, und abgerundet wurde die Kluft durch einen rostroten Mantel mit Kapuze, einen Burnus, der ihre Gestalt vollständig verhüllte. Irene stand vor einem Rätsel.

Die letzten Wochen, als sie mit Berenike die Wüste durchquerte, waren eine einzige Qual gewesen. Sie war von sämtlichen Teilnehmern der Karawane als Spielzeug missbraucht worden. Sie waren mit ihr ganz nach Gutdünken verfahren. Sie hatten sie ausgepeitscht, sie geleckt, sie angekettet. Sie hatte den Holzpenis und die Lederphalli zu erdulden, und keiner von ihnen, weder Männer noch Frauen, hatte das geringste Erbarmen mit ihr gezeigt.

Sie war in seltsame Lederkleidung gezwängt worden, die ihre Brustwarzen freiließ und in der Taille so eng geschnürt war, dass ihr Hintern breit herausquoll. Bauch, Geschlecht und Po waren nackt und verfügbar. Barfuß und mit einem Halsband, an dem eine Kette hing, musste sie wie ein Tanzbär auftreten. Sogar unterwegs, wenn sie von Kopf bis Fuß in den schwarzen Wüstenmantel gehüllt war, hatte Berenike die Order ausgegeben, jeder dürfe sie nach Lust und Laune betatschen, lecken oder sogar vögeln. Klaglos musste sie es über sich ergehen lassen, wenn urplötzlich der Mantel gelüpft wurde und Hände ihr Geschlecht befühlten, ein Schwanz zwischen ihre Beine und mitunter auch in sie gestoßen wurde. Nachts wurde sie allein in ein Zelt gebracht, an Steinkugeln gekettet und geknebelt. Mit großem Vergnügen setzte Berenike sie als Erste einer Reihe ritueller Erniedrigungen aus, ehe sich eine lange Reihe Eunuchen und Frauen mit Lederphalli über sie hermachte. Später dann, wenn sie mit ihr fertig waren und sie eingeschlafen war, wurde sie mitten in der Nacht wachgerüttelt und den Kameltreibern ausgeliefert.

Tamoral schlief ein paar Stunden, dann lehnte er mit hinter dem Kopf verschränkten Armen an seinem Sattel und dachte nach. Was ihn veranlasst hatte, Berenike die Sklavin abzuschwatzen, wusste er immer noch nicht. War es das hin und her schwingende, lange, dichte blonde Haar? Die Ergebenheit, mit der das Mädchen seine Marter erduldet hatte? Der sonderbare Seufzer, den sie ausgestoßen hatte, als man den Holzpenis entfernte? Oder war es schlicht ihre ausnehmend helle Haut, wie er sie noch nie gesehen hatte, die ihn zu dieser merkwürdigen Entscheidung bewog? Er hatte ja nicht einmal ihr Gesicht gesehen; ihren runden Hintern zwar, aber nicht ihr Gesicht. Außerdem hatte er sich ein ziemliches Problem aufgehalst. Wie sie auch aussehen mochte, was sollte er nun mit ihr tun? Frauen hatten auf Raubzügen nichts verloren.

Bisher hatten seine Männer keine Fragen gestellt. Sie hatten seine Anweisungen tadellos ausgeführt. Von Meuterei keine Spur. Bis jetzt. Er war ihr unumstrittener Anführer. Mit seiner Schläue beschützte er sie, und sie dankten es ihm mit bedingungsloser Treue. Doch eine falsche Bewegung, eine schlechte Entscheidung würden genügen, um seinen wilden, freiheitsliebenden Stamm gegen sich aufzubringen. Flink wie ein Wüstenleopard sprang Tamoral auf die Beine und ging aus seinem Zelt hinüber zu Irene.

Irene wandte dem Eingang den Rücken zu, als Tamoral in ihr Zelt trat. Sie hörte ihn nicht, vielmehr spürte sie seine Gegenwart und fuhr blitzschnell, mit vor Angst klopfendem Herzen, zu ihm herum. In ihren rostroten Burnus gehüllt, stand sie vor ihm. Er schritt auf sie zu, zog ihr die Kapuze herunter und entfernte das Kopftuch. Dann hielt er ihr eine Kerze vors Gesicht und musterte sie eingehend. Ihre hellblauen Augen, die sie gesenkt hielt, waren von zarten, goldenen Wimpern gesäumt. Bis auf ihre rosig glühenden Wangen war ihr Teint weiß wie Sahne. Ihre Nase war kurz und gerade, ihr Mund breit, rot und voll. Dicht und glatt fiel ihr das weißblonde Haar über die großen Brüste bis fast an die Taille. Was für eine Schönheit, dachte er. Eine seltsame Schönheit allerdings, eher einer Marmorstatue gemäß als einer Frau aus Fleisch und Blut. Und sie gehörte ihm. Sie war seine Sklavin, er hatte sie gekauft. Er konnte mit ihr tun, was ihm gefiel. Es lag in seiner Hand, ob sie lebte oder starb. Er zog den Dolch, der hinter seinem geflochtenen Gürtel steckte.

Irene rührte sich nicht. Jetzt würde sie also hingerichtet. So sei es. Schlimmer als die Reise mit Berenike konnte der Tod nicht sein. Sie würde ihn tapfer erdulden. Sie hob den Kopf und sah Tamoral trotzig direkt in die dunkelbraunen, verhangenen Augen.

«Weißt du den hier zu gebrauchen?», fragte er, indem er den Dolch auf sie richtete.

«Nein», sagte sie, viel sanfter als beabsichtigt. Mit seiner Frage hatte er sie völlig überrumpelt.

«Ich werde es dir beibringen», sagte er. «Und wenn dir nochmal jemand zu nahe tritt, bringst du ihn um.»

Irene schwieg. Sie erkannte, dass dies die Stimme war, die letzte Nacht ihre Freilassung angeordnet hatte. Dieselbe Stimme hatte sie außerdem gegen irgendeine Art Überfall auf Samoyas Karawane nach Palmyra eingetauscht. Sie schuldete ihm keinen Dank. Doch wenn er ihr anbot, sie in der Kunst der Selbstverteidigung zu unterweisen, würde sie das annehmen. Aber dankbar würde sie nicht sein. In Irenes Herz war für Dankbarkeit kein Platz.

«Wie ist dein Name?», fragte er.

«Irene», entgegnete sie.

«Jetzt nicht mehr. Von nun an heißt du ...» Er sprach nicht weiter, sondern legte den Kopf schräg, als lauschte er auf ein leises Flüstern, das der Wind von weither, über Berge und Felder, über Länder und Meere hierher zu ihm in die Wüste trug. «Dagmar.»

Der Name klang fremdartig in seinen Ohren. Er sprach ihn aus wie unter Zwang, aber zugleich überrascht von dieser Eingebung und dem Klang. Er wiederholte den Namen, als sei es sein eigener.

«Dagmar. Du heißt von jetzt an Dagmar.»

Irene starrte ihn an, erschrocken und fasziniert. Sie kannte den Namen. Es war ihr Geburtsname. So hatte ihre Mutter sie gerufen, als sie noch im Norden lebten. Vor dem Krieg. Bevor sie in Sklaverei gerieten. Bevor der Römer, der sie als Erster gekauft hatte, sie in Irene umbenannte. Zum ersten Mal seit langer Zeit lächelte sie.

«Dagmar. Ich werde es nicht vergessen», versicherte sie ihm.

«Komm. Folge mir. Wir ziehen bald weiter.»

«Wohin ziehen wir?», fragte sie.

«Dahin, wo ich bestimme», antwortete er.

Draußen in der frostigen Nachtluft hatten einige seiner Männer ein Feuer aus Kameldung entzündet, über dem sie jetzt Ziegenfleisch rösteten. Andere hatten die Kamele zum Trinken an die von Schilf gesäumte grüne Wasserstelle geführt. Und während die Kamele sich die Höcker füllten, füllten die Männer ihre Ziegenlederflaschen. Tamoral ließ sich dicht neben ihr am Feuer nieder.

«Jetzt wirst du mit uns essen und trinken», sagte er, angelte das Fleisch vom Feuer und teilte es in Stücke. Er spießte ihre Portion auf einen Stock und reichte sie ihr mit der Mahnung, erst mit dem Essen zu beginnen, wenn alle seine Männer versammelt waren. Sie streckte eine Hand nach dem Fleisch aus. Mit einem Klaps schlug er sie beiseite.

«Deine linke Hand ist nur zum Waschen da und um auf einen Feind zu zeigen», erklärte er. «Alles andere wird mit der Rechten verrichtet.»

Als seine Männer alle ums Feuer versammelt waren, musste Irene auf Tamorals Geheiß aufstehen.

«Das ist Dagmar», verkündete er. «Ein neuer Krieger. Sie wird in all unseren Fertigkeiten unterwiesen. Sie ist mit Achtung zu behandeln und wird nicht angerührt. Sie ist keine Frau mehr. Sie ist keine Sklavin mehr. Sie ist eine von uns. Sie wird unsere Sitten teilen. Und ich will, dass ihr sie willkommen heißt. Dagmar, du gibst nun jedem Mann hier die Hand. Von nun an sind sie deine Gefährten.» Und Dagmar, die neue Beduinenkriegerin, schritt feierlich um das Feuer herum und gab jedem einzelnen Mann die Hand.

«Heute reiten wir. Morgen wirst du alles lernen, was ein Krieger können muss», sagte Tamoral und führte einen Bissen zum Mund.

Dies war das Zeichen für alle, ihre Mahlzeit zu beginnen. Dagmar blickte schweigend umher, beobachtete jede ihrer Bewegungen. So erfüllte sich also der erste Teil dessen, was die Wahrsagerin ihr prophezeit hatte. Sie kaute auf dem zäh verkohlten Fleisch herum und grübelte, was noch alles geschehen mochte. Von Krieg war noch die Rede gewesen. Aber der Krieg war gerade erst vorbei. Es herrschte Frieden. Die Perser waren besiegt. Die Römer waren an der Macht. Ein Krieg war ausgeschlossen. Hier musste die Alte sich geirrt haben. Und Samoya? Sie dachte an Samoya. Irgendwie musste sie sie vor dem Überfall auf ihre Karawane warnen. Aber wie ging das an? Die Beduinen waren jetzt ihre Brüder. Samoya gehörte der Vergangenheit an.

Vor Morgengrauen brachen sie ihr Lager ab. Tamoral gab ihr ein für sie neu aufgezäumtes Kamel. Als Irene, die Sklavin, war sie in die Oase gekommen. Als Dagmar ritt sie nun davon, als freier Krieger. Und nie wieder würde sie den Namen Irene tragen.

Kapitel fünf

Zenobia glaubte fest an das Schicksal. *Ihr* Schicksal. Und sie hielt viel davon, es dem Schicksal leichter zu machen, sie zu finden. Sich ängstlich hinter Türen zu verbergen, hinter Fenstern, Mauern oder Schleiern, das war nicht ihre Art. Nein, Zenobia fand, es galt, mutig hinaus in die Welt zu ziehen und dem Schicksal entgegenzugehen. Ob man dem Schicksal nun die Hand reichte, sich verbeugte oder es sogar küsste, am wichtigsten war, es mit offenen Armen willkommen zu heißen.

Ihr Vater zahlte den Beduinen eine stattliche Summe für den Schutz auf ihrer Reise nach Palmyra, und sie hielten Wort. Zenobia, in ihren schwarzen Wüstenburnus gehüllt, ritt die meiste Zeit vorne an der Spitze der Karawane, bei den Führern. Sie stellte viele Fragen, gab selbst aber so gut wie nichts preis. Sie dachte viel nach, ihre Augen nahmen alles um sie herum auf.

Sie registrierte, wie die Landschaft sich veränderte: Aus den fruchtbaren Ebenen mit bestellten Weizenfeldern und Hainen von Oliven- und Maulbeerbäumen kamen sie ins Gebirge, wo Zedern wuchsen und Tannen, Kiefern, Wacholder und Zypressen, und weiter durch felsiges Ödland, wo nur Gestrüpp und Tamarisken gediehen. Und dann die Wüste, in der kaum noch Vegetation zu sehen war. Dafür gab es dort schroffe Bergkämme und Wadis, die sie sich ebenfalls ins Gedächtnis einprägte.

In Gedanken verweilte sie bei ihren Freunden. Vor allem bei Samoya. Dass sie in die Vermählung mit Prinz Alif eingewilligt hatte, kam Zenobia merkwürdig vor. Sein Ruf war denkbar schlecht. Was sie wohl umgestimmt haben mochte? Samoya hatte doch so fest vorgehabt, Ärztin zu werden. In Palmyra würde sie darüber mehr in Erfahrung bringen, wenn sie sich dort wiedertrafen. Dann würden sie alles besprechen. Bestimmt würde Samoya über Männer reden. Während sie über Machtfragen nachsann. Der Kreislauf ihrer Freundschaft würde von neuem beginnen. Sie dachte an Paul, den Bischof von Antiochia. *Der* fehlte Zenobia wirklich. Sein Sinn für Humor. Seine ungeheure Leibesfülle und sein unverbesserlicher Sinn für Humor. Sie würde ihm schreiben und ihn bitten, sie zu besuchen. Und dann dachte sie an den römischen Kommandanten. Doch bei diesem Gedanken hielt sie sich nicht lange auf. Sie verscheuchte ihn rasch. Die Sache war dann doch zu unbehaglich.

Zenobia lebte sich ziemlich rasch in Palmyra ein. Gleich an ihrem ersten Tag in der Stadt hatte ihr Vater eine große, heruntergekommene Villa gekauft. Weil ihm das Anwesen insgesamt nicht groß genug war, erwarb er auch das angrenzende Land, auf dem Nomadenfamilien eine wilde Siedlung errichtet hatten. Armselig hausten sie dort in Zelten und Hütten. Er ließ die Menschen vertreiben, ihre Zelte und Hütten einreißen und auf dem Land einen wunderschönen Garten für seine Tochter anlegen.

Zenobia protestierte gegen seine Herzlosigkeit. Ihr Vater entgegnete nur, er habe sich aus eigener Kraft nach oben gearbeitet, und wenn die Nomaden nicht so faul wären, hätten sie es ja selbst zu Reichtum bringen können. Dieses Argument wollte Zenobia nicht einleuchten, denn wenn die Armen mehr hätten, würden die Reichen zwangsläufig weniger besitzen. Und das wollte sie nicht. Zugleich aber empfand sie es als Verpflichtung, die Armen nicht noch ärmer zu machen. Seit dem Tod ihrer Mutter war Zenobia selbst eine reiche Frau. Sie entschied, dass die Familien nicht einfach sich selbst überlassen werden durften, ließ sie ausfindig machen und versorgte sie mit den nötigen Mitteln, um sich anständige Unterkünfte in einem anderen Teil der von Menschen wimmelnden, teuren Stadt leisten zu können. Und diese gütige Tat vergaßen sie ihr nie.

Die besten Architekten von Palmyra wurden mit der Renovierung und Umgestaltung der alten Villa beauftragt. Eine ganze Armee von Handwerkern – Steinmetze, Tischler, Stuckateure und Künstler, die einen spezialisiert auf Mosaike, die anderen auf Wandmalereien – wurde für die Ausführung angeheuert. Es sollte die schönste, modernste Villa von ganz Palmyra werden. Die Bauarbeiten lockten viele Schaulustige an, darunter auch Angehörige der alteingesessenen Oberschicht, die von Rom und römischem Gedankengut und Stil beeinflusst waren und den Bau als geschmacklos und protzig schmähten. Da die Hauptarbeiten zügig abgeschlossen wurden, konnten sie und ihr Vater bald einziehen. Er leitete seine Geschäfte, während Zenobia die Aufsicht über die Ausschmückung der Villa führte und mit den Gärtnern über Pflanzen beriet.

Welcher Tätigkeit sie auch nachging, Zenobia war immer herausgeputzt, als nähme sie an einem wichtigen gesellschaftlichen Ereignis teil. Stets trug sie Gewänder aus feinster, in prächtigen Farben gefärbter Seide, dazu Unmengen Schmuck. Ihr im griechischen Stil hochgestecktes Haar wurde gekrönt von einem edelsteinbesetzten Stirnband. Sie schmückte sich mit Armreifen, Halsketten, Fußspangen und Ohrringen. Zenobia hatte eine Schwäche für protzigen Schmuck; sie besaß Unmengen Geschmeide, mit dem sie sich bei jedem Anlass reichlich behängte. Viele der älteren Frauen schüttelten bei ihrem Anblick missfällig den Kopf, aber daran störte Zenobia sich nicht.

Gehüllt in eine geometrische Kreation in Knallgrün, Orange und Purpur, angetan mit im Sonnenschein funkelnden Edelsteinen, beaufsichtigte Zenobia gerade von einem Hügel im Garten aus die Anpflanzung eines Hains aus Zitronen- und Apfelsinenbäumen, als sie ein dumpfes Grollen vernahm, das sich bald zu donnerndem Lärm steigerte. Sie spähte zu den Bergen im Umland. Die siegreiche palmyrenische Armee kehrte aus Persien zurück.

Da die Krieger über Palmyras lange, säulenbestandene Prachtstraße zum Großen Tempel ziehen würden, um dort Dank zu sagen, scharte Zenobia eine Anzahl Sklaven um sich, die sie begleiten sollten. Sie würde sich ebenfalls zum Tempel begeben, um die Prozession aus nächster Nähe verfolgen zu können.

Bei ihrer Ankunft stellte sie fest, dass die meisten Einwohner dieselbe Idee gehabt hatten. Dicht drängten sich die Schaulustigen. Überall wimmelte es von Menschen aus allen Schichten. Sie lehnten aus Fenstern, klammerten sich an Statuen fest. Sie saßen auf Statuen und sogar auf den Sockeln von Statuen, was nicht ganz ungefährlich war, da diese sich meist auf halber Höhe an den Fassaden der öffentlichen Gebäude befanden. Schützend umringt von ihren kräftigen Sklaven, nahm Zenobia Aufstellung dicht an der Treppe des Sonnentempels. Sie befahl dem größten Sklaven, sie sich auf die Schultern zu heben. Sie wollte eine gute Sicht auf die Sieger haben, doch vor allem wollte sie ihren großen Prinzen Odainat sehen. Es hatte sich bereits herumgesprochen, dass Kaiser Gallienus mit Odainats Armee hoch zufrieden war, und ganz besonders mit ihm selbst. Zur Belohnung hatte er Odainat mit einer Vielzahl Titel überhäuft. Zenobia wollte sehen, ob Odainat die Aura eines Kaisers besaß. Ob er es wert wäre, geheiratet zu werden.

Trompeten schmetterten. Trommeln wurden geschlagen, Beckenklang erscholl. Je näher die Armee auf den Tempel zumarschierte, desto ohrenbetäubender schwoll der Lärm an. Zenobia spürte ein Flattern im Bauch, als sie die Farben der Banner bewunderte, das Gleißen der langen Speere, die Kavallerie in ihrer typischen Rüstung, die Reiter wie auch Pferde schützte. Und die Helden des gesamten Feldzugs, die Bogenschützen, reckten unter Kriegsgeschrei ihre speziell konstruierten Bögen in die Höhe, worauf die Frauen in der Menge mit gellenden Trillern antworteten. Wie aufregend das alles war! Sie hätte am liebsten dazugehört. So etwas wollte sie auch einmal erleben. Die Glorie einer siegreich heimkehrenden Armee.

Und dann erblickte sie ihn, hoch aufgerichtet in seinem prächtig verzierten Streitwagen. Groß und gut aussehend, mit sauber gestutztem, schwarzem Bart. Jeder Zoll ein Kaiser. So ganz anders als sein gedrungener, feister, aufgedunsener Bruder, König Hairan, der nun mit dem Hohepriester der Sonne auf die Tempelstufen hinaustrat und ihn dort erwartete.

Inmitten der riesigen Menschenmenge, die überwiegend schwarz oder weiß gekleidet war, erregte die zarte Person, die in so farbenfroher Kleidung und angetan mit funkelndem Schmuck auf den Schultern eines kräftigen Hünen saß, Odainats Aufmerksamkeit. Er stieg von seinem Streitwagen und hielt kurz inne, bevor er die Tempelstufen erklomm. Er wandte sich halb um. Ihre Blicke trafen sich. Er verneigte sich in ihre Richtung. Ein Jubelschrei erhob sich aus der Menge. Dann setzte Odainat den Weg die Stufen empor fort, um seinem König und dem Gott zu huldigen.

Zenobia schaute zu, wie Odainat in aufrechter Haltung die Stufen emporschritt, seine Generäle in Formation hinterdrein, und sie jubelte und winkte zusammen mit der übrigen Menge, als er den Tempel betrat. Dann befahl sie dem Sklaven, sie abzusetzen, und kehrte mit ihm und den anderen eilig heim. Sie hatte zu tun.

«Vater, ich möchte das größte Bankett veranstalten, das Palmyra je erlebt hat», sagte Zenobia etwas später. «Ich möchte, dass wir die Helden willkommen heißen.»

Ihr Vater hörte gar nicht zu. Er war vollauf damit beschäftigt, eine neue Karawane gen Osten zu organisieren.

«Vater!» Zenobia wurde ungeduldig. «Das wird viel Geld kosten.»

Diese Worte, das wusste sie, verfehlten ihre Wirkung nie.

«Was denn?», fragte er argwöhnisch.

«Das Bankett, das wir für den König und Prinz Odainat abhalten werden.»

«Ein Bankett?», fragte er, einigermaßen verdutzt.

«Ja», erklärte sie mit Entschiedenheit.

«Warum?»

«Weil es gut fürs Geschäft sein wird», entgegnete sie listig. «Du wirst eine Menge Geld ausgeben, um eine Menge Geld zu machen.»

«Und darauf ist Verlass?»

«Auf jeden Fall. Es wird den Wendepunkt markieren, für unser Geschäftsglück und unser Leben», stellte sie prophetisch fest.

Da er voll auf den außergewöhnlichen Geschäftssinn seiner Tochter vertraute, stimmte Zenobias Vater ihrem Vorhaben zu. Zenobia stürzte sich in die Planungen für das Bankett, als gelte es, einen Feldzug vorzubereiten. Nichts sollte dem Zufall überlassen werden. Sie würde alles auffahren lassen, wonach heimgekehrten Helden der Sinn stand. Essen, Wein, Frauen, Männer (je nach Geschmack), und jede Kleinigkeit, jede Person würde handverlesen. Es würde das prächtigste Bankett, das die Gäste je erlebt hatten, dafür würde sie sorgen. Ein Bankett, wie es nur eine Frau von glänzender Begabung ausrichten könnte. Darin würden sich alle einig sein. Und Odainat würde sie bezaubernd, aufregend und unvergesslich finden. Sie wusste, dass er seit Jahren um seine Frau trauerte, und niemand, wie sie herausgefunden hatte, war bisher an ihre Stelle getreten. Nichts konnte schief gehen. Die Götter waren auf ihrer Seite. Nicht umsonst hatten sie ihr einen scharfen, analytischen Verstand geschenkt, der logisch dachte, alles speicherte und ihr Handeln bestimmte. Aber Zenobia hatte vergessen, dass die Götter mit den Sterblichen zuweilen ihre Scherze treiben und noch so ausgeklügelte Pläne durchkreuzen können.

Von morgens früh bis spät in die Nacht war sie in rastloser Bewegung. Später dann, im Bett, konnte sie vor lauter Aufregung kaum einschlafen. Mit offenen Augen lag sie da und träumte. Sie stellte sich vor, wie der mächtige, gut aussehende Odainat sie anfasste. Wie er sie küsste, ihre Brüste betastete, sie zwischen den Beinen berührte. Mit diesen Gedanken döste sie langsam ein. Doch in diesem Moment zwischen Wachen und Schlafen wurde aus Odainat der römische Kommandant. Wie stets verscheuchte sie dieses Bild und verjagte alle Gedanken bis zum Morgen.

Verträumt saß Samoya auf ihrem Kamel, ohne etwas um sich her wahrzunehmen. Ihre Gedanken kreisten einzig um Marcus und darum, wie sie sich von der Karawane absetzen und ihm nach Rom folgen könnte. Das würde schwierig. Ihr Vater schien ganz besonders auf der Hut zu sein. Er war höflich und ließ sich niemandem aus der Karawane gegenüber anmerken, wie verärgert er noch immer war, dass sie entgegen seinen Wünschen auf den Markt gegangen und verschwunden war, um dann mit einem schmucken römischen Offizier im Schlepptau wieder aufzutauchen. Er ließ sie neben sich reiten.

So hatte sie kaum Gelegenheit, mit anderen zu reden, nicht einmal mit ihren Sklavinnen. Und ihr Vater schlief sogar mit in ihrem Zelt. Sie war außer sich. Aber sie lächelte und blieb freundlich. Nach ein paar Tagen, das wusste sie, würde er sich beruhigen. Sein Zorn wäre bald verraucht. Sie musste nur abwarten. Dann würde sie ihre Sklavinnen wiederbekommen. Und könnte die Planung ihrer Flucht in Angriff nehmen.

Sanft geschaukelt vom Rhythmus ihres Kamels, kehrte Samoya in Gedanken zu den Geschehnissen der letzten Wochen zurück, zu ihrem sexuellen Erwachen. Samoya war völlig eingesponnen in ihre Tagträume, nichts drang zu ihr durch, auch keine Gefahrenzeichen. Unablässig dachte sie daran zurück, wie Marcus sie zu dem Bett getragen und sie die Beine hochgereckt und um seine Taille geschlungen hatte und wie er dann in sie eingedrungen war. In sie stieß. In ihr nasses Geschlecht glitt. Und sie hatte ihn vollständig aufgenommen. Sie entsann sich des Gefühls, als sein dicker schwarzer Schwanz in sie glitt. Je mehr sie daran dachte, desto mehr stellten sich ihre Brustwarzen auf, ganz wie bei dem Ritt mit ihm quer durch die Stadt, als sie ihren Mantel hatte hinabrutschen lassen und die Brüste an die Muskeln seiner starken Arme drückte. Worauf sein Schwanz unter ihr noch härter geworden war. Bei der Erinnerung daran, wie ihre vereinten Leiber sich gewiegt hatten, zog sie ihre inneren Muskeln zusammen. Und was für erregende Empfindungen sie durchströmt hatten, als er voll ekstatischer Leidenschaft immer wieder in sie stieß.

Auch an die Erlebnisse mit Prinzessin Berenike und Irene dachte sie zurück. Sie blendete die sich verändernde Landschaft aus und entsann sich mit einem verruchten, lustvollen Schauer, wie die Hände der Prinzessin ihren Körper liebkosten, wie sie selbst Irene geküsst und geleckt hatte.

Samoyas Hochzeitskarawane zog aus den Feldern und Wäldern hinaus in das Buschland am Rande der Wüste, wo der Sand sich endlos vor ihnen dehnte. Es dämmerte, und die Kameltreiber an der Spitze hatten verkündet, dass nun das Nachtlager aufgeschlagen würde. Am Morgen würden die Beduinen zu ihnen stoßen, um ihnen auf dem letzten Teil der Reise, die bislang bemerkenwert ruhig verlaufen war, als Eskorte zu dienen. Ihr Vater war allmählich nicht mehr ganz so wachsam. Sie bestand darauf, wieder mit ein paar ihrer Sklavinnen die Nächte im Zelt zu verbringen. Womit er sich verblüffend schnell einverstanden erklärte. Samoya grübelte, ob er dieser Regelung wohl auch überdrüssig war. Sie betrachtete ihn. Er war ein ansehnlicher Mann. Gewiss hatte er auch ein Liebesleben. Daran hatte sie eigentlich noch nie gedacht. Vielleicht hatte er ja ein Auge auf eine der Sklavinnen geworfen.

Gemächlich schlug die lange Karawane das Nachtlager auf. Da Samoya vorn bei den Führern ritt, wurde ihr Zelt als Erstes errichtet. Sklaven trugen zahlreiche dicke, wunderschöne Teppiche herbei und breiteten sie über den unebenen Erdboden, hohe Pfosten wurden tief in den Boden getrieben und dann mit Tuchplanen und Häuten bespannt. Im Inneren wurden Wandbehänge angebracht, die alle Geräusche dämpften und eine behagliche Atmosphäre schufen. Und Kerzen wurden entzündet. Massenhaft große Kissen wurden zu einer Bettstatt arrangiert, und Samoya, die von dem langen Ritt erschöpft war, ließ sich dankbar darauf niedersinken. Tischchen mit kleinen Leckerbissen, um die Wartezeit aufs Abendessen zu verkürzen, wurden vor sie hingestellt. Draußen rösteten Köche eine Ziege. Pernel schickte Phyllis und Hermione in ihr Zelt. Sie waren die unzertrennlichen Freundinnen aus Makedonien, die Prinzessin Berenike ihr als Hilfen für ihre Schneiderinnen zurückgelassen hatte. Die beiden hübschen, groß gewachsenen Prachtmädchen mit der olivenfarbenen Haut taten am liebsten alles zusammen. Sonst wusste Samoya kaum etwas über sie. Von den übrigen Sklavinnen hatten sie sich fern gehalten. Dass ihr Vater ihr ausgerechnet diese beiden schickte, wunderte Samoya. Insgeheim auf der Hut, lächelte sie ihnen zu und dachte, dass diesmal ihr Vater sie übertölpelt hatte. Irgendetwas an den beiden erregte ihr Misstrauen. Allerdings trugen sie ihre Schmuckschatullen bei sich.

Und dann brach der Zwist aus. Am hinteren Ende der Karawane gerieten zwei Kameltreiber miteinander in Streit, der sich bald zu einer handfesten Schlägerei auswuchs. So musste Pernel, noch ehe er den Aufbau seines eigenen Zelts überwachen konnte, mit einer Hand voll Sklaven meilenweit zurückreiten, um die Auseinandersetzung zu beenden.

Von all dem ahnte Samoya nichts, als sie ihr Mahl aus gebratenem Ziegenfleisch, Datteln und frischem Obst verzehrte. Nachdem sie gesättigt war, ließ sie sich von den beiden Sklavinnen entkleiden. Es war das erste Mal auf der Reise, dass Samoya sich anderen ohne ihren Burnus zeigte. Der voluminöse Mantel mit der Kapuze verhüllte sie sonst von Kopf bis Fuß.

«Wie wunderschön Ihr seid, Herrin», sagten sie, den Blick auf ihre rosig aufgerichteten Brustwarzen geheftet, die aus den Löchern ihres gelben Mieders lugten. «Färbt Ihr sie Euch, Eure Brustwarzen?»

«Nein», sagte sie.

«Oh, was für ein Jammer», sagten sie. «Vielleicht können wir das für Euch tun?»

«Ja», stimmte Samoya zu, die die Idee aufregend fand. Sie sehnte sich danach, wieder einmal berührt zu werden. Sich von den Sklavinnen die Brustwarzen färben zu lassen wäre ein guter Vorwand. «Meine Schminke ist da drüben.»

Die beiden Frauen holten eine Reihe goldener Döschen und stellten sie vor ihre Herrin. Samoya legte sich auf die Kissen.

Die Frauen knieten sich links und rechts neben sie und begannen, ihr langsam die Farbe in die Brustwarzen zu massieren. Der sanfte Druck ihrer Finger erregte Samoya zusehends. Als ihre Hände von ihren Brustwarzen wegglitten und um ihre Brüste herumfuhren, seufzte sie und spreizte die Beine. Dabei teilte sich ihr Rock und brachte ihre Blöße zum Vorschein.

«Manchmal», sagte Phyllis, die sich beim Anblick von Samoyas rotgoldenem Dreieck über die Lippen leckte, «ist es nett, auch da unten etwas Farbe zu haben. Möchtet Ihr, dass ich etwas hintue?»

«Ja», hauchte Samoya, deren Körper sich allmählich unter dem beharrlichen Takt von Hermiones Händen auf ihren Brüsten zu wiegen begann.

Phyllis drehte sich herum und fing an, Samoyas Geschlecht zu streicheln.

«Habt Ihr unartige Gedanken gehabt, Herrin?», fragte Phyllis.

«Warum fragst du?», erwiderte Samoya atemlos.

«Weil Ihr sehr nass seid, Herrin», sagte sie, fand mit einem Finger Samoyas Klitoris und berührte sie sacht.

Samoya stieß einen tiefen Seufzer aus und reckte die Hüften hoch.

«Ich glaube, Ihr habt Euch vorgestellt, wie Euch jemand so streichelt», sagte Phyllis, schob ihren Finger tiefer und rieb damit außen an Samoyas Geschlecht entlang. Samoya wand sich.

«Hat die Prinzessin das mit Euch getan?», fragte sie. «Sie steht im Ruf, anderen Frauen mit großem Geschick Lust zu bereiten. Hat sie Euch gelehrt, die Beine zu spreizen und Euch ihren Fingern zu überlassen?» Samoya gab keine Antwort. Sie schwelgte ganz und gar in dem Gefühl, wie Phyllis ihr die Schamlippen rieb, während Hermione ihre Brüste liebkoste. Samoya kreiste mit den Hüften. Ihr Mund war trocken. Phyllis drang absichtlich nicht in sie ein, sondern spielte ihr weiter mit den Fingern außen am Geschlecht herum, und das erregte sie immer mehr. Ihre Muschi wurde stetig nasser. Sie streckte eine Hand aus und hob Hermiones Kleid. Sie befühlte die kräftigen Gliedmaßen der Sklavin.

«Dann wollt Ihr uns also berühren, Herrin?», sagte Phyllis. «Hermione, gib der Herrin Gelegenheit, dich zu betasten.»

Hermione wickelte sofort ihren Rock ab und kniete sich so neben Samoya, dass ihr nackter Po und ihre feuchte Muschi sich direkt neben ihr befanden. Samoya fuhr mit der Hand an den Schenkeln der Sklavin hoch, dann berührte sie mit dem Finger Hermiones Nässe. Ihr stockte der Atem, so weich fühlte sich das nachgiebige Fleisch unter ihren Fingern an. Unvermittelt stieß Samoya fest in Hermiones williges Geschlecht. Und Phyllis rieb mit den Fingern weiter an Samoyas eigenem Eingang, gelegentlich fuhr sie auch kurz hoch über ihre Klitoris.

«Möchtet Ihr, dass ich Euch lecke, Herrin?», fragte Phyllis. «Hättet Ihr gern, dass ich Euch meine Zunge in die nasse Muschi stecke?»

«Ja», keuchte Samoya.

«Wie gern möchtet Ihr das?», fragte die makedonische Sklavin, während sie die Finger nun auch leicht in Samoyas Geschlecht stieß.

«Sehr gern», sagte Samoya, die mit den Hüften kreiste, während sie ihre Finger tiefer in Hermione stieß.

«Dann gehorche ich», sagte Phyllis. Sie neigte den Kopf über Samoyas Scham und fuhr ganz kurz mit der Zunge über ihre Klitoris. Samoya hob die Hüften, sie wollte mehr. «Aber erst müsst Ihr uns verraten, warum Ihr schon so nass wart. Woran habt Ihr gedacht? An einen Mann?»

«Ja», sagte Samoya.

«Hatte der einen dicken Schwanz?»

«Ja», sagte Samoya.

«Und hat er Euch diesen dicken Schwanz reingestoßen?»

«Ja», sagte Samoya.

Phyllis knabberte wieder kurz an Samoyas Klitoris und löste damit einen weiteren Schub köstlicher Lustgefühle in ihr aus.

«Wie hat er das gemacht?», fragte Phyllis, zog ihre Zunge zurück und spielte nur weiter sanft an Samoyas Schamlippen. «Erzählt es uns.»

Samoya hätte es ihnen gern erzählt, war aber auch auf der Hut. Die beiden waren Berenikes Sklavinnen, womöglich horchten sie sie aus. Sie würde so tun, als hätte sich das alles nur in ihrer Phantasie abgespielt.

«Ich habe mir vorgestellt, wie ein Mann aus dem Nichts auftauchte, mich packte», sagte sie, «und dann auf ein Bett warf. Wie ich dann meine Beine spreizte, sie ihm um die Taille schlang und die Füße hinter seinem Rücken verhakte.»

«Ja, und dann ...», sagte Phyllis, die wieder an Samoyas Klitoris knabberte, während diese immer noch an Hermiones Geschlecht spielte.

«Er brachte seinen Penis in Stellung ...»

«So etwa?», fragte Phyllis und schob zwei Finger ein ganz klein wenig in Samoyas Loch. Die geschickten Finger der Sklavin, die Erinnerung an Marcus' Schwanz, das war fast zu viel für Samoya. Sie brachte kein Wort heraus. Ein Prickeln durchströmte sie. Es verlangte sie verzweifelt danach, zu spüren, wie ihr Geschlecht geöffnet wurde, wie es geplündert, genommen, gevögelt wurde.

«Ja», sagte Samoya. «Und dann hat er ihn mir hineingestoßen.»

Kaum hatte sie es ausgesprochen, rammte Phyllis ihre beiden Finger fest in ihr Geschlecht, worauf Samoya sofort die

Hüften hochreckte und selbst mit den Fingern fester in Hermione stieß.

«Dann möchtet Ihr also gevögelt werden, Herrin?», sagte Phyllis.

«Nein, nein», sagte Samoya, malte sich aber aus, wie wunderbar es wäre, zu spüren, wie Marcus es ihr mit seinem dicken Schwanz besorgte.

«Ihr möchtet Euch *vorstellen*, gevögelt zu werden.»

«O ja», sagte Samoya eifrig.

«Das können wir vielleicht einrichten.»

«Wie denn?», fragte Samoya, äußerst erregt und voll verzweifeltem Verlangen, einen Schwanz in sich zu spüren.

«Nun, erst müssen wir Euch die Augen verbinden», sagte Phyllis. «Hermione, binde der Herrin deinen Rock um die Augen.»

Hermione tat wie geheißen. Dann zogen die beiden sich nackt aus. Einen Moment lang bewunderten sie sich gegenseitig. Sie berührten einander an den großen Brüsten und lächelten.

«Jetzt kniet Euch hin, Herrin, und bückt Euch.»

«Warum?», fragte Samoya.

«Weil wir Euch so beim Phantasieren helfen können.»

Mit verbundenen Augen kniete Samoya sich auf die dicken Teppiche, mit denen der Zeltboden bedeckt worden war. Hermione teilte ihre Röcke, sodass ihr Hinterteil gut zu sehen war, selbst im schwachen Mondschein.

«So ein wunderschöner Po.» Phyllis fuhr mit der Hand darüber, ohne jedoch in Samoya einzudringen. «Stellt Eure Beine weiter auseinander.» Samoya gehorchte. Und die beiden Mädchen begannen, Samoyas Po zu massieren und zu streicheln, ab und zu huschten ihre Hände zwischen ihre Schenkel und berührten ihr feuchtes Geschlecht. «Hermione wird sich jetzt unter Euch legen und ihre Beine spreizen. Ihr senkt Euren Kopf und leckt sie.»

«Aber das wollte ich doch gar nicht», sagte Samoya.

«Ihr seid ungeduldig, Herrin», ermahnte Phyllis sie. «Tut einfach, was ich Euch sage. Jetzt gleich wird es sich anfühlen, als bekämt Ihr einen Schwanz reingestoßen.»

Hermione ließ sich unter Samoya gleiten. Sie packte ihre Handgelenke und hielt sie fest. Phyllis schob Samoyas Kopf hinab, bis ihr Gesicht auf einer Höhe mit Hermiones Geschlecht war.

«Leckt sie», befahl sie.

Samoya streckte die Zunge vor und traf auf Hermiones großen Auswuchs. Samoyas Zunge heftete sich daran fest. Er glich einem winzigen Penis.

«Macht die Herrin das richtig?», fragte Phyllis.

«Ja», entgegnete Hermione, die sich selbst die Brüste streichelte und zuckte, während Samoyas Zunge ihr über das nasse, triefende Geschlecht schleckte.

Samoya spürte, wie sich Phyllis' große Brüste warm an ihren Rücken pressten, als diese sich über ihren Po beugte. Phyllis dehnte Samoyas Pokimme und stieß ihr ganz plötzlich einen Finger fest in den Anus. Samoya zuckte am ganzen Körper zusammen, so heftig war der Stoß.

«Leckt weiter», sagte Phyllis sanft. Und Hermione hielt weiter Samoyas Handgelenke fest, während sie ihre Hüften hob, der forschenden Zunge ihrer Herrin entgegen.

Phyllis stieß wiederholt in Samoyas Anus, um sie zu dehnen. Dann hörte sie auf und schob langsam einen anderen Finger in Samoyas Geschlecht. «So, Herrin, hättet Ihr nun gern, dass ein Mann seinen Schwanz in Eure nasse Muschi steckt?»

Samoya nickte nur, während sie weiter an Hermione leckte.

«Dann, Herrin, sollt Ihr genau das bekommen.» Phyllis

hielt ihre Finger still und stieß einen Pfiff aus. Sofort ging der Zelteingang auf, und Amos und Aaron traten ein, nackt, von Öl glänzend, beide mit aufgerichtetem Glied und einer Peitsche in der Hand. Phyllis zeigte auf Aaron und bedeutete ihm, lautlos zwischen Samoyas Beine zu treten.

«Die Herrin will einen Schwanz spüren.»

Phyllis brachte Aarons Glied in Stellung. Dieser war sorgsam darauf bedacht, die kniende Samoya nirgends zu berühren.

«Wir wollen sie doch nicht enttäuschen, oder?», sagte Phyllis.

«Mit wem redest du?», fragte Samoya. Schwärze umgab sie wegen der Augenbinde, die auch ihre Ohren bedeckte, sodass sie schlecht hörte.

«Mit einem imaginären Mann», sagte Phyllis. «Und der wird jetzt seinen großen, dicken, imaginären Schwanz fest in Euch stoßen.»

Amos stand bei Samoyas Füßen, bereit, sie bei der kleinsten Bewegung zu packen. Phyllis rieb Aarons Glied an Samoyas Schamlippen entlang. Bei dem Gefühl wand Samoya sich und versuchte sich umzudrehen, aber Hermione ließ ihre Handgelenke nicht los. In einer fließenden Bewegung packte Aaron dann Samoyas Hüften und glitt in ihren Anus. Als sein mächtiger Schwanz in sie drang, stockte Samoya vor Schreck der Atem. Sie versuchte sich zu bewegen, aber das war unmöglich, da Hermione ihre Handgelenke umklammert hielt und Amos ihre Fußknöchel. Ungestüm schüttelte sie den Kopf, um die Augenbinde loszuwerden und zu sehen, wer sich da an ihr verging. Sie sackte zu Boden. Aarons Schwanz blieb in ihr, während er weiter zustieß.

«Peitsch sie aus», befahl Aaron.

Samoya erkannte die Stimme von irgendwoher. Aber von woher?

«Ich habe gesagt, dass ich Euch haben würde, Herrin», sagte er. Da erinnerte Samoya sich. Der Wagenlenker. Wer sollte ausgepeitscht werden? Doch nicht etwa sie. Nein. Sie hob den Kopf, weg von Hermiones Geschlecht. Sogleich wurde er wieder zwischen die Beine der Sklavin gedrückt und dort festgehalten. Phyllis hob die Peitsche auf, die Amos eben, als er Samoyas Knöchel packte, hatte fallen lassen. Aaron zog sich aus Samoyas Anus zurück und sprang behände beiseite, als Phyllis auch schon die Peitsche in rascher Folge dreimal gegen Samoyas hübsch gerundeten Po sausen ließ. Samoya zuckte vor Schmerz zusammen und wand sich in dem verzweifelten Bemühen, der Peitsche zu entgehen, aber das war unmöglich. Und dann erwischte sie der vierte Hieb an den Oberschenkeln. Das brannte noch mehr. Ehe sie sich davon erholen konnte, landeten noch zwei Hiebe auf ihrem Po, und ihre Beine wurden wieder gespreizt. Aaron stieß von neuem in ihren Anus. Tränen der Empörung strömten Samoya übers Gesicht. Sie versickerten in der Augenbinde. Und niemand kümmerte sich darum. Hände fingen an, ihre Brüste zu begrapschen. Sie spürte, wie eine Zunge über die Striemen an ihrem Po leckte. Hermione hielt Samoyas Kopf fest an ihre Scham gepresst.

«Ich glaube, Ihr kennt die beiden», sagte Phyllis, riss Samoya die Augenbinde ab, packte sie am Haar und drehte ihren Kopf herum, damit sie die beiden riesenhaften Nubier ansehen konnte. «Sie sind eingetroffen, als Ihr zu Abend speistet. Sie haben Befehl von Ihrer Hoheit, sich um Euch zu kümmern.»

Während sie durch ihren Anblick abgelenkt war, legte Hermione Samoya geschwind Handschellen an. Und um ihre Knöchel wurden klirrende Ketten gelegt.

«Jetzt, edle Herrin, können wir mit Euch tun, was wir wollen. Wir haben die Erlaubnis der Prinzessin», sagte Amos und trat genau vor Samoya. Aaron stieß immer noch in ihr anderes

Loch, als Amos Samoyas Kopf nach hinten bog und ihr sein ungeheures Glied in den offenen Mund gleiten ließ.

Die beiden Frauen brachen in Gelächter aus.

«Sie wollte gevögelt werden», sagten sie. «Und der Wunsch wird ihr nun erfüllt. Nicht ganz, was Ihr erwartet habt, was, Herrin?»

Amos und Aaron drangen weiter brutal von beiden Seiten in Samoyas geschundenen Körper ein. Die beiden Frauen beschäftigten sich nun miteinander, liebkosten sich am ganzen Leib und küssten sich. Schließlich sanken sie zu Boden, wo sie einander laut stöhnend zwischen den Beinen streichelten.

Samoya stieß erstickte Schreie aus. Am liebsten hätte sie Amos in den Schwanz gebissen, ihm Schmerz zugefügt, als Rache für die Schmach, die sie zu erdulden hatte. Doch als könnte er Gedanken lesen, riss er ihren Kopf nach hinten und zog sich aus ihrem Mund zurück. Samoya schloss schluchzend die Augen, um nichts mehr von dem Grauen um sich her wahrnehmen zu müssen. Warum hatte sie nur in die Heirat mit Prinz Alif eingewilligt? Hätte sie doch bloß an ihrem ursprünglichen Vorhaben festgehalten, nach Athen zu gehen und Ärztin zu werden.

Urplötzlich waren die beiden Frauen still. Ebenso plötzlich kippte Amos hintüber, und der Mann, der mit seinem Schwanz in ihrem Anus steckte, sackte schwer auf ihren Rücken. Samoya war unter seinem Gewicht gefangen. Sie bekam kaum Luft.

Einen kurzen Moment lang regte sich nichts im Zelt. Es war so still, dass sie ihren Atem hören konnte. Als sie eine Rüstung klirren hörte, schlug sie die Augen auf und schrie los. Aber kein Laut war zu hören. Ihr Mund war weit aufgerissen, aber er blieb stumm. Phyllis und Hermione lagen in einer Blutlache da, von Speeren für immer zum Schweigen gebracht. Auch Amos war tot. Samoya wurde halb wahnsinnig vor Angst.

Männer befanden sich im Zelt. Die Kerzen waren fast heruntergebrannt, sie spendeten kaum noch Licht. Schatten huschten umher. Die Männer brummten etwas in einer Sprache, die sie nicht verstand. Perser! Es waren Perser. Sie bekam solches Herzklopfen, dass sie fast glaubte, sie müssten es hören. Aus halb geschlossenen Augen verfolgte sie, was sie taten. Beobachtete sie voll Furcht.

Sie sammelten ihre goldenen Schminkdöschen ein und stopften sie sich in die Taschen. Sie klappten ihre Truhen auf, klaubten ihren Schmuck heraus und verstauten ihn in einem großen Lederbeutel. Lachend stießen sie Phyllis und Hermione mit Fußtritten beiseite. Dann fühlte sie, wie das tote Gewicht von ihrem Rücken gehoben wurde. Samoya wusste nicht, ob sie die Augen auflassen oder schließen sollte, ob sie sich tot stellen oder ihnen zu verstehen geben sollte, dass sie am Leben war.

Sie sahen, wie ihre Augenlider flatterten. Drei von ihnen in ihrer fremdartigen Uniform starrten zu ihr hinab. Aaron wurde derb zur Seite gestoßen. Ein Speer ragte ihm glänzend aus dem Rücken. Sie war ungeheuer erleichtert, doch dann kehrte sofort die Angst zurück. Was hatten diese Kerle mit ihr vor? Und wo waren alle anderen? Wieso hörte sie von draußen keinen Laut? Waren dort auch alle tot? Eine kleine Bande Wegelagerer konnte doch unmöglich ihre gesamte Karawane niedergemacht haben?

Einer von ihnen packte sie und half ihr hoch auf die Beine. Sie sagten etwas zu ihr. Sie tat den Mund auf, um zu antworten. Kein Laut drang heraus. Entsetzen packte sie. Nacktes Entsetzen. Sie war stumm! Sie hatte ihre Stimme verloren! Sie konnte nicht mehr sprechen! Von draußen drang ein Geräusch herein. Die Männer gerieten in Panik. Sie stießen sie derb auf einen Teppich nieder und wickelten sie darin ein. Die Wärme des Teppichs um sie herum hatte etwas seltsam Beruhigendes. Sie merkte, wie er über den Boden geschleift wurde, dann stockte ihr kurz das Herz, als sie in dem Bündel hochgehoben und quer über ein Pferd geworfen wurde. Das Tier machte einen Satz und galoppierte los, und Samoya schwanden die Sinne.

Kapitel sechs

Lucius Aurelian stapfte in seinem Zimmer auf und ab wie ein Bär mit bösem Schädelbrummen. Eigentlich hatte er direkt nach Rom marschieren wollen, aber von Kaiser Gallienus war ihm Order übermittelt worden, bis auf weiteres in Antiochia zu bleiben. Er brodelte vor Zorn. Irgendwie war die Nachricht vom Sieg über die Perser schon zum Kaiser gedrungen, bevor er sie ihm verkünden konnte. Lucius Aurelian war äußerst übler Laune.

Er rief nach Marcus. Keine Antwort. Er rief wieder, lauter diesmal. Immer noch keine Antwort. Was Aurelians Laune nicht eben hob. Er entledigte sich seines Gürtels mit dem Schwert daran. Dann legte er ihn wieder an. Nicht umsonst wurde er «Schwert-in-der-Hand» genannt. Er musste sich allzeit bereithalten. Aber wofür? Lucius Aurelian war nicht nur übler Laune, er langweilte sich auch unsäglich.

Drei Wochen Nichtstun in Antiochia, wo er in der Zeit schon den halben Weg nach Rom hätte zurücklegen können. Dabei ließ es sich in Antiocha durchaus aushalten. Die Leute hier waren sehr liebenswürdig. Sein Gastgeber hatte ihn – und seinen zweiten Offizier – mehr als zuvorkommend aufgenommen. Aber etwas fehlte.

Vielleicht sollte er sich mal ein wenig in der Stadt amüsieren. Ins Theater gehen. Eine Sportveranstaltung besuchen. Sich die Tanzmädchen anschauen. In ein Bordell gehen. Theoretisch gefiel ihm die letzte Idee am besten. Es war schon verflixt lange her, seit er die Freuden des Sex genossen hatte. Und noch viel länger war es her, seit er das letzte Mal *guten* Sex gehabt hatte.

Er starrte hinaus in den Garten. Der Duft von Jasmin war überwältigend. Was ihn an die Sklavin erinnerte, die sein Gastgeber ihm zur Verfügung gestellt hatte. Sie hieß Jasmin. Mehr wusste er nicht über das Mädchen. Er läutete nach ihr. Zum Hades mit der Welt. Er würde sich betrinken. Die Sklavin erschien. Er schaute sie an, als sähe er sie zum ersten Mal. Sie bediente ihn von vorne bis hinten, seit er hier Quartier genommen hatte, doch bisher hatte er sie kaum beachtet. Sie war jung und hübsch. Dunkle Haare, braune Augen. Schlank. Er könnte sie nehmen, wenn er Lust hatte. Er streckte die Hand aus und berührte sie an der bloßen Schulter. Nichts. Er empfand nichts, wenn er diese Haut berührte. Warum nicht? Warum war er innerlich so tot? Früher war er voll Saft und Kraft. Als Erster ins Bordell, als Letzter wieder raus. Ausgiebiges Gevögel ohne Gefühl. Genau so war es ihm am liebsten. Keine Verstrickungen. Purer Genuss. Zahlen und wieder gehen. Und bei der Sklavin bekäme er es sogar umsonst.

«Jasmin», sagte er.

«Ja, Herr», erwiderte sie mit einer tiefen Verbeugung.

«Rotwein, und zwar einen großen Krug», sagte er schroff.

Jasmin verbeugte sich wieder und huschte hinaus. Wenn sie zurückkam, würde er sie bei sich behalten. Sobald er etwas Wein intus hatte, würde er schon lockerer. Dann würde sein Schwanz sich aufrichten, und sie würden vögeln.

Er streckte sich auf seinem Feldbett aus. Es war sein steter Begleiter, im Frieden wie im Krieg. Daran hielt er fest. Die Matratze war hart, und das gefiel ihm, das bot ihm Trost. An den Luxus von Federbetten wollte er sich erst gar nicht gewöhnen. Wie immer der Tag verlaufen war, wo immer er sich befand, sein Feldbett bildete einen vertrauten Fixpunkt in seinem Leben. Er schloss die Augen und wartete auf Jasmins Rückkehr. Während sich in seinem Geist Vergangenheit und

Zukunft verquickten, nahm sein Körper die Gegenwart wahr. Gelächter. Er hörte Gelächter. Vom Fluss. Badende Mädchen. Nackte Körper. Beim Schwimmen. Beim Anziehen. Grellbunte Kleider. Wirbelndes Wasser. Im Schilf verborgene Mädchen. Frauen. Soldaten. Ein anderer Fluss, dunkler, schlammiger. Mehr Wasser. Kristallklare Wasserfälle. Teiche und Springbrunnen. Und dann sah er sie. Sie entstieg dem Teich wie eine Wassernymphe. Mit tropfnassem, fast bläulich schimmerndem, rabenschwarzem Haar, das ihr lang am schlanken Körper hinabhing. Durch das nasse Hemd, das ihr am Leibe klebte, konnte er ihre Figur erkennen, ihre vollkommen geformten, runden Brüste. Dunkel stießen ihre Brustwarzen gegen das nasse Gewebe. Sie breitete die Arme aus. Er streckte eine Hand aus. Dann verschwand sie hinter einer Säule. Und tauchte wieder auf. In einem prächtigen Kleid, mit Edelsteinen besetzt, die im hellen Sonnenschein funkelten. Ihre Locken waren jetzt zu einer Hochfrisur aufgetürmt, die von einem Diadem gehalten wurde. Majestätisch schritt sie auf ihn zu. Bis sie direkt vor ihm stand. Er konnte ihr Parfüm riechen. Berauscht von ihrem Duft, hob er die Hand und berührte sie am Hals. Sie reckte den Kopf in die Höhe. Ihre Blicke trafen sich, es war ein Moment von bestürzender Intimität. Er zog sie enger an sich. Spürte ihren weichen, schmiegsamen Körper an seinen harten Muskeln. Sein Blick glitt von ihren Augen hinab auf ihren Mund. Langsam neigte er den Kopf. Sein Herz schlug so heftig, dass er fürchtete, es könnte bersten. Dann blickte er wieder hoch in ihre Augen, bat stumm um Erlaubnis, sie küssen zu dürfen.

Unmerklich nickte sie. Ihre Lippen berührten sich. Es war ein hauchzarter Kontakt. Dann jedoch schoss ihm das Blut brausend durch den Körper, und er zog sie ungestüm an sich und küsste sie leidenschaftlich. Sie öffnete den Mund, um seine Zunge zu empfangen. Ihre Zungen umschlangen, erkundeten sich. Brennendes Leben erfüllte ihre Lippen. Verlangen durchströmte ihn, seine Adern, Poren, Knochen, Muskeln und Sehnen. Er erbebte am ganzen Leib. Mit zittrigen Händen berührte er ihre Brüste.

Sie drückte ihren Körper fest an ihn. Er konnte ihr Schambein spüren. Sie wechselte die Stellung, rückte die Beine leicht auseinander, bis sein harter, aufgerichteter Penis sich zwischen ihre Schenkel pressen konnte. Deutlich spürte er, wie sie zitterte. Dann glitten ihre Hände an seinem Körper hinab. Mit kühlen Fingern berührte sie seine brennende Härte. Ihm war, als müsste er gleich platzen.

Sie umfasste seine Männlichkeit. Verzückt, mit fast gelassener Ruhe begann sie ihn zu massieren, ihn bis an die Grenzen des Erträglichen zu stimulieren. Das Gefühl dehnte sich aus bis in seinen Kopf. Erfasste seinen Geist. Alles in ihm war auf unklare Weise miteinander verbunden. Und doch wollte er sie nicht nehmen. Noch nicht. Ihr zarter Körper schwankte bald hierhin, bald dorthin. Sein aufgewühlter Leib folgte jeder ihrer Bewegungen. Ihre Münder pressten sich aufeinander. Mit der Hand schob er ihr Kleid hoch. Er fand die weiche, zarte Stelle zwischen ihren Beinen. Mit den Händen streichelte er sie. Er spürte ihre Reaktion – wie sie die Beine weiter öffnete, damit er besseren Zugang hatte. Seine Finger erkundeten nun ihr Geschlecht. Plötzlich ließ sie sich an ihm hinabgleiten. Sie nahm seinen Penis in den Mund und begann zu saugen. Er stand da, die Füße leicht auseinander gestellt, mit vor Anspannung zitternden Muskeln, und wühlte mit den Händen in ihrem Haar, während ihr Mund vor- und zurückfuhr.

Er bückte sich und lud sie sich auf die Arme. Jetzt würde er sie nehmen. Jetzt musste er sie haben. Musste sich in ihr spüren. Er musste sie einfach besitzen.

Er trug sie über den marmorgefliesten Hof, schritt mit ihr

durch eine hohe, breite Tür und legte sie auf ein riesiges Bett. Wieder berührten sich ihre Lippen. Wieder spürte er ihren Körper. Dann öffnete sie ihm die Beine, als er zwischen sie drang. Sie reckte die Hüften hoch. Behutsam führte er die Penisspitze ein und schob sich langsam in sie. Sie seufzte und stöhnte, vor Liebe und Entzücken. Er bedeckte sie mit Küssen. Ihre Lippen, ihre Augen, ihre Wangen, ihre Ohren, ihren Hals. Er breitete die Hände über ihre Brüste und liebkoste sie. Und dann bohrte er sich in sie.

Sie waren eins. Vereinigt. Weder Härte noch Weichheit waren zu spüren, nur ein Nachgeben unter genau richtigem Druck. Von der Liebe besiegelt. Unter leisem Geflüster. Liebe. Ich liebe dich. Schweißüberströmt wälzten sie sich umeinander, immer und immer wieder, bis sie am Ende auf ihm kauerte und dort verharrte.

Jasmin kehrte mit dem Krug Wein zurück, wie von dem römischen Kommandanten verlangt. Doch als sie ins Zimmer trat, fand sie ihn schlafend vor. Sie stellte den Wein auf das Tischchen neben dem Bett und setzte sich auf den Boden, um ihn zu betrachten. Sie hatte sich vom ersten Tag an in Lucius Aurelian verliebt, als er ins Haus ihres Herrn gekommen war. Sie hatte um Erlaubnis gebettelt, vor seiner Tür schlafen zu dürfen. Seine Kleidung zu waschen. Alles für ihn zu tun. Jasmin wäre für ihr Leben gern als Mann geboren worden – und als Römer. Dann wäre sie Soldat geworden und ihrem Kommandanten überallhin gefolgt. Sein zweiter Offizier gefiel ihr auch, aber er war zu hübsch. Zu schön für ihren Geschmack. Jasmin hatte eine Schwäche für raue Kerle.

Schon viele Soldaten hatten sich bei ihrem Herrn einquartiert und alle schikaniert. Sich aufgespielt. Aber nicht dieser Römer.

Seine Villa, hatte ihr Herr resigniert festgestellt, stand offenbar am falschen Ort. Auf dem Weg nach Antiochia war sie das erste größere Gebäude, das in Sichtweite kam. Müde Fußsoldaten träumten von solch einer Unterkunft. Müde Kommandanten quartierten sich kurzerhand ein. Ihr Herr trug sich mit dem Gedanken, die Villa zu verkaufen und auf die andere Seite der Stadt zu ziehen.

Jasmin beobachtete, wie der Römer sich im Schlaf hin und her warf. Er hatte etwas ganz Besonderes an sich. Es war nicht nur sein markantes Gesicht oder sein stämmiger Körper, seine Muskeln. Nein, eine geradezu magnetische Präsenz ging von ihm aus. Sie hätte ihn zu gern berührt. Um ihn zu beruhigen. Sie legte ihr Gesicht an seins und küsste ihn auf Wangen und Lippen. Als er einen Arm ausstreckte, rückte sie näher, damit er ihren Kopf berühren konnte. Als seine Hand ihr über die Wange streichelte, griff sie danach und hielt sie sich an die Brust. Bei einer jähen Drehung kam seine Männlichkeit zum Vorschein, aufgerichtet und steif, und sie umfing sie mit der Hand und streichelte sie. Jasmin genoss das Gefühl seiner pulsenden Haut unter ihren kühlen Fingern, ließ mit sanftem Druck ihre Hand von der Spitze hinunter bis zur Wurzel gleiten und dann wieder hinauf. Sie dachte, er würde davon aufwachen, aber er schlief weiter. Er war tief in seine Träume versunken, und sie lebte die ihren aus.

Jasmin entkleidete sich, kletterte zu ihm aufs Bett, kniete sich zwischen seine Beine, nahm sein Glied in den Mund und saugte sanft daran. Dann kniete sie sich links und rechts über seine Hüften, ließ sich hinabgleiten und führte den Penis des Schlafenden in ihre Nässe ein.

Sein Arm zuckte jäh zur Seite und stieß gegen den Weinkrug, der polternd zu Boden fiel. Vom Klirren der Scherben wurde er geweckt.

Die junge Sklavin kauerte auf ihm. Sie trieben es miteinander. Das Haar hing ihr über die nackten Brüste, die er mit den Händen umfasst hielt. Sie glitt an seiner Rute hinauf und hinab. Ihr Kopf schwang hierhin und dorthin. Sie war der Verzückung nahe. An der Verengung in ihrem Unterleib spürte er, dass sie kurz vorm Höhepunkt war. Er stieß fester zu, bis sie mit einem lauten, langen Seufzer kam. Gleich darauf entlud auch er sich in sie. Das Mädchen sackte erschöpft auf seine Brust. Er legte einen Arm um sie. Um sie zu trösten. Aber auch, um sich selbst zu trösten.

Es war nicht die Sklavin, die ihn aus seinen Träumen wachgevögelt hatte. Sondern diese vermaledeite Hexe, der er kurz vor Antiochia begegnet war. Das Mädchen, das ihn angelacht und eine Trage verlangt hatte. Sie nahm gar zu viel Raum in seinen Gedanken ein.

Die junge Sklavin stieg vom Bett herab und bedeckte ihre Blöße. Dann machte sie sich daran, die Scherben des Weinkrugs aufzulesen.

«Ich werde Euch neuen Wein bringen, Herr», sagte sie.

«Ist nicht nötig», wehrte er ab.

Jasmin ging aus dem Zimmer. Und er bettete den Kopf auf die Arme. Vorläufig war seine Unlust verflogen. Er brauchte keinen Wein mehr, kein Bordell. Keine anderen Frauen. Er wusste nun, was fehlte. Das Mädchen, dem er begegnet war. Von dem seine Soldaten ihm berichtet hatten, sie wohne in einem Haus, größer als alle Villen, die sie je in Rom gesehen hatten.

«Wie war ihr Name?», hatte er gefragt.

«Zenobia», hatten sie gesagt. «Und sie ist reich, Herr, wirklich reich.»

Doch als er ihr seine Aufwartung machen wollte, hatte er das Haus verschlossen vorgefunden, verlassen. Er hatte Erkundigungen angestellt. «Nach Palmyra gezogen», erfuhr er.

Und seither war sie durch seine Träume gegeistert.

«Herr, Herr.» Marcus' Stimme riss ihn aus seinen Gedanken. «Herr, draußen ist ein Mann, er ist in einem fürchterlichen Zustand.»

«Wer ist es?»

«Er sagt, er heißt Pernel. Ein Kaufmann, Herr.»

«Reich oder arm?», fragte Aurelian.

«Reich. Er befand sich mit seiner Tochter auf dem Weg nach Palmyra, als Banditen ihr Lager überfielen, die Sklaven seiner Tochter umbrachten und sie entführten. Er vermutet, es könnten Perser gewesen sein. In der Gegend sollen noch welche ihr Unwesen treiben. Er möchte, dass wir sie aufspüren, und seine Tochter, Herr.»

Marcus gab sein Bestes, sich seinem Vorgesetzten gegenüber nicht anmerken zu lassen, wie sehr er persönlich an der Angelegenheit interessiert war. In Pernel hatte er Samoyas Vater wiedererkannt. Er hatte ihn nur flüchtig zu Gesicht bekommen, damals, als er Samoya zu ihrer Villa zurückbrachte. Und bei der Gelegenheit war Pernel außer sich vor Zorn. Ziemlich unsanft hatte er seine Tochter gepackt und sie barsch angefahren. Aber es bestand kein Zweifel. Pernel war auf jeden Fall Samoyas Vater. Samoya war es, die entführt worden war. Marcus musste sie finden. Zum Glück hatte Pernel ihn nicht erkannt. Das hätte nur zu unnötigen Verwicklungen geführt. Pernel hätte womöglich Argwohn geschöpft. Und ganz zu Recht. Marcus hatte ständig an Samoya gedacht und entschieden, dass sie die Richtige für ihn war. Er wollte sie heiraten. Mit ihr zusammen nach Rom gehen. Am Tag nach ihrer stürmischen Begegnung war er auf dem Weg zur Garnison bei ihrer Villa vorbeigeritten, um ihren Vater um Erlaubnis zu bitten, sie freien zu dürfen. Doch dort hatte er nur ein paar bärbeißige Brüder angetroffen, die frisch aus Persien zurück waren. Ihr Vater sei mit ihrer Schwester unterwegs nach Palmyra, hatten sie erklärt und ihm dann die Tür vor der Nase zugeschlagen. Marcus war am Boden zerstört. Davon durfte er sich jetzt nichts anmerken lassen.

«Wo ist das passiert?», fragte Aurelian.

«Irgendwo am Rande der Wüste», sagte Marcus. «Können wir ein paar unserer Männer erübrigen, um einen Suchtrupp loszuschicken?»

Marcus sagte nicht, dass er nach ihr suchen wollte. Dazu war er zu gewitzt. Auf Menschen war kein Verlass – da durfte man kein Risiko eingehen. Kam es doch vor, dass sie einem aus schierer Bosheit einen Strich durch die Rechnung machten, weil sie spürten, dass man sich etwas besonders wünschte.

Lucius Aurelian dachte sorgfältig über das Ansinnen nach. Ohne kaiserliche Erlaubnis durfte er Antiochia nicht verlassen. Aber seine Männer wurden langsam unruhig. Sie brauchten Beschäftigung. Ein paar der versprengten Perser dingfest zu machen, das würde ihnen nicht schaden. So kämen seine Männer nicht aus der Übung. Er würde ein paar Läufer mitschicken, für den Fall, dass er und seine Männer nach Rom zurückgerufen wurden oder, wie gemunkelt wurde, zum Kampf gegen die Goten.

«Marcus», sagte er ernst, «bring den Kaufmann zu mir.»

Pernel wurde ins Zimmer das Kommandanten geführt. Die Entführung seiner Tochter hatte ihn um Jahre altern lassen. Er war gut gekleidet, seine Gestalt war in reiche Seidengewänder gehüllt, aber beim Reden flatterten seine Hände hilflos umher. Er war völlig verzweifelt. Vieles an der Entführung war ihm unbegreiflich. Was hatten zwei riesige, nackte schwarze Männer im Zelt seiner Tochter verloren, wo sie tot aufgefunden worden waren? Und zwar keine Eunuchen, sondern Männer.

Und die beiden Sklavinnen aus dem Besitz der Prinzessin? Warum waren die ebenfalls nackt und tot?

Lucius Aurelian behielt den Kaufmann genau im Auge. Er schien wirklich tief erschüttert über das Verschwinden seiner Tochter. Der Kaufmann verbeugte sich.

«Ich bin Pernel, Herr, ein Kaufmann dieser Stadt», begann er.

«Ich weiß», fiel Aurelian ihm ins Wort. «Mein zweiter Offizier hat mich schon aufgeklärt. Du möchtest also gern deine Tochter wiederhaben, und wir sollen sie finden?»

«Ja, Herr.»

«Ganz deiner Meinung. Lässt man einer Bande Marodeure eine Entführung ungestraft durchgehen, macht das Beispiel Schule. Hier aber herrscht *Pax Romana*, und diesen Frieden werden wir sichern. Marcus wird zweihundert unserer besten Leute auswählen, die momentan vermutlich ihre Zeit in den Tavernen Antiochias mit Saufen und Hurerei vergeuden.»

Marcus verkniff sich ein Lächeln. Damit war die erste Hürde genommen. Gespannt wartete er den nächsten Befehl ab.

«Marcus hier vertraue ich die Führung an.»

Marcus stieß hörbar die Luft aus. Aurelian warf ihm einen Blick zu. Was, rätselte er, hatte das mit Marcus zu tun? Er hatte nie irgendein Mädchen erwähnt. Überhaupt, fiel Aurelian nun auf, hatte Marcus sich nicht ins pralle Leben in der Stadt gestürzt. Wieso eigentlich nicht? Seine Neugier war sogleich geweckt. Offenbar bestand irgendeine gefühlsmäßige Bindung zwischen Marcus und dem Mädchen. Aber wann hatte sich das ergeben? Die meiste Zeit über hatte Marcus mit ihm hier in der Villa gesessen. Nur einmal war er in Antiochia unterwegs, als die religiösen Unruhen tobten. Da musste es passiert sein. Ein paar verängstige Sklavinnen waren auf dem Markt eingesammelt worden. Und jetzt, bei näherem Nachdenken, fiel

Aurelian auf, dass Marcus damals eine Zeit lang verschwunden war. Nun, wenn er von dem Einsatz zurückkehrte, würde Aurelian ihn darauf ansprechen.

«Pernel, du musst Marcus begleiten. Du wirst ihm genau zeigen, wo sich der Vorfall ereignet hat. Also, falls deine Tochter tot ist, hat er meine Erlaubnis, den Leichnam nach Antiochia zurückzugeleiten. Aber falls sie am Leben ist, willst du dann eure Reise nach Palmyra fortsetzen?»

«Ja», sagte Pernel. «Das ist von größter Bedeutung. Ich hoffe nur, sie lebt noch. Sie ist nämlich Prinz Alif zur Heirat versprochen, wisst Ihr, einem Verwandten des Königs. Falls die Heirat nicht zustande kommt, wird das unabsehbare Verwicklungen nach sich ziehen. Ich habe bereits einen Boten zum König geschickt, um ihn von dem Vorfall zu unterrichten.»

Aurelian behielt verstohlen Marcus' Gesicht im Auge, während Pernel diese verheerenden Worte sprach. Der junge Mann schluckte schwer und biss sich auf die Unterlippe. Woraus Aurelian schloss, dass Marcus einen herben Schlag erlitten hatte. Ansonsten ließ er sich nichts anmerken. Aurelian bewunderte Marcus für seine Selbstbeherrschung.

«Deine Befehle lauten wie folgt», sagte Aurelian. «Falls das Mädchen am Leben ist, begleitest du sie und ihren Vater nach Palmyra. Du wirst sie mit deinen Männern eskortieren. Ihr werdet dafür sorgen, dass sie unversehrt ihr Ziel erreicht. Dass ihr zumindest nicht noch mehr zustößt, als sie schon erlitten hat. Sie steht unter deiner Obhut, Marcus. Ich will dein Wort als römischer Soldat, dass du sie jederzeit beschützen und sicher bei Prinz Alif abliefern wirst.»

«Ihr habt mein Wort, Herr», sagte Marcus, so zackig er nur konnte, um seine tiefe Enttäuschung zu überspielen.

«Dann geh», sagte Aurelian, «und mögen die Götter mit dir

sein. Möge besonders der Große Sonnengott Elagabal mit dir sein.»

«Dürfte ich noch etwas anmerken», sagte Pernel. «Ob meine Tochter nun tot ist oder am Leben, es wird eine Belohnung geben. Ich werde die Männer in Gold entlohnen.»

«Nun, Marcus, das dürfte ein weiterer Ansporn sein», sagte Aurelian, obwohl ihm voll bewusst war, dass Marcus dessen nicht bedurfte. Aber er wollte nicht durchblicken lassen, dass er die Nöte des jungen Mannes erraten hatte.

Pernel und Marcus entfernten sich. Aurelian starrte hinaus in den Obstgarten. Wieder dachte er an Zenobia. Ja, er wusste genau, wie Marcus sich fühlte. Wenn er erführe, dass Zenobia bald heiraten würde, würde ihm auch das Herz sinken.

In Marcus tobte ein Aufruhr der Gefühle, als er mit seinem Trupp, ergänzt von Fährtensuchern und Läufern, aus Antiochia hinausritt. Es waren einhundert hervorragende Bogenschützen, fünfzig Speerwerfer sowie fünfzig Mann, die sich auf das lautlose Töten mit dem Dolch verstanden. Da ihr Einsatz von ungewisser Dauer war und nicht feststand, in welchem Teil des Landes sie die Banditen finden würden, führten sie auch Kamele mit, ihrer Milch und ihres Dungs wegen, lebende Ziegen, die unterwegs geschlachtet werden konnten, mit Wasser gefüllte Ziegenlederflaschen, genug Seile, Kletterausrüstung sowie einen Käfig auf Rädern.

Zwei Tage lang ritten er und Pernel schweigsam dahin. Beide waren in tiefer Sorge. Was sie möglicherweise finden könnten, mochten beide nicht ansprechen. Ehe Pernel nach Antiochia zurückeilte, um Hilfe zu holen, hatte er die restliche Karawane weiter nach Palmyra geschickt, mit der Anweisung, in den Hügeln außerhalb der Stadt zu lagern und dort auf Nachricht zu warten. Wenn alles gut ging, würde er mit Samoya zu ihnen stoßen, und nur wenige Tage wären verloren. Falls sie tot war, würden sie kehrtmachen und hätten die Steuer gespart, die beim Betreten der Hauptstadt fällig wurde.

Am dritten Tag zeigte Pernel ihnen die Stelle, an der die Karawane am Abend von Samoyas Entführung ihr Lager aufgeschlagen hatte. Marcus entschied, ebenfalls hier Quartier zu machen.

«Was weißt du von dieser Gegend?», fragte Marcus, als sie beim Abendessen saßen. Es gab Räucheraal und Barsch, die Pernel als Abwechslung vom Ziegenfleisch hatte auftischen lassen.

«Im Osten befinden sich Wadis und Höhlen», sagte Pernel. «Sie werden weder von uns noch von den Beduinen genutzt, außer im Notfall. Das Wasser dort ist brackig, und in den Höhlen wimmelt es von Bären und Skorpionen, außerdem Stinktieren.»

«Wenn sie normalerweise nicht genutzt werden, sagt mir mein Instinkt, dass wir dort mit Suchen beginnen sollten. Ich ziehe heute Abend mit hundert Mann los, um die Gegend auszukundschaften.»

«Soll ich mitkommen?», fragte Pernel.

«Nein», sagte Marcus hastig. «Vorläufig geht es nur um Erkundung. Wir werden zusehen, dass wir heute Abend so viel wie möglich in Erfahrung bringen.»

Pernel beugte sich der Entscheidung des jungen Mannes. Er gefiel ihm, obwohl er das Gefühl hatte, ihn schon einmal irgendwo gesehen zu haben. Und zwar nicht unter den günstigsten Umständen. Doch da er es nicht genauer festmachen konnte, schien es unnütz, sich mit der Frage nach dem Wo oder Wann weiter den Kopf zu zerbrechen. Er würde Samoya finden. Nur darauf kam es an.

Nachdem Marcus mit seinen Leuten aufgebrochen war, beschloss Pernel, die Göttin in einem Gebet um die sichere Rückkehr seiner Tochter zu bitten.

Die Gluthitze des Tages haftete noch in den Steinen, als Marcus und sein Trupp, ein Teil der Bogenschützen und Speerwerfer, alle Dolchexperten, einige Fährtensucher und ein paar Läufer, im Mondschein dahinmarschierten, während über ihnen die Sterne funkelten. Eine unheimliche Stille lag über dem Buschwerk, sie waren alle auf der Hut. Und das Land war nicht eben. Sie setzten ihre Schritte mit größtem Bedacht.

Übergossen von Mondlicht, ragten im Dunkel vor ihnen Höhlen empor. Falls die Banditen sich noch in der Gegend aufhielten, dann hier, davon war Marcus überzeugt. Vor den Höhlen erstreckte sich eine flache Ebene voller Geröll, mit ein paar kümmerlichen Sträuchern hier und da. Der Mond war ihr Verbündeter. Er wies ihnen den Weg, aber dem Feind würde er ebenfalls nützen. Ihre Späher würden sie im Licht nur zu leicht ausmachen. Vorsichtig schlichen sie weiter. Sie kamen an ein Wadi, einen kleinen Tümpel mit spärlichem Schilfgras, eine Baumgruppe, die Überreste einer kürzlich benutzten Feuerstelle und die sauber abgenagten Knochen einer Gazelle. Das Gelände war in Schattierungen von Grau und Schwarz getaucht. Und da seine Männer entweder von Natur aus dunkelhäutig oder von ihren diversen Feldzügen tief gebräunt waren, verfügten sie über eine perfekte Tarnung. Aber Marcus wusste, wie verräterisch Schatten sein konnten. Er wies die Männer an, Zweige von den Bäumen und Sträuchern abzuschneiden und mitzunehmen. Diese Zweige würden sie vor sich halten, während sie bäuchlings langsam vorwärtsrobbten. Wenn sie wie Würmer zwischen den Steinen durchkrochen, würden die Sträucher ihnen Deckung bieten.

Am Fuß des ersten Felsens fanden sie einen Hengst vor, der an einem Baumstumpf festgebunden war. Marcus spähte in die Höhe. Er sah den Höhleneingang, dahinter im Feuerschein flackernde Schatten. Da wusste Marcus, sie waren auf der richtigen Fährte. Ob auch Samoya sich dort befand, galt es herauszufinden. Er scharte die Männer um sich und gab ihnen flüsternd Anweisungen. Fünfundzwanzig Männer mit Dolchen sollten ihn begleiten. Die übrigen sollten an Ort und Stelle bleiben und Wache halten. Beim kleinsten Anzeichen von Gefahr sollten sie mit gezücktem Bogen vorrücken. Sofort töten; Zeit für Fragen war später. Marcus beschloss, sich dem Höhleneingang von oben zu nähern. Sie mussten also um den Felsen herumlaufen und eine geeignete Stelle zum Hochklettern finden. Lautlos und unter geschicktem Gebrauch der Seile und Kletterhilfen klomm er mit vier anderen auf den Felsen hinauf. Marcus schob sich ein paar Zweige in den Gürtel. Dann wies er die Männer an, das Seil festzuhalten, während er sich hinabließ, um in die Höhle zu spähen.

Marcus hatte keine Ahnung, was ihn erwartete, aber die schlimmsten Befürchtungen gingen ihm durch den Kopf. Fast am Höhleneingang angekommen, hielt er inne, um sich einen Zweig oben in die Uniform zu schieben, sodass sein Gesicht bedeckt war, er aber noch durch die Blätter spähen konnte. Mit den Füßen stemmte er sich an die Felswand und schob äußerst vorsichtig den Kopf nach unten. Das Feuer war fast heruntergebrannt. Er konnte die Männer sehen.

Es waren sechs. In der vertrauten Uniform seines Feindes, der Perser. Aber keine Frau. Solange es ging, blieb er kopfüber hängen und versuchte verzweifelt, ins Dunkel jenseits der Männer zu spähen. Aussichtslos. Er wirbelte herum, um Atem zu schöpfen und sich das Blut in die Füße zurückströmen zu lassen. Und mitten in der Drehung erhaschte er einen Blick auf rotblondes Haar. Sofort schwang er sich wieder mit dem Kopf nach unten. Sie war es. Gar kein Zweifel. Ein Stein fiel ihm vom Herzen. Vor Freude hätte er fast gejuchzt. Dieses rotgoldene Haar war unverkennbar, es glänzte im schwachen Feuerschein. Er erkannte ihre Arme, ihren Hals, ihren hübschen Wuchs, so verdreckt sie auch war, notdürftig bekleidet mit einem schmutzigen Hemd und dem Brustpanzer eines Persers. Er stieß einen Seufzer der Erleichterung aus.

Er sah, wie sie sich bewegte, und spähte angestrengt hin. Anscheinend bot sie den Männern gerade aus einer Ziegenlederflasche zu trinken an. Abwechselnd nahmen sie die Flasche in Empfang, tranken, lächelten und reichten sie ihr zurück. Als alle getrunken hatten, klopfte einer mit der Hand neben sich auf den Boden. Die Stelle war am weitesten vom Höhleneingang entfernt, bot also den besten Schutz vor wilden Tieren. Der Mann rückte etwas zur Seite, sodass sie eingezwängt neben ihm liegen konnte. Ein anderer breitete eine Decke über sie. Schließlich legten sich alle nieder, um zu schlafen.

Niemand belästigte sie. Die Perser machten eher einen geduldigen Eindruck, als hätten sie mit einem verletzten Vögelchen zu tun. Marcus war verwirrt. Er hatte mit vielem gerechnet, aber mit so einer Szene nicht. Er schwang sich wieder in aufrechte Haltung und dachte nach. Für eine Entführte ließ sie keinerlei Furcht erkennen. Marcus kannte den Geruch der Angst. Vor einer Schlacht, bevor die Trommeln losdröhnten und das Kriegsgeschrei losging, hing er wie eine Dunstglocke über den Truppen. Und kein Hauch von diesem Geruch drang in seine Nase. Da steckte mehr dahinter, als auf den ersten Blick zu erkennen war. Marcus gab Zeichen, und die Kameraden zogen ihn wieder hoch. Dann kehrten sie zum Fuß des Felsens zurück.

Marcus hielt Kriegsrat. Er schilderte seinen Männern, was er gesehen hatte. Wenn die Perser Samoya misshandelt hätten, legte er dar, wäre die Sache kinderleicht. Dann könnten sie die

Höhle stürmen und unbesorgt töten. Aber sie schienen Samoya gut zu behandeln. So empfand Marcus es als Ehrenpflicht, die Perser gefangen zu nehmen. Was eine andere Taktik und äußerste Umsicht erforderlich machte. Die Perser waren im Töten geschult, sie waren ja Soldaten. Aber seine Männer würden das Überraschungsmoment auf ihrer Seite haben. Und Schnelligkeit. Schnelligkeit, auf die kam es an. Mit einem Stöckchen zeichnete Marcus einen Plan der Höhle in den sandigen Boden, mit der Feuerstelle und den Schlafplätzen. Zwanzig von ihnen würden sich an der Felswand abseilen. Vierzig würden oben auf dem Felsen bleiben, um die Seile zu halten. Die Übrigen würden unten mit gespannten Bögen bereit stehen, für den Fall, dass doch noch Perser entkamen. Marcus wählte aus den zwanzig Männern sechs aus, die sich in die Höhle abseilen und je einen Perser vornehmen sollten. Sie würden hineinstürmen und die Perser mit an die Kehle gedrücktem Dolch in Schach halten. Die anderen würden mit den Speeren in der Hand am Höhleneingang zurückbleiben. Dann würde er sich abseilen und Samoya bergen. Sobald er mit ihr die Höhle verlassen hätte, müssten die Männer am Eingang in Aktion treten und die Perser fesseln, um sie gefangen zu nehmen.

Marcus schickte einen Läufer zu Pernel, um ihm mitzuteilen, dass seine Tochter wohlauf sei, dass sie die persischen Banditen noch diese Nacht überwältigen würden und dass er den Käfig vorbereiten solle. Er würde mit Gefangenen zurückkehren. Aber Marcus blieb weiter tief beunruhigt. Warum zeigte eine reiche junge Frau, die mit einem Haufen persischer Rohlinge die Unterkunft teilte, so gar keine Furcht? Dem würde er auf den Grund gehen. Er verbannte den Gedanken vorläufig aus seinem Kopf. Er hatte einen Auftrag auszuführen, und das würde er nach bestem Wissen und Gewissen tun.

Ein Scheitern kam Marcus nicht in den Sinn. Er zweifelte keinen Moment daran, dass er Samoya retten würde.

Den ganzen Tag über hatte Samoya sich merkwürdig gefühlt. Bei Morgengrauen war sie mit einer seltsamen Anspannung im Bauch aufgewacht. Das Feuer war längst erloschen. In der Höhle war es kalt. Sie hatte sich wieder unter die Decke gekuschelt und die Nase an den Teppich gedrückt, der voll vertrauter Gerüche war. Es war der Teppich, in den die Perser sie eingewickelt hatten, als sie sie aus ihrem Zelt verschleppten. Und sie durfte ihn weiter benutzen, zum Schlafen. Sie lag still da und betrachtete die Gesichter der schlafenden Männer um sich her. Das Leben hatte eine seltsame Wendung genommen, in jener Nacht, als sie in ihr Zelt geschlichen kamen und ihrer Vergewaltigung ein Ende setzten. Dafür war sie dankbar, aber nun musste sie auf Flucht sinnen.

Sie hatten sie in Ruhe gelassen. Hatten nie versucht, sie anzurühren oder ihr gar Gewalt anzutun. Ganz im Gegenteil. Für sie schien sie eher eine Art Maskottchen zu sein. Sogar ihren Schmuck hatten sie unter ihren Teppich geschoben und sie gut behandelt. Vielleicht hielten sie sie ja für eine Perserin, die den Palmyrenern in die Hände gefallen und in Sklaverei geraten war. Und von Geburt an stumm war. Sie hatten eine der Ihren gerettet. Nichts an ihr deutete darauf hin, dass sie die Tochter des Herrn der reichen Karawane war. Ihre Hände und Füße waren in Ketten gelegt. Von diesen hatten sie sie am zweiten Tag ihrer Gefangenschaft befreit. Die Perser hatten ihre Nahrung mit ihr geteilt und sie zwei Tage lang schlafen lassen. Am Morgen des dritten Tages gingen sie auf die Jagd. Es kam zu einer bizarren und für sie sogar spaßigen Szene, als der Anführer ihr einen Speer gab und begreiflich zu machen versuchte, dass sie damit wilde Tiere aufspießen sollte, die sich ihr näherten, was er dann noch pantomimisch darstellte. Samoya nickte. Wozu sollte sie ihnen verraten, dass sie eine gewandte Speerwerferin war. Stumm zu sein, fand sie, hatte auch gewisse Vorteile. Ein paar Stunden später sah sie vom Höhleneingang aus, wie sie über die steinige Ebene gerannt kamen. Einige verschütteten in der Hast Wasser aus ihren Ziegenlederflaschen, andere versuchten eine Antilope mit Speerwürfen zu erlegen. Sie erkannte, dass sie im Vorteil war. Mit einem gezielten Wurf erlegte sie das Tier. Sie brachten die Beute mit in die Höhle und lächelten ihr zu. Sie war eine von ihnen. Von da an nahmen sie sie mit auf die Jagd. Wenn die Männer miteinander redeten, hörte sie aufmerksam zu, und da sie Talent für Sprachen hatte, konnte sie sie bald verstehen. Sie wiederum verständigte sich mit ihnen in einer Art Zeichensprache, während sie rätselte, ob sie wohl je wieder sprechen könnte.

Sie hatten ein Auge auf sie. Nicht wie auf eine Gefangene, sondern weil sie um ihr Wohlergehen besorgt waren. Anfangs war sie überrascht und erfreut darüber. Nach einer Weile aber, als der erste Schreck über ihre Entführung und die Freude, überlebt zu haben, nachgelassen hatten und sich Langeweile breit machte, fühlte Samoya sich zusehends davon eingeengt. Jeder Tag verlief gleich. Sie fragte sich, ob sie nun den Rest ihres Lebens mit Banditen in einer Höhle verbringen würde. Sie hatte Heimweh nach der Zivilisation. Nach Gesprächen und Menschen und Ideen. Es hätte schon gereicht, wenn die Männer einmal das Lager gewechselt hätten. Sie zeigten allerdings keine Neigung, weiterzuziehen. Sie gingen jagen und holten Wasser. Sie aßen, tranken, erzählten sich am Feuer Geschichten und legten sich schlafen, um dann am nächsten Tag wieder von vorn zu beginnen. Ihr Leben folgte einem festen Rhythmus, aber den wollte sie nicht für alle Zeit teilen. Immer öfter sann sie darüber nach, wie sie entkommen könnte. In diese Überlegungen mischte sich auch Traurigkeit. Die Männer hatten sich ihrer angenommen. Zu fliehen käme einem Verrat gleich. Aber hier konnte sie nicht bleiben. Konnte ihren Zustand nicht länger ertragen. Sie musste fort.

Und an dem Morgen, als die aufgehende Sonne grell in ihren primitiven Unterschlupf fiel, spürte Samoya im Bauch diese seltsame Anspannung und stieß einen lang gezogenen Seufzer aus. Wie sehr sie sich nach etwas Komfort sehnte. Sie musterte das Sammelsurium abgeschabter Tierfelle, die teils den Höhlenboden bedeckten, teils den Männern als Zudecke dienten. Sie hatte Durst, aber zu trinken bekäme sie erst, nachdem sie unten beim Wadi gewesen waren. Das Wasser aus dem Wadi war brackig, und anfangs war ihr davon regelmäßig übel geworden. Sie starrte ihre verdreckten Arme und Beine an, ihre eingerissenen Nägel. So ungepflegt und schmutzig sie auch war, sie konnte es nicht ändern. Wenn sie mit dem Wasser erst die Felswand hochgeklettert waren, blieb gerade noch genug zum Trinken übrig, aber zum Waschen reichte es nicht.

Das Gefühl hatte sie den ganzen Tag über begleitet. Sie waren auf die Jagd gegangen und hatten das Fleisch draußen im Freien, beim Wadi, zubereitet. Aber sie hatte kaum Hunger, denn innerlich zerrte etwas Unbekanntes an ihr, versetzte sie in Aufregung. Abends waren sie mit etwas gebratenem Gazellenfleisch für sie zurückgekehrt. Sie war verdutzt. Der Tag war fast vorüber und genauso verlaufen wie alle anderen, aber ihre innere Anspannung hatte kein bisschen nachgelassen. Wie immer saßen die Männer in der Höhle um die Feuerstelle und erzählten. Uralte Geschichten von persischer Tapferkeit und Größe, über Xerxes und Darius und Alexander und über Schapur, ihren derzeitigen Kaiser, und wie er ihren Feind, den in persische Gefangenschaft geratenen römischen Kaiser Valerian, behandelte. Und das Gefühl in ihrer Magengrube wollte nicht weichen. Als alle sich schlafen legten, blieb sie wach. Sie starrte hinaus ins Mondlicht.

Verschiedene, immer verwegenere Fluchtpläne spukten ihr durch den Kopf. Zum Beispiel könnte sie jeden Tag, wenn sie auf die Jagd gingen, einige Edelsteine mitnehmen. Und sie irgendwie vergraben. Das war schon mal ein guter Anfang, denn sie durfte schließlich nicht mittellos sein, ob in der Wüste oder sonst wo. Samoya fuhr mit der Hand unter den Teppich und zog den Beutel mit ihren Juwelen hervor. Sie wollte gerade ein paar Edelsteine entnehmen, als Marcus durch den Höhleneingang gesaust kam.

Sie erkannte seine einzigartige Schönheit, seine sehr dunkle Haut auf Anhieb wieder. Rettung. Fest hielt sie ihren Juwelenbeutel umklammert. Nach Marcus kamen rasch sechs weitere Soldaten herein. Samoya lag reglos da und hielt den Atem an, damit die Männer neben ihr nicht aufwachten. Die Präzision, mit der Marcus den Angriff geplant hatte, zahlte sich aus. Mitsamt ihren Juwelen wurde Samoya emporgehoben, aus der Höhle gebracht und die Felswand hinabbefördert. Marcus setzte sie auf den dort angebundenen Hengst, dann traten sie den Rückweg zu Pernel an. Die schlafenden Männer wurden blitzschnell überrumpelt und gefangen genommen. Sie wurden entwaffnet, mit Seilen zusammengebunden und zum steinigen Boden hinabgelassen. Streng bewacht wurden sie zu Pernel und den übrigen Römern gebracht, wo schon der Käfig sie erwartete.

Sobald er Samoya in den Armen hielt, verspürte Marcus das alte Kribbeln. Freudig und erleichtert küsste er ihren Nacken. Ihr schmaler Körper drückte sich fest an ihn, was ihm, trotz der Gefahr, in der sie schwebten, sofort eine Erektion bescherte. Er begehrte sie. Wollte ihre Brüste berühren, sie küssen, sie nehmen. Und ihr dabei seine Liebe beteuern. Dann entsann er sich des Versprechens, das er Aurelian gegeben hatte. Und schwieg.

Samoya schmiegte sich an ihn. Ungläubig. Marcus. Der Mann ihrer Träume hatte sie gerettet. Sie spürte seine Lippen in ihrem Nacken. Zitternd klammerte sie sich an ihm fest und dachte an ihren letzten gemeinsamen Ritt zurück. Bei seiner Berührung erwachte ihr ganzer Körper zu neuem Leben. Sie zitterte vor Liebe und freudiger Erwartung. Sie hatte keine Ahnung, wo er sie hinbrachte, aber sie hoffte, sie könnten dort allein sein. Samoya wusste, was er tun würde. Er würde so lange reiten, bis er ein ruhiges Fleckchen gefunden hatte. Dort würde er ihre Lippen küssen und ihre Brüste streicheln. Er würde sie auf den Boden betten und ihre Beine teilen. Er würde seinen Penis an ihr Geschlecht führen und dann in sie stoßen. Samoya merkte, wie sie bei dem Gedanken feucht wurde. Wie gern hätte sie etwas zu ihm gesagt. Sie öffnete immer wieder den Mund, aber kein Laut drang heraus.

Marcus hielt sie fest umschlungen. Sie neigte den Kopf und küsste ihn am Arm. Statt darauf einen Kuss auf ihren Nacken zu drücken, wich er zu ihrem grenzenlosen Staunen von ihr zurück. Warum nur? Weil sie schmutzig war, mutmaßte Samoya. Weil sie nach Höhle stank. Sie küsste ihn noch einmal.

«Nicht», sagte er barsch.

Es bedurfte all seiner Selbstbeherrschung, dieses eine Wort auszusprechen. Dabei hatte er nur einen Wunsch: mit ihr irgendwohin zu reiten, wo er sie zärtlich in die Arme nehmen und ihr seine Liebe beteuern konnte, um sie dann zu liebkosen, zu küssen und in sie einzudringen.

Tiefer Groll erfasste Samoya. Wie konnte er es wagen! Sie setzte sich aufrecht hin und rückte von ihm ab. Den Ritt über die Steine, am Wadi vorbei und zurück ins Lager legten sie in unbehaglichem Schweigen zurück.

Sie trafen als Erste ein. Pernel erschrak zutiefst, als er sah, in welchem Zustand seine Tochter sich befand. Er küsste und drückte sie, plapperte in einem fort, so überglücklich war er, sie zu sehen.

«Wir reiten nach Edessa, dort habe ich Freunde, da kannst du baden und dich umziehen und … und …» Vor Erleichterung küsste er sie immer wieder. «Samoya, war es sehr schlimm? Ich habe Hilfe geholt, so schnell es ging … liebste Tochter …»

Aber Samoya gab keine Antwort, sie konnte nicht. Sie öffnete den Mund und krächzte. Pernel starrte sie entsetzt an. Er hielt ihren Mund auf und schaute hinein. Womöglich hatten sie ihr die Zunge herausgeschnitten. Aber nein. Angstvoll schüttelte er sie. Sie schrie auf, aber völlig lautlos. Er ließ sie los wie eine Schlenkerpuppe. Dann sackte er selbst zu Boden wie ein Häuflein Elend. Seine schöne Tochter war stumm.

«Hat sie zu Euch etwas gesagt?», wollte Pernel von Marcus wissen.

«Nichts», erwiderte er.

«Sie kann nicht sprechen», klagte er, den Tränen nah. «Meine liebste Tochter kann nicht sprechen. Was sollen wir nur tun?»

Pernel starrte Samoya an, die neben ihm stand und den Mund auf- und zumachte, ohne einen Laut hervorzubringen. Er hatte seine Tochter zwar unversehrt wieder, aber würde Prinz Alif eine Stumme heiraten wollen? Pernel schüttelte bekümmert den Kopf. Er brachte Samoya in sein Zelt, ließ sie Platz nehmen und hüllte sie in einen Burnus. Sie würden nach Edessa reisen. Möglicherweise würde ein Bad helfen, das schlimme Erlebnis zu überwinden, wegen dem es ihr die Sprache verschlagen hatte.

Marcus war ebenso ratlos. Weshalb war sie stumm? Ihm

kam derselbe Gedanke wie Pernel, dass nämlich der Prinz eine stumme Braut womöglich verschmähen würde. Das war seine Chance. Er musste die Gelegenheit nutzen und Pernel gestehen, dass er seine Tochter liebte. Dass er sie heiraten wollte, ob nun stumm oder nicht. Ja. Genau das würde er tun. Doch daraus wurde nichts, denn da trafen die Gefangenen ein.

«In den Käfig mit ihnen», befahl er.

Die Perser waren widerspenstig. Als sie den Käfig sahen, gebärdeten sie sich in ihren Ketten noch wilder.

«Peitscht sie aus», schnaubte Marcus, dem solche Grausamkeit sonst fremd war. Er war außer sich. Mussten die ausgerechnet jetzt ankommen! Gerade, als er ruhig in Pernels Zelt hatte treten wollen, um ihn um die Hand seiner Tochter zu bitten. Jetzt musste er sich mit diesen Persern herumschlagen. «Zeigt den Gefangenen, wie Römer mit Persern verfahren, die nicht gehorchen wollen.»

Samoya hörte den Tumult. Die Züchtigung der Männer hatte gerade begonnen, als sie aus dem Zelt gestürzt kam. Entsetzt und schockiert musste sie mit ansehen, wie ihre Retter Peitschenhiebe auf den nackten Rücken erhielten. Sie rannte auf die Römer zu.

«Nein», schrie sie, urplötzlich wieder der Sprache mächtig, während ihr Tränen übers Gesicht strömten. «Nein, nein, nein!»

Marcus und Pernel drehten sich um und starrten sie an. Samoya warf sich ihrem Vater in die Arme und hämmerte ihm mit den Fäusten gegen die Brust.

«Sie haben mich gerettet», rief sie. «Sie haben mich gerettet. Bitte tut ihnen nichts.»

«Tochter, deine Stimme. Du hast deine Stimme wieder», schluchzte Pernel unter Freudentränen.

«Ja», krächzte sie, noch etwas heiser. «Aber bitte hört auf, die Perser auszupeitschen.»

Marcus befahl seinen Männern, sofort aufzuhören. Er sah Samoya und ihrem Vater nach, als sie zu ihrem Zelt zurückgingen. Tiefe Niedergeschlagenheit überkam ihn. Jetzt müsste er sie nach Palmyra eskortieren. Sie würde den palmyrenischen Prinzen heiraten müssen.

Samoya kam aus dem Zelt heraus. Sie blickten einander an, voll unausgesprochenem Verlangen.

«Mein Vater sagt, wir ziehen erst nach Edessa», sagte sie. «Und dann weiter nach Palmyra.»

«Ich weiß. Und du wirst Prinz Alif heiraten», sagte er tonlos.

«Ja», sagte sie mit aufgesetztem Lächeln, was Marcus jedoch nicht durchschaute.

«Und ist das auch dein Wunsch?»

«Selbstverständlich», erwiderte sie trotzig. Sie war immer noch wütend, weil er vor ihr zurückgewichen war. Dass sie nur ihn wollte, würde sie ihm nicht sagen. Dass sie davon geträumt hatte, auszureißen und ihn zu suchen. Um mit ihm nach Rom zu gehen. Und seine Frau zu werden.

«In dem Fall, meine Dame», sagte Marcus mit einer Verbeugung, «ist es meine Pflicht, Euch zu Eurer Hochzeit zu eskortieren.» Abrupt machte er kehrt und marschierte davon. Samoya blickte ihm mit Tränen in den Augen nach.

«Marcus», rief sie. Aber er hörte sie nicht. Für sie war kein Platz mehr in seinen Gedanken. Er hatte zu tun. Die Perser mussten nach Antiochia überstellt werden. Er würde sie und ihren Vater mit einem kleinen Trupp erst nach Edessa und dann nach Palmyra eskortieren.

Samoya zog ihren Burnus enger um sich, wie um Schutz vor den eigenen Gefühlen zu suchen. Sie war am Leben. Bald wäre sie zurück in der Zivilisation. Sie würde Prinz Alifs Gemahlin.

Ein sonderbarer Schauer rieselte ihr durch die Lenden. Prinzessin Berenike hatte gesagt, Prinz Alif habe eine Vorliebe für gewisse sexuelle Praktiken. Nun, sie würde herausfinden, was für welche, und sie würde lernen, ebenfalls daran Gefallen zu finden.

Samoya stolzierte hochmütig ins Zelt zurück. Ihr Vater erwartete sie schon, er hatte viele Fragen.

«Vater», sagte sie und schlang ihm die Arme um den Hals. «Bitte frag mich nichts. Ich kann mich an nichts erinnern, nur daran, dass ich nach Palmyra reise, um mit Prinz Alif vermählt zu werden. Und darauf freue ich mich schon riesig.»

Vor Freude, ihre Stimme zu hören, entging Pernel völlig, dass sie log.

Sobald sie in Palmyra eintrafen, beschloss Marcus, würde er umgehend die Bordelle aufsuchen. Lang genug hatte er aus Treue keusch gelebt. Er würde seine Lust ausleben. Und Samoya könnte ihm für alle Zeit gestohlen bleiben.

Kapitel sieben

«Dein Gemahl ist auf der Jagd», sagte Prinzessin Berenike und zupfte an dem Umhang aus hauchfeiner hellblauer Seide, den Samoya um die Schultern trug. Der Umhang glitt zu Boden. Üppig wie eh und je thronte Berenike, erhöht auf einer Estrade, auf dem mächtigen geschnitzten Sessel in ihren Gemächern. Sie streckte eine Hand aus und stupste gegen Samoyas frisch eingeölte, steife Brustwarze, die durch das kleine Loch in ihrem dunkelblauen Seidenmieder lugte.

«Mein Gemahl? Aber das ist unmöglich. Ich bin doch noch gar nicht verheiratet!», rief Samoya verblüfft aus.

Nach der unerfreulichen Reise nach Palmyra – über Edessa, von Marcus hartnäckig mit gemeinster, gröbster Nichtachtung gestraft – hatte Prinzessin Berenike sie im Palast willkommen geheißen und in ihre Gemächer geführt. Zwei Wochen brachte sie dort in völliger Abgeschiedenheit zu, ohne Besuch empfangen zu dürfen. Keinerlei Neuigkeiten aus der Außenwelt drangen zu ihr. Ein paar schweigsame Sklavinnen waren Tag und Nacht um sie. Sie weckten sie morgens, badeten sie, rasierten ihr Geschlecht und salbten es mit Öl, kleideten sie an und beköstigten sie, bis es wieder Schlafenszeit war. Heute bekam sie zum ersten Mal jemanden anderes zu Gesicht.

Ganz unvermittelt waren Berenikes riesenhafte nubische Eunuchen aufgetaucht. Sie wollten sie abholen, erklärten sie, um sie vor Prinzessin Berenike zu führen.

Und jetzt erzählte Prinzessin Berenike ihr von ihrem Gemahl, obwohl sie doch gar keinen hatte.

«O doch, meine Liebe. Als Prinz Alif von deiner Entführung

unterrichtet wurde, ließ er eine Hochzeit in Abwesenheit arrangieren. Entweder, so meinte er, würdest du wieder auftauchen, um die Früchte der Ehe zu genießen, oder du wärst tot, dann müsste er sich eine neue Frau suchen. Wenn Prinz Alif einen Plan fasst, lässt er sich kaum je davon abbringen. Und er hatte geplant, nach eurer Hochzeit auf die Jagd zu ziehen.»

Samoya war wie vom Donner gerührt. Sie wollte ihren Ohren nicht trauen. Von der Estrade aus, wo sie direkt vor Berenike stand, die ihr jetzt die Brüste streichelte, ließ sie ihren Blick durch das geräumige Gemach aus braunem Marmor schweifen. Es war lang gezogen, hoch und prunkvoll. Wandmalereien gab es zwar keine, aber hie und da hingen prächtige Wandteppiche und milderten die Kälte. Am hinteren Ende, gegenüber der Estrade, befand sich ein Balkon, eingerahmt von schweren Vorhängen aus rotem Seidendamast. Nur sie, die Prinzessin und die beiden ausdruckslos dreinblickenden Nubier, die ihrer Herrin mit Palmwedeln Luft zufächelten, befanden sich in dem Gemach.

«Deine Kleidung entspricht doch meinen Anordnungen, oder, meine Liebe?», fragte Prinzessin Berenike. Indem sie Samoyas transparenten Rock teilte, brachte sie ihren Bauch und ihre nackte, rasierte Scham zum Vorschein. Prinzessin Berenike streckte einen Finger aus und fuhr an Samoyas Venushügel entlang.

«Was für eine süße kleine Muschi», sagte sie, stieß ihr jäh den Finger hinein und schob ihn auf und ab. Samoya war ganz überrumpelt, so unvermittelt war Berenike in sie eingedrungen, aber trotzdem wurde sie sofort feucht.

Berenike leckte sich über die Lippen, während sie mit einem Finger sanft über Samoyas Klitoris strich. Samoya wiegte sich im Rhythmus von Berenikes Finger. Seit über zwei Wochen hatte sie jeden körperlichen Kontakt entbehrt. Berenike lächelte lüstern, nahm die Zipfel von Samoyas blau-purpurnem, geschlitztem Rock und steckte sie in Samoyas Rockbund. Dann fuhr Berenike mit den Händen an Samoyas Schenkeln empor, drehte sanft ihren Körper herum, steckte auch die hinteren Zipfel des Rocks in den Bund und streichelte sinnlich über Samoyas hübschen, nackten Po.

«Und jetzt werden wir dich für deine Hochzeitsnacht vorbereiten.»

«Wann wird die sein?», fragte Samoya, die vollkommen verwirrt war. Nichts war so, wie sie es erwartet hatte.

«Wenn dein Gemahl zurückkommt. Wann das sein wird, wissen wir nicht. Du musst jederzeit auf seine Rückkehr vorbereitet sein. Erst einmal musst du trinken.» Berenike reichte Samoya einen ausladenden Kelch mit Wasser.

«Nein, danke», sagte Samoya.

«Das ist ein Befehl, keine Bitte», beharrte Berenike. «Du wirst ihn bis zum letzten Tropfen leeren, und dann noch einen.»

Berenike sah ihr beim Trinken zu und füllte den Kelch dann von neuem.

«Ich kann nicht mehr», sagte Samoya.

«Du musst und du wirst», sagte Berenike mit einem Anflug von Bosheit in der Stimme.

Als Samoya den Kelch ausgetrunken hatte, klatschte Berenike in die Hände, und eine Gruppe Sklavinnen erschien. Auf den Knien kamen sie durch eine schmale Seitentür gerutscht und verbeugten sich tief, bis ihre Köpfe den Boden berührten. Samoya fiel auf, dass sie alle gleich gekleidet waren. Sie trugen lederne Halsbänder, von denen aus an einem Stahlring befestigte Lederbänder sich überkreuzend ihre Körper bedeckten, die aber ihre Brüste aussparten und so zur Geltung brachten. Um die Handgelenke und Knöchel trugen sie Ledermanschetten, dazu sehr kurze Lederröckchen. Beim Hinknien rutschten die Röcke hoch und entblößten ihre nackten Hinterteile. Als sie aufstanden, sah Samoya, dass die Röcke ihre Scham nicht bedeckten. Und sie waren allesamt rasiert.

«Dies sind deine Sklavinnen.» Berenike klatschte wieder in die Hände, und sie krochen zum Fuß der Estrade, wo sie mit gespreizten Beinen Aufstellung nahmen.

«Sie werden dir aufs Wort gehorchen. Sie dienen deinem Vergnügen», sagte Berenike und erhob sich. «Sie müssen jederzeit zum Sex bereit sein.»

Prinzessin Berenike kam die Estrade hinab und schritt an den Sklavinnen vorbei, um sie zu inspizieren. Sie rieb ihnen die Brüste und Brustwarzen, teilte ihre Beine und befühlte jede Einzelne, um sich zu vergewissern, dass sie auch nass waren.

Als sie fertig war, klatschte Berenike abermals in die Hände, und eine Reihe groß gewachsener, ansehnlicher, muskulöser nackter Männer trat ein und verneigte sich. Auch sie trugen Halsbänder und Manschetten aus Leder.

«Sie wurden ausgewählt, um dir Vergnügen zu bereiten. Wie du siehst, haben sie besonders große Penisse.»

Die Männer kamen ins Gemach, mit riesigen erigierten Schwänzen, und stellten sich vor die Frauen. Samoya spürte sofort, wie Verlangen sie durchströmte.

«Komm, wir werden sie inspizieren.» Berenike trat von der Estrade hinab und ließ sich von ihren beiden Nubiern entkleiden. Schicht für Schicht schälten sie sie aus ihren Gewändern, bis ihre mächtig baumelnden Brüste, die Hüften und der fleischige Po entblößt waren. Ihren speziellen Gürtel mit den beiden Lederphalli aber behielt sie an. «Tu, was ich tue», sagte sie und nahm Samoyas Hand.

Berenike schritt an den aufgereihten Sklaven vorbei und rieb jedem kurz den Penis. Samoya folgte Berenikes Beispiel.

Es verschaffte ihr ein erregendes Gefühl von Macht, mit kühlen Händen ihre dicken, großen, pulsierend aufgerichteten Glieder anzufassen. Die Männer standen reglos da, den Blick geradeaus gerichtet, die muskulösen Leiber vor Öl glänzend, mit locker herabhängenden Händen, und hatten keine Wahl, als sich den beiden Frauen völlig zu überlassen. Bei jedem umfasste Samoya den Schwanz oben an der Spitze, fuhr dann mit der Hand daran hinab, leichten Druck auf die Wülste ausübend, und schließlich wieder hoch, wo sie die Eichel umfing. Mit jedem Schwanz, der in ihrer Hand noch praller wurde und noch heftiger pochte, spürte Samoya, wie sie sich öffnete und nasser wurde. Sie drückte ihnen die Eier, quetschte sie sacht zwischen den Fingern. Sie mussten sich ihr unterwerfen. Samoya genoss die Freiheit, mit den Körpern anderer Menschen tun zu können, was ihr gefiel.

«Jetzt wollen wir eine Vorführung.»

Berenike klatschte in die Hände. Die Männer drehten sich zu den Frauen hinter ihnen um und hoben sie hoch. Die Frau schlang dann dem Mann die Beine um die Taille. Mit einer weiteren Drehung wandten sie sich zu Berenike und Samoya um. Jede Frau war so postiert, dass ihr nasses, offenes Geschlecht über dem aufgerichteten Glied ihres Partners schwebte. Berenike klatschte in die Hände. Wie bei einem einstudierten Tanz stieß nun jeder Mann seinen Schwanz hoch in das Mädchen, das er in den Armen hielt.

Samoya war sehr überrascht, wie präzise und geschwind das alles vor sich ging. Sie merkte, wie sie beim Zusehen immer nasser wurde. Berenike trat hinter sie, legte ihr die Hände um die Brüste und liebkoste sie.

«Ist das nicht ein wunderschönes Bild», sagte sie, während sie den stöhnenden Paaren beim Stoßen zusahen. «Und sie gehören alle dir. Du kannst sie haben, wann immer du Lust dazu hast. Du kannst ihnen beim Vögeln zusehen. Oder es selbst mit ihnen treiben.»

Berenike spürte, wie Samoyas Körper sich anspannte, und keuchte leise vor Vorfreude.

«Ja», gurrte Berenike lächelnd, zog Samoya die zarte, durchscheinende Seide von den Brüsten und begann, ihre Brustwarzen zu drücken; «Falls du möchtest, kannst du dir einen dieser großen, dicken Schwänze hineinrammen lassen. Oder möchtest du lieber geleckt werden?»

Sie ließ die Hände an Samoyas Bauch hinabgleiten und fing an, ihr nacktes, offenes, williges Geschlecht zu betasten. Zugleich fuhr Berenike mit einem der Lederphalli zwischen Samoyas Pobacken auf und ab.

«Sollen wir sie unterbrechen, damit sie sich bücken und dich lecken?»

Unter Berenikes Fingern, die beharrlich erst an ihren Brustwarzen spielten, bis sie steif waren, dann an ihrer Klitoris, während zugleich der Lederschwanz zwischen ihren Beinen umherglitt, spürte Samoya ein immer verzweifelteres Verlangen nach mehr.

«Ja», sagte Samoya, während sie ihren Po an Berenikes nacktem Bauch rieb.

«In dem Fall musst du, da du ja nun eine Prinzessin des königlichen Haushalts bist, ihnen befehlen, mit Vögeln aufzuhören und dich zu lecken. Nachdem ich in die Hände geklatscht habe, wirst du deine Befehle äußern.»

Berenike führte Samoya die Estrade empor und hinter ihren Thron. Sie drückte Samoya mit den Schultern an die Wand, die mit einem mächtigen Gobelin verhängt war.

«Du musst mit breit gespreizten Beinen dastehen, die Hüften nach vorne gereckt.»

Samoya stand ganz still da, während Berenike dafür sorgte,

dass sie die richtige Haltung einnahm. Samoya blickte hinab auf die kopulierenden Pärchen. Berenike klatschte in die Hände.

«Aufhören», befahl Samoya mit lauter, klarer Stimme.

Mitten im Stoßen hielten die Paare inne. Die Männer setzten die Frauen ab. Samoya stellte entzückt fest, dass ihre Glieder immer noch sehr dick und aufrecht emporragten. Sie wollte nicht nur geleckt werden, sie wollte mindestens eins davon in sich spüren.

«Ich befehle euch, einzeln vorzutreten und vor mir niederzuknien. Und mich zu lecken.» Samoya zögerte. Für wen sollte sie sich als Erstes entscheiden, die Männer oder die Frauen? «Tretet paarweise vor. Erst werden die Männer mir die Ehre erweisen, dann die Frauen.»

Gehorsam taten die Sklaven wie geheißen. Als die Zunge des ersten Sklaven in ihre Scheide drang, erbebte sie vor Entzücken. Als sie an ihrer Klitoris arbeitete, flutete eine weitere Welle des Verlangens durch ihren Körper. Samoya schloss die Augen. Sie gab sich ganz dem sinnlichen Gefühl der beständig wechselnden, forschenden Zungen hin, den verschiedenen Händen, die ihre Schenkel weiter spreizten, damit die Zunge tiefer dringen konnte. Hände packten ihr Fleisch, Fingernägel gruben sich in ihre Haut. Und zuweilen verirrte ein Finger sich und massierte sanft ihren Anus. Sie merkte, wie sie sich weiter öffnete, um sich ganz dem geilen Vergnügen hinzugeben. Sie sehnte sich nach einem Schwanz. Je ausgiebiger die Zungen ihr Geschlecht erkundeten, desto heftiger gerieten ihre Hüften in kreisende Bewegung. Und desto mehr verlangte es sie nach einem festen Schwanz in sich. Sie hielt ihre eigenen Brüste umfasst, reizte ihre eigenen Brustwarzen, bis sie steif emporragten. Und sie dachte an Marcus. Nicht so, wie er zuletzt war, wütend und schroff. Sie wollte den Marcus, der sie auf sein

Bett gelegt hatte, zwischen ihre offenen Beine gekrochen war und ihr Verlangen gestillt hatte. Sie wollte einen Körper auf dem ihren spüren. Sie wollte den Schweiß eines Mannes riechen. Sie wollte die Härte eines Mannes spüren.

Plötzlich erhob sich großer Lärm. Trompetenstöße und dröhnende Trommeln ertönten. Samoya riss die Augen auf. Die mächtigen, hohen Türen am anderen Ende des Gemachs flogen auf, und herein kam eine Prozession von Männern in wehenden Gewändern und Turbanen, manche mit Falken auf den behandschuhten Händen, andere mit Trompeten. Der Zug kam in den Raum marschiert, und die Männer nahmen Aufstellung entlang der Wände.

Samoya war ratlos. Sie hatte keine Ahnung, was sie tun sollte. Berenike saß auf ihrem Thron, und zwar immer noch nackt, wie Samoya von hinten erkannte. Alle Sklaven kauerten nun demütig am Boden, bis auf den Mann, der noch zwischen ihren Beinen kniete und mit der Zunge weiter tief in ihrem nassen Geschlecht verharrte. Wieder erklangen die Trompeten, und ein lauter Ruf erscholl.

«Prinz Alif! Prinz Alif!»

Samoya starrte gebannt zur offenen Tür, aber zu ihrer großen Verwunderung kam niemand herein. Stattdessen teilte sich plötzlich der rote Vorhang vor dem Balkon. Zum ersten Mal bekam Samoya nun ihren Gemahl zu Gesicht. Er trug ein prachtvolles goldenes Gewand und einen hohen, über und über mit Edelsteinen besetzten Turban. Mehr konnte sie nicht sehen. Samoya überkam Erleicherung. Sie hatte keine Ahnung gehabt, was sie erwartete. Niemand hatte ihr bisher ihren Ehemann beschrieben.

«Bisher ausgezeichnet. Jetzt bereitet sie für mich vor», befahl Prinz Alif vom Balkon aus. Der rote Vorhang schloss sich wieder, und er verschwand.

Auf Prinz Alifs Worte hin sprangen die Sklaven, die eben noch am Boden gekauert hatten, auf und ergriffen Samoya. In Windeseile hatten sie sie entkleidet, ihr die Arme auf den Rücken gedreht und sie emporgehoben. Während sie in der Luft hing, kamen andere herbei und legten ihr dünne, aber starke Ketten um Knöchel und Handgelenke. Sie wurde hinübergetragen zu einem schmalen, mit Kissen bedeckten Tisch, den einige Sklaven sofort vor dem Thron aufgestellt hatten. Samoya sah noch, dass er genau der Form ihres Körpers angepasst war. Berenike verfolgte schweigend, wie Samoya mit dem Rücken auf den oberen Teil des Tisches gelegt wurde. An der Tischplatte befestigte Lederriemen wurden ihr um den Hals gelegt sowie oben über ihre Brüste und um ihre Taille geschlungen. Ebenso wurden ihre gespreizten Beine fixiert, indem Lederriemen um ihre Oberschenkel, Waden und Knöchel geschlungen wurden. Zwei Kissen wurden ihr unter den Po geschoben, sodass ihr offenes, nasses Geschlecht den Blicken aller dargeboten war. Die Riemen oben an ihren Schenkeln wurden so stramm gezogen, dass ihre Scham förmlich hervorquoll. Die Ketten um ihre Handgelenke wurden unter dem Tisch zusammengehakt.

Mit einer Puderquaste aus Schwanendaunen kam Berenike von ihrem Thron herab, stellte sich zwischen Samoyas Beine und fing an, ihr damit über Geschlecht und Klitoris zu fahren. Die zart flirrenden Daunen erregten Samoya sehr, sie wollte sich ihnen entgegenrecken, aber die Fesselung hinderte sie daran. Je ausdauernder Berenike sie mit der Quaste reizte, desto steiler ragte Samoyas Klitoris vor, desto offener und nasser wurde sie. Und sie spürte, wie ihre Blase immer voller wurde. Heimlich verwünschte sie Berenike dafür, ihr so viel Wasser eingeflößt zu haben. Sie spürte eine Schwere im Unterleib, die zur Folge hatte, dass die betörende Empfindung der

Schwanendaunen an ihrer Klitoris sich in erlesenen Schmerz verwandelte. Samoya vergaß die Leute im Raum, die sie beobachteten. Ihre Gedanken waren nur noch sexueller Natur. Was wohl als Nächstes mit ihr geschehen mochte? Würde sie penetriert werden? Sie sehnte sich heftig danach. Würde Prinz Alif es tun?

Dann erklangen wieder die Trompeten. Samoya hörte wieder die Rufe, «Prinz Alif, Prinz Alif». Prinzessin Berenike entfernte sich von Samoyas Beinen. Jemand kippte den Tisch leicht, damit Samoya sehen konnte, wie Prinz Alif nahte. Vor Schreck stockte ihr der Atem. Noch nie hatte sie einen so hässlichen Mann gesehen.

Kaum mehr als einen Meter fünfzig messend, kam er mit einem lüsternen Lächeln auf den wulstigen Lippen auf sie zustolziert. Seine schläfrig verhangenen Augen blickten wollüstig. Er trug immer noch den Turban mit dem großen, funkelnden Diamanten in der Mitte auf dem Kopf, und sein goldener Umhang hing ihm lässig von den Schultern. Was Samoya allerdings nun sah und eben auf dem Balkon nicht hatte sehen können, war sein nackter, muskulöser Körper. Und wie er über den Marmorboden und dann die Estrade hochstolziert kam, teilte sich sein Umhang, und sein dickes, stolz hin- und herschwingendes Gerät kam zum Vorschein. Prinz Alif hatte den größten Schwanz, den Samoya je gesehen hatte. Er war nicht steif, sondern baumelte ihm riesig und bedrohlich bis fast an die Knie hinab.

Vor Angst spannte Samoya die Pomuskeln an. Wie sollte sie je so ein Riesengerät aufnehmen? Das war unmöglich. War sie deshalb festgebunden worden? Sie wandte den Kopf um. Die Sklaven standen nun auf der Estrade im Halbkreis um sie herum. Prinz Alifs vornehme Freunde waren näher getreten, standen in ihren weiten Umhängen in ordentlichen Reihen vor ihr am Fuß der Estrade. Sie warteten darauf, mit anzusehen, wie sie genommen wurde. Sie diente ihrer Unterhaltung. Alle waren gespannt darauf, ob sie Prinz Alifs beachtliches Glied würde aufnehmen können. Samoya entschied sich für den Weg des geringsten Widerstandes. Sie entspannte sich. Prinz Alif nahm seinen Turban ab und reichte ihn Prinzessin Berenike, die mit feinem Lächeln dabeistand, als ob sie sagen wollte: «Wollen wir doch mal sehen, wie sie damit fertig wird.» Prinz Alif trat zwischen Samoyas Beine und fing an, ihre Schenkel zu streicheln, ihr Geschlecht. Er hob seinen großen Penis und hielt ihn, immer noch schlaff, außen an ihre feuchte Öffnung. Mit der Spitze fuhr er an ihren feuchten Schamlippen auf und ab, auf und ab. Was Samoya unwillkürlich erregte. Sie rückte ihre Schenkel weiter nach außen. Prinz Alif ergriff ihre Schamlippen und zog sie auseinander. Er drückte ihr seine knollige Eichel gegen die pralle Klitoris und rieb daran herum, bis sie sich wie von allein noch weiter öffnete. Sie konnte spüren, wie sie sich förmlich dehnte, wie ihre von Verlangen durchpulsten Muskeln anschwollen und sich danach sehnten, seinen enormen Penis aufzunehmen. Dann trat Prinz Alif einen Schritt zurück und zielte auf ihren Bauch.

Samoya spürte, wie ein warmer Schwall Flüssigkeit auf sie niederging. Er strömte hinab auf ihre Klitoris, über ihre Schenkel und weiter hinab zwischen ihre Pobacken. Er entleerte seine Blase auf sie. Sie wurde mit Prinz Alifs goldenem Strahl benetzt. Der Strahl wollte gar nicht mehr aufhören, und sie bekam selbst große Lust, ihre Blase zu entleeren, ihr Wasser mit dem seinen zu mischen. Dann entsann sie sich, wo sie sich befand. Leute beobachteten sie. Wurden Zeugen ihrer Erniedrigung. Und das geilte Samoya auf. So festgezurrt zu sein und missbraucht zu werden hatte etwas so ungeheuer Erotisches, dass sie sich nicht vor Scham zusammenkrümmte, sondern völlig hemmungslos entfaltete und öffnete. Sie war nicht länger Samoya. Sie war eine Prinzessin. Eine Exhibitionistin. Eine Hure. Eine Göttin. Sie hatte Spaß am Sex. Sie wollte ihn in allen Formen. Es verlangte sie danach. Sie sehnte sich nach Prinz Alifs mächtigem Penis. Prinz Alif neigte sich über sie. Mit einer Hand packte er eine ihrer Brüste und kniff sie in die Brustwarze. Seine andere Hand landete auf ihrem Bauch, direkt über ihrer Scham, und drückte. Was bei ihrer vollen Blase die reinste Qual war.

«Wenn du nur einen Tropfen Wasser lässt, lasse ich dich auspeitschen», knurrte er lüstern.

Er lehnte sich zurück, postierte sein riesiges Glied an ihrer Öffnung und stieß zu. Samoya spürte, wie seine Mächtigkeit in sie eindrang. Sie noch weiter dehnte. Und sie empfing ihn. So wenig Spielraum die Fesseln ihr auch ließen, sie nutzte ihn dazu, ihm ihren Körper entgegenzurecken. Um ihn weiter hoch zu zwingen, um ihn ganz und gar in sich aufzunehmen. Und dann fing er an, wie rasend in sie zu stoßen. Berauscht von ihrer Fesselung und seiner Lust, schwankte sein Kopf hierhin und dorthin. Und sie keuchte. Vom Druck seines Körpers füllte ihre Blase sich immer mehr. Dann hörte er auf, zog sich aus ihr heraus und drückte absichtlich noch einmal auf ihren Bauch, bis es um ihre Beherrschung geschehen war. So süß diese Qual auch war, sie hielt es einfach nicht mehr aus. Verlangen und Schmerz waren einfach zu groß. Zögerlich rann das Wasser aus ihr heraus.

Prinz Alif lachte los. Seine Augen glitzerten vor voyeuristischem Vergnügen, die wulstigen Lippen entblößten seine Zähne, und er ließ ein triumphierendes, freudiges Gemecker vernehmen.

«Bringt sie in mein Gemach», verlangte er laut.

Die Sklaven traten vor und banden Samoya von dem Tisch

los, ohne jedoch die Ketten zu lösen, mit denen ihr die Hände hinterm Rücken gefesselt waren. Sie halfen ihr auf die Beine und präsentierten sie, nackt, wie sie war, der versammelten Menge. Mit ihrem rotgoldenen Haar, das ihr über die kleinen Brüste fiel und ihre schmale Taille noch betonte, mit ihrem weich gerundeten Bäuchlein und dem rasierten Geschlecht sah sie einfach entzückend aus. Alle verbeugten sich. Prinz Alif trat zu ihr, schob ihr seinen Penis ein Stückchen unter den Knien an die Waden und rieb sie leicht. Verblüfft merkte Samoya, dass sich auch dort eine erogene Zone befand; als Reaktion zuckten spontan ihre Hüften vor. Prinz Alif neigte den Kopf, teilte mit seinen feisten Wurstfingern ihr Geschlecht, schob seine Zunge hinein und schleckte geräuschvoll. Er leckte auch Samoyas Klitoris, und zwar so fachkundig, dass ihr festes, pochendes Knöspchen aus empfindsamem Fleisch vor Lust stetig praller wurde. Immer wieder fuhr er mit der Zunge darüber.

Prinzessin Berenike trat hinter sie, drückte Samoya ihre großen Brüste an den Rücken und ließ ihr Geschlecht genau an Samoyas gefesselten Händen ruhen. Samoya bewegte die Finger, teilte damit die Lippen von Berenikes saftig nassem Geschlecht und fing an, sie spielerisch zu betasten und in sie einzudringen. Berenike schmiegte sich enger an sie, um Samoyas Finger tiefer aufnehmen zu können, legte ihr die Hände vorn um die Brüste und spielte daran. Samoya spürte, wie ihr Verlangen, ihre Lust stetig zunahmen, als ihr bewusst wurde, dass sie im Mittelpunkt stand. Prinz Alif leckte sie, und Prinzessin Berenike spielte an ihren Brüsten, während sie an Berenikes Geschlecht herumrieb. Samoya ließ den Blick über die Sklaven und Prinz Alifs Gefolge schweifen, die ihr Publikum bildeten. Alle Männer im Raum schauten sie gebannt an und rieben sich wie wild an den eigenen Schwänzen herum. Als Samoyas Finger tief in Berenikes Geschlecht ruhten, wo sie jede Falte und Furche im Inneren der anderen Frau betasteten, während sie selbst rhythmisch unter Prinz Alifs behände arbeitender Zunge zuckte, lehnte Berenike sich vor und flüsterte heiser, aber so laut, dass alle es hören konnten: «Diese Hure spielt mir an der Möse herum.»

Prinz Alif hörte sofort mit seinem Tun auf und trat von Samoya weg.

«Hast du sie darum gebeten?», fragte er.

«Nein», sagte Berenike.

«Dann wird sie doppelt bestraft werden müssen», sagte er. Prinz Alif hob die Hand.

«Kleidet sie an und folgt mir», sagte er.

Die Sklaven hoben Samoyas hellblauen Umhang auf und legten ihn ihr um die Schultern. Dann stieg Prinz Alif von der Estrade, gefolgt von Prinzessin Berenike, die bis auf ihren Gürtel mit den Lederknüppeln nackt war. Danach kamen Samoya und Berenikes zwei Nubier, dicht gefolgt von Prinz Alifs jungen Edelleuten und den verschiedenen Sklaven. Sie schritten durch die große Tür, einen langen, breiten Flur entlang, durch ein anderes großes Gemach, dann eine Treppe hinunter und wieder einen langen Flur entlang, bis sie in Prinz Alifs Gemach anlangten. Dort war es stockfinster, nur ein paar Fackeln flackerten an den Wänden. Samoyas Augen gewöhnten sich nur langsam an das Dunkel. Mitten im Raum stand ein großes, mit weißen Bärenfellen übersätes Bett. An den Wänden hing etwas, das wie eine Sammlung von Stöcken aussah. Sie schielte angestrengt hin, um genauere Einzelheiten zu erkennen, wurde jedoch von den beiden Nubiern rasch zu einer Stelle dicht beim Bett geführt. Ihr Umhang wurde entfernt. Ein Lederhalsband mit einem Ring daran wurde ihr umgelegt, durch den eine Kette gezogen wurde. Die Fesselung ihrer Hände wurde gelöst, doch dann wurden sie hochgezogen, wieder gefesselt und die Kette in einen Bolzen gehakt, der in einen Deckenbalken über ihrem Kopf eingelassen war. Durch die Ringe an den Manschetten unten an ihren Knöcheln wurden neue Ketten geführt. Diese Ketten wurden strammgezogen, wodurch ihre Füße und Beine auseinander gezwungen wurden, und an Säulen befestigt. Die Ketten an den Handgelenken ließen ihr ein wenig Spielraum. Samoya drehte sich um und sah, dass alle in einer, wie ihr schien, festgelegten Ordnung Aufstellung genommen hatten und sie im Auge behielten. Prinz Alif oder Prinzessin Berenike konnte sie nirgends entdecken.

Plötzlich spürte sie einen brennenden Hieb quer über ihren nackten Po. Sie zuckte zusammen und schrie wie am Spieß. Dann sauste der nächste Peitschenhieb nieder. Sie wand sich wie rasend und schrie noch lauter. Tränen liefen ihr übers Gesicht. Aber es gab kein Erbarmen. Immer wieder ging die Peitsche nieder und hinterließ brennende Striemen auf ihrem Po, ihren Schenkeln, je nachdem.

Da alles Bemühen um einen Rest Würde ohnehin zwecklos schien, vermochte sie den Qualen, dem brennenden Schmerz nicht länger standzuhalten und sackte schlaff nach unten. Wasser wurde ihr über Gesicht und Körper gesprengt. Prinz Alif stand mit einer langen, am Ende in sechs Streifen gespaltenen Peitsche vor ihr, so erregt vom Anblick ihres sich unter den Hieben windenden, blassen Körpers, dass sein Riesenphallus stramm emporstand. Er umfasste ihr Geschlecht.

«Deine Strafe dafür, dein Wasser nicht gehalten zu haben, waren zwölf Peitschenhiebe. Deine Strafe dafür, Prinzessin Berenike ohne Erlaubnis berührt zu haben, sind sechs Hiebe.»

«Nein», schrie Samoya.

«Wir gewähren keine Gnade. Du wirst lernen, gehorsam zu

sein und uns für deine Bestrafung zu danken. Aber jetzt will ich dabei zusehen, wie du gevögelt wirst. Du wirst dich bücken und meinen Freunden brav deinen süßen, roten kleinen Po zeigen.»

Prinz Alif fuhr mit der Peitsche an ihren inneren Schamlippen entlang und kitzelte dann das zarte, weiche Gewebe rings um ihren Anus mit den nassen Lederstreifen.

«Ich gebe ihnen Erlaubnis, dich zu nehmen, von wo sie wollen. Von hinten oder vorn, das ist ihnen überlassen.»

Samoya wand sich in ihren Ketten. Hände packten ihre Hüften, andere Hände teilten ihre Pobacken, und schon wurde sie heftig nach vorn gestoßen, als ein sehr steifer Schwanz in ihre andere Öffnung eindrang. Prinz Alif stand stocksteif vor ihr, mit dem Kopf in Höhe ihres Bauches. Er war der Widerstand, gegen den sie gevögelt werden konnte. Er hielt ihre Brüste fest, und jedes Mal, wenn sie zuckte, schlug sein Glied ihr seitlich gegen das eine Bein.

Samoya drehte den Kopf um. Prinz Alifs Gefolgsleute wurden von Sklavinnen bei Laune gehalten, während sie darauf warteten, bei ihr an die Reihe zu kommen. Sie sah zu dem großen Bett hinüber. Dort lag Prinzessin Berenike mit in die Höhe gereckten Beinen, die von zwei Sklaven festgehalten wurden, während ein weiterer Sklave auf ihr lag und heftig in sie stieß. Samoya, die hilflos an den Ketten baumelte, konnte gerade noch erkennen, wie Berenikes Hände hektisch an den Schwänzen zweier Sklaven neben ihr rieben. Und sie sah zwei volle Brüste wippen, die zu einer Frau gehörten, die über Prinzessin Berenikes Mund kauerte.

«Wechseln», befahl Prinz Alif. Der Mann, der gerade in Samoyas Anus stieß, trat beiseite, und ein anderer nahm seine Stelle ein. Er stieß in ihr offenes Geschlecht, und im selben Moment wurden ihr die Augen verbunden. Von da an war

Samoya nur noch von Empfindung beherrscht. Vom Gefühl einer Folge von Schwänzen, die von vorn und von hinten in sie eindrangen, und vom Gefühl ihrer nackten Flanken, die mit der Peitsche geschlagen wurden. Gelegentlich drang eine Zunge in die Falten ihrer inneren Schamlippen vor, dann wurde sie plötzlich gedehnt, und ein dünner, eisiger Hieb sauste auf ihr empfindsamstes Fleisch nieder. Sie heulte und jammerte, aber vergebens. Unerbittlich sauste die Peitsche auf sie nieder. Sie schwang hilflos an den Ketten, drehte und wand sich, bis sie endlich losgemacht, in kühle Seide gehüllt und zum Bett getragen wurde. Dort strich Prinzessin Berenike ihr Salbe auf die Striemen und liebkoste zärtlich ihre Brüste, während die Anwesenden zusahen. Doch verschaffte ihr das nur begrenzt Linderung, denn das flauschige Bärenfell juckte an ihrer geschundenen Haut, reizte sie und verstärkte das Brennen noch.

Durch einen Schleier von Tränen blickte Samoya um sich. Jeder Mann im Raum, das war ihr bewusst, hatte ihren misshandelten Körper besessen; hatte ihr innerstes Selbst erforscht, ihre Muskeln um seinen Penis gespürt. Ermattet von der Tortur lag sie da, reglos, aber immer noch erregt und nass, als hätten die empfangenen Schläge sie sexuell empfindsamer gemacht. Prinz Alif stieg zu ihr aufs Bett. Er drückte ihr die wulstigen Lippen auf den Mund.

«Du hast dich gut geschlagen, mein Schatz, besser als erwartet. Mein Glückwunsch, Berenike. Du hast eine vorzügliche Wahl getroffen.»

Prinz Alif begann, ihr Brüste und Hals abzulecken, sein gedrungener, dicklicher Leib kletterte auf sie, und seine Wurstfinger drangen in ihr Geschlecht und in ihren Anus. Obwohl sie nicht festgebunden war, war Samoya zu schwach und erschöpft, um sich noch zur Wehr zu setzen.

«Und jetzt, mein liebes Eheweib, sollst du noch ein wenig mehr bieten», sagte er.

Das hielt Samoya für ausgeschlossen. Was sollte sie, nach allem, was geschehen war, denn noch tun?

Er begann, ihr gedehntes, offenes Geschlecht zu lecken, und dabei schlenkerte ihr sein Riesenglied an den Beinen entlang. Es fühlte sich aufreizend an, wie es im nicht ganz erregten Zustand innen über ihre Schenkel und andere, bislang unbekannte erogene Zonen fuhr.

«Du wirst Prinzessin Berenike lecken. Ich will sehen, wie deine kecke kleine Zunge in ihr arbeitet. Das gefällt ihr nämlich, nicht wahr, Berenike?»

Prinzessin Berenike, die selbst Hand an sich legte, während sie zusah, wie ihr Bruder mit Lippen und Zunge bei Samoya zugange war, nickte nur. Berenike wälzte ihren üppigen Körper aufs Bett und kauerte sich dann direkt über Samoyas Mund.

«Streck die Zunge raus und leck sie», befahl Prinz Alif und wechselte die Stellung, bis sein Schwanz sich vor Samoyas Geschlecht befand. Berenikes offene, nasse, rosige und rasierte Muschi senkte sich langsam auf Samoyas Zunge hinab, und diese drückte sie erst kurz hinein und führte sie dann hoch, um Berenikes übergroße, prall vorstehende Klitoris zwischen die Zähne zu nehmen. Samoya knabberte, und Berenike vollführte kreisende Bewegungen mit ihren Hüften. Erregt und voller Gier packte Berenike Samoyas Brüste, umfasste ihre Brustwarzen und drückte jedes Mal zu, wenn Samoyas Zähne sich um ihren winzigen Penis schlossen. Samoya hielt ihre Hände von sich gestreckt, und plötzlich spürte sie, wie in jede ein dicker, warm pulsierender, harter Penis gelegt wurde. Sofort rieb sie daran herum und wiegte sich in den Hüften, ohne weiter an den Schmerz zu denken, den ihr die Striemen bereiteten.

Und dann fiel Prinz Alif über sie her. Er rammte sich mit

solcher Wucht in sie, dass sie wild zuckte und ihre Zunge bis in die tiefsten Tiefen von Berenikes geilem Geschlecht stieß, während sein Riesengerät ihre Muschi bis in den kleinsten Winkel ausfüllte. Samoya spürte, wie sich Berenikes Muskeln zusammenzogen und lösten, zusammenzogen und lösten. Sie ächzte, ihr Haar flog in alle Richtungen, während ihr Kopf umherschwang und ihr Mund sich öffnete.

«Einen Schwanz her, schnell, ich will einen Schwanz im Mund», schrie Berenike, während sie sich über Samoyas Mund auf und ab bewegte und zusah, wie Prinz Alif sich in die Gespielin stieß, die sie gerade leckte. Ein junger Edelmann mit kurzem, dickem Glied kam ihrem Wunsch nach. Er hielt Berenikes Kopf umfasst, während sie mit dem Mund an ihm auf- und abfuhr und zugleich ihr Geschlecht rasch über Samoyas Zunge führte, der sie gleichzeitig die Brüste knetete.

Dann spürte Samoya, wie ihr Leib sich zusammenzog. Eine ungeheure Kraft ballte sich in ihrem Bauch zusammen und verlagerte sich abwärts. Sie war kurz vorm Höhepunkt. Alif, der ebenfalls kurz vorm Kommen war, merkte das, zog seinen Schwanz heraus und spritzte auf ihrem Bauch ab. Er verwehrte ihr ihren Orgasmus. Aber er wusste, was er tat. So blieb sie offen und voll ungestilltem Verlangen. Prinz Alif war noch längst nicht mit ihr fertig.

Samoya spürte den warmen Schwall seiner milchigen Flüssigkeit auf ihrem Bauch, als Berenike unter Zuckungen ihren Höhepunkt erreichte und die beiden Männer, deren Schwänze sie festhielt, in die Luft spritzten. Berenike wälzte sich von Samoyas Mund weg und in die Arme einiger bereitstehender Sklavinnen, die ihren Körper mit frischen Ölen einzureiben begannen. Prinz Alif zerrte Samoya auf die Füße und warf sie einigen wartenden Sklaven in die Arme. Sie hielten sie fest und rieben ihr Brüste, Bauch, Po und Geschlecht mit Unmengen süß duftender Öle ein, bis sie ganz glitschig war. Prinz Alif zeigte auf den Mann, der als Erster in Samoyas Anus eingedrungen war, ein großer, hübscher Bursche mit heller Haut, schwarzen Haaren und blauen Augen. Er war ein übler Faulpelz, außer, wenn es um Sex ging, dann schnellte sein Schwanz, das einzig Fleißige an ihm, sofort in die Höhe.

«Leg dich dorthin, Jojo», sagte er und zeigte auf die Stelle, wo Samoya eben gelegen hatte. Der Mann tat wie geheißen. Prinz Alif spreizte Jojos Beine und drängte sich dazwischen. Er rieb seinen Riesenschwanz an Jojos schlaffem Glied, das sogleich zuckend zum Leben erwachte. Dann nahm Prinz Alif den Penis des anderen in den Mund und fing an, ihn fachkundig zu lutschen. Bei jeder Bewegung, die der Prinz mit Mund und Zunge ausführte, wurde Jojos Schwanz steifer. Dann befahl der Prinz einem anderen Soldaten, Jojo sein Glied in den Mund zu stecken.

«Er lässt sich gern lutschen», sagte Prinz Alif zu Jojo. Er sah hinüber zu Samoya, die immer noch von den Sklaven massiert wurde.

«Jetzt bringt sie her», befahl er. Samoya wurde zu ihm gebracht.

«Siehst du den schönen, steifen Schwanz dieses hübschen jungen Mannes», sagte er mit lüsternem Blick und rieb ihr wieder mit dem Phallus an den Waden entlang. «Ich will, dass du dich darauf setzt. Hock dich mit dem Rücken zu seinem Gesicht über ihn und setz dich auf sein prächtiges Glied. Aber achte darauf, mein Schatz, dass du ihn in dein Arschloch aufnimmst.»

Die Sklaven halfen Samoya aufs Bett hinauf und gossen dann reichlich Öl über Jojo. Samoya kauerte sich über Jojos Hüften und platzierte ihren Anus genau auf seiner Schwanzspitze. Prinz Alif kniete sich zwischen Jojos Beine. Er packte

Samoya an den Schultern und drückte sie kräftig hinab, sodass sie von Jojos Schwanz gepfählt wurde. Sofort fing er an, fest in sie zu stoßen.

«Nun, mein Schatz, da Jojo es sich an seinem liebsten Ort gemütlich gemacht hat, will ich, dass du dich rücklings auf seine Brust zurücklegst und deine Beine weit spreizt. Ich will sehen, wie er mit dem Schwanz an deiner intimsten Stelle zugange ist.»

Samoya lehnte sich zurück, alles war rutschig von dem Öl, mit dem sie beide massiert und begossen worden waren. Während Jojo heftig in sie stieß, nahm Prinz Alif von einem der Sklaven eine Feder in Empfang und fing an, damit ihre Klitoris zu kitzeln. Samoya schrie auf und zappelte mit den Hüften. Jojo stieß tiefer zu. Alif fuhr so lange mit der Feder über ihr Geschlecht, bis ihre Klitoris prall und erregt vorstand. Dann dehnte er ihr Geschlecht. Er umfasste Jojos Schwanzwurzel und ließ dabei auch ein paar Finger an ihren Anus gleiten.

Die Sklaven im Raum waren gespannt, auf wen die Wahl als Nächstes fallen würde. «Du, komm her», rief Prinz Alif einem Sklaven zu. Es war ein gedrungener Kerl mit dickem, kurzen Schwanz, der stolz und vor Erregung pochend in die Höhe ragte. Er kam aufs Bett zugewatschelt.

«Vögel sie», befahl Prinz Alif.

Der Sklave schob sich zwischen die beiden gespreizten und ausgestreckten Beinpaare und fuhr mit seinem Ständer durch Samoyas Säfte, um ihn noch dicker und steifer werden zu lassen. Prinz Alif hielt Samoyas Schamlippen auf und half dem Sklaven, sein Gerät einzuführen. Diesem stockte der Atem, erst bei der Berührung seines Herrn, dann bei dem herrlich erregenden Gefühl, Jojos Schwanz zu spüren, während er in Samoyas anderer Öffnung arbeitete. Samoya hätte es nie für möglich gehalten, zwei Penisse auf einmal aufnehmen zu können. Aber das war ein Irrtum. Der Sklave drang in sie ein und ritt sie. Jojo ritt sie weiter. Dann ließ Prinz Alif noch einen Sklaven vortreten und wies ihn an, Samoya seinen steifen Schwanz in den Mund zu stecken. Jede Öffnung ihres Körpers wurde nun geplündert, zum Ergötzen des Prinzen. Und Prinz Alif hatte seine helle Freude daran. Er trat etwas beiseite und legte Hand an sich, während er zuschaute, wie seine Gemahlin drei Lustwerkzeuge auf einmal empfing.

Prinzessin Berenike beschloss, sich an dem Tableau zu beteiligen, kniete vor Prinz Alif nieder und nahm seine riesigen Hoden in den Mund, während er weiter an seinem Schwanz herumspielte. Dabei reckte Prinzessin Berenike ihren Po vor, bot ihn jedem dar, der ihn nehmen wollte. Einer aus Prinz Alifs Gefolge trat sofort hinter sie und stieß sein Glied fest in sie. Berenike ruckte fröhlich vor und zurück, als Prinz Alif ihr sein knolliges Glied in den weit geöffneten Mund stieß. Nur mühsam brachte sie es dort noch unter. Sie ließ sich nach hinten gleiten und nahm so noch mehr von dem Glied auf, das in ihrem Hintern steckte.

Einige Sklavinnen ließen sich unter Berenikes Körper gleiten und begannen an ihren großen Brüsten zu spielen, während sie weiter in den Arsch gefickt wurde und dabei Prinz Alif den Schwanz lutschte.

Hinzu kam, dass Prinz Alifs Erregung immer stärker wurde, während er zusah, wie Samoya von vorn und hinten genommen wurde und dazu noch einen Schwanz im Mund hatte.

Berenike hatte Recht, dachte er, die Kleine war eine geborene Hure und perfekt für seine Zwecke geeignet. Die Ehe mit ihr würde ihm Vergnügen bereiten. Kein Zweifel, sie war verrückt nach Sex. Er würde sie behalten und dafür sorgen, dass sie ihm oder seinen Freunden Tag und Nacht zur Verfügung stand, wann immer sie Lust auf sie hatten. Er durfte nicht versäumen, Berenike als Dank für ihre vorzügliche Wahl ein paar Sklaven zum Geschenk zu machen.

Prinz Alif bemerkte, wie Samoyas Körper sich starr aufbäumte. Sie war kurz vorm Orgasmus. Diesmal würde er sie gewähren lassen. Sie durfte zum Höhepunkt kommen. Er würde sie nochmal nehmen. Denn es galt noch eine weitere Zeremonie durchzuführen. Aber das würde er sich für ein andermal aufheben. Heute Abend würde er sich mit ihr schmücken. Er würde dafür sorgen, dass sie die erlesensten Kleider trug, durch die ihr rotgoldenes Haar zur Geltung gebracht wurde, und ihre keck in die Höhe ragenden Brüste, die er sorgsam von Peitschenhieben verschont hatte. Und diese Kleider, wie voluminös auch immer, würden geschlitzt sein, damit er jederzeit, wenn er Lust bekam, Zugriff auf ihr Geschlecht hatte. Er würde die Falten ihrer Gewänder teilen und ihre Beine spreizen, sie betasten, sie mit seinem Penis berühren, sie vögeln, wenn er Lust hatte. Sie war seine Frau. Und eine Exhibitionistin. Sie würde davon noch geiler. Es würde ihr gefallen. Und jeder Mann im Palast würde sie haben wollen. Aber das würde er nicht erlauben. Nicht heute. Später vielleicht, nachdem er ihr sein Zeichen eingeprägt hatte. Vorläufig durfte nur seine Leibgarde sich an ihr ergötzen. Ja, heute Abend würde sie ihn in den Palast des Königs begleiten. Sie müsste neben ihm sitzen, und er würde alles mit ihr tun, wonach ihm der Sinn stand, vor aller Augen. Schon bei dem Gedanken fuhr ein Zittern durch Prinz Alifs Schwanz, der immer noch in Berenikes Mund steckte. Oh, wie er das genießen würde. Vor allem auf das schockierte Gesicht des Bruders des Königs freute er sich schon. Odainat war dermaßen verklemmt. Dem müsste es nur einmal tüchtig besorgt werden. Wäre er jemand anderes gewesen, hätte Prinz Alif sich schon längst einmal persönlich darum gekümmert. Doch leider mussten die Ausschweifungen an König Hairans

Hof auf Odainats schönen Körper verzichten. Er nahm nie daran teil. Während ihm all dies durch den Kopf ging, sammelten sich Prinz Alifs Säfte im Nu, und ehe er sich versah, war er am Höhepunkt. Er zog sich hastig zurück und spritzte Berenike dabei seinen Samen in den Mund, über die Lippen und gegen den Hals.

Samoya merkte, dass sie gleich kommen würde. Sie zitterte am ganzen Leib. Das viele Öl sorgte dafür, dass sie geschmeidig über die harten Männerleiber glitt, einer über, einer unter ihr. Noch nie hatte sie etwas ähnlich Wunderbares, Aufregendes, Erotisches erlebt.

Es sollte nie aufhören. Auf jeden Fall wünschte sie sich, dass es nochmal geschah, und nochmal. Während sie immer höher stieg, hielten Jojos Hände ihre Brüste umfasst und zwickten sie fest in die Brustwarzen. Das Ziehen in ihrem Bauch breitete sich rasend schnell in ihrem Körper aus, bis sie unter heftigem Zittern in einer mächtigen Entladung kam, ganz wie die beiden Männer. Prinz Alif griff nach Samoyas Händen und löste die Ketten um ihre Handgelenke. Er befahl ein paar Sklaven, ihr das Halsband und die Manschetten an den Knöcheln abzunehmen. Dann legte er ihr ihren Umhang um die Schultern und half ihr auf die Beine, bis sie neben ihm auf dem Bett stand.

«Meine Gemahlin wird mich heute Abend zum Bankett begleiten», verkündete er.

Alle Anwesenden verbeugten sich. Samoya hatte das Gefühl, eine Art Prüfung bestanden zu haben. Prinz Alif reichte sie an Berenike weiter.

«Du wirst sie ankleiden. Sie wird prächtig aussehen», sagte er. Dann verließ er mit seinem Gefolge zusammen das Gemach.

Kapitel acht

«Seit einer Woche warte ich auf eine Audienz beim König, und heute muss ich ihn unbedingt sehen», knurrte Fürst Tamoral unwillig.

«Was ist denn so wichtig?», sagte Prinzessin Berenike gedehnt. Sie lagerte bequem auf einer mit erlesenen Kissen bedeckten Marmorbank, die in einer der Lauben in Zenobias Garten stand. Berenike hatte den Ort mit Bedacht gewählt; er war ebenso schattig wie abgeschieden.

«Ich kann für niemandes Sicherheit in der Wüste garantieren, wenn ich nicht mehr Geld für meine Leute erhalte», erwiderte der Beduinenfürst.

«Heute Abend ist wohl kaum der rechte Zeitpunkt für solch ein Ansinnen», sagte Prinzessin Berenike. «Und wieso hast du dich nicht bei mit gemeldet, wenn du doch schon eine Woche hier bist?»

«Teure Prinzessin, ich wollte durch deine Schönheit und meine Lust nicht auf Abwege geraten», sagte er ruhig.

«Oh! Ja, warum hat denn der König dir bisher noch keine Audienz gewährt?»

«Keine Ahnung, es hieß nur, er sei außerordentlich beschäftigt.» Dank seiner vielen Spione im Palast und anderswo war Fürst Tamoral bestens darüber im Bilde, dass der König eine neue Lieferung Lustknaben erhalten hatte und vollauf damit beschäftigt war, sie einen nach dem anderen zu vernaschen. «Aber heute Abend muss ich fort. Meine Männer werden gewiss langsam unruhig. Ich möchte, dass du ihn bittest, mich beim Bankett anzuhören. Es ist wichtig.»

«Wo sind denn deine Männer?», fragte Berenike neugierig.

«Ich habe sie dort zurückgelassen», sagte Tamoral und deutete auf die Hügel im Umland von Palmyra.

«Wirklich, sonst begleiten sie dich doch immer!», gurrte die Prinzessin, während es in ihrem Kopf arbeitete und sie darüber rätselte, warum er das getan haben mochte.

«Die Steuern, die für uns alle beim Betreten der Stadt fällig würden, können wir uns nicht leisten», sagte Fürst Tamoral. «Wenn wir mehr Geld bekämen, sähe das anders aus. Bitte, ich flehe dich an, verschaff mir heute Abend eine Audienz. Ich werde ihn nicht lange aufhalten. Bloß eine schnelle Frage. Dann seine Antwort. Sollte es aber die falsche sein, wird euer Handel darunter leiden.»

«Erpressung, Tamoral!», sagte Berenike.

«Nein, bloß eine Tatsache.»

Zenobia war überrascht, diese Unterhaltung zufällig mit anzuhören. Sie dachte, es seien noch gar keine Gäste eingetroffen. Aber das Anwesen war ja auch riesengroß. Die beiden hatten sich vermutlich vor dem Bankett verabredet. Zenobia, die außer Sichtweite dalag, beschloss, sich nicht vom Fleck zu rühren; das Gespräch versprach schließlich, noch interessanter zu werden.

Prinzessin Berenike ließ ein tiefes, kehliges Glucksen vernehmen und legte Tamoral eine Hand ans Knie.

«Mein lieber Fürst», sagte sie, fuhr ihm mit der Hand am Oberschenkel hoch und berührte ihn zwischen den Beinen. «Mein allerliebster Fürst, was springt dabei für mich heraus?»

«Die Sicherheit der Karawanen», entgegnete er, als wüsste er nicht, worauf sie hinauswollte.

«Ich wäre mehr an Sex interessiert», stellte Berenike unverblümt fest. «Wir könnten rasch verschwinden, ehe die Prozession beginnt. Wir könnten in meine Gemächer. Weißt du, ich wusste gar nicht, dass du in Palmyra bist. Schlimmer,

schlimmer Kerl, hast dich nicht bei mir gemeldet. Dein wunderbar dicker, großer Schwanz hat mir gefehlt. Den könnte ich jetzt gebrauchen, hart und in mir drin. Dann könnte ich den Abend besser überstehen – wenn Odainat dabei ist, wird es immer langweilig. Und heute Abend ist er der Ehrengast. Dieses hergelaufene, reiche Miststück, Zenobia, hat beschlossen, ein Bankett zu Ehren unseres herrlichen Feldherrn und seiner siegreichen Truppen zu veranstalten. Ist das nicht unsagbar öde! Ein Bankett. Wenn sie eine Orgie abhalten würde, ja, das wäre etwas anderes!»

«Aber liebe Prinzessin, für dich dürfte doch ein ganz normales Bankett mal etwas anderes sein», wandte Fürst Tamoral ein.

«Nein, Fürst, wie scharfsinnig du heute bist. Hast du letzte Nacht auf Schwertern geschlafen?» Berenike umfasste Tamorals Hand und führte sie an ihre Brüste, während sie weiter über seine Oberschenkel und etwas höher rieb. «Ich sollte dir sehr böse sein, weißt du.»

«Warum?», fragte Fürst Tamoral.

«Weil du mir diese blonde Sklavin gegen die Zusage abgeschwatzt hast, Pernel von seiner Tochter zu trennen.»

«Sie wurde doch entführt.»

«Ich weiß», sagte Berenike, «aber nicht von dir. Als ich davon erfuhr, war ich hocherfreut. Ah, dachte ich, Tamoral hat es hinbekommen. Sehr gewitzt. Und dann traf sie in Palmyra ein, nicht nur mit ihrem Vater, sondern auch noch mit einem Trupp Römer! Aber du, Tamoral, hast deinen Teil der Abmachung nicht erfüllt. Also wäre ich daran interessiert, die blonde Sklavin zurückzuerhalten.»

«Das geht nicht», sagte Tamoral knapp.

«Und warum nicht?», fragte Berenike aufgebracht, denn sie war es gewohnt, dass all ihre Wünsche erfüllt wurden.

«Weil sie tot ist», entgegnete Tamoral. Ihm blieb nicht verborgen, wie wütend Berenike war, aber er hatte nicht vor, Dagmar wieder in die wenig zimperliche Obhut der Prinzessin zu geben.

«Ach wirklich!», rief Berenike aus, die instinktiv spürte, dass Tamoral log. «Wie ist es denn passiert?»

«Sie wurde von Persern verschleppt.»

«Also, diese persischen Banditen werden ja immer frecher!», meinte sie spöttisch.

«Genau deshalb brauchen wir mehr Geld», sagte Tamoral schlicht.

«Mehr Geld steigert eure Wachsamkeit?», fragte sie.

«Es schadet nicht, aber damit kann ich auch mehr Leute anwerben», erklärte er knapp.

«Ja, das leuchtet ein. Aber es sieht dir gar nicht ähnlich, ohne Begleitung nach Palmyra zu kommen. Ich habe fast den Eindruck, du willst diese Blonde vor mir verstecken. Damit ich nicht an unseren Handel erinnert werde. Und deshalb hast du mir auch verschwiegen, dass du hier bist.»

Tamoral hatte ganz vergessen, wie scharfsinnig die Prinzessin war. Er entschied, auf ihre Überlegungen nicht einzugehen, die der Wahrheit für seinen Geschmack viel zu nahe kamen. Die beste Ablenkung wäre wohl, sich auf ihre Liebkosungen einzulassen. Er rückte seine Beine ein wenig auseinander, damit sie ihm die Hand unters Gewand schieben und seine Eier umfassen konnte.

«Und, Berenike, was ist dann passiert, als Samoya in Palmyra ankam?»

«Erst mal musste sie ein paar Wochen in ihren Frauengemächern bleiben. Dann haben wir ihr eröffnet, dass ihre Vermählung schon in Abwesenheit stattgefunden hat, und ihren Vater nach Antiochia zurückgeschickt, ohne ihre Mitgift, versteht sich. Ein sehr reiches kleines Mädchen. Sehr reich, allerdings. Und ganz verrückt nach Sex. Prinz Alif war entzückt über meine Wahl.»

«Was hat sie getan, als sie ihn sah?»

«Sie konnte nicht viel tun. Sie war mit gespreizten Beinen festgebunden, er hat sie mit einem Strahl seines königlichen Wassers benetzt und sich dann mit ihr vergnügt.»

«Sie war ihm gewachsen?», fragte Fürst Tamoral verblüfft.

«O ja, ihm und seinem ganzen Gefolge noch dazu. Sie war hellauf begeistert. Sie wurde auf jede nur denkbare Weise verwöhnt. Und nach der Gerte steigerte sich ihr Vergnügen sogar noch. Sie drehte und wand sich, ihr süßer kleiner Hintern zuckte nur so vor und zurück.» Berenike spürte, wie Tamorals Penis, erregt von ihrer Schilderung, sich unter ihren Liebkosungen aufrichtete. «Ich wurde bei der Gelegenheit zwar selbst auf mannigfaltige Weise verwöhnt, konnte aber zwischendurch verfolgen, was mit ihr geschah. Ich sah, wie all die Männer niederknieten, ihre Zungen in sie schoben, ihre Brüste kneteten, sie nach vorn beugten und es ihr in jede Öffnung besorgten. Auf Alifs Geheiß musste sie sich im Bett auf Jojo legen. Der hat es ihr in den Arsch besorgt, während ein anderer Sklave sich über ihren Honigtopf hergemacht hat. Dann habe ich mich auf ihr Gesicht gesetzt, und sie hat mich mit ihrer Zunge verwöhnt. Eine gute Zunge hat sie, sehr gut sogar, sie hat immer ins Schwarze getroffen. Alif war sehr beeindruckt. Er bringt sie heute Abend mit. Würde mich nicht wundern, wenn er beim Bankett mit ihr vor aller Augen eine kleine dekadente Darbietung liefert. Das wird den Abend ein wenig auflockern. Er ist doch so stolz auf sein Riesengerät. Und jetzt hat er eine Frau gefunden, die ihm gewachsen ist. Jede Wette, dass er das vorführen will.»

Berenike hatte ihre prächtigen Gewänder geteilt und eine Hand zwischen ihre Beine gelegt, wo sie sich jetzt streichelte.

«Ich bin ganz nass. Du könntest mich jetzt haben. Du bist wunderbar hart, ich könnte dich lutschen, und dann setze ich mich auf dich.»

«Hier?»

«Ja, warum nicht?», sagte Berenike.

«Nein», sagte er. «Dazu ist keine Zeit.»

«Für Sex ist immer Zeit», konterte Berenike.

«Nein. Ich muss mit dem König sprechen. Du richtest das ein, dann komme ich nach dem Bankett bei dir vorbei.»

Tamoral küsste Berenike auf den Hals. Sie lächelte ihn an.

«Na schön», sagte sie, innerlich brodelnd. Was fiel ihm ein, sie abzuweisen! Sie würde ihm seine Audienz bei König Hairan verschaffen, aber erst würde sie ein Wörtchen mit Hairan wechseln. Sie würde dafür sorgen, dass aus den zusätzlichen Geldern nichts wurde. Nein, besser noch. Er würde mehr erhalten, aber die Erhöhung würde so lächerlich gering ausfallen, dass sie, obschon er sie annehmen müsste, einer Beleidigung gleichkäme. Von ihrer Warte aus beobachtete Zenobia, wie Tamoral davonschritt, während Berenike ihm mit verkniffener Miene nachblickte. Zenobia lächelte belustigt. Sie wusste auf einen Blick, wann sie eine verschmähte Frau vor sich hatte. Am besten eilte sie nun rasch ins Haus, um mit ihrem Vater zu reden. Zenobia war sich sicher, dass Fürst Tamoral nichts erreichen würde. Sie und ihr Vater wären gut beraten, eine eigene Übereinkunft mit dem Beduinen zu treffen, damit wenigstens ihre Karawanen sicher wären.

Entschlossen eilte Zenobia quer durch die Gärten und in die märchenhafte Villa. Dass Samoya in Palmyra war, überraschte sie. Von ihrer Ankunft hatte sie gar nichts vernommen. Aber wenn sie im Palast eingesperrt worden war und keine richtige Hochzeit begangen wurde, war das ja kein Wunder. Jetzt war sie also Prinz Alifs Frau. Sein Lustobjekt. Die Ärmste. Wie mochte das wohl zugegangen sein? Samoya schien doch so fest entschlossen, Ärztin zu werden. Gewiss spielte der Sex da eine Rolle. Zenobia hielt sich einiges darauf zugute, ihre eigenen sexuellen Impulse gründlich unter Kontrolle gebracht zu haben. Wenn ihr dieser römische Kommandant in den Sinn kam, hatte sie sein Gesicht jedes Mal durch das von Odainat ersetzt und konzentriert daran gedacht, den großen palmyrenischen Feldherrn zu heiraten. Und heute Abend würde ihr Wunsch in Erfüllung gehen. Niemand sonst auf der Welt konnte ein derart verschwenderisches Fest ausrichten. Davon war sie überzeugt. Als sie das bei ihrem Vater zur Sprache brachte, meinte er, da habe sie wahrscheinlich Recht. Mit einer Ausnahme: dem erstaunlichen Ägypter Firmus.

Vor ein paar Tagen erst hatte Firmus ihren Vater aufgesucht, mit einem Geschäftsvorschlag: Teilhaber einer Papyrus-Manufaktur in Ägypten zu werden. Firmus brauchte eine Niederlassung in Palmyra, mit einem Bürger Palmyras an der Spitze. Auf die Weise ließen sich Steuern sparen. Ihr Vater hatte gezaudert, darauf hingewiesen, dass dies eigentlich nicht seine Branche war. Zenobia hatte dem großen, dicken Mann auf den ersten Blick vertraut. Sie sah eine Gelegenheit, beschloss, mit ihm gemeinsame Sache zu machen, und steckte, ohne Absprache mit ihrem Vater, ihr eigenes Geld in das Geschäft. So hätte sie ein Einkommen aus Ägypten. Sie könnte eine Reise dorthin unternehmen und die Pyramiden bewundern. Das Land ihrer Ahnin Kleopatra kennen lernen. Zenobia war überzeugt davon, Kleopatras Blut in den Adern zu haben. Sie hatten viel gemeinsam, fand sie. Aber Kleopatra hatte sich umgebracht. Zenobia hatte nicht vor, sich umzubringen. Nicht der Liebe wegen, nicht eines Landes wegen, wegen gar nichts. Sie würde das Leben bis zur Neige auskosten, Prinz Odainat heiraten, ihn zum König machen und eine großartige Königin abgeben.

Sie dachte wieder an Samoya und fröstelte. Mit Prinz Alif verheiratet! Der widerlichste, intriganteste Mensch, dem sie je begegnet war. Sogar noch etwas schlimmer als der verkommene König selbst. Nun, sie würde ihn heute Abend charmant empfangen, so wie alle anderen Gäste. Es war ihr Bankett, da durfte nichts schief gehen. Wenn Alif es zum Vorwand für eine weitere Orgie nehmen wollte, dann bitte. Bis dahin würde sie hoffentlich das Ziel des Abends erreicht haben und längst nicht mehr anwesend sein.

Auf dem Weg zum Büro ihres Vaters sah Zenobia noch einmal im großen Bankettsaal nach dem Rechten. Sie fasste alles genau ins Auge. Es war der beste, schönste, größte Saal der Welt. Einfach märchenhaft. Und von schreiender Geschmacklosigkeit. Extrem, exzessiv, atemberaubend. Sie war ganz verliebt in den glitzernden Prunk. Beim Gedanken daran, wie die römisch geprägten Matronen sich über ihren grässlichen Mangel an Geschmack ereifern würden, liebte sie ihn sogar noch mehr. Der gesamte Besitz, die Villa und der Bankettsaal, strotzten nur so von ungeheurer Pracht, von Reichtum. Denn reich war sie, und das sollte jeder sehen. Bald würde sie auch mächtig sein. Der Saal war wunderschön proportioniert, Säulen aus feinstem Marmor stützten die mit reichen Schnitzereien geschmückte Decke. Für die Gestaltung der Villa hatte sie nur die allerbesten Handwerker engagiert. Zum Dank für die üppige Entlohnung hatten sie unvergleichliche Arbeit geleistet. Die Wände waren mit wunderschöner Seide behängt, auf den prächtigen Teppichen lagen bunte, extravagant gemusterte Kissen verstreut. Säulen und Tische waren geschmückt mit dicken Girlanden aus den allerherrlichsten Blumen. Fein bestickte Decken zierten die Tische, auf denen ausgesucht schöne Kelche, Teller und Kerzenleuchter aus Gold standen, und auserlesene Speisen würden für höchsten Gaumenschmaus sorgen. Stimmengemurmel drang an ihr Ohr. Zenobia schaute zum hinteren Saalende. Auf einer speziell errichteten Bühne unweit der großen Türen und fast genau gegenüber der erhöhten Empore, auf der die königliche Tafel angerichtet war, probten griechische Schauspieler ihre Texte. Sie lauschte kurz und lächelte. Ihre zweitliebste griechische Komödie. *Die Vögel* von Aristophanes. Erst hatte sie an eine Aufführung der *Lysistrata* gedacht, aber da dieses Stück von Frauen handelte, die ihren Männern den Beischlaf so lange verweigerten, bis diese den Krieg beendeten, fand sie es dem Anlass, der Begrüßung siegreicher Krieger, dann doch nicht ganz angemessen.

«Herrin», wandte sich einer der Schauspieler an sie, als sie vorüberging. «Seid Ihr sicher, dass jedermann Griechisch verstehen wird? Wir haben nämlich auch eine aramäische Fassung im Repertoire.»

«Wir Palmyrener sind keine Barbaren», erwiderte sie hochmütig. «Wir sprechen hier Griechisch, Latein und Aramäisch. Zumindest die Gebildeten unter uns. Natürlich werden es alle verstehen. Und falls nicht, dann sollten sie es wenigstens.»

Mit einer Handbewegung entließ sie ihn. Zenobia war zufrieden: Alles lief nach Plan, mit einer militärischen Präzision, die einen General mit Stolz erfüllt hätte. Sie eilte zu ihrem Vater, um ihm von dem Gespräch zwischen Tamoral und Berenike zu berichten, das sie mit angehört hatte. Er trug ihr auf, das Treffen zwischen Tamoral und dem König abzupassen und danach einen Vorwand zu finden, um selbst mit Tamoral zu sprechen. Verwundert fragte sie, weshalb *sie* das tun sollte und nicht er. Weil, erklärte ihr Vater, bei einer flatterhaften, mit Schmuck behängten, herausgeputzten jungen Frau niemand auf den Gedanken käme, sie könnte geschäftliche Ziele verfolgen. Sie müsste herausfinden, welche Bedingungen Hairan angeboten hatte, und, falls nötig, mit dem Beduinen eine eigene Absprache treffen. Ihr Vater meinte, er vertraue voll darauf, dass sie mit ihm den günstigsten Handel abschließen werde.

Zenobia zog sich zurück, um zu baden, auszuruhen und sich anzukleiden. Heute Abend würde sie alle mit ihrem Lächeln und ihrer Liebenswürdigkeit bezaubern. Es würde die glänzendste Vorstellung ihres Lebens. Ihr Vater blickte der entschlossenen Gestalt seiner davoneilenden Tochter nach und dachte versonnen, dass sie besser war als ein Junge. Wenn es um Organisation ging, darum, Informationen zu sammeln und dann entschlossen zu handeln, war sie allen Männern überlegen, die er je gekannt hatte. Außerdem war ihm nicht entgangen, dass sie vorhatte, Prinz Odainat zu umgarnen. Das freute ihn. Die beiden würden ein gutes Paar abgeben. Seinen Segen dazu hatte sie.

Marcus hatte sich in den Tavernen und Bordellen Palmyras gründlich ausgetobt. Er hatte gezecht bis zum Umfallen, und entsprechend beklagenswert war sein Zustand. Doch nun musste er sich am Riemen reißen. Eigentlich hatte er nach Antiochia zurückkehren und von dort nach Rom weiterreisen wollen. Aber mit jeder Depesche erhielt er unverändert die Order, vor Ort zu bleiben. Und jetzt war da sein jüngster Befehl. Müde stützte Marcus den Kopf in die Hände. Sosehr er sich dafür verachtete, jeder nur denkbaren Spielart der Lust gefrönt zu haben, die in den Amüsiervierteln geboten wurde, er konnte einfach nicht widerstehen. Ob als Zuschauer oder Teilnehmer, Marcus stürzte sich rückhaltlos ins Vergnügen. Es war ihm ein Bedürfnis. Um irgendwie die Erinnerung an Samoya, wie sie schmeckte, wie sie sich anfühlte, loszuwerden. Denn er hatte sich in sie verliebt, und diese Liebe tat weh.

Marcus war unbegreiflich, warum sie so kühl zu ihm war,

nachdem er sie gerettet hatte. Er hätte sie mit nach Rom genommen. Warum hatte er das nicht getan? Dann fiel ihm wieder ein, dass er seinem Kommandanten, Aurelian, versprochen hatte, das Mädchen nicht anzurühren, sondern sicher in Palmyra abzuliefern. Und das hatte er getan.

Marcus lag in seiner Unterkunft, von Kopfweh geplagt, das von den Exzessen der letzten Nacht herrührte. Was ihn am meisten verletzte, war ihre offenkundige Freude darüber, nach Palmyra zu reisen, um dort einen Prinzen zu heiraten. Gewiss, überlegte er, er war nur ein einfacher römischer Soldat, aber das würde ja nicht ewig so bleiben. Er war dabei, sich nach oben zu dienen. Er würde es bis zum Kommandanten bringen.

Und je länger er sich in dieser Wüstenstadt aufhielt, desto mehr kam ihm über die Herrscherfamilie und ihre unerhörte Dekadenz zu Ohren. Er verdrängte seine eigenen Ausschweifungen und grübelte darüber nach, was Samoya alles getrieben haben mochte. Prinz Alif, hatte er gehört, war ein unglaublich unangenehmer Kerl mit dem größten Schwanz im Land. Und er feierte gern Orgien. Daran musste seine wunderschöne Samoya doch bestimmt nicht teilnehmen. Und falls doch, fand sie daran Vergnügen? Sich vorzustellen, dass sie bei so etwas mitmachte, war schon schlimm genug, aber bei dem Gedanken, dass es ihr womöglich Spaß machte, litt Marcus wahre Höllenqualen.

Marcus dachte an Samoyas schlanken Körper mit seinen herrlichen Rundungen. An den süßen Geschmack ihrer Lippen und den Duft ihrer Haare. Wie weich ihre Kleidung ihm um die Beine geflattert war, damals, bei ihrem aufregenden ersten Ritt. Er erinnerte sich, wie ihr Po sich an seinem Schwanz angefühlt hatte. Wie sie umherrückte, um sich auf ihn gleiten zu lassen. Und dann der Moment, als er sie in die Arme nahm, sie umschlungen hielt, sie fest an sich drückte.

Wie sie voll rasendem Verlangen gemeinsam aufs Bett gestürzt waren. Wie sie für ihn die Beine geöffnet hatte und er mit einer Leidenschaft in sie eingedrungen war, wie er sie weder davor noch seither je erlebt hatte.

Marcus griff nach einem Krug, der neben ihm stand, und trank einen tiefen Schluck. Er wusste nicht recht, ob es ihm in Palmyra gefiel. Wenn man kein Geld hatte, war es jedenfalls alles andere als wundervoll. Das Vergnügen war hauptsächlich den Reichen vorbehalten, den sehr Reichen. Er hatte zwar seinen Sold, aber er war trotzdem froh, dass der alte Pernel ihn in Gold entlohnt hatte. Damit hatte er sich eine bessere Unterkunft leisten können als unter normalen Umständen. Vor allem hatte er es schön kühl. Sein Zimmer ging nach Norden hinaus, auf einen schattigen Innenhof voller Dattelpalmen, in dem ein Springbrunnen plätscherte.

Ihm war heiß. Mittags herrschte in Palmyra immer die größte Hitze. Vor der unerbittlich sengenden Sonne gab es kein Entrinnen. Er kippte sich Wasser über den Kopf und streckte sich auf dem kalten Marmorfußboden aus, um seinen überhitzten Körper abzukühlen, aber auch seine überhitzten Gefühle. Bis zum Abend musste er einen klaren Kopf bekommen. Er hatte Weisung erhalten, an dem Bankett zu Ehren der siegreich zurückgekehrten Krieger Palmyras und Roms teilzunehmen.

Marcus ging durch den Sinn, wie erstaunlich doch die römischen Kommunikationswege waren. Er hatte auf seinem Bett gedöst, mit hämmerndem Schädel, einen widerwärtigen Geschmack im Mund, die Augen rot gerändert, als wäre er in einen Sandsturm geraten, als seine Wirtin geklopft hatte.

«Unten an der Tür ist ein großer, dicker Mann, der Euch zu sehen wünscht», hatte sie gesagt.

Marcus war der behänden alten Frau die Treppe hinab gefolgt und traf an der Haustür auf einen wohlbeleibten, fröhlichen Mann, der sich als Paul von Samosata, Bischof von Antiochia, vorstellte. Womit Marcus zunächst gar nichts anfangen konnte, bis der Christ erklärte, er habe eine Botschaft von seinem Kommandanten. Der Bischof setzte ihm weiter auseinander, er sei zu einem Bankett geladen worden, das eine gute Freundin von ihm, die edle Zenobia, in Palmyra gab. Ein Bote mit der Einladung war genau an dem Morgen bei ihm in Antiochia eingetroffen, als Lucius Aurelian in offizieller Funktion in seinem Hause weilte. Als er des Boten Kunde vernahm, hatte der Kommandant ihn, den Bischof, gebeten, einen Brief für Marcus mit nach Antiochia zu nehmen. Worauf der Bischof Marcus einen Brief mit Aurelians Siegel ausgehändigt hatte. Er instruierte ihn, an dem Abend als Vertreter des Reichs dem Bankett der edlen Zenobia beizuwohnen.

Marcus kippte sich noch mehr Wasser über den Kopf. Da hatte er sich auf einen ungestörten Tag gefreut, und nun musste er sich auf einen unsagbar langweiligen Abend mit Senatoren und Würdenträgern vorbereiten, bei dem er Rom zu repräsentieren hatte. Und ihm ging Samoya durch den Kopf. Würde sie dort sein? Würde sie ihn sehen? Würde sie ihn bemerken oder schlicht ignorieren? Ein Besuch in den Bädern war wohl angeraten, dachte Marcus. Um zu entspannen und sich gründlich zu säubern. Und eins gelobte er sich: Er durfte heute Abend nichts trinken. Was auch geschehen mochte, er durfte nicht vergessen, dass er sich auf keinen Fall betrinken durfte.

Zenobia wartete auf das Erscheinen ihrer königlichen Gäste. Sie ließ den Blick durch den Saal schweifen. Alles entsprach perfekt Protokoll und Rangordnung. Die erhöhte Tafel war noch verwaist, in Erwartung des Königs und seiner Familie.

Die dichten Tischreihen zu ebener Erde waren den Würdenträgern der Stadt vorbehalten: Senatoren, Generäle, wichtige Vertreter der verschiedenen Religionen. Der Hohepriester des Sonnengottes war da, wie auch die Hohepriesterin vom Tempel der Göttin Allat. Angesehene, reiche Kaufleute und ihre Frauen, die ihrem Wohlstand und Status gemäß herausgeputzt waren. Dabei war Wohlstand in Palmyra immer auch gleichbedeutend mit Status.

In dem Bewusstsein, dass jedermann von ihr erwartete, alle übrigen Frauen mit ihrer Garderobe und ihrem Schmuck in den Schatten zu stellen, hatte Zenobia sich für das genaue Gegenteil entschieden. Sie trug ein Kleid von schlichtestem, reinstem, jungfräulichstem Weiß. In feinem Plissee fiel es bis zum Boden hinab und bedeckte züchtig ihren Busen. Ihr Haar hatte sie mit nur wenigen goldenen Haarnadeln hochgesteckt, mit ein paar Löckchen, die sich weich um ihre Ohren ringelten. Sie trug eine Halskette aus reinem Gold, dazu zwei schmale Armreifen. Ringe hatte sie keine angelegt. Inmitten der zügellos luxuriösen Umgebung vermittelte sie so ein Bild der Keuschheit und Einfachheit von sich.

Zenobia präsidierte an ihrem Tisch, zwischen ihrem Freund Paul, dem Bischof von Antiochia, und einem mit ihm bekannten Philosophen, Cassius Longinus, der seit kurzem in Palmyra weilte und eine Arbeit suchte. Cassius, hager und asketisch, war ein direkter Widerpart zum beleibten, lebensfrohen Paul. Sie unterhielten sich über die neueste philosophische Mode in Rom: Neoplatonismus. Neben Cassius saß Timogenes. Zenobia war ganz vernarrt in ihn, mit ihm lachte sie immer Tränen. Er vereinte die seltsamsten Gegensätze in sich. Weibisch, geschmückt mit Federn und allerlei Talmi, hegte er doch keinen sehnlicheren Wunsch, als in Odainats Armee zu dienen. Wenn er sie besuchen kam, trug er jedes Mal eine neue, selbst entworfene Uniform, eine merkwürdiger und wundervoller als die andere. Aber wenn sie sich über Geschichte unterhielten, wusste Timogenes jede Schlacht, die je in der bekannten Welt stattgefunden hatte, detailliert zu schildern und zu erläutern. Er hatte ganze Räume voll winziger, geschnitzter Soldaten, mit denen er die alten Schlachten zu seinem eigenen Vergnügen nachstellte. Wegen seiner Homosexualität würde Odainat ihn nie in seine Armee aufnehmen. Das hielt Zenobia für einen Fehler. Er würde einen hervorragenden Soldaten abgeben.

Zenobia spähte weiter an ihrem Tisch hinab zu Fürst Tamoral. In seinen Beduinengewändern gab er eine imposante Erscheinung ab. Sie hatte ihn so platziert, dass sie ihn stets mühelos im Auge behalten konnte. So bekäme sie es sofort mit, wenn er das Gespräch mit dem König suchte. Und wenn er an den Tisch zurückkam, könnte sie seine Miene in Ruhe studieren. Daraus würde sie folgern, ob und wie sie an ihn herantreten sollte. Zenobia lauschte dem Gespräch zwischen Paul und Cassius und hatte gerade beschlossen, Cassius zu bitten, als Privatlehrer in ihre Dienste zu treten, als die Trompeten erklangen. Die Königsfamilie von Palmyra war eingetroffen. Alle Anwesenden standen auf und verneigten sich, als sie durch die Türen traten und durch den Saal schritten, um an der erhöhten Tafel Platz zu nehmen.

Zenobia fiel es schwer, ihren Abscheu zu verbergen, als sie den schwerfälligen, aufgedunsenen, verderbten König erblickte, der an der Spitze des Zuges dahinwankte. Unter seiner purpurnen Robe zeichnete sich gut sichtbar sein mächtiger Wanst ab, der ihm bis über die kurzen Beine hing. Und jeden Moment drohte ihm die Krone vom Glatzkopf zu rutschen. Was Zenobia mit enormer Genugtuung erfüllte. Hinter dem König schritt, in sehr gerader Haltung, sein Sohn, Prinz

Maaen, ein schwächlicher, schmierig wirkender Schönling in Uniform. Es folgte Prinzessin Berenike. Sie trug einen tiefroten Umhang über einem Gewand aus transparenter gelber Seide, ihre großen Brüste schaukelten, ihre dunkelbraunen Brustwarzen waren deutlich zu sehen. Beim Gehen teilte sich ihr Gewand und gewährte der Versammlung einen Blick auf ihre Beine, ihre Schenkel und, gelegentlich, auf ihre Scham. Hinter ihr schritten zwei hünenhafte nubische Eunuchen mit nackten Oberkörpern, die Palmwedel über ihrem Kopf schwenkten, gefolgt von einer ganzen Schar dahinkriechender, draller Sklavinnen, die bis auf kurze Ledertuniken nackt waren. Jedermann konnte ihre nackten Hintern und ihre feuchten, halb geöffneten Scheiden sehen, als sie vorüberkrochen.

Als diese Gruppe an der erhöhten Tafel Platz genommen hatte, mit ihren Sklaven auf dem Boden darunter, traf Prinz Alif ein. Neuer Ekel stieg in Zenobia auf, als sie ihn durch die Türen stolzieren sah, mit einem glitzernden Turban und einem bodenlangen, prächtig bestickten Umhang, der seinen gedrungenen, muskulösen Körper ganz verhüllte. Hinter ihm schritten zwanzig schmucke junge Männer, seine persönlichen Freunde, die jungen Edelleute, deren Kostüme so gestaltet waren, dass ihre großen, halb erigierten Penisse zur Geltung kamen. Prinz Alif ließ sich an der Tafel nieder, und die jungen Männer nahmen an der Wand hinter ihm Aufstellung.

Dann betrat Samoya den Saal. Zenobia erschrak heftig. Was hatten sie mit ihr angestellt? Ihr Gesicht war grell geschminkt, die Augen dick mit Kajal umrandet, der Mund tiefrot bemalt. Sie trug einen hohen Kopfputz aus Federn, aber keinen Schmuck. Am meisten aber frappierte Zenobia ihr durchscheinendes Gewand in Hellblau, Dunkelrot und Grellorange, das kreuz und quer mit Lederstreifen umwunden war. Auch vom Hals aus zogen sich Lederstreifen bis unter ihre bloßen Brüste.

Ihre Brustwarzen waren dunkelbraun eingefärbt, ihre Brüste glänzten von Öl. Unterhalb ihrer Büste fiel der Stoff in plissierten Falten hinab. Die mittlere Falte war mit Leder eingefasst. So waren beim Gehen ihre Taille, ihr Bauch, ihre rasierte Scham und ihre nackten Schenkel den Blicken aller im Saal preisgegeben. Unter dem Gewand trug sie eine dünne Kette um die Taille, mit zwei penisförmigen Knüppeln an den Enden, die hin- und herpendelten, während sie auf die Tafel zuschritt. Zenobia war entsetzt und erschrocken. Sie gelobte sich, ihre Freundin aus dieser schauderhaften Lage zu befreien.

Als Samoya bei der Tafel anlangte, packte Prinz Alif eine ihrer Brüste, kniff sie in die Brustwarze und gab den versammelten Gästen lautstark kund: «Meine Gemahlin, Samoya.» Dann zog er sie sich auf den Schoß. Trotz aller Entrüstung über die bizarre Prozession insgesamt und Prinz Alifs Gebaren im Besonderen verneigten sich alle im Saal, wie es die Etikette gebot.

Dann ertönte wieder Trompetenschall. Zenobia atmete erleichtert auf. Prinz Odainat war endlich da. Doch sein Auftritt stand dem seiner Familie an Exzentrik kaum nach: Er kam auf seinem Schlachtross in den Saal geritten. Die soldatisch aufrechte Haltung, die lange, schwarzlockige Mähne, der kurz gestutzte Bart und der prächtige Umhang aus goldenem Stoff, der mit den Insignien eines Prinzen und Generals von Palmyra bestickt war und ihm um die Schultern hing, all dies war unverkennbar, und allseits erhob sich lauter Jubel. Elegant und langsamen Schrittes bewegte sich das Pferd bis in die Saalmitte. Odainat ließ es neben Zenobia, seiner Gastgeberin, Halt machen. Er saß ab und verneigte sich vor ihr. Ihre Blicke trafen sich, und seine Botschaft an sie war unmissverständlich. *Ich will dich*. Und da wusste Zenobia, dass sie gewonnen hatte. All die akribische, zeitaufwendige Planung hatte sich gelohnt. Er wollte sie. Und sie würde ihn bekommen.

Ein Knecht führte sein Ross hinaus. Odainat schritt zu der erhöhten Tafel, wo er neben seinem Bruder, dem König, Platz nahm. Dann kamen seine Generäle nebst anderen hochrangigen Offizieren der palmyrenischen Armee und ein paar Römer in den Saal marschiert. Sie ließen sich an dem Tisch ganz vorn an der Empore nieder, den Zenobia für sie vorgesehen hatte. Auf die Männer folgte eine Gruppe grell geputzter junger Sklavinnen, die sich, wie geplant, am Tisch zwischen den Soldaten verteilten. Dann kamen die Tanzmädchen, Akrobaten und Jongleure. Und nun kam das Bankett erst richtig in Schwung.

Marcus befand sich unter den Soldaten. Er blickte suchend im großen Saal umher und hoch zur königlichen Tafel. Samoya konnte er nirgends entdecken. Er atmete auf und trank zum ersten Gang Wasser. Warum sie nicht da war, wusste er nicht, aber er war froh. Sie zu sehen, als Eigentum eines anderen, hätte er nicht ertragen können. Die junge Sklavin neben ihm war zwar sehr aufmerksam, aber er war verdrießlicher Stimmung. Nach kurzer Zeit drängte sie ihn, sein Wasser mit ein wenig Wein zu mischen. Da er als Einziger stocknüchtern war, während alle um ihn herum fröhlich zechten, stimmte er zu. Etwas Entspannung könnte ihm nicht schaden. Schon bald füllte das Mädchen seinen Kelch fleißig mit unverdünntem Wein nach.

Odainat saß im Kreise seiner Verwandten und tat, als bemerke er nicht, dass Prinzessin Berenike sich von ihren Sklavinnen die Schenkel streicheln und am Geschlecht herumlecken ließ. Einmal sah er kurz in Prinz Alifs Richtung und stellte fest, dass er unter seinem Umhang splitternackt war und gerade die Hände seiner jungen Ehefrau an seinen riesigen Penis führte, um sie daran spielen zu lassen. Prinz Maaen saß gleich neben seinem Vater. Er wirkte abwesend und hochmütig, als wolle er gar nicht hier sein, würde aber trotzdem bleiben, und sei es nur, um sich zu betrinken. Odainat empfand heftigen Ekel. Er schaute hinab auf die Tischreihen vor ihm und erblickte Zenobia, süß und jungfräulich und bezaubernd. Was für ein Unterschied, dachte er. Diese Frau werde ich heiraten.

Inzwischen waren sie beim dreizehnten Gang angelangt. Die Tanzmädchen tanzten wieder, der Wein floss in Strömen, Akrobaten schleuderten sich quer durch die Luft, als Fürst Tamoral hinauf zum König schaute. Tamoral hielt den Zeitpunkt für günstig, nach seiner zusätzlichen Bezahlung zu ersuchen. Und da inzwischen unter den Gästen ein reges Hin und Her herrschte, würde sein Fehlen kaum bemerkt werden. Ohne ihr angeregtes Geplauder mit Paul und Cassius zu unterbrechen, beobachtete Zenobia, wie Tamoral zu der erhöhten Tafel ging, sich verbeugte und dem König etwas zuflüsterte. Der König lauschte und nickte unentwegt. Tamoral verzog keine Miene, während er redete. Dann sah sie, wie der König den Kopf schüttelte. Und wie ein katzenhaftes, triumphierendes Lächeln über Berenikes Gesicht huschte. Tamoral, der sich weiter nichts anmerken ließ, verbeugte sich, trat vom König zurück und bahnte sich, durch die Akrobaten und Jongleure hindurch, einen Weg auf die Türen zu. Er würde nicht an seinen Platz zurückkehren. Zenobia sprang eilig auf und trat dem Beduinenfürsten in den Weg.

«Fürst», sagte sie und zupfte ihn sacht am Arm. «Seid Ihr unwohl?»

«Nein, Herrin», sagte er ruhig, weiter darum bemüht, seinen Zorn zu verbergen.

«Dann würde ich mich geehrt fühlen, wenn Ihr Euch zu mir setzt. Meine Gefährten sind höchst interessant. Sie würden Euch sicherlich aufheitern. Und außerdem müsste ich etwas Geschäftliches mit Euch bereden.»

Tamoral zögerte. Er wollte gehen. Aber vielleicht sollte er seine Wut besser im Zaum halten. Dem König oder Berenike eine weitere Genugtuung zu verschaffen, das war nun wirklich nicht nötig. Tamoral war sich sicher, dass Berenike hinter der Weigerung des Königs steckte, ihm mehr Geld zu geben. Nun, der Tag würde kommen, an dem er ihr das heimzahlen würde. Jetzt wäre es klüger, einfach abzuwarten. Er lächelte Zenobia zu und folgte ihr zurück an den Tisch. Sein Interesse war geweckt. Welche Art Geschäft könnte dieses Persönchen mit ihm zu besprechen haben?

Odainat hatte die Unterredung zwischen Tamoral und dem König nur mit halbem Ohr verfolgt, aber er spürte, wie wütend der Beduine war, als er davonging. Er blickte ihm nach und sah dann, wie Zenobia zu ihm trat. Wie äußerst diplomatisch von ihr, dachte er. Dann betrachtete er seine eigenen verderbten Verwandten an der Tafel um sich her. Auf die eine oder andere Weise vergnügten sich alle mit Essen und Sex. Odainat spürte überwältigenden Ekel in sich aufsteigen. Was sie in der Abgeschiedenheit ihrer eigenen Gemächer trieben, war ihre Sache, aber ihr Benehmen in der Öffentlichkeit war eine Schande. Natürlich waren sie alle längst betrunken und becherten fleißig weiter. Dem König schien gar nicht aufzufallen, wie erzürnt der Beduine war. Er war einzig daran interessiert, sich den aufgedunsenen, fetten Leib von seinen Gespielinnen streicheln zu lassen. Maaen hing vornübergesunken auf dem Tisch. Er war besinnungslos betrunken. Odainat verfolgte, wie ein paar der Sklavinnen Berenikes Schultern umfassten und ihre Brüste liebkosten. Berenike stopfte sich währenddessen mit Essen voll und wiegte ihren Körper hin und her. Bestimmt waren unter dem Tisch ein paar weitere Sklavinnen gerade mit ihren Zungen an ihrer Möse zugange. Doch ließen ihre jähen Zuckungen auch vermuten, dass vielleicht gerade jemand mit einem ihrer Lederphalli an ihr herumspielte.

Odainat wusste, wie sehr Berenike den perversen Wonnen solcher Accessoires zugetan war. Er wusste, dass sie stets ein Paar an ihrem Gürtel bei sich trug, um sie, falls das Verlangen sie überkam, sogleich zum Einsatz zu bringen. Einmal, entsann er sich, war er im Palast hinter ihr und ihrem Gefolge einen Flur entlanggegangen. Auf einmal war sie stehen geblieben, hatte sich mit dem Rücken an die Wand gelehnt und die Beine gespreizt. Dann hatte sie eine Sklavin am Haar gepackt, vor sich in die Knie gezwungen und an ihrer Möse herumlecken lassen. Auf ihr Geheiß hatten dann ihre beiden nubischen Eunuchen, die sie wie immer begleiteten, ihren Gürtel losgebunden. Sie hatte sich einen der Lederschwänze direkt an die Möse gehalten, dann das Mädchen angewiesen, ihn ihr einzuführen und sie energisch zu reiben, bis es ihr kam. Odainat war beschämt, aber auch erregt gewesen. Er hatte sich in sein Gemach zurückgezogen und so lange an sich herumgerieben, bis es ihm gekommen war. Aber dabei war er ganz allein. Was sie und der König da gerade öffentlich trieben, war durch und durch ungeheuerlich.

Aber, ermahnte Odainat sich, was er auch tat, wie er sich auch aufführte, des Königs Wort war Gesetz. Von diesem Gedanken ausgehend, begann Odainat, das Undenkbare zu denken. Wenn das Wort des Königs Gesetz war, und das Gesetz war unabänderlich, müsste vielleicht beim König angesetzt werden.

Als er den Kopf von ihnen abwandte, fiel sein Blick auf die junge Samoya. Sie war bildhübsch, fand er, aber mit ihrer Aufmachung und dem unglaublichen Kopfputz aus Federn ähnelte sie mehr einer fremdländischen Konkubine als einer Ehefrau. Verstohlen sah er hin, als Alif sie aufforderte, die

Beine weit zu spreizen, worauf ein Sklave den Kopf zwischen ihre Schenkel schob.

Odainat schluckte schwer. Sowenig er sich von ihrem Treiben anstecken lassen wollte, er war machtlos dagegen. Er merkte, wie sein eigener Schwanz sich regte. Er senkte den Kopf und widmete sich wieder seinem Essen. Zenobia hatte für ein unglaubliches Bankett gesorgt. Nie zuvor hatte er so köstliche Speisen genossen und in solcher Vielfalt. Der Hummus und das Tabbuleh waren vorzüglich, aber der Dörrfisch, den sie vom Mittelmeer hatte einführen lassen, war einfach superb. Wie auch die Seebarben, Aale und Barsche aus Syriens Seen und Flüssen. Die Ente war in orangefarbener Sauce serviert worden. Bei der Schnepfe hatte ein Vielzahl von Gewürzen für Gaumenkitzel gesorgt, was wiederum seine Geschmacksknospen bereitmachte für das saftig geröstete Ziegen- und Lammfleisch. Unter den vielen offerierten Nachspeisen, honiggesüßtes Blätterteiggebäck mit Datteln und Nüssen, Früchte in Rosenwasser, sagten ihm die in Wein eingelegten Maulbeeren, zu denen Joghurt gereicht wurde, am meisten zu.

Odainat leerte seinen Weinkelch in einem Zug. Er ließ den Blick über die versammelten Gäste schweifen, unter denen trunkene Ausgelassenheit herrschte. Manche warfen ihren Partnern begehrliche Blicke zu, manche auch anderen Gästen, die nicht ihre Partner waren. Einige der Soldaten, bemerkte er, waren inzwischen besinnungslos, darunter auch der Römer. Eine hübsche junge Sklavin versuchte, ihn wachzurütteln. Aber keiner im Saal schlug so abscheulich über die Stränge wie seine eigene Familie. Trotzdem, er war erregt. Zum ersten Mal seit Jahren kamen ihm erotische Gedanken. Er verspürte Lust, die Unberührbare zu berühren, mit der betörenden Zenobia zu schlafen. Erst einmal würde er sich zu ihr setzen. Odainat schob seinen Stuhl zurück, ging die Treppe hinab und an den

Tischen entlang. Ihm fiel auf, dass wirklich jeder, der in Palmyra von Belang war, zugegen war. Sogar der Hohepriester, nüchtern und extrem missbilligend dreinblickend. Odainat verlangsamte seinen Schritt und überlegte rasch. Warum nicht, statt sie nur um ihre Hand zu bitten, gleich vollendete Tatsachen schaffen?

Sie schaute zu ihm hoch, als er näher kam. Ihre Blicke trafen sich. Sie lächelte, erhob sich zur Begrüßung und verneigte sich. Er nahm ihre Hand. Die Gespräche um sie herum verstummten. Was sollte er jetzt tun? Da er sie so sichtbar erwählt hatte, sollte er sie geziemenderweise hinauf an die königliche Tafel führen. Nichts lag ihm ferner. Obwohl sie gewiss mitbekommen hatte, was dort vor sich ging, aber vorzog, es zu übergehen. Trotzdem wäre es zu peinlich, sie dorthin zu führen. Zenobia erlöste ihn.

«Prinz Odainat», sagte sie mit gesenktem Blick, «ich glaube, es ist Zeit für einen besonderen Glanzpunkt. Die berühmten griechischen Schauspieler erweisen uns heute Abend die Ehre und werden *Die Vögel* von Aristophanes für uns aufführen. Würdet Ihr mich zur Bühne begleiten, um sie anzukündigen?»

Wie klug sie doch war, dachte Odainat. Sie hatte ihn gerettet. Seinen Ruf. Er, der sich auf einem Schlachtfeld so gewandt zu schlagen wusste, hatte gezögert. Sie aber ließ es nun fast so aussehen, als wäre sein Abstecher an ihren Tisch vorab geplant gewesen. Er lächelte zu ihr hinab, bot ihr galant die Hand und schritt gemeinsam mit ihr langsam zur Bühne.

«Eure Majestät, Eure Hoheiten, Senatoren, Generäle, Offiziere, Hohepriester, Hohepriesterin, meine Damen und Herren», hob Zenobia mit lauter, klarer Stimme an, was ihr sofort die allgemeine Aufmerksamkeit sicherte. «Das Bankett heute Abend findet statt zu Ehren Palmyras und der Söhne und Töchter Palmyras. Besonders zu Ehren Prinz Odainats und all jener, die mit ihm gegen unseren Erzfeind gekämpft haben, die Perser.»

Odainat, der neben ihr stand, war tief beeindruckt von ihrer Stimme, ihrer Haltung, ihrer Schönheit. Er hörte nicht länger zu, sondern schmiedete insgeheim Pläne. Noch ehe die Nacht um war, würde er sie zu seiner Frau machen. Aber da spürte er eine subtile Veränderung der Stimmung im Saal und kehrte in die Wirklichkeit zurück. Er spähte hoch zur königlichen Tafel. Prinz Alif lehnte sich zum König herüber und redete auf ihn ein. Sie schauten zu ihm und Zenobia herüber. Irgendetwas stimmte da nicht. Odainat wandte seine Aufmerksamkeit wieder Zenobias Worten zu.

«Und so präsentiere ich nun, zur Unterhaltung aller, *Die Vögel* von Aristophanes.»

«O nein, das wirst du nicht», krakeelte der König.

Die Gäste, die eben hatten applaudieren wollen, saßen mit erhobenen Händen da, reglos und mucksmäuschenstill.

«Mein Verwandter hier», lallte der König mit schwerer Zunge, den Wanst gegen den Tisch gestemmt, um halbwegs aufrecht zu stehen. «Mein Verwandter, Prinz Alif, hat eine viel bessere Idee. Und ich als König möchte sie euch allen empfehlen. Und ich möchte jedermann daran erinnern, dass Prinz Odainat, so tapfer er auch als Feldherr ist, nur ein Prinz ist. Ich bin der König. Und ich habe einen Sohn, der nach mir König wird. Und mein Wort ist Gesetz. Prinz Alif, sprich.»

Odainat und Zenobia standen betreten auf der Bühne und mussten hilflos mit ansehen, wie der arrogante Prinz sich erhob und auf den Tisch hinaufhelfen ließ. Zenobia war, als hätte sie sich noch nie so gedemütigt, so wütend und abgestoßen gefühlt, als sie sah, wie er seinen Umhang von sich schleuderte, seine fleischige Blöße enthüllte und seinen enormen Penis in die Hand nahm.

«Dies ist meine Waffe», sagte er, seinen Schwanz hin und her schüttelnd. «Und das ist meine Frau.» Samoya wurde neben ihn auf den Tisch gehoben. Alif teilte ihr Kleid und legte ihr eine feiste Hand über die Scham. «Und wir werden nun für Seine Majestät, und für euch alle, auftreten – in der königlichen Vorführung eines Geschlechtsakts. Sklaven, tragt meine Frau zur Bühne.»

Während Samoya in feierlicher Prozession durch den Mittelgang, vorbei an den Reihen von Tischen, getragen wurde, räumten Odainat und Zenobia die Bühne.

Odainat half ihr die Treppe hinab und behielt dabei ihr unbewegtes Gesicht im Auge. Er wusste, innerlich bebte sie vor Zorn. Er neigte sich zu ihr.

«Heirate mich», flüsterte er ihr ins Ohr.

«Ja», sagte sie.

Sie sahen einander nicht an. Sie schritten weiter, als wäre nichts. Beide waren sich des instinktiven, tiefen Einverständnisses bewusst, das zwischen ihnen bestand. Sie trafen eine folgenschwere Entscheidung, aber so, dass niemand im Saal etwas davon mitbekam.

«Heute Abend», sagte er.

«Heute Abend!», rief sie leise aus.

«Ja, dann können wir anfangen, all dies zu ändern.»

«Wann, schlägst du vor, sollen wir es verkünden?», fragte sie. «Vor oder nach Prinz Alifs Vorstellung?»

«Gar nicht, schlage ich vor, wir bitten bloß den Hohepriester, uns zu begleiten. Er kann die Zeremonie durchführen. Danach können wir es verkünden. Und auf die Weise bleibt uns auch die königliche Vorführung erspart.»

«Nehmen wir Fürst Tamoral als Trauzeugen mit», sagte Zenobia. Sie war noch nicht dazu gekommen, mit ihm in Verhandlungen zu treten. Aber das war nicht weiter schlimm.

Als Prinzessin des königlichen Haushalts könnte sie ihm andere Konditionen anbieten, die zwar gut wären, aber nach sechs Monaten neu auszuhandeln waren. Bis dahin könnte sich einiges verändert haben.

«Ausgezeichnete Idee. Es empfiehlt sich immer, die Beduinen auf seiner Seite zu haben», sagte er.

Während aller Augen auf Samoyas Zug zur Bühne ruhten, schlüpften Odainat, Zenobia, der Hohepriester und Fürst Tamoral unbemerkt aus dem Saal. Sie waren gerade hinaus, als die Bemühungen der Sklavin um Marcus endlich Früchte trugen. Benommen erwachte er aus seinem trunkenen Schlummer. Und das Erste, was er sah, war Samoya, ganz allein auf der Bühne stehend. Marcus blinzelte ein paar Mal. Er wollte seinen Augen nicht trauen. Er sah, wie Sklaven mit einem Holzgestell die Bühne erklommen, das sie dort aufstellten. Dann musste Samoya sich mit weit geöffneten Beinen dagegenlehnen, und ihre Handgelenke, Beine und Knöchel wurden daran gefesselt.

«Was geht hier vor?», fragte er, während ihm immer wieder schwarz vor Augen wurde.

«Wir werden einer unzüchtigen Vorführung beiwohnen», sagte die junge Sklavin.

«Ach so», sagte Marcus und kämpfte sich schwankend auf die Beine.

«He, was tust du denn?», fragte das Mädchen und gab sich alle Mühe, ihn wieder zum Hinsetzen zu bewegen.

«Ich muss sie haben», sagte Marcus und zeigte auf Samoya.

«Aber das geht nicht», sagte die Sklavin.

«Oh, und ob. Ich habe es schon mal getan, und ich werde es nochmal tun.»

Das Mädchen war entsetzt über sein Gerede. Offenbar war er so betrunken, dass er nicht mehr wusste, was er sagte.

«Nein, nicht», sagte sie. «Hör doch, du kannst mich später haben.»

«Ich will dich nicht später haben. Ich will *sie* haben, und zwar jetzt.»

«Das geht nicht», jammerte das Mädchen.

«Wir waren bereits beieinander, und das wiederholen wir jetzt», sagte Marcus.

«Red keinen Unsinn», sagte das Mädchen. «Das ist die Herrin Samoya, Prinz Alifs Gemahlin. Schau doch, da steht er, direkt neben ihr.»

Marcus hob den Blick und sah den nackten Prinzen, der mit einem ungeheuren Ständer neben Samoya stand. Er stieß das Mädchen beiseite. Sie klammerte sich an ihn.

«Helft mir», wandte sich das Mädchen an die anderen am Tisch. «Helft mir, ihn festzuhalten.» Ein paar der Männer drückten Marcus auf seinen Stuhl nieder, während auf der Bühne zu sehen war, wie Alif Samoyas Kleid teilte, ihr seine Männlichkeit zwischen die Waden schob, wobei er mit dem Hintern vor- und zurückruckte, und seine dicke, lange Zunge an ihre verborgene Öffnung legte, an der er alsbald zu lecken begann.

«Hat auch Vorteile, wenn man so klein ist», murmelte ein Soldat seinem Nachbarn zu. «Ich könnte das nicht.»

«Ja, ja, Alif!», schrie der König. «Sehr geschickt, aber etwas mehr wollen wir schon sehen.» Alif ließ seine Sklaven auf die Bühne kommen, und sie kippten das Gestell waagerecht nach hinten. Prinz Alif stieg auf einen Hocker und brachte seinen Ständer in Stellung, worauf der König in die Hände klatschte und schrie: «Nimm sie, nimm sie.»

Ein begeisterter Aufschrei ging durch die Menge, als Prinz Alif sein Riesenglied in Samoyas nasse Öffnung gleiten ließ. Vor Aufregung vergaßen die Männer ganz, Marcus weiter festzuhalten. Marcus riss sich von ihnen los und rannte zur Bühne, und dabei brüllte er: «Wie konntest du mir das antun, Samoya, du Miststück?»

Er hechtete auf die Bühne, schlug Prinz Alif nieder, und darauf brach die Hölle los.

Kapitel neun

Im Schein des Lagerfeuers sah Dagmar ebenso gefährlich wie bezaubernd aus. Ihr langes, dickes blondes Haar war zu zwei Zöpfen gebunden, aus denen sich einige Strähnchen gelöst hatten, die ihr hübsches Gesicht einrahmten. Sie und Tamorals Stammeskrieger besprachen gerade den für den morgigen Tag geplanten Jagdausflug. Als Tamoral und der Fremde ins Lager geritten kamen, bedeckte Dagmar hastig ihr Haar unter dem Kopftuch, zog sich den Burnus enger um den Leib und verschwand eilig in ihr Zelt.

Tamoral machte Marcus mit seinen Leuten bekannt. Marcus witterte Gefahr. Er wusste nur zu gut, wie tief er in der Schuld des Beduinenfürsten stand, schließlich hatte der ihn in Palmyra vor den Truppen des Königs gerettet. Man wies ihm ein Zelt für die Nacht zu, in das er sich umgehend zurückzog; um keinen Preis wollte er den Unmut der Beduinen erregen. Außerdem war er nach dem tagelangen Ritt völlig erschöpft (Tamoral hatte damit gerechnet, seine Leute in den Hügeln anzutreffen, aber da er so lange ausblieb, hatte Dagmar das Lager vorsichtshalber in die Wüste verlegen lassen), und quälende Gedanken setzten ihm zu. Was weiter mit Samoya geschehen sein mochte, grübelte er, und was ihm wohl bevorstand, wenn er schließlich wieder bei Aurelian abgeliefert würde.

Am nächsten Morgen, bei Tagesanbruch, lag er nach einer unruhigen Nacht ausgestreckt am Flussufer, verborgen vom Schilf. Er betrachtete friedlich den zwischen Apricot und Lachsrosa changierenden Himmel und plätscherte mit den Füßen im Wasser, als er ein Geräusch hörte. Er richtete sich auf den Ellenbogen auf, aber statt, wie vermutet, einer Ente oder eines Reihers erblickte er einen nackten Po, der blitzschnell unter die glasklare Wasseroberfläche tauchte. Gleich darauf sah er, wie eine wunderschöne Frau auf ihn zuschwamm. Mit angehaltenem Atem beobachtete er, wie sie aufstand. Hingerissen bewunderte er ihre schmale Taille, die weibliche Rundung ihres Bauches, die breiten, üppigen Hüften und wohl geformten Gliedmaßen. Sie bückte sich nach einem Tuch und rubbelte sich energisch das Haar trocken.

Plötzlich schrie die Unbekannte auf und verschwand. Marcus sprang auf, hechtete in den Fluss, fand sie und zog sie zurück ans Ufer. Tropfnass lagen sie nebeneinander. Sie schaute ihn verwundert an.

«Krokodile?», sagte er, ohne den Blick von ihren Augen abwenden zu können, die zu seiner Verblüffung blau waren. Sie blickte furchtlos zurück.

«Krokodile gibt es hier keine, wir sind ja nicht am Nil. Ich bin ausgerutscht.»

Dann küsste er sie. Ohne es geplant zu haben. Aber ihr nackter Körper in seinen Armen, die Berührung ihrer Brüste, wie ihre nasse Haut sich anfühlte, all dies hatte ihn überwältigt. Eine Gewalt, die all seine guten Vorsätze hinwegfegte, überkam ihn. Er tat es, ohne nachzudenken. Und zu seinem Entzücken reagierte sie. Unter seinem Druck öffneten sich ihre Lippen. Er drückte ihren Körper fester an sich. Er strich ihr über den Rücken und spürte, wie seine Erregung wuchs. Sie fuhr ihm mit einer nassen Hand unter die Tunika, umfasste seine Eier und rollte sie zärtlich umher. Er hielt den Atem an, gab sich ganz den herrlichen Schauern hin, die seine Lust auf sie stetig anfachten. Dann ließ sie ihre Finger über seinen Kolben gleiten, bis sie an der Spitze angelangt war. Sie schob einen Daumen unter den Rand, während sie die übrigen

Finger einzeln an ihm auf- und abfahren ließ, hinauf zur Spitze und wieder hinab zur Wurzel. Sie liebkoste ihn so fachkundig, dass sein Schwanz immer steifer wurde. Vor Verlangen zitterte er am ganzen Leib.

Er wollte ihre Beine spreizen, in sie eindringen, sie nehmen. Er wollte spüren, wie jeder Wulst in ihrem Inneren seine Wülste und Adern im Empfang nahm. Mit den Händen umfasste er ihre weichen, großen, nachgiebigen Brüste. Wie eine Schere legte er ihr Zeige- und Mittelfinger um die Brustwarzen und übte leichten Druck auf sie aus. Ihr Mund öffnete sich weiter, um mehr von seiner Zunge aufnehmen zu können, und sie rückte ihre Beine auseinander. Seine Hand fuhr ihr am Bauch hinab bis zum blonden Flaum ihrer Scham. Er teilte ihre Schamlippen. Bei seiner Berührung stöhnte sie auf. Sie reckte die Hüften hoch, lud ihn wortlos ein, in sie einzudringen. Ihre Liebkosungen setzten eine Leichtigkeit frei, eine Zärtlichkeit, die vor Spannung knisterte. Jede Berührung, egal wo, entflammte neue Feuer in ihnen. Mit einer winzigen Bewegung schob er sich ein wenig in sie, worauf sie mit steif gespreizten Beinen die nächste, heiß ersehnte Berührung erwartete und weiter mit den Händen an seinem Kolben entlangfuhr.

Und dann lag er auf ihr. Drang in sie ein, nahm sie, stieß sich bis in ihre Gebärmutter. Ihre offenen Münder pressten sich aufeinander, ihre Zungen umschlangen sich, sie streckte die Hände, gehalten von seinen, weit von sich, grub die Fersen in den Boden, reckte die Hüften hoch, nahm ihn in sich auf, während sein steifer Schwanz ihr nasses, williges, begieriges Geschlecht plünderte.

Zum Beduinenlager kehrten sie getrennt zurück. Sie hielten sorgsam Abstand und mieden, von unverfänglichen Floskeln abgesehen, jedes Gespräch. Beide wussten nur zu gut, wie wachsam und eifersüchtig Tamoral sie beäugte.

Tamoral lag ausgestreckt auf den Teppichen in seinem Zelt. Er spielte an sich herum, denn eben war er aus einem Traum erwacht, in dem er es mit Dagmar trieb. Ohnmächtige Enttäuschung setzte Tamoral zu, und das machte ihn extrem reizbar. Dass sie unterwegs nach Antiochia waren, hatte er sich selbst zuzuschreiben. Wenn sie dort eintrafen, würde er den Stein des Anstoßes endlich los. Er hatte Odainat versprochen, den Römer bei der Garnison in Antiochia abzuliefern. Sein Versprechen würde er halten. Aurelian erwartete ihn. Und die Römer, hielt Tamoral sich vor Augen, waren die Herren der Welt, wie sehr ihr Geschick auch schwanken mochte. Es war nicht ratsam, sie allzu sehr gegen sich aufzubringen. Für die Beduinen war es viel klüger, sie sich zu Dank zu verpflichten. Doch so entging ihm gutes Geld, das er durch den Schutz der Karawanen von Zenobias Vater hätte verdienen können.

Tamoral fuhr sich mit der Hand energisch am Schwanz auf und ab, auf und ab, während er sich vorstellte, dass Dagmar unter ihm lag, mit weit gespreizten Beinen, die sie ihm dann um den Rücken schlang, während er sie vögelte, und zwar fest. Mit der anderen Hand packte er seine Eier. Er hatte ihr geraten, keinen Mann an sich heranzulassen, es sei denn, sie wollte ihn. Und sie hatte keinen Zweifel daran gelassen, dass sie *ihn* nicht wollte. Dabei hatte er ihr jede denkbare Gelegenheit geboten. Er war in ihr Zelt getreten, und sie hatte ihn mit gezücktem Dolch empfangen, knurrend wie ein wildes Tier. Er war ganz nah neben sie getreten. Sie war abgerückt. Er hatte ihre Hände berührt. Sie war zurückgewichen. Er hatte sie unter irgendwelchen Vorwänden aufgesucht. Und war voll Groll wieder abgezogen. Er hatte sie gelehrt, mit Dolch und Schwert umzugehen. Er hatte sie Töten gelehrt. Jetzt musste er aufpassen, dass sie das nicht gegen ihn wandte.

Bohrende Eifersucht quälte ihn. Er müsste sich ihrer entledigen, bevor er etwas tat, was er bereuen könnte. Er dachte an all die Frauen, die er schon besessen hatte. Er dachte an Prinzessin Berenike und ihre Zügellosigkeit, doch erst bei der Vorstellung, wie er Dagmars volle Brüste liebkoste und in ihre geschwollene Öffnung drang, spritzte er schließlich ab.

Während er sich ankleidete, fiel ihm eine Lösung ein. Er würde Dagmar mit einigen seiner Männer nach Palmyra schicken. Da er sie von der Sklaverei erlöst hatte, war sie ihm verpflichtet. Und er wusste, wie zuverlässig sie war. Er würde sie mit dem Auftrag nach Palmyra schicken, dort für ihn zu spitzeln. Natürlich würde er es nicht direkt so nennen, sondern ihr erklären, dass er die Lage in Palmyra für explosiv hielt. Dass ihm bereits Gerüchte zu Ohren gekommen seien, der Hohepriester beklage sich über die hohe Zahl von Christen und anderen Sekten in der Stadt. Was, wie schon in Antiochia, zu religiösen Unruhen führen könnte. Und dass König Hairan schon wieder die Steuern erhöht hatte, ohne spürbaren Nutzen für die Bürger, die immer mehr schuften mussten für immer weniger Geld. Es hieß, einstmals wohlhabende Senatoren und Kaufleute, die ihren hohen Lebensstandard bedroht sahen, würden langsam rebellisch.

Seine wahren Gedanken würde er ihr verschweigen. Dass es, falls er Odainat und, wichtiger noch, seine Frau richtig einschätzte, früher oder später im Palast zu tief greifenden Veränderungen kommen würde. Schwer vorstellbar, dass dieses Paar sich länger als absolut notwendig vor Hairan, diesem aufgedunsenen, verkommenen Tropf von einem König, verbeugen würde. Tamoral würde Dagmar beauftragen, als seine Augen und Ohren zu fungieren und ihn, sobald etwas geschah, zu benachrichtigen. Außerdem könnten ein paar Monate Trennung vielleicht helfen, seine Leidenschaft für sie zum Erlöschen zu bringen. Oder sie würde sich bei ihrer

Rückkehr doch noch in ihn, den Fürsten der Beduinen, verlieben.

Tamoral trat aus seinem Zelt heraus. Die Männer und Dagmar bereiteten die Kamele für die Jagd vor. Der Römer kam auf Dagmar zu. Sie wandte sich um und sagte rasch etwas zu ihm. Marcus ging davon. Doch in dem Moment war Tamoral, als hätte er ein Knistern zwischen ihnen gespürt, als hätte er in ihrem Blick die Botschaft «Ich will dich» gelesen. Mit dieser täglichen Marter, entschied Tamoral, konnte er nicht länger leben. Er rief Dagmar zu sich und teilte ihr mit, dass sie nicht an der Jagd teilnehmen würde. Er schickte sie mit einem Auftrag nach Palmyra.

Zwei Tage nach der Trennung von Dagmar trafen Tamoral und seine Leute an einem Kreuzweg mit Lucius Aurelian und einem Teil seiner Legion zusammen. Tamoral händigte ihm Marcus aus. Aurelian war über Marcus und seinen peinlichen Auftritt bei dem Bankett alles andere als erfreut, aber er entlohnte Tamoral großzügig. Wenn er Marcus nicht gerettet hätte, wäre er jetzt womöglich tot. Aurelian hatte den jungen Offizier gern und ging davon aus, dass er für seine Torheit schon genug gestraft worden war. Die Zeit mit den Beduinen war gewiss kein Zuckerschlecken.

Zu Tamorals großer Bestürzung brach Lucius Aurelian dann mit seinem Trupp in Richtung Palmyra auf. Er hatte eine Sonderbotschaft an Prinz Odainat, von Gallienus, dem Kaiser in Rom.

Samoya wand sich in ihren Ketten und grübelte, wie viel länger ihre Marter noch dauern mochte. Tage und Nächte waren ununterscheidbar. Sie war in einem fensterlosen Raum eingesperrt und wurde nur gelegentlich in einen anderen Raum mit einer Öffnung in der Decke gebracht. Dann konnte sie den Himmel sehen und schließen, dass Tag war, aber welcher Tag, welcher Monat, welche Jahreszeit, das wusste sie längst nicht mehr.

Der Raum war nicht ohne Komfort. Es gab ein Bett und haufenweise Seidenkissen auf dem Marmorfußboden, und zwischen den Haken und Peitschen und Gerten an den Wänden hingen große, schön gemusterte Teppiche. Samoya bewegte ihre gefesselten Hände und öffnete die Beine. Die Ketten klirrten.

Eine nackte Sklavin kam herein und fing an, ihr den Körper mit süß duftenden Ölen einzureiben. Samoya schloss die Augen und gab sich ganz dem Wohlgefühl der sanften Hände hin, die ihr über Gesicht, Nacken und Schultern fuhren. Dann glitten die Hände tiefer, liebkosten ihre Brüste, betasteten ihre Brustwarzen und zogen leicht an den Ringen, die sie nun dort trug. Als die Frau sich über Samoya beugte, streiften ihre Brüste über Samoyas Brüste, verharrten an der Haut ihrer Schenkel und Beine. Die zarte Berührung der harten Brustwarzen erregte Samoya.

Sie spürte, wie ihre Lust erwachte. Wie sie sich öffnete, nass wurde. Wie lange noch, bis die Sklavin mit den Fingern ihren Bauch hinabfuhr, sich frisches Öl in die Hand kippte und sie gründlich einschmierte? Dann würde sie sie umdrehen und ihren Po massieren, beginnend mit großen, kreisförmigen Bewegungen, die immer kleiner würden, je näher ihre Hände ihrem Pospalt kamen, wo sie mit der zarten, erotisch empfindsamen Haut an ihrem Anus spielen würde. Samoya hielt den Atem an. Sie wusste genau, welche Berührung als nächste kam. Es war ein vertrautes Ritual. Und es bereitete ihr Genuss. Dann würde die Sklavin in sie eindringen. Ein Finger würde hineingestoßen und auf und ab, auf und ab gerieben. Und ihr Körper würde ebenso auf und ab, auf und ab zucken. Vor Begierde. Begierde nach mehr. Dann würde sie wieder auf den Rücken gedreht. Die Sklavin würde ihren Weg finden, vorbei an den Ringen und Ketten, die an ihren offenen Schamlippen befestigt waren, ihr Geschlecht nach unten zogen und bei jeder Bewegung hörbar klirrten. Um jedermann kundzutun, dass sie nicht nur Prinz Alifs Frau war, sondern seine Lustsklavin. Mit der er anstellen konnte, was er wollte, wann immer er Lust hatte. Und die er überließ, wem er wollte. Die Hände der Sklavin setzten ihre Arbeit fort, und Samoya döste wohlig vor sich hin, zufrieden und erfüllt.

Dann ging die Tür auf. Ein schwarzer Hüne, dessen Lust ihm aus allen Poren zu dringen schien, kam herein. Er war unbekleidet bis auf breite, mit Silbernieten besetzte Ledermanschetten um Handgelenke und Knöchel. Diesen Sklaven kannte Samoya noch nicht, und ihr Blick schweifte sofort zu seinem Schwanz. Dieser war lang, dick und sehr steif. Der Mann nahm eine Peitsche von der Wand, und Samoya kam der Gedanke, dass sie sich nie daran würde gewöhnen können. Teils sehnte sie sich danach, teils hasste sie es, die anfängliche Furcht aber blieb immer gleich.

Als die Sklavin ihren Finger mit voller Kraft in Samoyas Geschlecht stieß, stöhnte und wand sie sich vor Behagen. Geschickt fuhr die Frau mit der Hand herum und drang in ihren Anus ein.

Der schwarze Sklave zog Samoya von den Kissen hoch, auf denen sie lag. Samoya konnte seinen Penis an der Hüfte spüren, und das erregte sie. Sie wollte ihn anfassen. Sich bücken und ihn lutschen. Sie leckte sich die Lippen. Der Mann nahm ihre gefesselten Hände, riss sie in die Höhe und befestigte die Ketten an einem Haken in der Wand. So blieb ihr genug Spielraum, um sich zu bücken, mehr aber nicht. Ihre Beine wurden gespreizt und mit Metallstiften fixiert, die durch Ösen an ihren Fußfesseln in Eisenringe gesteckt wurden, die in den Boden eingelassen waren.

«Bück dich», befahl der Mann.

Sie gehorchte, mit den Armen in halber Höhe hängend, die Beine weit gespreizt, sodass die an ihren Schamlippen hängenden Ketten gut sichtbar waren, und bot ihm ihren festen kleinen Po dar. Er nahm seinen Schwanz in die Hände und trat zwischen ihre Beine. Sie spürte ihn, warm und hart, als er damit zwischen Knie und Geschlecht über die weiche Haut ihrer Oberschenkel fuhr. Dann drang er ganz unvermittelt in sie ein, und zwar in ihr zweites Loch, und obwohl sie reichlich mit Öl eingeschmiert war, schrie sie vor Schmerz auf. Das störte ihn nicht. Er stieß sich tiefer in sie. Je fester er zustieß, desto lauter schrie sie; und das steigerte sein Vergnügen nur noch. Jäh zog er sich aus ihr zurück.

«Bleib, wie du bist», befahl er. Die Peitsche sauste auf ihren nackten Hintern nieder. Einmal, zweimal, dreimal. Dann ließ er die Ketten etwas heraus, damit sie weiter geöffnet war. Samoya brüllte, schrie wie am Spieß, flehte ihn an, aufzuhören. Doch je mehr sie ihn anflehte, desto rascher prasselten die Hiebe auf sie nieder. Dann stieß er wieder in ihren Anus. Ihr Geschlecht überließ er dem Prinzen.

Die Tür ging auf, und Prinzessin Berenike, nackt bis auf die unvermeidlichen Phalli an ihrer Taille, kam herein. Sie sah kurz zu, wie der große Schwarze es Samoya in den Arsch besorgte, dann wählte sie aus der Sammlung an der Wand eine feine, dünne Reitgerte aus. Sie stellte sich hinter den Mann und ließ ihm die Gerte unvermittelt mit beträchtlicher, boshafter Wucht auf die nackten, pumpenden Pobacken sausen, immer und immer wieder, bis sich tiefe Striemen über seine Haut zogen und er immer schneller in Samoya stieß. Und je fester und schneller er zu Werke ging, desto mehr genoss Berenike das Spektakel. Dann trat sie zwischen die beiden und umfasste seinen Schwanz.

«Was sagt man?», fragte sie.

Er zog sich aus Samoya zurück und warf sich demütig vor Berenike zu Boden.

«Danke, Herrin, danke», sagte er und leckte ihr die Füße.

«Jetzt hake Samoya los», sagte Berenike, «ich will, dass sie bäuchlings, mit dem Po nach oben, auf den Kissen liegt.»

Samoya wurde losgehakt, und die Metallstifte wurden aus dem Boden gezogen. Ihr Po brannte. Die beiden Sklaven trugen Samoya zu einem Haufen Kissen und befestigten die Ketten an ihren gefesselten Händen an einem anderen Haken ganz in der Nähe. Sie sorgten dafür, dass sie mit offenen Beinen dalag, während Berenike ihre Spielzeuge losband und eins davon in Samoyas nasses Geschlecht einführte.

Berenike spielte ein Weilchen mit ihr. Ließ den Lederphallus an der Kette, die ihre Schamlippen aufhielt, vorbei vor- und zurückgleiten, bis sie noch offener und nasser war. Berenike schob den Lederschwanz tief in Samoya hinein und schüttelte dann prüfend ihre Pobacken, um sicherzugehen, dass sie ganz weich und entspannt waren. Dann trat sie ein Stück zurück, griff nach der Gerte und bearbeitete Samoyas Flanken damit. Samoya schrie gellend auf. Nichts könnte Berenikes fester Hand Einhalt gebieten, das wusste sie, und wenn sie sich bewegte, würde sie am Ende noch am Bauch, an den Oberschenkeln oder den Brüsten getroffen. Erregt warf Berenike die Gerte beiseite.

«Jetzt darfst du mich vögeln», sagte sie zu dem Schwarzen.

«Danke, Herrin», sagte er und drang brutal in sie ein.

Berenike ließ sich langsam zu Boden sinken und zog die Sklavin, die Samoya eingeölt hatte, mit sich, um ihre Brustwarzen beißen und lecken zu können, während der Mann sich beharrlich in sie rammte. Er machte weiter, bis sie befriedigt war, dann wälzte Berenike sich herum und befahl ihm, in die Sklavin einzudringen. Keiner von ihnen rührte Samoya an. Sie hatten ihre Anweisungen. Prinz Alif würde kommen, wann es ihm beliebte. Zwar hatte er ihnen erlaubt, Samoya in den Anus zu nehmen, ihr Geschlecht aber blieb allein ihm vorbehalten. Nun kam ein junger Edelmann nach dem anderen aus Alifs Gefolge in die Kammer. Sie trugen Gewänder, die ihr Geschlecht entblößten, und brachten die Sklaven mit, die sie zu benutzen gedachten. Und Samoya lag angekettet auf den Kissen, während Penisse in allen Formen und Größen in die Öffnungen der Sklavinnen, zuweilen auch der Sklaven, gestoßen wurden. Sie sah, wie sie zur Säule geführt und dort festgekettet wurden; sah, wie sie sich drehten und wanden, wie ihre Gliedmaßen die tollsten Verrenkungen vollführten, bis sie sich schließlich ergaben und nur noch süß seufzten, wenn ihr jeweiliger Liebhaber sie nahm, sich in Geschlecht, Anus oder Mund gleiten ließ und zustieß.

Samoya wurde ein wenig entschädigt, als sie sah, wie ein paar von Alifs jungen Edelleuten den Sklaven packten, der sie ausgepeitscht hatte, ihn zum Schandpfahl zerrten und ihm Po und Oberschenkel mit Ruten bearbeiteten. Danach teilten sie seine Arschbacken und bedienten sich, ihrem Vergnügen zuliebe, schamlos seines Hinterteils.

Samoya lag unberührt da und wartete ungeduldig auf ihren Gatten. Sie wusste, er würde hereingestürmt kommen, mit mächtig zwischen den Beinen baumelndem Schwanz, sich vor sie hinstellen, ihn umfassen und reiben, bis er seine volle, ungeheure Länge erreicht hatte, und ihn dann in sie treiben. Sie wartete vergebens, und da alle vollauf mit ihren hemmungslosen Ausschweifungen beschäftigt waren, bemerkte keiner seine Abwesenheit. Vielleicht war er bei der Jagd, überlegte Samoya.

Einige Zeit später, nachdem alle wieder fort waren, kamen ihre Leibsklavinnen herein. Sie badeten sie, gossen heilende Tinkturen auf ihre brennenden Flanken, betupften die Striemen an ihren Oberschenkeln, bürsteten ihr das Haar, rieben ihren Körper mit frischem Öl ein, stellten Speisen, Wein und Wasser neben ihr Bett, wechselten die Kerzen in den Kerzenhaltern, lösten ihre Ketten, bis nur noch die Eisenmanschetten um ihre Handgelenke und Knöchel übrig waren, und gingen wieder hinaus. Sie war allein, litt Schmerzen und wunderte sich immer noch, dass Prinz Alif nicht erschienen war. Sonst tauchte er immer genau pünktlich auf, wenn sie gezüchtigt wurde. Vor Erschöpfung konnte Samoya nichts essen. Sie ging mit klirrenden Ketten durch ihre Zelle, blies die Kerzen aus, zog sich ein langes Seidengewand über den schmerzenden Körper, legte die Ketten an ihren Schamlippen zu einem Bündel zusammen, damit sie sich nachts nicht verhaken konnten, und legte sich schlafen.

Doch der Schlaf wollte nicht kommen. Sie sann über ihr Leben nach, ihre hochfliegenden Pläne, und was daraus geworden war. Sie dachte an Marcus. Und wie betrunken er beim Bankett gewesen war. Auch an den Tobsuchtsanfall des Königs, als Marcus auf die Bühne getaumelt kam und Prinz Alif niederschlug. Sie fürchtete schon, Marcus hätte ihn umgebracht. Aber nein. Zum Glück. Marcus mochte zwar Römer sein, aber wenn er ein Mitglied der Königsfamilie getötet hätte, wäre er auf der Stelle hingerichtet worden. Hilflos hatte sie mit ansehen müssen, wie Marcus von den Soldaten des Königs weggeschleift wurde. Und auch sonst spielten sich tumultartige Szenen ab. Leute rannten kopflos hierhin und dorthin, einzig geeint in dem Wunsch, so rasch wie möglich den Ort des Geschehens zu verlassen. Sie blieb ganz allein ihrer Erniedrigung, ihrem Elend überlassen, auf der Bühne an ein

Brett gefesselt, vollkommen hilflos, und niemand schien sich ihrer erbarmen zu wollen. Und dann war Prinz Odainat mit Zenobia in den Saal gekommen. Darauf hatte der Aufruhr sich gelegt.

Er hatte die Bühne erklommen, sein Schwert gezückt und Ruhe gefordert. Dann hatte er allen seine Heirat mit Zenobia verkündet. Er hatte Zenobia hinauf zu sich auf die Bühne gezogen, auf der dann auch der Hohepriester und der Beduinenfürst auftauchten. An mehr konnte sie sich nicht erinnern. Sosehr sie sich den Kopf zermarterte, Samoya wusste nicht, wer sie von der Bühne holte oder wie sie zurück in ihre Gemächer im Palast gekommen war.

Finsternis umgab Samoya, und sie döste langsam ein. Doch dann bekam sie im Halbschlaf mit, wie die Tür sich öffnete. Nein, dachte sie. Nein. Ich kann nicht mehr. Bitte. Bitte. Aber es war sinnlos, etwas zu sagen. Denn je mehr sie um Schonung flehte, desto schlimmer würde sie gezüchtigt. Sie rührte sich nicht, schlug aber die Augen auf und versuchte, sich ihre Angst nicht anmerken zu lassen. Samoya stockte der Atem vor Schreck. Eine Gestalt in Uniform, eine Kerze in der einen, einen blutigen Dolch in der anderen Hand, kam durch den Raum geschlichen. Dann stieß Samoya in der Finsternis einen erstickten Schrei aus. Sie erkannte die Gestalt.

«Zenobia!», rief sie.

«Samoya!», rief Zenobia ihrerseits und hielt ihr die Kerze vors Gesicht.

«Was machst du denn hier?», fragte Samoya verblüfft.

«Ich bin hier, um dich zu retten», antwortete Zenobia schlicht.

«Aber … aber …», stammelte Samoya.

«Kein Aber, schnell, komm mit.»

Samoya ließ sich unter Geklirr vom Bett gleiten.

«Was ist denn das?», fragte Zenobia.

«Meine Ketten», erwiderte Samoya.

«Bist du an die Wand gekettet?»

«Nein.»

«Dann halt sie nach Möglichkeit fest, damit sie nicht klirren. Wir lassen sie dir bald entfernen. Und jetzt los. Wir müssen so schnell wie möglich hier weg.»

«Zenobia, was ist passiert?»

«Der König und Prinz Alif sind tot», sagte Zenobia. «Nun stell keine weiteren Fragen, komm einfach mit.»

In Todesangst rannten sie durch die verlassenen Palastflure und hinaus in die Gärten. Samoya litt Schmerzen und hätte gern gefragt, wo die Wachen abgeblieben waren, warum es überall so still war. Aber sie rannte schweigend weiter. Zenobia war völlig außer sich, sie rannte, als wären Teufel oder Gespenster oder beides hinter ihr her. Sie half Samoya, über die Palastmauern zu klettern, dann liefen sie durch die dunklen, stillen Straßen zu Zenobias Villa, die sie mit ihrem Mann bewohnte. Zenobia hatte Prinz Odainat erklärt, der Palast sei ihr zuwider, unter keinen Umständen wolle sie dort leben.

An den neuen hohen Toren vor Zenobias Villa standen Wachen. Sie salutierten vor den beiden Frauen und ließen sie herein. Zenobia brachte Samoya in ein Gästezimmer, wo sie als Erstes den Dolch säuberte und wieder in den Gürtel um ihre Taille schob. Dann drehte sie sich zu Samoya um, die still auf dem Bett saß.

«Und, wo sind jetzt diese Ketten?»

«An meinen Schamlippen», sagte Samoya.

«Wie kriegt man die ab?», fragte sie.

«Überhaupt nicht», entgegnete Samoya und öffnete die Beine.

Als Zenobia die Spuren der Misshandlung an Samoyas

Po und Oberschenkeln sah, dazu die Ketten, die von ihren Schamlippen herabhingen, war sie hin- und hergerissen zwischen Mitleid und Abscheu. Aber sie beherrschte sich. Sie bückte sich, um nachzusehen, wie genau die Ketten befestigt waren. Darauf rief sie eine Sklavin und trug ihr auf, eine Feile zu holen, und als sie wiederkam, befahl Zenobia ihr, sich an die Arbeit zu machen, bis die Kette durchgefeilt und Samoya wieder frei war. Dann sagte sie, sie würde Samoya etwas von sich zum Anziehen geben und dass sie sich von nun an anständig kleiden sollte. Auch ein paar Goldmünzen würde sie ihr schenken.

«Ohne Geld bist du so unfrei wie eine Sklavin», sagte sie. «Kehr heim nach Antiochia. Lass all die Schrecken hinter dir und geh. Und komm nicht zurück, ehe ich es dir erlaube.»

«Bitte sag mir, was passiert ist. Du sagst, der König und Prinz Alif seien tot …»

«Ja», sagte Zenobia. «Und mein Mann ist jetzt König.»

Samoya hob erschrocken die Hände ans Gesicht.

«Oh!», rief sie aus. «Dann bist du ja Königin.»

«Genau», sagte Zenobia. «Und hiermit erteile ich dir einen königlichen Befehl. Niemand außer dem König kann ihn widerrufen. Du wirst nicht nach Palmyra zurückkehren, bis ich es dir erlaube, und niemand darf je erfahren, dass ich heute Nacht im Palast war. Ist das klar?»

«Aber der König … Hairan, wie ist er gestorben?»

«Im Schlaf», antwortete Zenobia vielsagend.

«Und Prinz Alif?»

«Keine Ahnung, aber dass er tot ist, weiß ich. Ich habe den Leichnam gesehen. Du bist eine freie Frau. Und Witwe. Such dir einen netten Mann zum Heiraten. Oder mach deinen alten Traum wahr und werde Ärztin. Die Welt steht dir wieder offen.» Zenobia verstummte und starrte die Sklavin an, die eifrig an der Kette feilte. «Sobald die Sklavin hier fertig ist, werde ich dir ein paar meiner Sklavinnen zur Verfügung stellen, um dich auf deiner Reise zu begleiten.»

«Oh, Zenobia …», hob Samoya an, aber Zenobia fiel ihr schroff ins Wort.

«Nenn mich nie wieder so», sagte sie streng. «Von nun an heißt das Eure Majestät.» Ihre Freundin wirkte so niedergeschlagen, dass sie hinzusetzte: «Was wolltest du denn?»

«Ich wollte nach Marcus fragen, dem Römer. Was ist aus ihm geworden?»

«Er müsste inzwischen in Rom sein. Sein Abschied von hier verlief in Schimpf und Schande. Auf Odainats Befehl hin hat der Beduinenfürst ihn zur Garnison in Antiochia gebracht.»

Samoya war ebenso erleichtert wie betrübt.

Zenobia schaute hoch zum Himmel. Hie und da glomm das erste schwache Morgenrot in der Finsternis.

«Der Tag bricht an», sagte sie. «Es liegt viel Arbeit vor mir.»

«Willst du nicht schlafen?», fragte Samoya.

«Schlafen werde ich, wenn der Tag um ist», sagte sie. «Ich muss meinen Gemahl sehen, den König, und mein Freund Firmus wird aus Ägypten eintreffen.»

Mit schnellen, entschlossenen Schritten eilte Zenobia auf die Tür zu. Dann kam sie noch einmal zurück und küsste Samoya.

«Ich werde meine Freunde nie im Stich lassen», sagte sie, «aber ich werde nicht zögern, einen Feind zu töten. Samoya …» Zenobia umfasste das Gesicht ihrer Freundin und küsste sie zärtlich auf die Augenlider. «Eins sollst du wissen. Ich bin schwanger.»

Und fort war sie.

Samoya war so erschöpft und schmerzgeplagt, dass sie die Sklavin weiter an der Kette herumfeilen ließ und sich ausstreckte, um zu schlafen. Als sie aufwachte, waren die Ketten ab. Auf einem Hocker lag ein wunderhübsches Kleid aus weichster orangefarbener Seide, eingefasst mit cremeweißem Satin, dazu goldbestickte mitternachtsblaue Pantoffeln, ein paar Haarspangen und Armreifen. Daneben standen zwei Lederbeutel voller Goldmünzen.

Samoya räkelte sich träge im Bett. Sie war glücklich. Sie kehrte bald heim. Sie würde ihren Vater wiedersehen. Ihre Brüder. Was würde sie noch tun? Nach Athen gehen? Oder nach Rom? Nein, nach Rom würde sie nicht gehen. Die Sache mit Marcus war vorbei. Bei dem Gedanken verspürte sie einen kleinen Stich. Nun, vielleicht war es nicht vorbei, aber sie musste es trotzdem hinnehmen. Seltsame, unbekannte Laute rissen sie aus ihrer Träumerei. Eine Art Trompeten. Sie schlüpfte aus dem Bett und schaute über den Balkon. Nichts, bloß lauter Bäume und Sträucher. Sie lief hinüber ins große Badezimmer und spähte dort vom Balkon. Im Hof unten stand eine Anzahl Elefanten. Samoya hatte von ihnen gehört, über sie gelesen, auch Zeichnungen von ihnen gesehen, aber heute bekam sie die merkwürdigen Tiere das erste Mal zu Gesicht. Sie sah zu, wie ihre Betreuer sie mit Wasser abspritzten und sauber schrubbten. Oben auf dem Rücken des größten Tiers war ein kunstvoller Sessel festgezurrt. Die anderen wurden mit Teppichen und Kisten beladen. Ihr Besitzer war offenkundig schwerreich, denn sie waren mit schönen Seidenstoffen geschmückt, die dick mit Goldstickerei durchwirkt waren.

«Prinzessin …»

Samoya erschrak heftig. Seit so langer Zeit hatte sie keine freundliche Stimme mehr gehört, geschweige denn die Anrede Prinzessin. Sie spürte, wie ihr die Tränen in die Augen schossen.

«Ja?», sagte sie, drehte sich im Bett herum und sah eine alte Frau, die gerade ins Zimmer trat.

«Ich bin Habibah», sagte sie. «Die Königin schickt Euch die Sklaven für Eure Reise.»

Einige Männer und Frauen kamen ins Zimmer und verneigten sich vor Samoya.

«Hat der Schlaf Euch erquickt?», fragte Habibah.

«Ja», entgegnete Samoya.

«Dann hält es die Königin für am klügsten, wenn Ihr unverzüglich aufbrecht. Sie hat Kamele für Eure Reise bereitgestellt. Sie warten vor dem Tempel der Göttin Allat auf Euch. Ich werde Euch hinausgeleiten. Die Königin lässt Euch bitten, Euch zu beeilen.»

«Habe ich noch Zeit zum Baden?», fragte Samoya.

«Ja, Eure Hoheit», sagte Habibah.

Samoya zog sich in das benachbarte Badezimmer zurück, wo sie ihren Körper ausgiebig in den süß duftenden Wassern des Beckens durchweichte. Habibah half ihr beim Ankleiden und schien bestürzt über die Striemen auf ihrem Körper. Ein paar Sklavinnen kümmerten sich um ihre Frisur. Dann war sie bereit für die Reise nach Antiochia. Sie lächelte Habibah an und gab ihr spontan einen Kuss.

«Ach, ich bin so glücklich», sagte sie.

Sie schritten gerade durch die Haupthalle der geräumigen Villa, als eine Seitentür aufging und Odainat mit einer Gruppe Senatoren erschien. Samoya und ihre Begleiterinnen warfen sich sofort zu Boden und verharrten dort.

«Ruft den Hohepriester», sagte er. «Ich und meine Gemahlin werden unverzüglich gesalbt.»

«Und wann werdet Ihr in den Palast umziehen, Eure Majestät?», fragte ein streng wirkender Senator.

«Gar nicht», entgegnete Seine Majestät. «Ich verbinde wenig angenehme Erinnerungen damit. Meine Gemahlin beabsichtigt, diese Villa erweitern zu lassen. Wir werden hier bleiben.»

«Eine weise Entscheidung, Eure Majestät», sagte ein anderer Senator unter einer eilfertigen Verbeugung.

«Ja», sagte der König. «Also, ihr habt nun Erlaubnis, euch zurückzuziehen.»

Die Senatoren verbeugten sich und gingen hinaus. Der König wollte gerade in sein Gemach zurück, als sein Blick auf Habibah fiel.

«Habibah! Was machst du denn hier?», fragte er. «Warum bist du nicht bei deiner Herrin?»

«Sie hatte keinen Bedarf an mir, Herr, sie bespricht gerade geschäftliche Dinge mit ihrem Freund Firmus.»

«Ach ja ... Nun, ihr alle, erhebt euch und zieht eurer Wege.»

Samoya stand als Erste auf. König Odainat schaute sie gebannt an, beeindruckt von ihrer stillen Schönheit. Wo hatte er sie schon einmal gesehen? Dann fiel es ihm ein. Sie war Alifs Frau. Arme Kleine, dachte er. Dieser Schuft Alif hatte sie abscheulich behandelt. Es war ihm zwar ein Rätsel, wie sie hierher in die Villa kam, aber er freute sich, sie zu sehen. Gut, dass sie nicht dem Gemetzel im Palast zum Opfer gefallen war letzte Nacht. Plötzlich kam ihm ein Einfall. Höflich lud er Samoya ein, mit in sein Gemach zu kommen.

Dort fand Samoya einen Trupp Soldaten vor, Prinzessin Berenike, die in Ketten gelegt war, sowie Prinz Maaen, der zwar nicht gefesselt war, aber finster dreinblickte.

«Prinzessin Samoya», fing König Odainat an. «Dank deiner Heirat bist du ein Mitglied dieser Familie. Ich weiß, du hast Schlimmes erdulden müssen. Allein, da ich nun König bin ...» Bei diesen Worten huschte, wie Samoya nicht entging, ein grimmiger Ausdruck über Prinz Maaens Gesicht. Sie wusste, was er dachte. Nun, da sein Vater tot war, sollte er König sein.

Odainat fuhr fort. «... möchte ich das gern wieder gutmachen. Ich stelle dich hiermit unter meinen persönlichen

Schutz und gebe dich meinem Neffen, Prinz Maaen, zur Frau.»

Diese Worte kamen so unerwartet, dass Samoya fast in Ohnmacht gefallen wäre. Aber sie neigte nur den Kopf. Oh, wie grauenhaft. Odainat hätte sie so etwas nie zugetraut. Sie schaute hoch zu Prinz Maaen. Ob sein ausdruckloses Gesicht wohl ebensolchen Abscheu verbarg wie ihres? Sie dachte nur immer, warum? Und wenn, wenn … Wenn sie nur nicht so lange geschlafen hätte. Wenn sie nur nicht den Elefanten zugeschaut hätte. Wenn, wenn. War das nur eine plötzliche Laune, oder war diese Heirat etwa von ihm und Zenobia geplant? Samoya schaute an dem wunderschönen Kleid hinab, das sie anhatte. Dazu der Schmuck, die Armreifen. Ihre Freundin wäre doch nie so perfide. Zenobia hatte auf ihre Abreise gedrängt. Da war sie ganz sicher. Warum also verlangte Odainat nun von ihr, Prinz Maaen zu ehelichen?

«Du sagst ja gar nichts», sagte Odainat erstaunt. «Bist du etwa überrascht?»

«Ja, Eure Majestät», sagte Samoya.

«Prinz Maaen ist naturgemäß unglücklich über das unerwartete Ableben seines Vaters. Zur Erholung werde ich ihn nach Damaskus schicken. Dort wird er neue Waffen für unsere Armee begutachten und ordern. In Damaskus werden die besten Waffen im ganzen Reich geschmiedet, wusstest du das?»

«Nein, Eure Majestät», sagte sie.

«Er ist Soldat, ein guter obendrein …» Odainat lächelte seinem Neffen zu, der sich, mühsam seinen Hass verbergend, vor seinem König verneigte. «Ich bin Soldat. Seit meiner Heirat ist mein Leben wie umgewandelt. Ich möchte, dass mein Neffe ebenfalls die Vorzüge einer glücklichen Ehe kennen lernt. Du aber, Samoya, sollst die Vergangenheit vergessen. Du sollst weiter zu meiner Familie gehören und Prinz Maaen heiraten.»

Dagegen konnte sie nichts ausrichten. Einwände waren sinn- und zwecklos. Der König hatte entschieden.

«Danke, Eure Majestät», sagte sie und verbeugte sich.

Die Senatoren kehrten mit dem Hohepriester zurück.

«Hohepriester», sagte König Odainat und breitete zur Begrüßung die Arme aus. «Mein armer, unseliger Bruder ist tot. Jetzt bin ich König. Ich möchte, dass Ihr in Eurem großartigen Tempel unsere Krönung ausrichtet.»

Der Hohepriester verbeugte sich. Verstohlen warf er einen Blick auf Prinz Maaen und sah, wie zornig er war. Der Hohepriester wusste, mit dem älteren Haudegen konnte der Jüngling es nicht aufnehmen. Prinz Maaen würde es nie gelingen, die Stadt und ihre Besitzungen zusammenzuhalten. Der Hohepriester willigte ein, richtete aber an den König die Bitte, als erste Amtshandlung die neuen religiösen Sekten zu vertreiben, die in der Stadt wie wild um sich griffen. Der König tat, als überhörte er diese Bitte, und verkündete munter, der Hohepriester solle jetzt gleich noch eine andere Zeremonie durchführen. «Nach dem so betrüblichen Tod meines Bruders brauchen wir etwas, um uns alle aufzuheitern. Ich möchte, dass mein Neffe, Prinz Maaen, Prinzessin Samoya zur Frau nimmt, die Witwe unseres verblichenen Anverwandten Prinz Alif. Wir wünschen, dass Ihr sie jetzt vermählt.»

Der Hohepriester sah die junge Frau an. Sie schien wie betäubt. Dann musterte er Prinzessin Berenike in ihren Ketten. Was wohl mit ihr geschehen mochte, sinnierte er. Der König bemerkte den Blick des Hohepriesters.

«Prinzessin Berenike verlässt uns.» König Odainat sah von einer weiteren Demütigung seiner Schwester ab, und deshalb verschwieg er dem Hohepriester, dass er sie ihrer ausschweifenden Lebensweise wegen verbannt hatte. «Sie hat sich bereit erklärt, in den Tempel der Göttin zu Antiochia einzutreten.»

Der König gab den Soldaten, die Berenike umstellten, fingerschnipsend Zeichen.

«Entfernt sie jetzt», befahl er. Berenike wurde fortgebracht. Sie durfte sich, wie sie sehr wohl wusste, glücklich schätzen, noch am Leben zu sein.

Der König und die Königin führten die Hochzeitsprozession an. Und ehe sie sich versah, fand Samoya sich mit einem neuen Gemahl in dem Schlafgemach wieder, das sie vor ein paar Stunden erst so fröhlich verlassen hatte. Der König lächelte huldvoll. Zenobia lächelte auch, allerdings eher angespannt. Samoya erhaschte ihren Blick, aber Zenobia ließ sich nichts anmerken. Jetzt war es zu spät. Sie hatte alles versucht, sie aus dem Palast hinauszubekommen, bevor Odainat sie sah.

«Lass uns eine Frau für Maaen auswählen», hatte er gesagt, als sie sich gerade für den Empfang der Senatoren umkleideten. Zenobia war es heiß und kalt über den Rücken gelaufen, während Odainat die verschiedenen jungen Damen des Adels aufzählte und, aus diesem oder jenem Grund, eine nach der anderen verwarf. Zenobia dachte an die schöne Samoya. Sie gehörte schon zur Familie. Ihre Mitgift war bereits entrichtet worden. Jetzt war sie Witwe. Sollte Odainat sie zu Gesicht bekommen, würde seine Wahl sofort auf sie fallen. Sobald sie konnte, hatte Zenobia Habibah zu sich gerufen. «Schaff sie so schnell wie möglich aus dem Palast heraus», hatte sie ihr eingeschärft. Die Götter aber hatten anders entschieden. Und so wurde Samoya neu vermählt. Zenobia mochte zwar Königin sein, doch gegen Odainats Wort war sie machtlos. Sie war außer sich, aber das würde niemand ahnen. Sie wusste ihre Gefühle hinter einem Lächeln zu verbergen.

Nachdem der König und Zenobia gegangen waren, standen Prinz Maaen und Samoya schweigend da. Sie war wie gelähmt vor Angst. Er wartete, bis die Schritte des neuen Herrscherpaars draußen auf dem Marmor verklungen waren. Als es still war, stürzte Maaen sich auf sie, riss ihr die Goldbeutel aus den Händen, verstaute sie in seinem eigenen Gepäck und zerfetzte ihr schließlich das Kleid von oben bis unten.

«Schön, nun zeig, was du kannst», sagte er. «Auf die Knie mit dir.» Maaen stieß sie grob zu Boden. «Verschaff mir Lust.»

Mit zittrigen Händen hob Samoya seine Tunika an. Sein kleines Glied hing schlaff herab, lustlos. Sie nahm es in den Mund und fuhr eifrig mit der Zunge daran entlang, in der verzweifelten Hoffnung auf eine Reaktion. Nichts tat sich. Er stieß sie weg. Dann löste er seinen Gürtel.

«Du hast mehr drauf», sagte er. «Das weiß ich, ich habe es schon gesehen. Zeig mir deinen Arsch. Na los, bück dich.»

Samoya bückte sich und lüpfte die Überreste ihres Kleids. Maaen fuhr mit einem Finger über die Striemen, die sich über ihren Po zogen.

«Wer bin ich?», fragte er.

«Mein Gemahl, Prinz Maaen», antwortete sie leise.

«Falsch», sagte er und gab ihr einen Klaps. «Falsch. Ich bin dein Herr. Dein Herr. Und was sagt man zu seinem Herrn?» Wieder verpasste er ihrem nackten Po einen Klaps.

«Danke, Herr.»

«Genau», sagte er, packte ihren Kopf und drehte ihn so, dass ihr Mund aufging. Er hob seine Tunika. Jetzt war sein Schwanz steif. Er steckte in ihr in den Mund.

«Lutsch mich, Samoya», befahl er und riss ihr die letzten Kleiderfetzen vom Leib. Wohl eine halbe Minute glitt er in ihr vor und zurück, dann stieß er sie zurück und drehte sie um.

«Ich will dich von hinten nehmen», sagte er. «Was sagt man?»

«Jawohl, Herr.»

«Also, Kopf runter, Schultern auf den Boden, Hintern in die Höhe.»

Samoya kauerte sich hin wie verlangt.

«Spreiz die Beine», sagte er. Samoya gehorchte. Er stellte sich zwischen ihre Schenkel, schmierte sich süß duftendes Öl auf den Schwanz und stieß dann in ihre feuchte Öffnung, bis er kam. Samoya verharrte danach reglos weiter mit gesenktem Kopf, auf den Boden gedrückten Schultern und in die Höhe gerecktem Po, in geduldiger Erwartung seiner nächsten Anweisungen.

«Steh auf», sagte er endlich.

Samoya erhob sich. Nackt und wehrlos stand sie vor ihm. Er läutete nach einem Sklaven. «Du wirst hier bleiben und tüchtig essen. Damit du Fett ansetzt. Ich will etwas zum Anfassen. Etwas, woran ich meinen Schwanz reiben kann. Etwas, was ich peitschen kann.»

«Ja, Herr. Wie lange werde ich hier bleiben müssen?», fragte sie.

«Bis ich aus Damaskus zurückkomme. Und bei meiner Rückkehr will ich, dass du dick und fett und rund bist. Du wirst mich auf Knien empfangen, mit gespreizten Beinen. Außerdem wünsche ich, dass deine zweite Öffnung gedehnt wird, um mir genug Raum zu bieten. Ich werde veranlassen, dass dir Ringe eingesetzt werden. Ich kenne da einen guten Bordellbetreiber. Der wird jeden Tag herkommen, um dich da zu dehnen. Jeden Tag ein größerer Ring. Er kennt sich aus damit.»

Ein Sklave trat ein. Samoya zog hastig das Bettlaken an sich und versuchte damit ihre Blöße zu bedecken. Maaen lachte nur, entriss es ihr, um sie weiter zu demütigen, und warf es dem Sklaven zu.

«Nimm das mit. Wasch es», sagte er. «Eine Hure hat darauf gevögelt.»

Dann bestellte er Kuchen und Gebäck und Sahne, vor allem viel Sahne. Er schärfte dem Sklaven ein, Samoya dürfe nichts anderes zu essen bekommen. Morgens, mittags und abends, Gebäck und Sahne. Gebäck und Sahne.

Maaen wartete, bis das bestellte Gebäck gebracht wurde, dann nahm er ihre Geldbeutel an sich, reichte dem Sklaven sein Gepäck und verließ mit ihm das Gemach. Samoya hörte, wie er von außen abschloss.

Wieder saß sie hinter Schloss und Riegel. Sie konnte es nicht ertragen. Etwas in ihr setzte aus. Sie nahm das Tablett mit dem Gebäck und kippte alles über den Balkon in die Bäume und Sträucher unter ihr. Sollten die Vögel sich darüber hermachen. Sie würde nichts davon anrühren. Weder jetzt noch irgendwann sonst. Sie würde verschwinden. Aber sie brauchte Kleidung, nackt konnte sie nicht fliehen. Sie blickte suchend um sich. Nichts, nur haufenweise Kissen und ihr völlig zerfetztes Kleid. Nun, dann müsste sie damit vorlieb nehmen. Sie las die Fetzen auf, band sich einen Streifen um die Brüste und fertigte sich aus zwei weiteren eine Art Schurz, indem sie einen Streifen zwischen ihre Beine legte und dann mit einem Taillenwickel befestigte. So war ihre Blöße wenigstens notdürftig bedeckt.

Sie schaute über den Balkon. Es ging ziemlich tief hinab. Aber es gab Simse. Und sie war körperlich gewandt. Dann aber hielt sie inne. Wo sollte sie denn hin? Was sollte sie tun? Sie widersetzte sich dem König, dadurch würde sie vogelfrei. Entmutigt ging sie ins Zimmer zurück und setzte sich aufs Bett. Das Bett, in dem sie heute Morgen so glücklich aufgewacht war. Wo sie sich geräkelt und dann Zenobias Kleid und die Beutel mit Gold erblickt hatte. Gold! Sie hatte ein paar Münzen unters Bett gelegt, für die Sklaven. Als kleines Dankeschön. Samoya sah sofort unter dem Bett nach. Da lagen sie – die drei Goldmünzen. Und sie hatte ja auch noch die Haarspangen und Armreife. Reich war sie nicht, aber auch nicht bettelarm.

Samoya vernahm wieder das Schnauben der Elefanten. Sie lief durchs Badezimmer und schaute hinaus. Die Tiere wurden weiter beladen. Ein Berg zusammengerollter Teppiche gehörte ebenfalls zur Fracht. Ihr fiel ein, wie die Perser sie aus ihrem Zelt verschleppt hatten. Das wäre eine ideale Fluchtmöglichkeit, in einem dieser Teppiche. Doch von hier aus war eine Klettertour ausgeschlossen, es gab keine Simse, keine Sträucher, um sie zu verbergen, nur den Marmorboden unter ihr. Sie müsste also vom Schlafzimmer aus hinunterkraxeln und sich dann vorsichtig ums Gebäude herum zu den Elefanten schleichen.

Dagmar und die Stammeskrieger hatten den Palast bei ihrer Ankunft totenstill und verrammelt vorgefunden. Die Wachen am Tor hatten sie weitergeschickt zu Zenobias Villa.

«Was ist denn los?», hatte sie gefragt.

«Das werdet ihr dort erfahren», lautete die Antwort.

Und dort erfuhr Dagmar dann, dass König Hairan und Prinz Alif tot waren und Odainat nun König war und Zenobia seine Königin. Und die saß gerade in einer Besprechung und konnte sie vorerst nicht empfangen. Nachdem sie Pfefferminztee serviert bekommen hatten, lud ein gezierter, überaus weibischer junger Mann, der sich als Timogenes vorstellte, Dagmar und die anderen ein, sich das Warten in den Gärten zu verkürzen.

«Erfreut euch dort, riecht an den Blumen, betrachtet die Vögel, lauscht dem Geplätscher der Springbrunnen», sagte er.

Dagmar war entzückt, aber sie vermutete gleich, dass ihre Stammesgefährten daran wenig Gefallen finden würden. Also hatte sie ihnen erlaubt, sich in der Stadt zu vergnügen, ihnen aber eingeschärft, in ein paar Stunden wiederzukommen, und zwar nüchtern.

Dann hatte Dagmar den jungen Mann gefragt, ob sie sich vor dem Treffen mit der Königin irgendwo säubern und umziehen könnte. Er hatte sie in den hinteren Teil der Villa geführt, wo sich Unterkünfte für durchreisende Gäste befanden. Ohne Hilfe in Anspruch zu nehmen, hatte sie sich gründlich gewaschen und das Festgewand der Beduinen angelegt, zu dem Prunkdolch und Schwert gehörten, beide reich mit Edelsteinen verziert, aber sehr scharf, um sich für die Audienz mit der Königin zu rüsten.

Dagmar war froh, auf Tamoral gehört zu haben, der darauf bestanden hatte, dass sie alles mitnahm. Vielleicht brauchst du es, hatte er gesagt. Wie Recht er hatte. Sie stopfte die Reisegewänder und den Burnus in ihre Tasche aus Ziegenleder, schlang sie sich quer über die Schulter und brach zu einem Spaziergang über die gewundenen Pfade im Garten der Villa auf.

Sie hatte eine hübsche, herrlich duftende, schattige Laube in der Nähe eines kleinen Springbrunnens ausfindig gemacht und saß nun dort, stillvergnügt Schmetterlinge und Bienen betrachtend, als es plötzlich Gebäck zu regnen begann und dicke Sahneklumpen auf ihr Gewand klatschten. Sofort schaute sie nach oben, konnte aber niemanden sehen. Findig, wie sie war, und weil sie plötzlich merkte, wie ihr der Magen knurrte, verspeiste Dagmar darauf einige der süßen Leckereien, leckte auch die Sahne ab und versuchte dann, ihr beflecktes Gewand am Springbrunnen zu säubern.

Sie betrachtete wieder die Schmetterlinge, als sie im Geäst des Baumes über sich einen Fuß, dann ein nacktes Bein erspähte. Sie legte die Hand an den Schwertknauf und schaute wachsam nach oben. Nach und nach kam ein dünner, schlanker Körper zum Vorschein. Ein flüchtender Sklave, dachte sie. Nun, es lag ihr fern, hier einzugreifen. Dann verlor die halbnackte Person den Halt und landete, über und über zerkratzt, in den Sträuchern neben ihr. Dagmar zog ihr Schwert und baute sich vor dem traurigen Häuflein auf, das, wie sie nun sah, eine junge Frau war.

«Was machst du hier?», sagte sie und stupste sie leicht mit der Schwertspitze an.

Samoya wollte ihren Ohren nicht trauen. Das war doch Irenes Stimme. Berenike hatte behauptet, sie wäre tot. Irene. Nein, das konnte nicht sein. Sie drehte sich ein wenig, um zu sehen, ob sie richtig gehört hatte. Und sah einen Mann vor sich stehen.

«Oh!», rief sie und brach in Tränen aus.

«Hades!», fluchte Dagmar, die Samoya sofort erkannte. Sie stürzte auf sie zu und umarmte sie stürmisch. «Samoya! Ich habe dich für eine flüchtende Sklavin gehalten!»

«Wenn du wüsstest, wie Recht du hast», sagte Samoya und küsste sie vor Freude, endlich bei einem Menschen zu sein, der sie aufrichtig liebte. «Man sagte mir, du wärst tot.»

«Was ist denn mit dir passiert? Weshalb die komische Aufmachung? Und dann dein Körper. Der ist ja voller Striemen!»

«Ich weiß. Genau deshalb bin ich auf der Flucht», sagte Samoya mit tränenerstickter Stimme.

«Aber dein Mann ist doch tot», sagte Dagmar, drückte Samoya an sich und wiegte sie wie ein Kind.

«Mein erster Mann schon. Mein zweiter dagegen erfreut sich bester Gesundheit. Ich bin nämlich heute Morgen mit Prinz Maaen vermählt worden. Und der ist fast so schlimm wie Alif. Will mich auspeitschen und in den Arsch vögeln und ... dann hat er mich eingesperrt und gesagt, ich müsste Fett ansetzen.» Inzwischen war sie der Hysterie nahe. «Ich dürfte nur noch Gebäck und Sahne essen, hat er gesagt. Darauf habe ich das ganze Zeug aus dem Fenster geschmissen.»

«Dann muss ich mich also bei dir bedanken», lachte Dagmar.

«Ich kann hier nicht bleiben, wirklich nicht», sagte Samoya. «Aber es ist der Wunsch des Königs. Ich widersetze mich dem König, also kann ich auch nicht zurück nach Hause.»

«Da könntest du sowieso nicht hin. Dein Vater ist tot, habe ich gehört, und deine Brüder streiten sich um ihr Erbe», sagte Dagmar.

«Tot! Mein Vater, tot!» Samoya brach erneut in Tränen aus.

Dagmar barg sie in den Armen. Sie war ratlos, wusste nicht ein noch aus, nur, dass sie sie so schnell wie möglich fortbringen musste.

«Pscht, Samoya, pscht. Weinen kannst du später. Wir müssen uns etwas einfallen lassen, und in dem Aufzug kannst du nirgendwohin!», sagte Dagmar.

«Das weiß ich, Irene, das weiß ich doch», schluchzte Samoya. Dagmars Herz blieb vor Schreck fast stehen, als sie ihren alten Namen hörte.

«Samoya, hör zu, ich bin nicht mehr Irene. Ich bin jetzt Dagmar, ein Beduine. Ich bin ein Krieger. Ein Mann.»

«Du, ein Mann!», rief Samoya aus, die sich nur zu gut ihrer zärtlichen Spiele entsann.

«Na ja, jeder hält mich dafür. Ich bin größer als die meisten Männer, und meine Stimme ist ziemlich dunkel. Du darfst mich nicht verraten, Samoya. Hörst du, niemals.»

«Niemals, niemals», beteuerte Samoya eifrig.

«Und, das Allerwichtigste – ich bin frei.»

«Frei?»

«Ja.» Dagmar erzählte ihr, wie der Beduinenfürst sie Berenike abgekauft und ihr die Freiheit geschenkt hatte. «Jetzt repräsentiere ich die Beduinen. Schau, was ich hier trage, sind meine Festgewänder …»

«In den Sachen hast du die Wüste durchquert! Die sind doch furchtbar schwer», wandte Samoya ein.

«Nein, dafür habe ich meine …» Sie verstummte jäh. «Samoya, das ist die Lösung! Du kannst meine normalen Sachen anziehen. Ich kann mir neue besorgen.» Sie griff in ihre Tasche und zog ihr Wüstengewand aus feiner weißer Wolle heraus. «Hier, zieh das schnell über.»

Im Schutz der Laube, verborgen vom Blattwerk, half Dagmar Samoya dabei, die kläglichen Fetzen ihres Kleides loszuknoten. Als Samoya nackt war, betrachtete Dagmar sie und sah all die Spuren von Peitsche, Gürtel und Gerte, die sich kreuz und quer über ihren hübschen Körper zogen, und nahm sie liebevoll in die Arme, drückte sie fest an sich und küsste sie zärtlich.

Sanft trafen sich ihre Lippen, und Dagmar fuhr mit den Händen über Samoyas Körper, betastete ihre Brüste und Brustwarzen. Unter ihren sanften Liebkosungen wurde Samoya zusehends feucht. Langsam glitten Dagmars Finger an ihrem Bauch hinab an ihre Scham. Samoya rückte die Beine auseinander. Dagmar fing an, mit Samoyas weichen, feuchten Schamlippen zu spielen. Koste und streichelte sie, öffnete sie. Zunehmend merkte sie, wie das erregbare Stückchen Fleisch oben an ihrem feuchtwarmen, verborgenen Eingang sich aufstellte. Unter dem sanften Druck keuchte Samoya vor Wonne auf. Und sie begann aufzuschwellen, sich zu öffnen wie eine Blüte unter der warmen Frühlingssonne. Dagmar leckte ihr die Brustwarzen, bettete Samoya dann auf die Bank in der Laube, kniete nieder und vergrub den Kopf zwischen ihren Beinen. O süße Wonne. Samoya fühlte, wie Dagmars Zunge umherstreifte, züngelte und in sie eindrang, sich dann wieder zurückzog und leckte. Samoya reckte die Hüften hoch, wand und wiegte sich bei jeder Berührung. Dagmar packte ihre Schenkel und spreizte sie weiter, um mit der Zunge tiefer vordringen zu können.

Samoya nestelte ungestüm an Dagmars Gewändern herum. Sie wollte Dagmars Brüste fühlen, ihr Geschlecht berühren, ihre Zunge zwischen Dagmars Schenkel stecken, sie lecken. Dagmar wechselte die Stellung und zog Samoya zu sich hinab auf den Marmorboden. Sie raffte ihre Gewänder hoch und bot ihr Geschlecht Samoyas begierigem Mund dar. Im Schutz der Bäume lagen die beiden Frauen da, leckten und reizten, erregten und liebkosten einander, erfüllt von der Wonne sanfter Leidenschaft und zarter Liebe, bis sich das Ziehen in ihren Bäuchen verstärkte und die Säfte in ihnen zum Ausbruch drängten. Und dann kamen sie.

Als Samoya zu Dagmars Zufriedenheit gekleidet war und sie gerade beratschlagten, ob Samoya mit den Beduinen fortziehen sollte oder nicht, ertönte wieder das Trompeten der Elefanten.

«Ich habe mir überlegt, ob ich nicht in einen Teppich gewickelt werden und mit den Elefantenleuten fortziehen könnte», sagte Samoya.

«Gar keine üble Idee», sagte Dagmar. «Sehen wir mal, ob das zu bewerkstelligen ist. Weißt du, wer der Besitzer ist oder wo er hinreist?»

«Nein, es könnte Zenobias ägyptischer Freund Firmus sein, aber alles ist besser, als hier zu bleiben.»

«Mit Sicherheit», sagte Dagmar. Die beiden eilten durch den Garten in den Hof, wo Pakete und Päckchen, Bündel und Ziegenlederschläuche, Ballen von Seide und zusammengerollte, kostspielige Teppiche auf große Karren verladen wurden, die von den riesigen, eindrucksvollen Elefanten gezogen wurden.

Kapitel zehn

Prinzessin Berenike saß an einem Fenster im Tempel zu Antiochia und spähte versonnen hinaus, als sie auf der Ebene die Staubwolke einer herannahenden Armee ausmachte. Sie lauschte angestrengt und vernahm die vertrauten Laute palmyrenischen Kriegsgeschreis. König Odainats Armee kehrte siegreich aus dem Krieg gegen die Goten zurück. Und darüber war sie hocherfreut.

Berenike lächelte. Wie sich ihr Leben doch verändert hatte, seit sie damals den Abmarsch der Truppen mit angesehen hatte. Damals war sie eine wohlgenährte, üppige Gefangene, die aus Palmyra fortgebracht wurde und alles daransetzte, ihre ungehobelten, hässlichen Bewacher unter Einsatz all ihrer Reize dazu zu bringen, sie freizulassen. Sie dachte daran zurück, wie sie ihre Schwänze gepackt und gelutscht hatte, wie sie mit ihnen Unsinn getrieben und sich einem nach dem anderen hingegeben hatte, zuweilen auch allen zusammen. Und trotzdem hatten sie dem Befehl des Königs gehorcht und sie beim Tempel abgeliefert. Heute war sie eine ranke, schlanke Priesterin. Drei Jahre mehr oder weniger als Gefangene, in ausschließlich weiblicher Gesellschaft, an dem der Göttin und der Wohltätigkeit geweihten Ort lagen hinter ihr. Für Lust und Ausschweifungen war hier kein Platz, das war das Schlimmste. Anfangs hatte sie versucht, einige der Gehilfinnen zu verführen, aber ihre Verstöße wurden der Hohepriesterin gemeldet, und zur Strafe wurde sie einen Monat lang bei Wasser und Brot eingesperrt. Schläge gab es keine. Irgendwie ahnte die Hohepriesterin wohl, dass ihr das Spaß gemacht hätte. Zu essen wurden dürftige Speisen durch die Gitter der kargen Zelle geschoben, alle drei Tage bekam sie einen Krug voll Wasser, ansonsten war sie völlig isoliert. Damals war sie dazu übergegangen, mit sich selbst zu spielen; so hatte sie ihre Sexualität am Leben erhalten.

Jetzt, da der König zurückkehrte, käme sie endlich frei. Die Hohepriesterin hatte ihm bereits geschrieben und der Überzeugung Ausdruck verliehen, sie sei für ihre Ausschweifungen nun genug bestraft und habe sich von Grund auf gebessert. Das fand Berenike amüsant; sicher, man hatte ihr Keuschheit auferlegt, aber das hieß noch lange nicht, dass sie dem Sex abgeschworen hatte. Sie hatte lediglich aufgehört, ihre Gelüste nach außen zu zeigen, hatte darauf verzichtet, andere zu verführen. Zenobia hatte den an Odainat gerichteten Brief erhalten und der Hohepriesterin zurückgeschrieben; sobald der König zurück auf seinem Thron sei, wäre Berenike in Palmyra willkommen.

Beim Anblick der heranrückenden Armee dachte Berenike daran zurück, wie sie von den Hügeln außerhalb Palmyras aus, wo sie und ihre Bewacher das Nachtlager aufgeschlagen hatten, in Ketten mit angesehen hatte, wie die Legion gen Norden marschierte. Die Armee, angeführt von dem römischen Kommandanten Aurelian und Odainat, dem Prinz Maaen und einige seiner jungen Edelleute folgten, hatte ihre Neugier geweckt. Als Odainat sie fortschickte, hatte nichts auf einen Krieg hingedeutet. Sie hatte sich bis Antiochia gedulden müssen, ehe ihre Neugier gestillt wurde.

Die Hohepriesterin hatte ihr berichtet, der römische Kommandant Aurelian sei unerwartet in Palmyra aufgetaucht, habe Odainat zu einem Herzog von Rom ernannt und ihm ein größeres Herrschaftsgebiet in Aussicht gestellt, wenn er mit seiner Armee dabei behilflich wäre, die erbitterten Feinde Roms zu schlagen, die barbarischen Goten. Und er war, mit

Prinz Maaen im Schlepptau, in den Krieg gezogen. Da die Hohepriesterin nichts von einer Ehefrau erwähnte, dachte Prinzessin Berenike sich ihren Teil, was Samoya anging. Von Zeit zu Zeit hatten Reisende beim Tempel Halt gemacht, bei denen Berenike sich stets nach Samoya erkundigte. Jedes Mal hörte sie andere Geschichten. Erst, dass sie im alten Palast eingesperrt war. Dann, dass sie ausgerissen war. Schließlich sogar, dass sie in der Wüste wilden Tieren zum Opfer gefallen war. Aber niemand wusste Genaueres, und nach einer Weile hatten die Leute auf ihre Fragen mit Unverständnis reagiert und gefragt: «Wer?» Und Berenike hatte ihre Erkundigungen eingestellt.

Berenike überlegte, welch ein Schock es für Zenobia gewesen sein musste – dass Odainat so bald nach ihrer Thronbesteigung in den Krieg zog. Aber wenig später hatte sie ihm einen Sohn geboren. Damit hatte sie wohl genug zu tun, und auch mit Palmyra. Nach allem, was ihr so zu Ohren gekommen war, regierte Zenobia die Stadt außerordentlich umsichtig.

«Berenike.» Die alte Hohepriesterin Verenia war in ihre Zelle getreten. «Richte dich her für ein Treffen mit dem König.» Nach diesen herrisch geäußerten Worten verschwand die alte Frau so schnell und lautlos, wie sie erschienen war.

Berenike badete und legte ihr bestes Leinengewand an, dann begab sie sich, ziemlich nervös, mit den übrigen Priesterinnen und Gehilfinnen zur Tempeltreppe, um dort den König zu begrüßen. Alle waren aufgeregt, Berenike aber wohl am meisten. Ihre Tage im Tempel waren endlich vorbei. Sie konnte nach Palmyra zurückkehren.

Pünktlich zum Umzug traf sie ein. Trommeln wurden geschlagen, Trompeten erklangen, aber etwas fehlte: das übliche Schreien und Lärmen der jubelnden Menschenmenge. Was Berenike äußerst merkwürdig vorkam. Dann sah sie den Standartenträger und einige Fußsoldaten, gefolgt von einer gleißenden Krone auf dem Haupt einer prunkvoll gewandeten Gestalt hoch zu Ross. Aber es war nicht Odainat. Es war Prinz Maaen. Prinz Maaen war König. Eine schlimme Furcht beschlich Prinzessin Berenike. Was war aus Odainat geworden? Und wo war sein Sarg? Bei palmyrenischen Helden war es Brauch, sie zum Begräbnis heimzuführen und in prächtigen Grabmälern zur letzten Ruhe zu betten.

Etwas ist passiert, dachte sie. Etwas Schreckliches ist meinem Bruder Odainat zugestoßen.

Maaen zügelte sein Pferd an der Tempeltreppe, wo alle sich tief verbeugten. Ein Soldat war ihm beim Absitzen behilflich, dann marschierte er schnurstracks, ohne die übrige Versammlung weiter zu beachten, auf Berenike zu.

«Ich grüße dich, Tante», sagte er und küsste ihr die Hand. «Ich bin der König, und ich habe einen Auftrag für dich.»

«Wo ist Odainat?», fragte Berenike mit leiser Stimme.

«Odainat! Er ist nicht mehr. Ich habe ihn getötet, beim Siegesbankett. Mit einem Dolch, in den Rücken», erklärte Maaen beiläufig. So bestätigten sich Berenikes schlimmste Befürchtungen, und zugleich keimten neue auf: dass Prinz Maaen womöglich verrückt war. Aber Berenike ließ sich nichts anmerken. «Also, ich wünsche, dass du nach Alexandria in Ägypten reist und dort einen Mann namens Firmus aufsuchst. Odainats Witwe, Zenobia, ist seine Teilhaberin bei einem sehr lukrativen Papyrusgeschäft. Du sollst ihn davon unterrichten, dass ich jetzt König bin und ihm vorschlage, sein neuer Teilhaber zu werden, und dass alle Gewinne in Palmyra direkt an mich fließen sollen. Ich werde dich mit einer Eskorte, Kamelen und Pferden sowie allen nötigen Geldmitteln ausstatten.»

Mit nachlässiger Gebärde warf Maaen ihr einen Beutel voll Gold zu, trug vier seiner Soldaten auf, nicht von ihrer Seite zu weichen, bis sie seine Botschaft überbracht hatte, und sie danach, wie er im Flüsterton hinzusetzte, zu beseitigen. Dann tat er kund, mit seinen Soldaten, sobald diese sich gestärkt und ausgeruht hatten, nach Palmyra weiterziehen zu wollen, um Zenobia und ihren Sohn umzubringen und den ihm rechtmäßig zustehenden Thron zu besteigen.

Als Maaen dies verkündete, warf Berenike der Hohepriesterin einen ängstlichen Blick zu. Aber da sie weder Berenike noch ihren Motiven ganz traute, tat die Hohepriesterin, als bemerke sie nichts, und schaute in die andere Richtung. Woraufhin Berenike entschied, dass sie wahrhaft andere Sorgen hatte. Sie hatte keine Zeit, um Odainat zu trauern oder sich um Zenobia zu sorgen. Sie musterte die vier Männer, die Maaen ihr als Eskorte auf der Reise nach Ägypten zugedacht hatte. Große, kräftige, männliche Burschen. Mit denen würde sie, nach drei Jahren erzwungener Enthaltsamkeit, mächtig Spaß haben. Prinzessin Berenike lief das Wasser im Mund zusammen, sie wurde feucht zwischen den Beinen. Sie dachte daran, wie ein Penis schmeckte. Wie er sich in ihrem Mund anfühlte, wie er an ihren Schenkeln entlangfuhr und in sie eindrang. Und zustieß. Als Prinzessin Berenike schließlich aus Antiochia hinausritt, hatte sie sehr harte Brustwarzen und ein extrem nasses Geschlecht.

Während Prinz Maaen sich zu einem von den Stadtvätern ausgerichteten Festmahl begab, verließ Hohepriesterin Verenia den Tempel und eilte zu Bischof Paul. Dabei hegte sie wenig Sympathie für ihn. Weder billigte sie seine Religion, diese patriarchalisch ausgerichtete Sekte, noch seine ausschweifende Lebensweise. Wie Verenia sehr wohl wusste, war sein Palast nichts mehr als ein Harem, in dem er all seinen sexuellen Gelüsten frönte. Aber er trieb auch für Zenobia die Steuern ein und war ihr absolut treu ergeben.

Bischof Paul staunte sehr, die Hohepriesterin bei sich zu sehen. Mit Entsetzen vernahm er, dass Prinz Maaen Odainat umgebracht und sich zum König erklärt hatte und dass er nun vorhatte, Zenobia und ihren Sohn zu töten.

«Ihr müsst nach Palmyra reisen und sie warnen», sagte Verenia, die in banger Sorge um ihre frühere Schülerin war. «Sie vertraut Euch, und Ihr werdet ohne weiteres in den Palast gelangen, um sie sofort zu sehen.»

Verenia konnte nicht ahnen, dass Paul ohnehin eine Reise nach Palmyra plante. Er steckte in schlimmen Schwierigkeiten mit seiner Kirche. Einige seiner Schäfchen hatten eine Petition eingereicht, um ihn aus seinem Palast werfen zu lassen. Und die Väter in Alexandria hatten eine Synode einberufen, die ihn seiner ketzerischen Ansichten wegen der Bischofswürde enthoben hatte. All dies aber war nicht von Belang, solange er unter Zenobias Schutz stand. Und dies war der Fall. Eine tiefe Freundschaft verband die beiden, und sie würden einander immer bedingungslos unterstützen. Aber alles verschwor sich zusehends gegen ihn. Die Christen in Alexandria erörterten bereits die Möglichkeit, den heidnischen Kaiser in Rom zur Schlichtung anzurufen. Auf die Weise, davon waren sie überzeugt, könnten sie sich seiner entledigen. Dabei hatte der Kaiser wahrlich andere Sorgen als das interne Gezänk einer kleinen religiösen Sekte. Dennoch hielt Paul eine Reise nach Palmyra für geboten, um sich der Gunst der Königin zu versichern, ganz gleich, was ein künftiger Kaiser in Rom entscheiden mochte.

Nachdem Verenia ihren Bericht beendet hatte, zögerte Bischof Paul nicht. Noch ehe die Hohepriesterin wieder in ihren Tempel zurückgekehrt war, galoppierte er zur Stadt hinaus, auf der Straße gen Palmyra, lange vor der Armee.

Samoya empfand ein tiefes Wohlgefühl, als sie, umgeben von Luxus, erwachte. Sie räkelte sich anmutig und lächelte in die durch ihre Fenster hereinströmende Morgensonne, die auf die prachtvollen Wandbehänge fiel und die Goldfäden darin zum Glitzern brachte. Sie schlug die Seidenlaken zurück und musterte ihren Körper. In den drei Jahren, die sie nun im Harem des Firmus lebte, war sie gereift, ihre Brüste waren voll und rund, Bauch, Hüften und Po zeigten üppige Rundungen, doch ihre Taille war weiter sehr schmal. Dafür hatte sie aber auch gesorgt, indem sie stets einen eng geschlungenen Gürtel trug.

Samoya schlüpfte aus dem Bett und begab sich nach nebenan in das mit Mosaiken geschmückte Marmorbecken, das ebenso groß war wie ihr riesiges Schlafgemach. Bald würde auch der übrige Haushalt auf den Beinen sein, aber die ersten Stunden des Tages war Samoya gern für sich. Nackt und entspannt ließ sie sich im Wasser treiben und sann darüber nach, wie viel Glück sie hatte. Sie dankte den Göttern dafür, damals Palmyra den Rücken gekehrt zu haben. Sie wollte diese Stadt nie wiedersehen. Wenn sie auch zugeben musste, dass ihre ersten Eindrücke von Alexandria einem Schock gleichkamen.

Nach einem Leben unter palmyrenischer Herrschaft war sie überhaupt nicht gefasst auf das schlimme Elend, die schreckliche Erniedrigung einer eroberten Nation. Es fiel ihr schwer, all das hinzunehmen, die Bettler, den Schmutz, den Hunger, wie schwierig das Leben in Ägypten unter der römischen Knute war. Einmal fragte sie Firmus, warum die Ägypter sich nicht gegen die Römer erhoben. Das würden sie, erklärte er, wenn sich ein Führer fände, der sie mit seiner Ausstrahlung mitzureißen vermochte. Aber danach sah es derzeit nicht aus.

Um nicht länger an die Armut denken zu müssen, die jenseits der Mauern rings um die Villa grassierte, drehte Samoya sich um und schwamm ein paar Runden. Und dachte an Dagmar und wie sie ihr damals zur Flucht verholfen hatte. Zeitweilig spürte Samoya heftige Sehnsucht nach ihr. Oft grübelte sie, was aus ihr geworden sein mochte. War sie im Palast geblieben, oder war sie zurückgekehrt zu den Beduinen?

Erinnerungen an jene schicksalhafte Reise stellten sich wieder ein. Wie sie, eingewickelt in einen Teppich, auf dem Elefanten dahinschaukelte, bei dessen Geruch sie fast erstickt wäre. Genau diesen Teppich hatte Firmus bei Anbruch der Nacht für sein Zelt ausgewählt. Und als er aufgerollt wurde, kullerte sie ihm vor die Füße. Heute war Samoya klar, dass er Mitleid mit ihr hatte, aber damals hatte sie solche Angst, dass sie keinen klaren Gedanken fassen konnte.

«Wen haben wir denn da?», hatte er mit nachsichtigem Lächeln gefragt und sie dann mit einer seiner riesigen Pranken vom Boden hochgehievt.

Samoya kam sich noch zierlicher und kleiner vor, als er sie auf seinen mächtigen Schoß zog, und spähte zu ihm hoch. Er war sehr groß und beleibt, fast schon ein Koloss, aber extrem attraktiv. Trotz der gütigen Miene wirkte sein Gesicht sehr sinnlich. Er hatte hohe Wangenknochen, eine leichte Hakennase, buschige Brauen und schwere, verhangene Lider über schläfrigen dunkelbraunen Augen, die darüber hinwegtäuschten, was für ein gerissener Geschäftsmann er war. Sein Bart war säuberlich gestutzt, sein Mund breit und sinnlich. Während er lächelte, fielen Samoya seine schönen, blendend weißen Zähne auf. Dazu verfügte er über eine ungeheure Präsenz, eine Aura von Macht. Die Macht großen Reichtums.

Samoya war zunächst unschlüssig, ob sie seine Frage wahrheitsgemäß beantworten sollte oder nicht. Nach einem Blick hinauf in seine Augen entschied sie sich für die Wahrheit.

«Ich bin Prinzessin Samoya. Ich wurde heute Morgen mit

Prinz Maaen vermählt und befinde mich auf der Flucht vor ihm», hatte sie gesagt.

«Das kann ich dir nicht verdenken», sagte Firmus zu ihrer Verblüffung. «Ein sonderbarer Mensch, sehr wahrscheinlich verrückt, auf keinen Fall jemand, mit dem ich Geschäfte machen würde. Wer hat eure Hochzeit angeordnet?»

«König Odainat», sagte sie.

«Oje», entgegnete er. «Dann, mein Kind, widersetzt du dich dem König. Und wenn du dich dem König widersetzt und davonläufst, bist du vogelfrei.»

«Ich weiß», erwiderte sie schlicht.

«Und das stört dich nicht?»

«Nicht so sehr, wie weiter mit Prinz Maaen verheiratet zu sein», sagte sie.

Firmus war in dröhnendes Gelächter ausgebrochen. Dann hatte er ihr die Beduinenkleidung abgestreift und die Striemen und Narben an Po, Bauch und Schenkeln gesehen.

«Du armes, armes Kind», sagte Firmus. Er klatschte in die Hände, und zwei seiner Leibsklaven erschienen.

«Bringt mir den Gold-und-Silber-Stoff, den ich heute Morgen gekauft habe», sagte er.

Die beiden Männer verbeugten sich und huschten hinaus. Gleich darauf kamen sie mit einem Stoffballen zurück. Firmus wickelte etwas Stoff ab und drapierte ihn um Samoya.

«Hier abschneiden.» Mit den feisten Händen zeigte er, wo. Die beiden Männer taten wie geheißen. «Jetzt siehst du wunderschön aus. Bringt Essen herbei. Du hast doch Hunger?»

«Ja», sagte sie.

Firmus forderte Samoya auf, sich auf die Kissen zu setzen, und sie sahen schweigend zu, wie ein Festmahl aus den feinsten Delikatessen Palmyras hereingetragen und vor ihnen angerichtet wurde.

«Du wirst heute Nacht bei mir schlafen», sagte er, als sie gesättigt waren.

Samoya neigte fügsam den Kopf. Er hatte sie gerettet, ihr zu essen gegeben, und nun würde er sie wahrscheinlich vögeln. Sollte er tun, wozu er Lust hatte. Sie war zu müde und erschöpft, um zu protestieren. Aber trotzdem bekam sie ein flaues Gefühl im Magen. Instinktiv hatte sie gespürt, dass dieser Mann anders war, aber jetzt meinte sie, dass dies ein Irrtum war. Nun, sie würde sich fügen und morgen davonlaufen. Firmus hatte sie hochgehoben und zu dem mächtigen Bett getragen, das für ihn gerichtet worden war.

«Schlaf», hatte er gesagt, seinen massigen Leib neben sie gebettet und die kräftigen Arme um sie gelegt. «Schlaf gut. Du kommst mit mir nach Alexandria. Ich werde dich beschützen. Du musst nicht nach Palmyra zurück.»

Er hatte sie nicht angerührt. Freudig merkte sie, dass er das auch nicht vorhatte. Zusammengekuschelt, den Rücken an ihn geschmiegt, war sie dann, getröstet von dem Körperkontakt, tief und sorglos eingeschlummert. So gut hatte sie seit ewig langer Zeit nicht mehr geschlafen.

Ihre Reise verlief von da an nach einem festen Muster. Bei Tag ritt sie mit auf seinem Elefanten. Abends speiste sie mit ihm in seinem Zelt und schlief mit in seinem Bett, und jede Nacht barg er sie in den Armen und küsste sie in den Nacken, aber kein einziges Mal hatte er sie belästigt oder auch nur versucht, ihren Körper zu liebkosen.

Eines Nachts dann hatte er sie zu Bett gebracht und zugedeckt, ohne sich zu ihr zu legen. Stattdessen hatte er das Zelt verlassen. Und sie konnte nicht einschlafen. Sie hatte im Dunkel gelegen, den Rufen der wilden Tiere gelauscht und sich nach ihm gesehnt. Sein Körper fehlte ihr, sein Geruch, seine Behutsamkeit. Als er in den frühen Morgenstunden zurückkam, hatte sie die Arme nach ihm ausgestreckt.

«Du hast mir gefehlt», sagte sie.

Lächelnd war er zu ihr ins Bett geklettert, und sie hatte ihn auf Mund, Hals und Brust geküsst. Sein glatter, unbehaarter Körper reagierte gleich auf ihre Berührung. Sie ließ sich an seinem mächtigen Leib hinabgleiten und fand seinen pochend aufgerichteten Penis, den sie mit den Händen umfasste und sanft streichelte. Dann legte sie ihm die Lippen um den Schwanz, reizte ihn, spielte daran. Sie hatte seine Eier umfasst und zärtlich, aber beharrlich hin und her bewegt, während sie seinen Kolben immer weiter, immer tiefer in den Mund nahm. Sie schob eine Hand hoch, um damit die Wülste an seinem Penis zu liebkosen, während ihr Mund daran auf und ab fuhr. Und als er zu stöhnen begann, war sie selig. Es war ihr sehnlichster Wunsch, ihm Vergnügen zu bereiten.

Sie rückte mit den Beinen herum und kauerte sich rittlings über seinen Schwanz. Er umfasste ihre Hüften, um ihr Halt zu geben, damit sie sich oben auf seinen Phallus gleiten lassen konnte. Er spürte, wie nass sie war, wie sie sich öffnete, wie ihre weiche, cremige Wärme sich langsam über die Spitze seines pulsierenden Penis stülpte. Nach und nach hatte sie ihr nasses, offenes Selbst an seinem harten, voll erigierten Gleid hinabgleiten lassen. Sie keuchte, als es langsam in ihr hochfuhr, jeden Winkel ausfüllte, bis sie eins waren. Als er schließlich ganz in ihr ruhte (er hatte ihr geholfen, indem er sie auf und ab wiegte, bis er ganz in sie eingedrungen war und sie sich sicher fühlte), nahm er die Hände von ihrem Po, sie neigte sich über ihn, und er liebkoste ihre knospenden Brüste. Dann streckte sie sich flach auf seinem Bauch aus und hielt sich mit beiden Händen an seinen Schultern fest, während er sich heftig in sie stieß. Ihr zarter Körper glitt auf seinem mächtigen Leib hierhin und dorthin, und sein Schwanz stieß weiter beharrlich in sie und bereitete ihr unendliche Lust.

Er fuhr ihr mit den Händen zärtlich die Wirbelsäule hinab und packte dann ihren Po. Sie legte die Beine über seinen zusammen, um seine Hoden oben an den Schenkeln spüren zu können. Das erregte sie. Firmus führte seine Hände sanft kreisend über ihre Pobacken auf ihren Anus zu, hielt ihn dann sanft auseinander und fuhr mit den Fingern an der Öffnung entlang. Was sie noch mehr erregte. Seine liebevolle Hingabe, ihr Verlangen und die Liebkosungen ließen sie stetig nasser werden. Sie öffnete sich immer mehr und wurde von erotischen Visionen überwältigt. Sie begann sich zu winden.

Firmus, der ihre Reaktionen spürte und den Ausdruck lustvoller Ekstase auf ihrem Gesicht sah, umfasste auf einmal ihre Taille, hievte sie von seinem Schwanz hoch und platzierte ihre Muschi über seinen Mund. Seine lange, dicke Zunge fuhr hinein und erkundete jeden Spalt, jeden Winkel ihres Geschlechts. Er drang tief in ihre Scheide, schlürfte und schleckte. Dann begannen seine Zähne, sanft an ihrer Klitoris zu knabbern, und mit einer Hand fuhr er hinab an ihren Po und ihre Muschi. Mit der anderen Hand streichelte er ihre Brustwarzen und Brüste.

Samoya wurde ihrer Ekstase kaum noch Herr. Sie wand sich bald hierhin, bald dorthin. Jede ihrer Öffnungen gab sich ihm willig hin, Empfindungen rasten ihr wie wild durch den Körper und trieben sie höher und höher. Samoya wusste nicht, wo ihr der Kopf stand, während seine Zunge in sie drang und seine Finger ihre Haut liebkosten. Dann hob er sie abermals empor und ließ sie wieder auf sein dickes, pochendes Glied hinab. Sie ritt ihn, lehnte sich erst zu dieser, dann zu jener Seite, umschloss ihn mit ihren inneren Muskeln, den Oberkörper aufgerichtet, die Brüste nach vorn gereckt. Seine Hände spielten mit ihren Brustwarzen, und sie griff mit den Händen hinter sich, um seine Hoden zu umfassen und mit ausgebreiteten Fingern an der erogenen Zone innen an seinen Schenkeln entlangzufahren.

Dann zog er sie hinab, presste ihren zarten Leib mit einer Hand an sich, während die andere zwischen ihnen hinabglitt und ihre Klitoris berührte, die kleine, harte Knospe aus Fleisch so lange rieb, bis ihr Verlangen kaum noch zu ertragen war, und als er sich mit aller Kraft in sie rammte, antwortete sie darauf mit ähnlich wilden Zuckungen. Gemeinsam kamen sie zu einem überwältigenden, gewaltigen Höhepunkt. Sie ließ sich ermattet auf ihn sinken, küsste sanft seinen weichen, sinnlichen Mund und glitt dann davon ins Reich der Träume.

Den Rest der Reise nach Antiochia verbrachten sie mit ausgiebiger Erkundung ihrer Körper. Tagsüber neckten sie sich, nachts stillten sie ihr Verlangen.

Als sie sich seiner Riesenvilla näherten, hatte Firmus ihr eröffnet, er beabsichtige, sie zur Vorsteherin seines Harems zu machen.

«Du wirst Ärger mit Soodebeh bekommen», warnte er. «Sie war meine Lieblingsfrau, und sie wird eifersüchtig sein. Aber du hast meine volle Unterstützung, was sie auch sagen oder tun mag.»

Bei diesen Worten wurde Samoya klar, dass die schönen Tage, ganz allein mit ihm, vorbei waren. Jetzt müsste sie sich anstrengen.

«Firmus», sagte sie zögerlich, «wir waren nun so lange allein miteinander, dass ich gar nicht daran gedacht habe, aber … willst du … mich … und dich teilen? Ich meine, gibt es irgendetwas, was ich tun könnte, was dir besondere Freude bereitet? Etwas, was du besonders magst?»

«Mir machen die meisten Dinge Freude», sagte er. «Du

kannst mich also überraschen. Ich lasse dir freie Hand. Tu, was du magst.»

Während sie in dem großen Becken herumplanschte, dachte Samoya an die «Darbietungen», die sie für Firmus organisiert hatte. An die Tanzmädchen mit den geschlitzten Hosen, die Goldmünzen mit ihrer Muschi aufheben konnten. Und wie sie ihm ein Bein auf die Schultern legten, damit er sich langsam hinabneigen und ihr Geschlecht lecken konnte, erst der einen, dann der anderen. Und wie er, in wallende Gewänder gehüllt, an einer langen Reihe Mädchen entlangging, die mit nackten, hochgereckten Brüsten und offenen Beinen dastanden, allerdings verhüllt mit feinem, buntem Batist, in dem sich ein verborgener Schlitz befand, durch den er hindurchfassen und sanft das Geschlecht eines jeden Mädchens befühlen konnte. Wenn er eine gefunden hatte, die nass und nach seinem Geschmack war, teilte er sein eigenes Gewand, hob sich das Mädchen auf den steifen Schwanz und stieß sich in sie.

Samoya fand heraus, dass Firmus besonders gern Frauen beim Liebesspiel zusah. Sie ersann Darbietungen voll Raffinesse, in denen solche Szenen vorkamen. Sie entwarf phantastische Kostüme für die Frauen, die sich lasziv auf der Bühne räkelten und einander die Körper leckten und liebkosten. Aber was auch bei Tag oder am Abend vor sich ging, die meisten Nächte verbrachte er in ihrem Bett. Und sie war glücklich. Doch irgendwie …

Samoya zerbrach sich den Kopf darüber, was ihr genau fehlte. Sie hatte Liebe und Zuneigung. Sie war die Herrin eines märchenhaften Hauses. Sie besaß mehr wundervolle Kleider, als sie je tragen konnte. Sie hatte Firmus, und sie hatte Sex. Gelegentlich, wenn sie besonders erregt war, wählte sie eine der Frauen aus und spielte mit ihr, aber … Alles war zu schön, zu sicher. Ein Vergnügen jagte das nächste, aber keins davon war geistiger Natur. Es gab keine Bücher zu lesen. Niemanden, mit dem sie sich einmal ernsthaft unterhalten könnte. Sie war in eine kulturelle Wüste eingesperrt. Selbst Soodebeh hatte keine besondere Herausforderung dargestellt. Sie hatte sich sehr bald gefügt, als sie einsah, dass Samoya das Sagen hatte und Firmus allem zustimmte, was Samoya sagte oder tat. Was fehlte, war das gewisse Quäntchen Gefahr. Etwas Aufregung von außen. Samoya scheute sich, das Wort Langeweile nur zu denken, aber genau das empfand sie im Grunde. Quälende Langeweile. Sie war ein schöner Vogel in einem mehr als wunderschönen Käfig. Aber wollte sie hinaus? Und *konnte* sie hinaus, wenn sie das wollte? Darüber sann Samoya nach, als Firmus am Beckenrand auftauchte.

«Samoya, mein Liebling», sagte er, warf sein Gewand von sich, stieg ins Becken und kam zu ihr geschwommen. «Ich habe Neuigkeiten für dich.»

«So früh am Tag!», rief sie.

«Ein Sonderbote. Er kommt von einer gewissen Verenia, Hohepriesterin der Göttin in Antiochia.»

«Oh!», sagte Samoya und erbleichte. Die Welt, die sie hinter sich gelassen zu haben glaubte, brach unvermittelt in ihre Sicherheit ein, noch dazu von völlig unerwarteter Seite.

«Samoya, was hast du?», fragte Firmus besorgt. «Ich habe dir doch die Neuigkeit noch gar nicht gesagt.»

«Entschuldige», sagte Samoya. «Wie lautet sie?»

«Sage mir erst, warum diese Person eine solche Reaktion bei dir auslöst.»

«Sie ist meine Tante. Die Schwester meines Vaters. Woher weiß sie, dass ich hier bin?»

«Das weiß sie gar nicht», entgegnete Firmus. «Sie hat mir geschrieben, um mich davon zu unterrichten, dass Prinz Maaen König Odainat umgebracht hat, dass er nun unterwegs ist, um Zenobia umzubringen und dass er Prinzessin Berenike mit einer Botschaft zu mir geschickt hat.»

«Prinzessin Berenike!» Kaum hatte sie diese Worte ausgesprochen, verspürte Samoya den Anflug von Gefahr, der ihr gefehlt hatte.

«Ja, anscheinend soll sie mir mitteilen, dass er mein Teilhaber zu werden beabsichtigt und künftig alle meine Einkünfte in Palmyra für sich beansprucht.»

«Oh!»

«Sie hat noch mehr geschrieben. Sie sagt, sie hat einen Christen, einen Bischof Paul, nach Palmyra gesandt, um Zenobia vor Maaen und seinen Mordplänen zu warnen», sagte Firmus.

«Dann wird alles gut. Zenobia ist sehr geschickt mit dem Dolch», sagte Samoya, eingedenk der Nacht, als König Hairan umgebracht wurde. «Außerdem kann sie ebenso gut Speere werfen wie ein Mann.»

«Woher weißt du das?»

«Weil wir es in Antiochia zusammen gelernt haben.»

«Heißt das, du kannst auch Speere werfen?», fragte Firmus.

«Ja», erwiderte Samoya.

«Mein kleiner Liebling steckt voller Überraschungen», staunte Firmus, küsste sie und kletterte dann aus dem Becken. «Und, was schlägst du vor, wie wir mit der Prinzessin verfahren sollen?»

«Eine Orgie abhalten», sagte Samoya. «Sie ist völlig verrückt nach Sex. Und …»

Samoya verstummte. Wenn Maaen König war und Berenike seine Gesandte, und falls es ihm gelang, Zenobia zu töten und König zu bleiben, dann wüsste Berenike, wo sie sich aufhielt und würde es Maaen verraten, und dann müsste sie wieder zu ihm zurückkehren und seine Frau sein.

«Wir halten eine maskierte Orgie ab. Sie soll mich nicht erkennen. Und Berenike hat gewisse Vorlieben. Die sollten wir, finde ich, bedienen», setzte sie hinzu, ohne Firmus zu verraten, dass sie vorhatte, sich an der Frau zu rächen, die sie in die sexuelle Sklaverei verschleppt und ungerührt zugesehen hatte, wie Prinz Alif sie demütigte. Samoya gab Berenike die Schuld. Zu der Einsicht, dass sie für ihre Taten selbst verantwortlich war, war sie noch nicht gelangt. Sie hatte sich für Geld, Rang, Sex und Palmyra entschieden. Dass es ihre eigene Entscheidung war, wollte sie nicht einsehen. Sie hätte «Nein» sagen können. Deshalb war ihr Verlangen nach Rache umso größer. Und diese Rache, schwor sie sich, würde süß sein. Sehr süß.

«Du sprichst in Rätseln», sagte Firmus. «Was für Vorlieben genau?»

«Sie ist ein wenig raffinierter Bestrafung nicht abgeneigt. Und als Ehrengast, finde ich, sollten wir ihr keinen Wunsch schuldig bleiben, meinst du nicht auch?», sagte Samoya schelmisch, stieg aus dem Becken, kam auf Firmus zu, kniete vor ihm nieder, nahm seinen Schwanz in den Mund und lutschte daran.

«Wie immer, meine Teure, lege ich alles in deine fähigen Hände», sagte Firmus, während er Samoyas nasses Haar streichelte. Wie gut sich ihre kühlen Hände an seinen Hoden anfühlten, wie herrlich ihre Lippen und Zunge an seinem Penis. Sie ging rasch und fachkundig zu Werke, und schon nach kurzer Zeit spritzte er in ihren Mund ab.

«Wann soll sie denn eintreffen?», fragte Samoya.

«Morgen», sagte er und klatschte in die Hände, um seine Sklaven zu rufen, die ihn ankleiden sollten.

«Da bleibt mir ja nicht viel Zeit, aber mit Geld ist alles möglich», sagte Samoya und lächelte ihn an, während sie überlegte, wie rasch sie die Frauen instruieren, ein paar Männer auftreiben und mit ihnen eine Reihe erotischer Tableaus einstudieren konnte.

Firmus erwiderte ihr Lächeln und freute sich über das anzügliche Glitzern in ihren Augen. Sie führte irgendetwas im Schilde, und das Ergebnis würde ihm zweifellos Vergnügen bereiten.

Samoya machte sich unverzüglich und mit Feuereifer an die Arbeit. Sie ließ Näherinnen und Tischler kommen, denen sie Schnittmuster und Pläne aushändigte. Dann begab sie sich zu Firmus' Ställen, wo sie sorgsam einige Requisiten auswählte, vor allem Peitschen und Gerten. Dann suchte sie einen prächtigen Sattel aus und ließ nach dem Sattler schicken. Ein großer, schmucker junger Mann nahte sich ihr unter Verbeugungen.

«Schau her», sagte sie und reichte ihm die Zeichnung eines großen Penis. «So einen hätte ich gern aus Leder, so dick ausgestopft, bis er steif ist, und dann auf der Mitte dieses Sattels befestigt.»

Staunend schaute der Sattler sie an, und dabei wölbte sich unter dem Gewand gut sichtbar sein Schwanz.

«Herrin», sagte er, «das ist ein sehr merkwürdiges Ansinnen.»

«Ja, nicht wahr?», sagte sie lächelnd. Samoya sah die Lust in seinen Augen. Was sie daran erinnerte, dass sie, seit sie Firmus' Geliebte war, keinen anderen Schwanz mehr angerührt hatte. «Jetzt brauche ich ein Modell dafür», sagte sie und trat näher auf ihn zu.

Der junge Mann, der Rufus hieß, sah sich dem Blick von Samoyas großen, strahlend veilchenblauen Augen ausgesetzt, die dann hinabfuhren an seine Lenden und die Beule, die plötzlich und ganz von selbst dort aufgetaucht war. Sie stand direkt vor ihm, die vollen, runden Brüste teils entblößt, teils verhüllt von hauchdünnem Stoff, und es verlangte ihn heftig danach, sie anzufassen. Rufus erbebte, als sie noch dichter zu ihm trat und er ihr Parfüm wahrnahm. Seine Hände, in denen er die Zeichnung hielt, gerieten ins Zittern.

«Hättest du etwas dagegen, wenn ich deinen Schwanz anfasse, um zu sehen, ob er die richtige Größe hat?», fragte sie zu seinem größten Erstaunen.

Er nickte, und sie zog sehr langsam sein Gewand in die Höhe. Seine Beine zitterten, seine Hände ebenfalls, aber sonst stand er reglos da und ließ es geschehen, dass Samoya ihm über die Schenkel strich, sein nacktes Glied fand und dann mit ihren kühlen Händen umschloss.

«Halt dein Gewand hoch», befahl sie. Rufus gehorchte. Samoya trat etwas zurück und begutachtete seinen stramm aufgerichteten Phallus, dick, stolz und lang. «Oh, er ist wunderschön. Ich glaube, ich würde ihn gern in den Mund nehmen und daran lutschen. Bist du damit einverstanden?»

Rufus war außerstande, etwas zu sagen.

Samoya kniete nieder, nahm sein prachtvolles Teil in die Hände und führte es sich in den Mund. Mit einer Hand umfasste sie die Wurzel, hielt seinen Hodensack in der anderen und ließ ihren Mund auf und ab über seinen pochenden Kolben fahren. Als sie das Gefühl hatte, er würde nun bald kommen, quetschte sie kurz an der Wurzel und zog ihren Mund zurück.

«Du hast ja einen ausnehmend schönen Schwanz», sagte sie mit unverhohlener Bewunderung. «Ich möchte, dass du ihn als Modell für deine Arbeit nimmst. Nun, morgen findet hier ein ganz besonderes Fest statt. Da hätte ich dich auch gern dabei. Aber erst muss ich wissen, ob du auch etwas kannst.»

Rufus schluckte schwer. Ihre Worte fachten seine Erregung noch an. Er wollte von Samoya genommen werden.

Sein ganzer Körper war in Aufruhr, alle seine Nervenenden schrien förmlich nach Erlösung, er wollte ihren Körper unter sich spüren. Er ersehnte die Erlaubnis, in sie eindringen zu dürfen.

«Am besten lässt sich das wohl feststellen, wenn ich mich bücke, meinen Rock hebe und dir einen Blick auf meine nackte, und übrigens sehr nasse, Muschi gestatte, und du trittst zwischen meine Beine, und vielleicht wärst du ja so gut, mir deinen wunderschönen Schwanz zwischen die Schenkel zu schieben, und, äh ... also, ich bücke mich erst mal, dann sehen wir ja, was passiert.»

Samoya wandte ihm den Rücken zu, raffte ihren langen Rock hoch bis an die Taille und bückte sich mit leicht auseinander gestellten Beinen, bot ihm ihre wohl gerundeten Hinterbacken. Rufus streckte eine Hand aus und fing an, ihre Schenkel zu betasten, dann schob er seinen großen Schwanz zwischen ihre äußeren Schamlippen und begann, sich an ihrer weichen Nässe zu reiben. Samoya kreiste mit den Hüften. Rufus fasste sie an der Taille, beugte leicht die Knie und ließ, ehe sie sich versah, seinen Schwanz drängend in sie gleiten.

Samoya schloss die Augen, verzückt darüber, wie er sich pochend, hart und steif in sie stieß. Mit den Händen hielt er ihre Hüften gepackt, um sie mit jedem Stoß, der sie nach vorn trieb, wieder zurückzuziehen, und jeder Stoß war ein wenig fester als der davor. Zwischen den Schenkeln spürte sie, wie seine Eier sich an ihr rieben. Das erregte sie noch mehr, denn sie schmiegten sich genau dahin, wo sie berührt werden wollte. Auf die Weise hatte sie schon ewig keinen Sex mehr gehabt. Sein Körperbau, die Leidenschaft, mit der seiner Lust frönte, erinnerte Samoya an Marcus. Und urplötzlich überkam sie ein heftiges Gefühl von Liebe und Verlangen. Sie war glücklich mit Firmus. Zufrieden. Aber er rief in ihr nicht dieselbe sexuelle Empfindung, oder Liebe gar, hervor, die Marcus in ihr ausgelöst hatte. Ob sie Marcus wohl je wiedersehen würde? Sie hielt die Augen geschlossen, während Rufus in sie stieß und sein muskulöser Körper sich zitternd an sie drängte, und stellte sich vor, es wäre Marcus.

Rufus gab sich nicht mit Nebensächlichkeiten ab. Er rührte weder ihre Brüste noch ihre Klitoris an, hielt nur seinen rasenden Takt aufrecht, während Samoyas zuckender Körper willig jeden Zoll seiner stoßenden Männlichkeit aufnahm. Sie wollte wissen, ob er etwas taugte. Nun fand sie es heraus. Während sie vor- und zurückgestoßen wurde, kam Samoya eine andere Idee in den Sinn. Sie würde ihn ein Futteral für seinen steifen Schwanz anfertigen lassen. Mit dicken, grob gestichelten Nähten an der Außenseite, die das Vergnügen noch steigern würden. Bei der Vorstellung zog sich Samoyas Bauch zusammen. Ihr Orgasmus war nicht mehr fern. Ein Kribbeln erschütterte sie, ließ sie vibrieren. Rufus hielt sie immer fester umklammert, stieß immer fester zu. Dann durchlief ihn ein Schauder, und er spritzte ab. Und sie kam mit ihm, wenn auch nicht so heftig, wie sie es manchmal erlebte. Aber das war nicht schlimm. So bliebe sie offen und sexuell erregt. In dem Zustand konnte sie umso besser träumen und phantasieren. Auf die Weise könnte sie Berenikes «Unterhaltung» noch gründlicher planen.

«O ja, du hast einiges zu bieten», sagte Samoya, noch ganz erhitzt, als sie ihr Kleid hinabließ. «Ich möchte auf jeden Fall, dass du morgen Abend in die Villa kommst. Weißt du, dieses Fest, das ich ausrichte, findet für eine wichtige Person statt, und sie hat gewisse Vorlieben. Sei unbesorgt, sie ist wunderschön, aber ich will, dass du es ihr besorgst. Du sollst alles mit ihr tun, was ich dir sage. Bist du bereit, mir zu gehorchen?»

«Was springt dabei für mich heraus?»

«Du wirst deinen Spaß haben, genügt das nicht?»

«Ich würde es gerne nochmal mit Euch tun», sagte er.

«Nun, das lässt sich wohl einrichten, aber versprechen kann ich dir nichts. Da wäre aber noch etwas. Du sollst nicht nur den Sattel herrichten, sondern auch ein Lederfutteral für deinen Penis anfertigen, mit den Nähten auf der Außenseite, grob gestichelt. Und mit langen Bändern dran. Meinst du, das gelingt dir?» Samoya schenkte ihm ihr aufreizendstes Lächeln.

«Wenn ich das trage, würdet Ihr mich damit vögeln?», fragte er.

«Gar keine Frage», sagte sie und erschauerte schon bei dem Gedanken.

Nachdem Rufus gegangen war, begab Samoya sich mit ein paar Eunuchen und Sklaven zum Markt. Sie kaufte mehrere Ballen schwarzen Stoff und Kerzen, dann eilte sie damit nach Hause und befahl den Frauen im Harem, sich an die Arbeit zu machen. Ein paar, die nicht besonders gut nähen konnten, murrten zwar, aber Samoya erklärte, sie würden für ihre Mühen mit grenzenlosem Vergnügen belohnt werden.

Dann sprach sie mit den Tischlern und wies ihnen einen Raum für die Arbeit zu. Den ganzen Tag hallte die große Villa wider von Hämmern und Klopfen. Es herrschte emsige Betriebsamkeit. Jede Gruppe hatte ihre eigene Aufgabe. Niemand wusste genau, was Samoya plante.

Am späten Nachmittag des folgenden Tages traf Prinzessin Berenike bei der Villa ein, und Firmus stand auf der Treppe, um sie zu begrüßen.

Berenike schüttelte sich innerlich, als sie ihren Gastgeber erblickte. Er war so fett, unförmig sogar, und diese Unförmigkeit wurde durch seine aufwendige Kleidung noch betont. Bei seinem ungeheuren Umfang drängte sich die Frage auf, wann er wohl zum letzten Mal seinen Schwanz gesehen hatte. Der

Gedanke, wie er sich mit jemand anderem paaren sollte, brachte sie zum Lächeln. Völlig unmöglich, dachte sie boshaft. Nun, falls er der Hausherr war, dann stand eines fest: Hier würde sie sexuell nicht auf ihre Kosten kommen. Er mochte sich ja einen Harem halten, aber wohl eher, entschied Berenike, aus Prestigegründen denn zum tatsächlichen Gebrauch.

Firmus musterte Berenike eingehend und merkte, wie es in seinem Glied zuckte. Er sah eine hübsche Frau vor sich, die so wirkte, als hätte sie sich seit Tagen ganz und gar dem Vergnügen hingegeben. Ihre halb geschlossenen Augen wirkten träge, und sie bewegte sich äußerst lasziv. Woran wohl die vier Burschen nicht unbeteiligt waren, dachte er und lächelte. Das würde er Samoya erzählen. Sie könnten ja an ihrer Unterhaltung teilnehmen.

Firmus hatte Samoya freie Hand gelassen, und sie tat äußerst geheimnisvoll, weil, wie sie ihm erklärte, alles eine Überraschung sein sollte, für ihn ebenso sehr wie für Berenike, und deshalb hatte sie ihm auch untersagt, gewisse Teile seiner Villa zu betreten. Er hatte nichts dagegen. Den Gedanken, dass Samoya ihren Spaß hatte, fand er aufregend. Aber sie hatte betont, auf gar keinen Fall dabei sein zu wollen, wenn Berenike eintraf. Sie hatte Angst, erkannt zu werden.

Berenike stieg von der Sänfte, gehüllt in hauchfeine Stoffe, die jede Rundung ihres aufreizenden Körpers zur Geltung brachten. Die schwarze Lockenpracht hatte sie mit goldenen Spangen hochgesteckt, und sie war geschmückt mit Halsketten und Edelsteinen. Eine äußerst begehrenswerte Erscheinung. Firmus entschied, dass sie ihm zusagte. Noch ehe die Nacht um war, würde er sie haben.

«Wir fühlen uns sehr geehrt durch Euren unerwarteten Besuch», schwindelte Firmus und verbeugte sich tief.

«Ich habe eine Botschaft von seiner Majestät, König Maaen», verkündete Berenike, während sie bewundernd die Schönheit von Firmus' prachtvoller Villa und der üppig grünenden, gepflegten Gärten ins Auge fasste.

«König Maaen!», rief Firmus aus.

«Ja. König Odainat hatte bedauerlicherweise einen Unfall, und mein Neffe hat seinen rechtmäßigen Platz eingenommen», sagte Prinzessin Berenike.

«Und Ihr habt eine Botschaft für mich», sagte Firmus. «Nun, jetzt, da Ihr hier seid, hat das sicher noch Zeit. Ihr müsst baden, Euch ausruhen, etwas zu Euch nehmen. Ich beschäftige die besten Köche der Welt, die können Euch alles kochen, was Euer Herz begehrt. Wir haben Meerbarbe, Sardinen und Seezunge, Gans, Ente und Lamm mit Reis, Mais und Okra, Auberginen und Bohnen, zum Nachtisch dann Feigen und Pfirsiche, Aprikosen und Datteln, Honigmelone und Trauben.»

Berenike war von diesem herzlichen Empfang schier überwältigt, und sie erklärte, da sie auf der Reise nicht sonderlich gut gespeist habe, laufe ihr bei allem, was er aufzählte, das Wasser im Mund zusammen.

«Dann wollen wir heute Abend ein Festmahl feiern.» Mit diesen Worten geleitete er sie in seine Villa aus Marmor und Alabaster. Innen war alles mit schweren Wandteppichen verhängt, und die Säulen waren reich mit Blattgold verziert. Firmus klatschte in die Hände, und einige Sklavinnen kamen herbeigeeilt. Sie verbeugten sich tief vor der Prinzessin.

«Bringt Ihre Hoheit ins Bad», sagte er, ganz, wie Samoya ihm aufgetragen hatte.

In der großen Halle mit dem Becken entkleideten die Sklavinnen Berenike. Sie fuhren ihr mit Schwämmen über den Körper, besonders sorgsam an Brüsten und Brustwarzen, am

Bauch und zwischen den Beinen. Dann führten sie sie ins angewärmte Wasser. Samoya verfolgte alles von hoch oben aus, durch ein Gitterfenster. Ihr fiel auf, wie schlank Berenike geworden war. Figürlich hatten die beiden Frauen sich fast spiegelbildlich verändert. Samoya war nun die Üppigere von ihnen. Berenike verfügte zwar weiter über Rundungen, aber sie war nicht mehr so drall wie einst. Samoya hatte ihre Sklavinnen angewiesen, Berenike am ganzen Körper zu liebkosen, wenn sie erst im Wasser lag. Sie lächelte, als sie, vollständig bekleidet, ins Becken glitten und mit den Händen über Berenikes Körper fuhren. Und Berenike genoss ihre Aufmerksamkeit sichtlich.

«Warum steigen sie denn bekleidet ins Wasser?», fragte Firmus, der zu Samoya auf den verborgenen Balkon getreten war und nun, hinter ihr stehend, an ihren Brüsten zu spielen begann.

«Ich habe eine Überraschung für sie», sagte Samoya. «Schau nur zu.»

Firmus' Schwanz stellte sich auf und drückte sich an Samoyas Rücken, als die Sklavinnen im Wasser sich dichter um Berenike scharten, ihr die Brustwarzen streichelten und dann auch ihr Geschlecht fanden. Firmus hob Samoyas Röcke und knetete ihren nackten Po, als die Frauen unten im Becken Berenikes Schultern anhoben und ihre Beine teilten, während eine von ihnen dazwischenglitt und ihre Zunge an ihr Geschlecht legte. Berenike stieß einen tiefen Seufzer aus, als die Sklavin ihre Schamlippen teilte und an ihrem steifen, prallen kleinen Auswuchs zu knabbern begann. Dann begannen andere Hände, um ihre Brüste zu kreisen. Und Berenikes Hüften wiegten sich im Wasser.

Firmus veränderte seine Stellung und schob Samoya seinen Schwanz zwischen die Beine, wo er sich an ihrem nassen, saftigen Geschlecht rieb. Samoya stützte sich auf die Fensterbank und reckte den Po von sich, damit Firmus besseren Zugang hatte.

Die Sklavinnen geleiteten Berenike durchs Wasser sanft zum Beckenrand, wo sie ihr die Arme weit zur Seite streckten. Dann hielten ein paar von ihnen ihre Beine offen. Und die Sklavin, die bisher mit dem Kopf zwischen Berenikes Beinen gesteckt hatte, machte einer anderen Platz, größer, breitschultriger als die anderen.

«Jetzt schau hin», sagte Samoya, wackelte mit dem Po an Firmus' Schwanz herum und sehnte sich danach, nass, wie sie inzwischen war, dass er in sie stieß.

Die neue Sklavin trat zwischen Berenikes Beine und rückte näher. Und plötzlich sah Firmus, was Samoya getan hatte. Die neue Sklavin war ein Mann. Und er hielt seinen Schwanz direkt vor ihren Eingang. Aber das wusste Berenike noch nicht. Die anderen Sklavinnen verstellten ihr mit den Köpfen die Sicht, während sie ihr die Brüste liebkosten.

Firmus schlang Samoya den Arm um die Taille, hievte sie ein wenig hoch und stieß seinen Schwanz in sie. Damit kam er um wenige Augenblicke dem Mann unten zuvor.

Berenike stieß einen wilden Freudenschrei aus, als das völlig Unerwartete geschah: Sie befand sich in einem Wasserbecken, umringt von Frauen, und wurde zugleich von einem mächtigen Phallus gepfählt.

Während sie so verwöhnt wurde, kamen weitere Sklaven in den Raum. Sie hatten Handschellen und Ketten dabei.

Firmus, der, während er in Samoyas Geschlecht stieß, weiter das Geschehen unten im Auge behielt, war verdutzt.

«Was soll jetzt damit passieren?», fragte er.

«Frag nicht, schau einfach zu und bleib in mir», sagte Samoya und glitt wieder auf ihn. Sie war unglaublich erregt. Sie wollte mehr, viel mehr von allem. Und das würde sie bekommen. Sie würde es auch geben. Samoya war äußerst aufgeregt. Sie wusste genau, was sie mit Berenike anstellen würde.

«Aber wer ist denn der Sklave, der sie vögelt?», fragte Firmus.

«Das ist kein Sklave. Es ist dein Sattler. Ich habe ihn gestern rufen lassen und gebeten, mir etwas Besonderes anzufertigen. Und dann habe ich ihn gefragt, ob er so nett wäre, herzukommen und meinen Wünschen Folge zu leisten. Er hat eingewilligt.»

Firmus fragte sich, wie Samoya ihn wohl herumbekommen hatte. Hatte sie ihm den Schwanz gestreichelt? Ihn näher begutachtet? War sie ihm sexuell gefällig gewesen? Bei der Vorstellung, wie ein anderer es ihr besorgte, erwachte die Eifersucht in Firmus, und er trieb sich schneller in sie. Und Samoya, die daran dachte, wie der Schwanz des Sattlers sich angefühlt hatte, wiegte sich gegen ihn, öffnete sich immer mehr seinem zustoßenden Glied.

Vor Überraschung über den gut geölten Penis, der sich unvermittelt in sie stieß, kam Berenike sofort. Doch ihr Verlangen war damit längst nicht gestillt. Sie schaute dem Mann ins Gesicht, er sah äußerst gut aus. Wie mochte er in diesen Teil der Villa gelangt sein? Oder hatte Firmus ihn ihr geschickt? Nun, das war eine ausgesprochen gastfreundliche Geste. Sie schloss die Augen und gab sich ganz dem Genuss hin, im Wasser verwöhnt zu werden. Sie merkte gar nicht, wie ihr fachkundig Fesseln um die Knöchel gelegt wurden. Der Mann blieb in ihr, während andere Hände ihren Kopf und ihre Arme festhielten. Dass ihre Handgelenke in Fesseln gelegt wurden, spürte sie nicht, so sehr wurde sie von dem Schwanz in Atem gehalten, der weiter in ihr arbeitete. Dann zog der Mann sich zurück und schwamm davon. Samoya lächelte boshaft und drängte sich genüßlich gegen Firmus, der weiter in sie stieß, als Berenike nunmehr mit Ketten an Armen und Füßen im Wasser stand.

«Und was jetzt?», fragte Firmus, den Blick auf die verdutzte Prinzessin Berenike geheftet.

«Ich möchte, dass du runtergehst und mit ihr spielst, sie vögelst», sagte Samoya. «Bewegen kann sie sich jetzt nicht mehr. Aber lass sie nicht kommen. Die Frauen und ich, wir ziehen uns um, und dann komme ich und hole sie mir. Ich habe extra einen Raum für sie vorbereitet.»

Firmus fand langsam Gefallen an dieser Inszenierung. Er zog sein immer noch steifes Glied aus Samoya. Die Prinzessin sagte ihm zu, und der Umstand, dass sie nun mit Ketten gefesselt war, steigerte seine Erregung noch.

Als Firmus in die Halle trat, waren die Sklavinnen fort. Sie hatten der protestierenden Berenike schweigend aus dem Becken hinausgeholfen, sie abgetrocknet und mit Öl eingerieben. Dann hatten sie sie nackt auf einen großen Haufen Kissen gelegt, der auf Samoyas Geheiß an einer Wand aufgeschichtet worden war.

Berenike war verwirrt. Wer auch immer ihren Empfang organisiert hatte, er hatte ganze Arbeit geleistet. Ihre mit Handschellen gefesselten Hände waren vor ihr angekettet. Sie führte sie an sich hinab, um mit sich spielen zu können. Mit geschlossenen Augen lag sie da und rieb sich genießerisch an der prallen Klitoris herum, als sie jemanden neben sich wahrnahm. Hoffentlich der hübsche junge Mann, der sie im Becken genommen hatte. Sie schlug die Augen auf und sah mit Schrecken, dass der unförmige Firmus vor ihr stand, sein Gewand teilte und sein Gerät herausholte. Wollte er sich etwa über sie hermachen? Er war doch viel zu dick, zu massig. Er würde sie erdrücken.

«Hat Euch der Aperitif gemundet?», fragte er, ließ sie aber nicht zu Wort kommen. «Das Festmahl wird bald bereit sein, aber ich dachte mir, Ihr solltet schon mal den ersten Gang bekommen.»

Firmus kniete sich hin und schob Berenike ihre gefesselten Hände auf die Brüste. Dann teilte er ihre Beine.

«Was für eine hübsche, nasse, rosa Muschi», sagte er. Und bei der Wollust in seinem Gesicht, bei seiner starken sinnlichen Ausstrahlung vergaß sie ganz, wie füllig er war, und spürte ein wachsendes Verlangen nach ihm. Sein Blick aus verhangenen Augen weckte in ihr das Bedürfnis, seinen Schwanz tief in sich zu spüren. Er riss ihre in Eisen gelegten Beine hoch und legte sie sich um die Taille, bis ihr Geschlecht auf gleicher Höhe mit seinem Schwanz war, ihre Schultern aber weiter flach auf den Kissen lagen. Langsam, zielgerichtet und sehr behutsam begann er, in sie einzudringen. Gerade sein langsamer Rhythmus erregte sie. Wenn sie loszucken oder sich winden wollte, legte er ihr jedes Mal eine Pranke auf den Bauch und ließ sein ganzes Gewicht auf ihr ruhen, bis sie wieder ruhig dalag.

Firmus machte es Berenike weiter im Schneckentempo, als Samoya und ein ganzes Gefolge Sklaven in die Halle traten. Alle waren von Kopf bis Fuß in schwarz wallende Gewänder gehüllt. Sie trugen Masken und hohe, kunstvolle Kopfputze. Männer und Frauen waren nicht zu unterscheiden. Bei ihrem Anblick brach Firmus das Liebesspiel mit Berenike sofort ab. Ein Grüppchen trat vor, half Berenike auf die Beine und fing an, sie mit nassen Lederstreifen zu umwickeln. Lederriemen ober- und unterhalb ihrer nackten Brüste brachten diese besonders zur Geltung, ein eng um ihre Taille geschnürter, breiter Gurt betonte ihren Bauch, während Riemen zwischen den Pobacken und um ihre Schenkel ihr Geschlecht freilegten. Dann wurde ein knallrotes Tuch aus Seide um sie gelegt, eine Maske über ihr Gesicht gestülpt und ein großer, noch kunstvollerer Kopfputz auf ihrem Haar befestigt. In einer Prozession wurde sie aus der Halle hinaus ein paar Stufen hinab und in einen abgelegenen Teil von Firmus' herrlichem Garten getragen. Dort erwartete sie schon ein Hengst.

Berenike erschrak und wollte zurückweichen. Ihr war unerfindlich, warum sie zu dem Pferd gebracht worden war, es sei denn … Berenike schrie los. Jemand hielt ihre Arme fest, während ein anderer ihr die Augen verband. Fremde Hände fuhren ihr über den Körper. Ihre Brüste wurden betastet. Ihr Geschlecht wurde geöffnet und liebkost. Dann wurde sie emporgehoben und mit gespreizten Beinen auf den Sattel gesetzt. Den Sattel, den Samoya für sie hatte herrichten lassen. Mit dem steif emporragenden Phallus darauf. Der jetzt mitten in Berenike drinsteckte. Dann setzte sich das Pferd in Bewegung.

Samoya ließ ihr Gefolge auf der Treppe zurück und führte das Pferd am Zügel durch den Garten, wobei sie das wechselnde Mienenspiel auf Berenikes Gesicht im Auge behielt. Berenike saß da und gab sich den Empfindungen hin, die der bei jedem Schritt des Pferdes in sie stoßende Lederphallus ihr bescherte, wobei sie immer nasser wurde. Und während sie dahinritt, zogen sich die Riemen um ihren Körper immer enger um sie, schnitten ihr ins Fleisch. Samoya führte das Pferd herum zum hinteren Teil der Villa, zu dem Raum, in dem die Tischler gearbeitet hatten. Dort erwartete sie schon ihr Gefolge. Berenike wurde vom Sattel gehoben und in die Villa getragen.

Im Raum dann wurde Berenike zu ihrer Erleichterung die Augenbinde entfernt. Aber es war stockfinster. Wo sie sich befand, was um sie herum war, wusste sie nicht. Wieder glitten Hände über ihren Körper, geleiteten sie dann ein paar Stufen hinauf, hoben sie hoch und über etwas Hartes. Ihre Beine wurden gespreizt und festgekettet. Ihre zusammengeketteten Hände wurden stramm nach vorn gezogen und an etwas befestigt, was sich wie Metallringe anhörte.

Berenike wusste, ihr geiles Geschlecht war offen und äußerst verletzlich. Gespannt wartete sie auf die nächsten Wonnen. Was würde sie nun fühlen? Einen Phallus in ihrem Geschlecht? In ihrem Anus? In ihrem Mund? Ein leiser Schauer der Vorfreude überlief sie. Sie dachte an ihre Reise hierher, wie empört sie war, von Maaen nach Ägypten geschickt zu werden, statt nach Palmyra zurückkehren und dort ihr altes Leben wieder aufnehmen zu können. Immerhin, die Soldaten hatten für etwas Ablenkung gesorgt. Doch bei Firmus' Anblick hätte sie nicht gedacht, dass ihr ein so angemessener Empfang bereitet würde. Und sie war noch nicht mit der Herrin des Hauses bekannt gemacht worden. Was sie kurz beunruhigt hatte, aber das war verflogen, sobald sie in das Becken glitt und die Sklavinnen sich ihrer angenommen hatten. Trotzdem, sie war sicher, jemand führte hier das Kommando, und sie hätte zu gern gewusst, wer.

Berenike wäre sehr erstaunt gewesen, wenn sie Samoya hätte sehen können. Diese hatte sich des schwarzen Umhangs entledigt und trug nun einen ledernen Brustpanzer mit Aussparungen für ihre üppigen Brüste. Um ihre Taille war ein breiter, schwerer Ledergürtel geschlungen, an dem eine Reihe Peitschen und Ruten befestigt war. Hinten am Gürtel hing ein dünner Lederriemen, der zwischen ihren Pobacken durchgezogen war, sodass sein Druck sie bei jeder Bewegung erregte, und in einen Lederlatz vor ihrem nackten Geschlecht mündete, mit einem exakten Loch darin, durch das ein Schwanz in sie eindringen konnte, sobald sie Lust darauf verspürte. Der Latz war mit weiteren Riemen, die über ihren Bauch liefen, vorn an dem breiten Gürtel befestigt. Sie war barfuß, ihre Beine aber waren kreuz und quer mit Lederriemen umwickelt, sodass sie insgesamt wie eine Sklaventreiberin wirkte.

Berenike wurde jäh aus ihren Gedanken gerissen, als eingeölte Hände ihr über den Körper zu gleiten begannen. Sie legten sich auf ihre Brüste, widmeten sich besonders ihren harten, erregten Brustwarzen. Dann erkundete eine Zunge den Eingang zu ihrem Geschlecht. Trotz der Fesseln begann Berenike sich vor Wonne zu winden. Dann spürte sie, wie eine Feder über ihre Brüste glitt, ihr Rückgrat hinab, am Pospalt entlang und endlich an ihren Schamlippen auf- und abfächelte. Wundervoll, dachte Berenike und schwelgte in der hauchzarten Berührung, die sie langsam bis über jedes erträgliche Maß reizte.

Plötzlich ragte ein erigierter Schwanz vor ihrem Mund auf. Ihr Kopf wurde am Haar nach hinten gerissen, ihr Mund wurde gewaltsam geöffnet, dann schoss der Phallus hinein. Sie ließ ihre Zunge fachkundig über die Eichel gleiten und nahm ihn dann ganz in den Mund. Währenddessen verbanden unsichtbare Hände ihr von neuem die Augen. Dann wurde der Schwanz aus ihrem Mund gezogen, und unvermittelt spürte sie einen brennenden Schmerz am Po. Samoya hatte leise Befehl gegeben, ihr wieder die Augen zu verbinden und alle Kerzen im Raum anzuzünden. Um ihr Ziel sehen zu können. Berenikes Hintern. Und sobald sie ihn sah, schwang Samoya die Peitsche, geschickt und energisch. Und Berenike schrie los vor Schmerz. Und vor Freude.

Bisher war Berenike stets neu überrascht worden: als sie im Becken genommen wurde, als sich ein dicker Schwanz in ihren Mund schob, während sie gefesselt und hilflos war. All dies hatte sie erregt, ihr ein Ziehen im Bauch beschert und das heiße Prickeln in ihrer Gebärmutter verstärkt. Aber sie hätte nie damit gerechnet, nun auch noch den rotglühenden Schmerz der Peitsche an ihrem wohl gerundeten Hintern zu spüren. Und die Person, die sie nun züchtigte, kannte sich aus. Nach drei sorgsam platzierten Hieben hielt jemand ihre Pobacken auseinander, sie spürte, wie nasses Leder durch den Spalt fuhr und dann eine Reihe kurzer, scharfer Hiebe auf die zarte Membran niedersauste. An Berenikes Reaktion konnte Samoya sehen, dass ihr das gefiel. Abermals ließ sie die Peitsche auf dieselbe Stelle niedersausen, marterte grausam dies runzlige Fleisch. Dann wurden Öle und Salben auf die Striemen gerieben, und Hände begannen Berenikes Flanken zu massieren, glitten langsam tiefer und drangen in ihr Geschlecht und ihren brennenden Anus ein.

Darauf wurde ein Schwamm mit kaltem Wasser an ihre Brustwarzen gedrückt, die dann mit zarten Peitschenhieben wieder erhitzt wurden, bis jemand die dunkelrosa Knospen in den Mund nahm. Und wieder wurde ihr Mund geöffnet, und ein Schwanz fuhr hinein. Samoya musterte interessiert ihre angekettete Widersacherin. Es machte ihr Spaß, Berenike zu bestrafen. Es machte ihr Spaß, zu sehen, wie Schmerz und Ekstase sich auf dem Gesicht der Frau abwechselten.

Samoya blickte im Raum umher. Die Männer und Frauen hatten die schwarzen Gewänder inzwischen abgelegt. Sie trugen von ihr entworfene Ledermonturen, in denen die Schwänze der Männer sowie die bloßen Brüste, rasierten Mösen und nackten Hintern der Frauen zur Geltung kamen und die jedem, der Lust hatte, sofortigen Zugang gestattete. Was ihr mittlerweile äußerst erregtes Gefolge weidlich ausnutzte. Frauen wurden an den Schultern festgehalten, ihre Hüften nach vorn gekippt und ihre Beine gespreizt, während ein Mann ihr entweder das Geschlecht leckte oder in sie eindrang. Lautes Stöhnen und Keuchen war zu hören. Firmus kam herein, mit geteiltem Umhang und aufgestelltem Schwanz. Samoya fand, er sollte derjenige sein, der es Berenike in den Arsch besorgte. Sie steckte die Peitsche in den schweren Gürtel um ihre Taille, ging zu ihm hinüber und geleitete ihn, sanft seinen Kolben streichelnd, zu Berenike, die an eine Art hölzernes Pferd gekettet war.

Samoya fuhr mit den Fingern über die roten Striemen an Berenikes Hintern, schob ihr versuchshalber die Finger ins Geschlecht und berührte kurz ihre Klitoris, worauf die Frau voll Verlangen aufseufzte. Firmus ging in Stellung, und sie hielt seinen Phallus vor Berenikes Arschloch. Und er stieß zu, mitten in die brennenden Striemen, die Samoya Berenikes empfindlichem Fleisch zugefügt hatte.

Während Firmus mit Berenike beschäftigt war, blickte Samoya suchend nach Rufus umher. Sie hatte ihn angewiesen, das Lederfutteral überzustreifen, sobald er aus dem Becken stieg. Samoya streifte zwischen den maskierten, enthemmten Pärchen umher, bis sie ihn endlich fand.

Sein Kopf steckte zwischen Soodebehs fetten Beinen, er schleckte ihr am Geschlecht herum. Samoya hieb ihm mit der Peitsche leicht auf den Hintern.

«Ich will dich», sagte sie. Und Rufus stand auf. «Ich will deinen herrlich steifen Schwanz tief in mir spüren.» Samoya umfasste sein in Leder gehülltes Gerät und fuhr mit der Hand genießerisch über die dicken Nähte.

Samoya streckte sich auf dem Boden aus, ein Kissen unter den Po geschoben, und Rufus kroch zwischen ihre weit gespreizten Beine. Langsam zielte er auf das Loch in dem Lederlatz vor ihrer Muschi, und ihr Bauch zog sich voll süßer Vorfreude zusammen, als sie spürte, wie er sich hindurchstieß, vorbei an ihren äußeren Schamlippen, hinein in ihre rosig geschwollenen, saftigen Tiefen. Sie seufzte. Sie reckte die Hüften höher, um ihn aufzunehmen, während die wulstigen Nähte des Futterals sie weiter erregten. Und er fuhr hinein und hinaus, und sie legte sich die Hände an die Klitoris. Und fing an zu reiben. Je heftiger sie sich rieb, desto heftiger stieß er zu, und ihre Beine reckten sich starr vor, als ihre Gebärmutter flatterte und ihr der Mund trocken wurde. Sie schluckte schwer, ihr Kopf rollte willenlos hin und her, während die urtümliche Kraft sich in ihr sammelte und nach Entladung verlangte, und die köstliche Pein des Orgasmus erschütterte sie bis ins Mark. Dann legte sie Rufus die Hände um den Schwanz. Er durfte nicht kommen. Sie wollte, dass er Berenike nahm. Samoya lag ganz erschlafft unter Rufus, und sie flüsterte ihm ins Ohr.

«Jetzt vögel die Frau dort auf dem Pferd.»

Rufus hob den Blick. Berenike hing angekettet da, und Firmus rammte sich inzwischen mit einer Wucht in ihren Anus, aus der Samoya schloss, dass er kurz vorm Kommen war.

«Sobald Firmus fertig ist, übernimmst du. Lass ihr keine Zeit, sich zu erholen», sagte Samoya, die ihre Rache weidlich genoss.

Berenike spürte, wie ihr Arsch mehr und mehr von einem Penis gedehnt wurde, dann zog der Unbekannte sich zurück, und ein anderer drang in ihr Geschlecht. Als sie die wulstigen Ledernähte spürte, juchzte sie vor Entzücken. Wer auch immer ihre Unterhaltung und Bestrafung ersonnen hatte, verdiente Bewunderung. Berenike ergab sich willig in diesem Rausch der Lust. Kaum hatte der in Leder gehüllte Schwanz begonnen, sich in sie zu rammen, als auch schon Münder sich um ihre steifen Brustwarzen legten. Berenike spürte, wie es ihr kam. Sie verengte ihre Muskeln um den lederbewehrten Phallus und sehnte sich danach, an der Klitoris berührt zu werden. Aber dies blieb ihr verwehrt. Sie zuckte unkontrolliert, während alles in ihr sich beim Orgasmus zusammenzog. Auch Rufus erlangte nun Befriedigung.

Vollends gesättigt vor sinnlicher Pein und perverser Lust, sackte Berenike zusammen, und ein für sie gänzlich neuer Gedanke kam ihr in den Sinn. Sie grübelte, wie es wohl wäre, sanft geliebt zu werden. Nicht dem Vergnügen eines anderen zuliebe brutal genommen zu werden, sondern von liebenden Händen sanft gestreichelt zu werden und dasselbe mit einem Geliebten zu tun. Berenike erkannte jäh, dass sie immer nur der Lust gefrönt, aber noch nie geliebt hatte.

Samoya schaute im Raum umher. Alle hatten sich bis zum Überdruss ausgetobt. Pärchen lagen herum, streichelten einander beiläufig. Manche waren sogar eingeschlummert. Und Berenike hing da, den nackten, zerschrammten Po in die Höhe gereckt, mit immer noch steifen Brustwarzen und offenem Mund. Samoya ging zu ihr hinüber, kniete sich vor sie, teilte ihre Schamlippen und begann, sie sehr sanft zu lecken. Sie merkte, wie Berenike sich anspannte und seufzte. Samoya ließ sich Zeit, ehe sie ihre Zunge an die prall vorstehende Knospe legte, die sich sichtlich nach Berührung sehnte. Gewandt fuhr sie mit der Zunge daran vor und zurück, bis sie noch härter wurde, sich noch weiter vorstellte und die angekettete Frau vor köstlicher Pein zusammenzuckte. Als sie merkte, dass Berenike gleich kommen würde, stand Samoya auf, zog die Gerte aus ihrem Gürtel und verdrosch sie. Sosehr sie auch schrie und wimmerte und sich wand, sie ließ sich nicht beirren. Zu sehr genoss sie es, ihr Schmerz zuzufügen. Und die roten Striemen, die auf Berenikes nacktem Po auftauchten, und die Tränen, die ihr aus den Augen schossen. Dann, als ihr die Bestrafung ausreichend schien, bückte Samoya sich wieder, hielt ihr Geschlecht auf und leckte an ihrer harten Knospe, bis Berenike in einem Sturzbach der Pein und Freude kam.

Einige Zeit später, nach dem Bankett für Berenike, an dem Samoya allerdings nicht teilnahm, kam Firmus zu Samoya ins Bett. Besitzergreifend fuhr er ihr mit den Händen über den Körper und umfasste ihr Geschlecht.

«Das hast du gut gemacht», sagte er und küsste sie sanft. «Aber du kannst dich nicht ewig verstecken, früher oder später wird sie erfahren müssen, dass du die Herrin in meinem Haus bist.»

«Ich weiß», sagte Samoya traurig. «Und das macht mir Angst.»

Firmus küsste sie noch einmal, und sie griff hinab und fing an, zärtlich an seinen Genitalien zu spielen.

«Wer war denn der junge Mann, mit dem du dich so hemmungslos vergnügt hast? War das der Sattler?», fragte er. Samoya schwieg. «Der mit dem Lederfutteral um seinen Penis», setzte Firmus eifersüchtig hinzu. Er liebte sie so sehr. Er würde ihr alles geben und alles verzeihen, aber etwas an ihr, besonders heute, sagte ihm, dass sie nicht für immer bei ihm bleiben würde. Er drückte sie fest an sich.

«Ich dachte, du wärest zu sehr mit Berenikes Arsch beschäftigt, um mitzubekommen, was ich treibe», antwortete Samoya. «Hat dir das keinen Spaß gemacht?»

«O doch, sehr sogar.» Bei ihrer Berührung, aber auch eingedenk der Erinnerung, zuckte sein Schwanz hoch. Samoya verstand sich schon darauf, für fabelhafte Unterhaltung zu sorgen.

«Wo ist Berenike jetzt?», fragte Samoya.

«Im Bett, mit dem Sattler», entgegnete Firmus.

«Wie passend», lachte Samoya.

«Wieso?», fragte er.

«Sie mag Leder. Früher trug sie immer einen Riemen mit einem Paar Lederphalli um die Taille.»

«Übrigens», sagte Firmus, «sie ist mit ein paar Soldaten hergekommen. Ich hätte gedacht, du lädst sie zum Mitmachen ein. Die haben es von Antiochia bis Alexandria mit ihr getrieben, da bin ich ganz sicher.»

«Das wollte ich ja», sagte Samoya und lachte boshaft. «Ich

bin zu ihnen in die Küche gegangen. Dort sah ich die vier in einer Ecke hocken wie Verschwörer, mit einem großen, leeren Weinkrug. Sie wetzten gerade ihre Dolche. Sie hatten mich nicht bemerkt und beratschlagten, wann genau sie Berenike umbringen sollten, nachdem sie dir ihre Botschaft überbracht hatte. Offenbar hat Prinz Maaen sie damit beauftragt.»

«Verstehe. Und was hast du getan?», fragte Firmus.

«Ich habe mich bemerkbar gemacht und ihnen noch etwas Wein angeboten.»

«Und?»

«Ich habe einen Schlaftrunk hineingekippt. Dann habe ich den Koch instruiert. Sobald sie fest eingeschlafen waren, sollten sie an Pferde gebunden und in die Wüste hinausgetrieben werden.»

Firmus staunte nicht schlecht. Schließlich hatte er gesehen, mit welchem Vergnügen sie Berenike misshandelt hatte.

«Ich halte sie für eine dumme Gans, die zu viel Sex hat und zu wenig Liebe», sagte Samoya, «aber sie ist nicht böse, nicht von Grund auf, deshalb wollte ich nicht, dass sie umgebracht wird.»

«Liebste Samoya, du verblüffst mich», sagte Firmus, als sie sich auch schon auf ihn rollte, seinen Schwanz vor ihren Eingang platzierte und ihn langsam zu reiten begann.

Und so trieben sie es immer noch, als ein Sklave in heller Aufregung hereingeplatzt kam und ihnen mitteilte, die römische Garnison sei niedergemacht worden. Dass die römischen Galeeren im Hafen, die darauf warteten, mit dem Getreide für Rom beladen zu werden, lichterloh brannten. Und dass eine unbekannte Armee siegreich durch die Stadt marschierte, direkt auf Firmus' Villa zu.

«Perser!», rief Samoya aus. «Mögen die Götter uns beschützen, denn sonst hilft uns niemand.»

«Das können keine Perser sein. Die sind doch nach Strich und Faden aufgerieben worden.»

«Ja, wer denn dann? Wer sonst würde in Ägypten einfallen und die römische Garnison niedermachen?», fragte Samoya angstvoll.

«Zieh dich an, dann werden wir ja sehen, und sag Prinzessin Berenike, sie soll mit hinaus auf die Treppe kommen. Wer auch immer es sein mag, wir werden sie willkommen heißen. Wer weiß, vielleicht sind sie besser als die Römer – als Eroberer jedenfalls können sie kaum schlimmer sein», sagte Firmus, erhob sich vom Bett und rief nach seinen Sklaven, um sich ankleiden zu lassen.

Firmus ließ sich Samoya gegenüber seine Furcht und Beunruhigung nicht anmerken. Instinktiv wusste er, dass sich etwas Folgenschweres ereignet hatte, und Firmus hatte sich sein Leben lang von seinem Instinkt leiten lassen. Er war es gewohnt, ihm zu vertrauen. Häufig handelte er rein instinktiv, gegen jede Vernunft, und das hatte ihm reichen Gewinn beschert. Jetzt aber sagte ihm sein Instinkt, dass sein Leben und das der Menschen um ihn, all jener, die er liebte und für die er sorgte, im Begriff stand, sich auf unwiderrufliche Weise zu ändern.

Firmus war äußerst gedrückter Stimmung, als er auf der Treppe vor seiner Villa stand und das Auftauchen der unbekannten Armee erwartete.

«Meinst du, es sind die Barbaren?», fragte Samoya.

Kapitel elf

Dagmar lauschte immer aufgeregter dem Bericht des alten Beduinen. Dann gab sie ihm etwas Geld und lief los durch die Gärten in Richtung Palast. Sie musste zur Königin, und zwar schnell. Unterwegs kam sie an Timogenes vorbei, der in einer Laube saß und an seinem neuesten Uniformentwurf arbeitete.

«Dazu ist jetzt keine Zeit», sagte Dagmar und zog ihn am Arm. «Komm mit.»

«Warum?», fragte er, schloss sich ihr jedoch ohne Zögern an. Aber Dagmar gab keine Antwort, sie rannte einfach weiter und verwünschte Zenobia im Stillen dafür, ihre Villa so sehr erweitert zu haben, dass sie jetzt der größte, prunkvollste Palast auf Erden war. Geld, hatte Zenobia unter Frohlocken erklärt, spielt keine Rolle. Und das war nicht zu übersehen. Das Anwesen war ein Monument unermesslichen Reichtums.

Dagmar kam an Cassius, dem Philosophen, vorbei, der gerade Notizen machte. An ihn richtete sie erst gar nicht das Wort. Er war immer so zynisch und machte ständig gehässige Bemerkungen über anderer Leute geistige Fähigkeiten. Ihm fehlte jede Lebensfreude. Dagmar kam es vor, als hätte sein rastlos tätiges Gehirn jedes Gefühl in ihm abgetötet. Obwohl sie ihn links liegen ließ, sprang er auf und lief ihnen nach, um herauszufinden, warum sie es so eilig hatten. Er rief Timogenes zu, was denn los sei.

Timogenes wusste es nicht, hätte es ihm aber so oder so nicht gesagt. Er konnte Cassius nicht leiden. Nicht nur musste er Cassius' endlose Spitzfindigkeiten über sich ergehen lassen, er riss auch unentwegt Witze über seine Liebe zu Uniformen, wobei er großzügig übersah, dass er, seit Zenobia ihn in ihre

Armee aufgenommen hatte, viele Schlachten für sie gewonnen hatte und einer ihrer besten Generäle war.

Im großen Thronsaal angelangt, fanden sie Zenobia bei einer Audienz vor. Sie saß auf ihrem mächtigen Thron aus Gold, ihren kleinen Sohn, den König, an ihrer Seite. Beide waren in prunkvolle Staatsgewänder gehüllt, sie aber trug die große Herrscherkrone. Sie erstattete verschiedenen Senatoren und Kaufleuten Bericht über ihre militärischen Erfolge und legte dar, welche Gesetze im kommenden Jahr ihren Vorstellungen nach erlassen werden sollten. Dagmar, Timogenes und Cassius durften sie natürlich nicht unterbrechen und nahmen Platz, um schweigend das Ende der Audienz abzuwarten.

Sie lauschten, wie ihre klare, durchdringende und hypnotische Stimme ihnen präzise auseinander setzte, warum sie Rom den Krieg erklärt hatte.

«Sie versprachen meinem Gemahl, König Odainat, die Gebiete nördlich des Taurusgebirges bis hoch zum Schwarzen Meer», sagte sie, «wenn er sie bei ihrem Feldzug gegen die Goten unterstützte. Und das tat er. Meiner Überzeugung nach aber setzten sie Prinz Maaen auf ihn an, um ihn ermorden zu lassen und so ihr Versprechen nicht einlösen zu müssen. Nun, wir wissen alle, wie schnell dieser Verräter in den Hades geschickt wurde, als er herkam, um mich und meinen Sohn zu ermorden. Und seither versuche ich beharrlich, diese König Odainat und dem Volk von Palmyra versprochenen Gebiete zu erhalten. Wir wissen auch, dass Rom eine lange Folge schwacher und unfähiger Kaiser erlebt hat, die sich aber alle weigerten, dieses Versprechen einzulösen. Also entschied ich, mir zu nehmen, was mir zusteht. Ihr wisst ebenso gut wie ich, dass Rom mitsamt seinen Provinzen von Ausschweifung, Korruption und Armut heimgesucht wird und dass seine Währung wenig oder nichts wert ist. Anders als Palmyra und seine Provinzen, die weise regiert werden …»

Hier schwieg Zenobia kurz, um den Beifall entgegenzunehmen, der sofort, spontan und mit echter Begeisterung aufbrandete. Weil sie die Wahrheit sagte.

«Ägypten aber wurde nicht weise regiert. Die Römer ließen die Ägypter hungern und beschlagnahmten ihre Ernte, um die römische Armee zu ernähren. Nun, dem haben wir ein Ende gesetzt. Wir, die Palmyrener, brannten die Schiffe im Hafen von Alexandria nieder und übernahmen die Herrschaft in diesem armen, unwissenden Land. Und wie sehr hat sich dort alles verändert. Es gibt genügend Getreide für die Ägypter und die palmyrenische Armee. Denn eines dürfen wir nie vergessen, nur eine satte Armee kann erfolgreich kämpfen. Sobald ich wusste, dass Ägypten sicher ist und für die Ernährung meiner Armee gesorgt war, bin ich gen Norden marschiert und habe mir genommen, was mir und Palmyra zusteht. Senatoren, ich darf Euch verkünden, dass unser Herrschaftsgebiet sich nun vom Nil über Syrien bis hinauf zum Hellespont erstreckt.»

Worauf in dem weitläufigen Saal aus allen Kehlen der Ruf «Lang lebe die Königin! Lang lebe Palmyra!» erscholl.

«Wir ruhen uns jedoch nicht auf unseren Lorbeeren aus. Es gibt noch mehr zu tun. Die Akademie für Medizin hat inzwischen ihren Betrieb aufgenommen, nun wünsche ich zu wissen, haben wir genug Lehrkräfte aus Athen, und wie viele weibliche Studenten wurden zugelassen? Wie steht es um die Akademie für Rechtswissenschaften und Philosophie? Und ist sie voll ausgelastet?

Jetzt zum nächsten Punkt. Mir liegt eine Petition der einfachen Bürger dieser Stadt vor. Sie schildern mir, wie schwierig es für sie ist, über die Runden zu kommen. Dass die verschiedenen Einfuhrsteuern zu hoch sind. Nun, ich wünsche eine Erhöhung der Wasserpreise.»

Bei ihren Worten erhob sich allgemeines Raunen und erstauntes Gemurmel. Doch Zenobia fuhr ungerührt fort.

«Die reichen Karawanenbetreiber, die ihr Öl auf Kamelen in Alabastergefäßen einführen, können es sich durchaus leisten, mehr für die Nutzung unserer Brunnen zu bezahlen. Für die ärmeren Händler aber, die ihre Waren auf Eseln und in Ziegenlederbeuteln einführen, wünsche ich eine alsbaldige Gebührensenkung.

Nun, Senatoren, das wäre vorläufig alles. Zieht Euch nun zurück, arbeitet die neuen Gesetze aus und liefert mir die geforderten Befunde innerhalb der nächsten paar Tage.»

Sie entließ die Versammlung mit einer Handbewegung, worauf alle sich unter tiefen Verbeugungen entfernten. Dagmar, Timogenes und Cassius warteten, bis der Saal sich geleert hatte. Dann schritt Dagmar auf den Thron zu, dicht gefolgt von Timogenes, was ihr sehr lieb war, sowie Cassius, was ihr zutiefst widerstrebte.

«Eure Majestät», sagte Dagmar und verbeugte sich tief, «ich habe eine sehr wichtige Botschaft für Euch. Allerdings würde ich sie Euch lieber vertraulich übermitteln.» Dabei warf sie einen Blick auf Cassius.

«Dagmar», sprach die Königin und sah ihre engste Vertraute, die immer noch die Uniform der palmyrenischen Armee trug, geduldig an. «Ich habe vor meinem Freund Cassius keine Geheimnisse. Du kannst frei reden.»

«Eure Majestät, Fürst Tamoral von den Beduinen hat einen Boten gesandt, um Euch mitzuteilen, dass in Rom ein neuer Kaiser die Macht übernommen hat.»

«Schon wieder!», rief Zenobia und lachte schallend.

«Jawohl, Majestät», sagte Dagmar tiefernst. «Der neue Kaiser wurde nicht vom Senat gewählt, sondern von den Soldaten. Sie haben den alten Kaiser getötet und Lucius Aurelian zum neuen Kaiser ernannt.»

«Wen? Sag das nochmal!» Zenobia klang erschrocken, vor jäher Bestürzung klammerte sie sich an den Armlehnen des Throns fest. Diese Nachricht kam nicht nur völlig unerwartet, sie war absolut verheerend. Lucius Aurelian war ein glänzender Soldat, und vielleicht gäbe er auch einen glänzenden Kaiser ab. Doch ebendeshalb könnte er ihr schlimme Scherereien bereiten.

«Lucius Aurelian», wiederholte Dagmar. «Und er hat viele Eurer Garnisonen im Norden eingenommen, und Tamoral sagt, er habe ein Kontingent nach Ägypten geschickt, um Euch das Land wieder zu entreißen.»

«So, so, hat er das!», sagte Zenobia. «Nun, ich werde ihn erwarten. Timogenes, hiermit erteile ich dir Befehl, mit deinen Truppen umgehend nach Ägypten aufzubrechen.»

«Soll ich ihn begleiten?», fragte Dagmar.

«Nein», sagte Zenobia. «Du bleibst bei mir.»

«Aber Eure Majestät, ich kenne das Land. Ich kann Timogenes helfen. Vergesst nicht, ich war dabei, als Ihr damals am Nil gekämpft habt», sagte Dagmar, die sich noch lebhaft an ihren Feldzug erinnerte und wie überstürzt sie nach Palmyra zurückgeschickt wurde (und deswegen die Siegesfeiern verpasste), weil der Hohepriester sich gegen Zenobia erhoben hatte, wegen ihrer Weigerung, hart gegen die Juden, Christen und anderen kleinen religiösen Sekten vorzugehen; und sein Aufstand musste niedergeschlagen werden. Deshalb hatte sie auch, wie sie sich entsann, die Begegnung mit Samoya verpasst, die Zenobia als Herrin von Firmus' Haushalt antraf, wo auch Prinzessin Berenike sich aufhielt.

«Ich erinnere mich sehr gut, Dagmar, meine Liebe», sagte

sie. «Aber während Timogenes südwärts nach Ägypten zieht, werden du und ich gen Norden aufbrechen, nach Antiochia und weiter zum Schwarzen Meer. Kein Kaiser, und mag er noch so ein guter General sein, wird mir diese hart errungenen Gebiete wieder abnehmen.»

«Und ich, Eure Majestät», säuselte Cassius, so ölig und schmeichlerisch er nur konnte. «Hättet Ihr gern, dass ich Timogenes begleite?»

«Und wozu sollte das gut sein?», fragte Timogenes spöttisch. «Wollt Ihr den Feind etwa mit philosophischen Tiraden empfangen, in der Hoffnung, er bekommt es mit der Angst zu tun und nimmt Reißaus?!»

«Du, Cassius, bleibst hier in Palmyra und wirst weiter unseren König unterrichten», sagte Zenobia, der Timogenes' Abneigung gegen ihren Philosophen wohl bekannt war, ohne auf seinen beißenden Spott einzugehen.

Der junge König sah Dagmar an und zog eine Grimasse. Über die Entscheidung seiner Mutter war er nicht allzu glücklich. Er stand auf, verkündete, er sei müde, und ging aus dem Saal. Timogenes küsste der Königin die Hände und nahm tief bewegt von ihr Abschied. Dann entfernte er sich, dicht gefolgt von Cassius, der erklärte, er müsse sich zurückziehen, um das Buch über die Kunst der Rede abzuschließen, an dem er gerade arbeitete.

Dagmar und die Königin saßen ein Weilchen schweigend da. Dann brach Zenobia in Tränen aus. Dagmar schlang die Arme um sie und wiegte sie wie ein Kind.

«Ich habe Angst», sagte Zenobia. «Das würde ich keinem sonst auf der Welt anvertrauen, aber zum ersten Mal im Leben habe ich wirklich Angst.»

«Wovor, Eure Majestät?», fragte Dagmar, während sie ihr die Tränen abwischte.

«Ich weiß nicht», sagte sie. «Vor dem Unbekannten. Einfach Angst. Wovor auch immer, ich spüre sie ganz tief in mir, wie eine Vorahnung.»

«Habt Mut», sagte Dagmar. «Euer Land steht hinter Euch. Niemand wird Euch verlassen. Und ich werde immer an Eurer Seite sein. Außerdem, habt Ihr mir nicht erzählt, die alte Wahrsagerin hätte Euch prophezeit, Ihr würdet herrschen, bis die Sonne von Westen nach Osten wandert?»

«Ja, ja, das stimmt, das waren ihre Worte. Ich werde für immer und ewig herrschen. Wie klug von dir, mich daran zu erinnern, wie dumm von mir, das zu vergessen. Nun, es liegt viel Arbeit vor uns.»

Zenobia schluckte ihre Tränen hinunter und stand von ihrem Thron auf. Mit Dagmar begab sie sich in ein Vorzimmer, wo diese der Königin behilflich war, ihre Staatsgewänder gegen ihre Uniform des Oberbefehlshabers der palmyrenischen Armee zu vertauschen.

Sie waren beide bereit für den Krieg. Aber Dagmar ahnte nicht, dass Zenobia die Hälfte ihres Vermögens darum gegeben hätte, nicht gegen den einen Mann, den einzigen auf der Welt verbliebenen Mann kämpfen zu müssen, für den sie etwas empfand und den sie sexuell anziehend fand.

Berenike saß im Harem, streichelte einer ihrer Sklavinnen geistesabwesend die Brüste und überlegte, was sie den restlichen Tag über tun sollte. Sie langweilte sich.

Ein wenig bereute sie es schon, nicht mit Zenobia nach Palmyra zurückgekehrt zu sein. Aber die Frau war ja so prüde. Bei ihrem hochtrabenden Gerede über Philosophie, Kunst und Kriegsführung, gefolgt von endlosen Tiraden über die abscheulichen Ausschweifungen König Hairans und seines Anhangs, entschied Berenike, sich nicht den unerträglichen

Einschränkungen zu unterwerfen, die Zenobia ihr und ihren Bedürfnissen auferlegt hätte. Zu diesem Entschluss jedoch kam sie erst, als Zenobia schon eine ganze Zeit in Alexandria weilte. Lächelnd dachte Berenike daran zurück, wie sehr Zenobias Ankunft in Alexandria sie belustigt hatte.

Anfangs, als die Armee auf die Villa zumarschiert kam, hatten sie alle Angst. Sie kannten niemanden, der Römer umbringen und ihre Garnison einnehmen würde. Also vermuteten sie alle, es wären die Perser oder irgendein barbarischer Stamm aus Afrika, vielleicht sogar die gefürchteten Goten. Dann, als Zenobia, in Soldatenuniform und mit wehendem königlichem Umhang, in ihrer prächtigen goldenen Kutsche bei der Villa vorfuhr und verkündete, von nun an herrsche sie in Ägypten, hatten sie begriffen, dass es sich um befreundete Soldaten handelte. Und grenzenlose Erleichterung machte sich unter ihnen breit.

Es war zu einem tränenreichen Wiedersehen mit Samoya gekommen. Zenobia verzieh ihr, dass sie geflohen war, beteuerte sogar, sie hätte versucht, sie aus dem Palast zu schleusen, bevor König Odainat sie zu sehen bekam. Sie hatte Samoya gebeten, nach Palmyra zurückzukommen. Aber diese hatte abgelehnt, zu Berenikes Verblüffung. Letzten Endes aber war sie Herrin von Firmus' Haushalt. Und seine Liebe zu ihr war nicht zu übersehen. Berenike seufzte. Ab und zu trieb Firmus es mit ihr und diversen Sklavinnen, aber Samoya zeigte keine Eifersucht. Doch so liebevoll Samoya auch mit Firmus umging, Berenike merkte wohl, dass es an Leidenschaft fehlte. Sie ließ sich gern von Firmus verwöhnen, aber Berenike kam zu dem Schluss, dass Samoya sich mit ihrer derzeitigen Lebensweise ebenso langweilte wie sie. Als wäre totaler Luxus nicht genug, als bräuchten sie beide mehr. Eine Aufgabe. In Ägypten gab es keine Herausforderungen mehr. Seit

Zenobia das Sagen hatte, herrschten hier geordnete Verhältnisse.

Berenike sinnierte, wie viel Spaß sie damals hatte, als die Palmyrener die Herrschaft über das Land antraten. Es gab unendlich viel zu tun, und sie und Samoya und alle in Firmus' Haushalt hatten sich beteiligt. Aber jetzt … Jetzt war alles anders.

Samoya organisierte weiter «Unterhaltungen» für Firmus. Dabei bestrafte sie auch Berenike hin und wieder. Nicht ganz so heftig wie damals bei ihrer Ankunft, mehr zur Erinnerung für Berenike, dass das Blatt sich gewendet hatte. Samoya war die Herrin, Berenike ihre Untergebene. Und das gefiel Berenike. Samoya wusste jeden Hieb mit maximaler Wirkung zu platzieren. Auch verstand sie sich darauf, den intimen Körperteilen einer Frau Vergnügen zu bereiten, und sie wusste genau, wann Berenike einen Mann brauchte. Schon bei dem Gedanken überlief es Berenike, und sie zwickte der Sklavin in die Brustwarzen. Vielleicht sollte sie das Mädchen ausziehen und ein wenig mit ihr spielen. Zwischen ihre Beine tauchen, mit den Fingern ihre Schamlippen teilen, mit der Zunge über ihre Nässe fahren, bis sie die harte Klitoris des Mädchens gefunden hatte. Oder lieber doch umgekehrt? Das Mädchen auffordern, es ihr mit dem Mund zu besorgen. Berenike spreizte die Beine, zog ihr Kleid hoch und fing an, sich zu streicheln. Vielleicht sollte sie nach dem Sattler schicken lassen. Er hatte sich als beständiger und lohnender Gespiele erwiesen, zumal, wenn er sein Penisfutteral aus Leder mit den dicken Nähten trug. Berenikes Erregung nahm stetig zu.

Berenike bot einen besonders hübschen und geilen Anblick, wie sie so dalag, sich selbst zwischen den Beinen streichelte und dabei sanft an der harten, rosigen Brustwarze der jungen Sklavin lutschte, als Samoya das Gemach betrat.

«Ah, Berenike», sagte sie, «du wirkst ganz so, als könntest du einen Mann gebrauchen.»

«Allerdings», gurrte Berenike, teilte Samoyas Rock, um ihre rasierte Muschi zum Vorschein zu bringen, und fuhr mit ihrer freien Hand an Samoyas Beinen entlang.

«Wir haben unangekündigte Besucher», sagte Samoya und kreiste leicht mit den Hüften, als Berenikes Finger ihr feuchtes Geschlecht berührten. «Sie sind wegen Firmus hier, aber er ist in einer Besprechung.»

«Wer ist es denn?», fragte Berenike.

«Spielt keine Rolle, aber ich kenne sie beide …», sagte Samoya.

«Du kennst sie? Woher?», fragte Berenike.

«Nicht besonders gut, noch nicht», entgegnete Samoya lachend. «Und geredet habe ich noch nicht mit ihnen, ich habe sie nur von weitem gesehen. Aber eins sage ich dir, sie sehen beide ziemlich mitgenommen aus, als könnten sie etwas Aufmunterung gebrauchen. Einem der Sklaven haben sie erzählt, die Römer kämpften unten am Hafen und seien dabei, die Palmyrener zu schlagen, aber das glaube ich nicht. Jedenfalls dachte ich mir, solange sie auf Firmus warten …»

«Wer ist denn so Wichtiges bei ihm?», fragte Berenike.

«Einer von Zenobias Generälen. Behauptet er wenigstens, dabei sieht er mehr aus wie ein Schauspieler in einem ihrer Theaterstücke … überall Federn und Talmi. Seine Uniform hat etwas von einer Parodie. Aber Firmus kennt ihn und hat darauf bestanden, nicht gestört zu werden. Jedenfalls dachte ich mir, wir könnten ihnen eine etwas andere Partie Backgammon anbieten.»

Berenike schaute hoch in Samoyas Gesicht, aus dem unverhohlene Begierde sprach. Sie wusste genau, was Samoya mit dieser Art Backgammon meinte. Und genau darauf hatte sie jetzt Lust. Sie rief eine Sklavin, um sich von ihr das lange schwarze Haar bürsten zu lassen, und ließ sich von einer anderen eines ihrer Kleider aus feiner Gaze bringen, das ihre Brüste und Brustwarzen besonders gut zur Geltung brachte und elegant vom Nabel bis zum Saum geschlitzt war.

Mit einem Gefolge Sklavinnen schlenderten Samoya und Berenike gemächlich in die große Halle, wo sie zwei Männer in strengen schwarzen Kutten erblickten, die sich gerade die staubigen Füße waschen ließen.

«Die sehen ja aus wie Christen!», rief Berenike.

«Es sind auch welche», flüsterte Samoya. «Der schmale Hübsche heißt Antonius, das ist meiner. Der andere heißt Paul. Der ist für dich.»

«Der Fettwanst!», sagte Berenike.

«Ja», sagte Samoya, «und er ist nicht so dick wie Firmus.»

«Können wir nicht tauschen?», bat Berenike.

«Nein», sagte Samoya entschieden.

Sie war versucht, Berenike zu erzählen, dass sie vor langer Zeit in Antiochia Antonius' Schwanz befühlt hatte, um herauszufinden, ob Männer genauso ausgestattet waren wie die Götter, die sie auf den Wandmalereien gesehen hatte. Und jetzt hatte ein seltsamer Zufall ihn nach Alexandria geführt, und sie würde das Begonnene zu Ende führen. Sie würde Antonius haben. Aber sie widerstand der Versuchung, sich Berenike zu offenbaren. Das lag ganz bei ihr. Sie war Berenike keinerlei Erklärung schuldig. Und die würde sie auch nicht bekommen. Samoya schob Berenike nach vorn.

«Geh und frag Paul, ob er mit dir spielt», sagte sie. «Schau mal, wie er reagiert.» Falls die Gerüchte stimmten, würde er positiv reagieren, mit einer sofortigen Erektion. Aber das behielt Samoya für sich. Den Spaß, sich selbst davon zu überzeugen, gönnte sie Berenike.

Samoya gab Berenike ein Backgammonbrett. «Ich warte hier.» Sie zog sich ins Halbdunkel eines mit Mosaiken geschmückten Bogenganges zurück. Antonius sollte sie noch nicht sehen. Allerdings wollte sie beobachten, was passierte, wenn Berenike sich mit so unverblümten Worten an den Bischof wandte.

Berenike schlenderte zu Paul hinüber, doch noch ehe sie bei ihm ankam, spürte sie, welche Ausstrahlung von ihm ausging. Allein, wie der korpulente Mann dasaß. Nicht wie Firmus, mit der Arroganz unermesslichen Reichtums. Nein, da war mehr. Durchgeistigt wirkte er, wunderbar zurückgenommen, aber dennoch aufgeschlossen. Sie sah ihn gebannt an, während sie über den Marmorboden schritt. Er war beleibt, aber nicht unförmig. Langes Haar umrahmte seine ausgeprägten Züge. Er war ein eindrucksvoller Mann, und Berenikes Interesse war geweckt.

«Ich bin Prinzessin Berenike», sagte sie, heiser und verführerisch. «Und ich möchte, dass Ihr mit mir spielt.»

Beim Klang ihrer dunklen Stimme hob Paul, der ganz in Gedanken versunken war, den Blick von dem Sklaven, der ihm die Füße wusch. Berenikes sinnliche Schönheit betörte ihn sofort, und ihm kam der Gedanke, dass sie das Beste war, was ihm seit seinem Eintreffen in Ägypten begegnet war.

Paul von Samosata, Bischof von Antiochia, war müde und erschöpft. Er hatte keinen guten Tag hinter sich. Die Hitze und hohe Luftfeuchtigkeit machten ihm zu schaffen, er war schweißverklebt. Alexandria gefiel ihm nicht, und er hatte die Reise hierher nur widerstrebend unternommen. Allerdings hielt er es für besser, sich selbst vor den versammelten Theologen zu verteidigen, obwohl der Fall im Grunde hoffnungslos war. Sie bekräftigten ihre Absicht, ihn seiner Ketzerei wegen aus Antiochia zu entfernen. Und wegen seiner Frauengeschichten, seinem Harem und seinen Ausschweifungen im Allgemeinen. Ungeeignet als Bischof, hatten sie gesagt und ihm ein weiteres Ultimatum gestellt. Geh oder warte, bis der neue Kaiser dich hinauswirft. Sie hatten nämlich Lucius Aurelian bereits um Hilfe bei seiner Amtsenthebung ersucht. Paul brodelte vor Zorn, aber er hielt sich zurück. Wenn sie merkten, wie wütend er war, würden sie jemanden nach Antiochia schicken, ehe er selbst dorthin zurückkonnte. Zum Schein hatte er ihr Urteil angenommen, sich aber insgeheim geschworen, so rasch wie möglich in seine Heimatstadt zurückzueilen. Als er dann hinaus auf die Straße getreten war, empfing ihn totales Chaos, Gänse schnatterten, Menschen stoben panisch in alle Richtungen, es wimmelte von angriffslustigen Mücken und unverschämten römischen Soldaten. Und seine Kutsche mitsamt Pferden war verschwunden.

Unter ihrem neuen Befehlshaber, und im Namen ihres neuen Kaisers Lucius Aurelian, hatten die Römer Alexandria von Zenobia und den Palmyrenern zurückerobert und bezogen nun wieder ihre Garnison. Ob seine Kutsche mitsamt Pferden von den Römern requiriert oder von Strolchen gestohlen worden war, wusste Bischof Paul nicht, aber eins stand fest: Ohne Transportmittel konnte er nirgendwohin. Er stand da und spähte ratlos umher, als plötzlich Antonius auftauchte, sein früherer Sekretär.

«Ich komme mit Euch», hatte Antonius erklärt.

«Aber du weißt doch gar nicht, wo ich hinwill», hatte Paul eingewandt.

«Das spielt keine Rolle», sagte Antonius. «Hier bleibe ich nicht. Die Ansichten dieser Alexandriner teile ich nicht.»

«Nun, ohne meine Pferde können wir nirgendwohin», sagte Paul.

Dann war ihm Firmus eingefallen. Er hatte ihn schon einige

Jahre nicht mehr gesehen, aber sie waren einst gute Freunde. Vielleicht könnte Firmus ihm ja helfen. Der hatte doch gewiss Pferde und Kamele. Elefanten hatte er, soweit Paul wusste, auch, aber die waren nicht schnell genug, und er wollte ja rasch nach Antiochia zurück, ehe seine Mit-Christen, seine Feinde, ihren neuen Bischof dort einsetzen konnten.

Bei ihrer Ankunft an der Villa merkte Paul, dass die Kunde von der unten am Hafen tobenden Schlacht und vom massenhaften Einfall der Römer ins stinkende, schlammige Nildelta noch nicht bis hierher vorgedrungen war. Alles wirkte ruhig und harmonisch. Die Gärten standen in voller Blüte und wurden von Sklaven gewässert, die sie in die weitläufige Marmorhalle führten, um dort auf Firmus zu warten, der noch in einer geschäftlichen Besprechung saß und unter gar keinen Umständen gestört werden wollte. Paul saß dort und ließ, während Sklaven ihm die Füße wuschen, bewundernd den Blick über die Alabasterverzierungen und Wandteppiche, die Mosaike und Wandmalereien gleiten, als er eine betörende Stimme vernahm. Er hob den Blick. Berenike lächelte.

Ihre olivenfarbene Haut schimmerte, ihr schwarzes Haar fiel in üppigen Locken hinab, ihre großen, glänzenden braunen Augen blickten ihn aufreizend an. Er atmete tief durch und bewunderte sie weiter, sah, wie sich ihr Kleid aus herrlicher Gaze um ihren weiblich gerundeten Bauch, ihre langen Oberschenkel und die großen Brüste mit den vorstehenden, dunkelroten Brustwarzen schmiegte. Er ballte die Fäuste. Er wollte sie berühren, liebkosen, über sie herfallen. Lag es an seiner trostlosen Lage, oder war es ihre Schönheit, die ihm den Atem raubte, das sollte Paul nie erfahren. Aber der Bischof von Antiochia verliebte sich Hals über Kopf in Prinzessin Berenike. Sie glitt neben Paul auf die Knie und klappte das Backgammonbrett auf.

«Wollt Ihr die Weißen?», fragte sie und merkte, wie ein heftiges Kribbeln sie durchströmte, als sie ihn ansah und seiner sexuellen Ausstrahlung gewahr wurde. Um ihre Verwirrung zu verbergen, senkte sie den Blick rasch wieder aufs Spielbrett. Paul streckte eine Hand aus und berührte sie am Gesicht. Und ein Schauer überlief sie, sie war wie gelähmt. Er legte ihr die Hand unters Kinn, hob ihr Gesicht und blickte ihr lange in die großen, tiefbraunen Augen.

«Ja», sagte er, ohne sie loszulassen. Ein «Ja», das mehr bedeutete als nur die Antwort auf ihre Frage. Und das begriff Berenike. Sie entwand sich ihm und stellte die Spielsteine auf. Sie zitterte. Ihre Hände waren plötzlich klamm. Sie hatte heftiges Herzklopfen. Und der unverwandte Blick des Christen machte sie noch unsicherer, brachte ihr noch mehr zu Bewusstsein, wie sie zitterte.

Samoya sah vom anderen Ende der Halle aus fasziniert zu. Paul und Berenike saßen sich auf Kissen am Boden gegenüber, aber sie schienen wie in einen Bann geschlagen. Ihre Bewegungen waren sehr langsam. Und manchmal hielten sie inne und sahen einander nur hingerissen an.

Berenike war auf der Gewinnerseite. Sie klaubte seine Steine vom Brett, und ihre Hände berührten sich. Aus einer flüchtigen Berührung wurde eine halbe Ewigkeit, als wären ihre Finger plötzlich zusammengeleimt. Berenike hatte das Gefühl, ihr Herz wäre hinauf in ihren Hals gewandert. Sie schluckte schwer, und in dem Moment streckte Paul die Hand nach ihrer Brust aus. Alle Koketterie fiel plötzlich von Berenike ab. Sie konnte das Spiel nicht spielen. Welches Spiel auch immer. Sie war völlig von ihm gefesselt. Als seine Pranke ihre Brustwarze umfasste, blickte sie hoch in sein flächiges, trauriges, gütiges, sinnliches Gesicht und versuchte, den plötzlichen Zauber zu verstehen. Aber hier gab es nichts zu verstehen. Sie gab sich ganz ihrem Gefühl hin. Zum ersten Mal im Leben empfand Berenike Leidenschaft und aufkeimende Liebe. Liebe.

«Ich will dich», brummte Paul mit seiner tiefen Stimme. Worauf das Kribbeln, das Berenike empfand, sich noch verstärkte, besonders zwischen ihren Beinen.

«Ja», flüsterte sie heiser.

«Für immer», sagte er, beugte sich vor und legte ihr sanft den Mund auf die Lippen.

«Ja», hauchte sie, ohne nachzudenken.

Samoya war überrascht, plötzlich diesen zärtlichen Kuss zu sehen. Sie hatte noch nie erlebt, dass Berenike einen Mann küsste, ehe sie mit ihm Sex hatte. Etwas Neues geschah hier. Und ein Instinkt riet ihr, die beiden nicht zu stören. Sie befahl einem Sklaven, Antonius zu ihr zu bringen.

Antonius sah Samoya eingehend an. War sie es? War dies das Mädchen, dem er einst die Wandmalereien im Palast des Bischofs in Antiochia gezeigt hatte und die ihm von ihrer blonden Sklavin, Irene, unter dem Tisch den Schwanz hatte lutschen lassen? Er musterte ihr Gesicht. Sie hatte noch dasselbe rotgoldene Haar, aber sie war viel fülliger jetzt, üppiger, und sie war geschminkt. Ihre Lippen waren dunkelrot bemalt, was ihre Sinnlichkeit noch betonte, ihre Augen dick mit schwarzem Kajal umrandet. Sie sah einfach hinreißend aus, und er bekam sofort eine Erektion.

Samoya glitt über den kühlen Marmor auf ihn zu, die rechte Hand mit der Fläche nach oben ausgestreckt. Sobald sie bei ihm ankam, legte sie ihm die Hand ums Gemächt. Mit der Linken zog sie die hauchdünne Gaze vor ihren Brüsten hinab, damit er sehen konnte, dass sie kreuz und quer mit Lederriemen umwickelt waren, und ihre grellrosa gefärbten Brustwarzen ragten vor wie eine stumme Aufforderung, sie zu berühren.

«Willkommen», hauchte sie, presste ihren Körper fest an

ihn und nahm dann seine Hand. Sie führte sie an ihre Oberschenkel, wo der Schlitz in ihrem Gewand begann und wo er sofort ihre nackte Muschi berühren konnte.

«Wie heißt du?», fragte er, zitternd und mühsam schluckend.

«Rate doch mal», sagte sie und wand sich, als seine Finger auf ihre feuchten Schamlippen trafen.

«Samoya», sagte er.

«Ganz recht, Antonius», sagte sie, während sie durch sein Gewand hindurch sein steifes Glied rieb. «Weißt du noch?»

«Ja», sagte er.

«Ich auch», sagte Samoya. «Würdest du gern Backgammon spielen, oder …?»

«Oder was?», fragte er.

«Oder würdest du lieber etwas anderes tun?», fragte sie schelmisch, denn natürlich wusste sie, während sie ihm am Schwanz herumrieb, was er nun am liebsten wollte. «Würdest du gern meine Brüste streicheln, mich nach vorn beugen, meine Beine teilen und …»

«Ja», sagte er.

«Dann komm mit», sagte Samoya, ohne sich um die wartenden Sklaven zu scheren, nahm ihn an der Hand und führte ihn in ein kleines Vorzimmer.

Samoya bückte sich über einen hüfthohen, gepolsterten Schemel und stellte die Beine auseinander. Antonius trat dazwischen, zog sein Gewand hoch, entblößte ihren Po, und dann spürte sie auch schon, wie sein Schwanz ihr an den Schenkeln entlangfuhr, während seine Finger sich in ihre nasse Muschi schoben. Sie zuckte mit den Hüften vor und zurück, und vor Erregung über ihren in die Höhe gereckten nackten Po entledigte er sich seines dicken Ledergürtels. Er führte seinen Schwanz an ihren Eingang, zielte damit auf ihre offenen, feuchten Schamlippen und stieß sich nach und nach in die Tiefen ihrer Vulva, bis sie auf seiner Männlichkeit gepfählt war. Er packte ihre Hüften und stieß fest zu, immer wieder, öffnete sie immer weiter für sein dickes, steifes Glied. Seine Hoden schlugen ihr sanft an die Schamlippen, und sein Kolben füllte sie ganz aus. Sie keuchte und stöhnte. Die Muskeln seines sehnigen Körpers kräuselten sich an ihrem weichen Hintern. Er ritt sie und schlug ihr unvermittelt mit der flachen Hand auf den Po, damit sie sich schneller bewegte, und sie reagierte sofort auf den heftigen Schlag. Vor Schmerz kamen ihr die Tränen, aber es erregte sie auch. Wieder schlug er zu und rammte sich weiter fest in sie, schwelgte in ihrer Nässe, packte ihre Brüste, zwickte sie in die Brustwarzen, zog sich dann aber jählings aus ihr heraus. Er trat einen Schritt zurück und ließ den Gürtel auf ihren Hintern sausen. Der Schmerz war so heftig, dass Samoya zusammenfuhr und aufschrie.

«Du bist eine liederliche Schlampe», zischte er. «Und du musst bestraft werden.»

Antonius ließ den Gürtel erneut niedersausen. Das rosige Glühen auf ihrem hellen Po erregte ihn noch mehr. Er trat zwischen ihre Beine und rieb ihr mit dem Schwanz über die weichen erogenen Zonen innen an den Schenkeln, dann trat er zurück und peitschte sie wieder. Samoya seufzte und schniefte und heulte.

Aber Antonius lag es fern, aufzuhören, noch nicht. Seit Jahren hatte er davon geträumt, sie zu besitzen, und er wusste, wie sehr sie insgeheim die Prügel genoss, die er ihr verabreichte.

Als ihr Po mit lauter roten, kribbelnden, brennenden Striemen übersät war, leckte er kurz darüber. Dann teilte er ihr Geschlecht und führte seinen Kolben wieder ein. Samoya wankte und taumelte. Sie glitten zu Boden. Während er weiter in ihr blieb, wälzten sie sich herum, bis sie auf dem Rücken lag, die

Beine hoch emporgereckt, den kühlen Marmorboden unter ihren brennenden Flanken, und er stieß sich heftig in sie, immer wieder, bis er spürte, wie ihr Bauch sich kurz vor dem Orgasmus zusammenzog. Gemeinsam kamen sie zum Höhepunkt und lagen danach tief befriedigt nebeneinander da.

Firmus stapfte auf der Suche nach Samoya durch die ganze Villa. Schließlich fand er sie, träge im Becken liegend.

«Samoya», sagte er, bewunderte ihren sinnlichen Körper und überlegte kurz, warum sie wohl mitten am Tag ein Bad nahm. Doch für diese Frage war jetzt keine Zeit, er hatte weit wichtigere Dinge im Kopf. «Es gibt schlechte Neuigkeiten. Zenobias General, Timogenes, war hier. Die Römer haben den Hafen eingenommen, und es wird zu einer Schlacht um ganz Ägypten kommen. Ich habe Timogenes jede Unterstützung zugesagt, die ich ihm bieten kann. Jetzt möchte ich, dass du nach Palmyra reist und der Königin versicherst, dass sie immer auf mich zählen kann, was auch geschehen mag.»

«Du willst, dass ich nach Palmyra reise?», fragte Samoya verblüfft.

«Ja.»

«Aber warum ich? Warum nicht Prinzessin Berenike?»

«Es geht nicht anders. Du bist die Einzige, der ich vertrauen kann. Außerdem, hast du mir nicht erzählt, du könntest mit Speeren umgehen?»

«Ja.»

«Das könnte dir von Nutzen sein. Die Reise wird nicht leicht, sie könnte sogar extrem gefährlich werden.» Samoya kletterte aus dem Becken, sorgsam darauf bedacht, die von Antonius hinterlassenen Striemen an ihrem Po vor Firmus zu verbergen, und wickelte ein Badelaken um sich. Firmus nahm sie in die Arme.

«Ich liebe dich, mein Schatz», sagte er und küsste sie sanft. «Aber wir müssen alle Opfer bringen.»

Samoya empfand erst Bestürzung, dann Angst, die flugs in Aufregung umschlug. Das Unbekannte rief nach ihr. Ihre Tage in Sicherheit waren vorbei. Nun würde sie wieder in die Freiheit entlassen, älter und klüger und vielleicht auch lebensweiser. Sie schmiegte sich zärtlich an Firmus.

«Gut. Aber ich muss doch nicht alleine reisen, oder?»

«Natürlich nicht. Du kannst ein paar Sklaven mitnehmen. Die Wahl überlasse ich dir.»

«Oh, Firmus …», sagte sie, da ihr plötzlich der Bischof einfiel. «Hast du Paul gesehen?»

«Welchen Paul?», fragte er gereizt.

«Den Bischof von Antiochia.»

«Der ist hier!», rief Firmus. «Warum hat mir niemand Bescheid gegeben?»

«Du hast doch gesagt, du willst nicht gestört werden. Er sitzt wohl noch in der Halle und spielt Backgammon mit Berenike.»

Firmus eilte sofort davon, um seinen Gast zu sehen, während Samoya loszog, um sich um ihr Reisegepäck zu kümmern. Es gab diverse Sachen, die sie einpacken müsste und die sonst nicht unbedingt unter dem Reisegepäck einer Dame vermutet würden. Sie ging in den Küchengarten und pflückte dort eine Auswahl Kräuter.

Als Firmus in die große Halle kam, fand er dort Paul vor, der Berenikes Hand hielt und ihr von den Scherereien erzählte, die er mit seiner Kirche hatte. Und Berenike schmachtete ihn an wie ein liebeskrankes junges Ding. Firmus starrte die beiden verständnislos an. Als er Firmus bemerkte, sprang Paul auf, und die beiden kräftigen Männer umarmten sich freundschaftlich. Paul bat Firmus um Hilfe und erklärte ihm, warum er so schnell wie möglich nach Antiochia musste. Firmus stellte ihm Pferde und Geld in Aussicht und erklärte, auf welchem Weg er die Stadt verlassen konnte, ohne Römern zu begegnen. Dann nahm er Paul beiseite und berichtete ihm flüsternd von Timogenes' Besuch und dass es nach dem Machtwechsel in Rom für Zenobia und ihre Streitkräfte nicht gut aussah. Paul war klar, wie gefährdet seine Position wäre, wenn Zenobia entmachtet würde. Nun musste er noch dringender nach Antiochia.

«Ich möchte mit dir gehen», sagte Berenike leise, aber bestimmt. Paul und Firmus sahen sie an, als hätte sie behauptet, die Wüste bestehe aus grünem Käse. «Ich möchte mit dir gehen. Bitte nimm mich mit», beschwor sie Paul und sah ihn flehend an.

«Du willst all das hier aufgeben!», fragte Paul.

«Ja», sagte sie. «Ich will bei dir sein. Und zwar für immer und ewig.»

Freudig wandte Paul sich an Firmus und bat ihn um ein weiteres Pferd.

«Ich habe selbst Geld», wandte Berenike ein.

«Das behalte. Du wirst es brauchen», sagte Paul, drückte ihr einen Kuss aufs Haar und dachte, wie seltsam es manchmal zuging auf der Welt. Gerade, als er sich am absoluten Tiefpunkt wähnte, trat eine hinreißende Frau in sein Leben, bereit, ihn auf eine Reise ins Unbekannte, in die Gefahr und, falls Zenobia den Krieg verlor, womöglich sogar ins Exil zu begleiten.

Der Abend dämmerte. Samoya blickte von den Hügeln über der Stadt hinab auf Palmyra. Sie und ihre vier Gefährtinnen waren zu erschöpft, die letzten Meilen noch zu bewältigen. Also verfügte Samoya, bis zum Morgen zu rasten. Tote und sterbende Soldaten hatten ihren Zug durch Syrien gesäumt. Es war ihnen gelungen, der Gefangennahme durch siegreiche

Römer ebenso zu entgehen wie der Vergewaltigung durch Banditen. Eines Nachts war ihr Lager sogar von fliehenden Palmyrenern angegriffen worden.

Samoya legte sich neben den Frauen hin und lächelte grimmig. Ihre Kräuter hatten sich bewährt. Sie und die Mädchen hatten mit den Soldaten Wein getrunken, und es war ihr gelungen, sie zu betäuben. Sie hatten die Schlafenden ihrer Uniformen beraubt und sie selbst angelegt. Dann hatten sie sich wieder in ihre schwarzen Gewänder gehüllt und ihren Weg durch die Wüste fortgesetzt.

Samoya hatte sich nach Abenteuern gesehnt. Doch was sie erlebte, war ein Albtraum. Der Krieg mitsamt seinen Verheerungen war allgegenwärtig. Zenobia und ihre Armee befanden sich auf dem Rückzug. Überall waren sie auf Feindseligkeit gestoßen, doch Samoya entschied, dass sie weitermussten, komme, was da wolle. Weiter zur Königin, weiter nach Palmyra. In dem Bewusstsein, nun bald in Sicherheit zu sein, schliefen alle ruhig und fest.

Der Morgen dämmerte, orangefarbene Streifen zeigten sich am Himmel und tauchten das vom Krieg verheerte Land in rosafarbenes Licht, als Dagmar die kleine Reisegruppe fand. Sie war auf der Suche nach den Beduinen, die nicht zum vereinbarten Treffpunkt gekommen waren. Das machte sie nervös. Gedanken an Treulosigkeit und Verrat setzten ihr zu. Sie konnten doch unmöglich zu den Römern übergelaufen sein? Aber genau dies war der Fall, fürchtete sie. Dagmar wusste, es war nun ihre Pflicht, auf schnellstem Wege zum Palast zurückzukehren und der Königin davon zu berichten. Nicht nur, dass ihre Truppen tot waren oder desertierten, jetzt hatten auch noch die Beduinen die Seiten gewechselt. Das war ein herber Schlag. Sie dienten Zenobia als Polizei und lebenswichtige Verbindungslinie, da sie immer über das Geschehen im Lande auf dem Laufenden waren. Sollten sie sich den Römern angeschlossen haben, gab es keine Hoffnung mehr für die Königin. In Beduinengewändern, den Dolch in der Hand, schlich Dagmar auf Zehenspitzen den Hang hinab, vorbei an Felsbrocken, als sie unter einem Vorsprung einen Haufen schwarzer Gewänder entdeckte.

Samoya war als Erste wach. Ihr feines Gehör hatte die Schritte wahrgenommen. Gefahr. Dieses Signal hallte ihr im Schlaf durch den Kopf. Rasch weckte sie die anderen.

«Es kommt jemand», sagte sie.

Als Dagmar um die Wegkrümmung bog, wurde sie von fünf schmutzigen Frauen in verdreckten, schlecht sitzenden palmyrenischen Uniformen in Empfang genommen, die mit wurfbereit erhobenen Speeren dastanden. Dagmar ließ ihren Dolch fallen und hob die Hände, zum Zeichen, dass sie nichts Böses im Schilde führte.

«Wer seid ihr?», fragte Dagmar, und Samoya erkannte ihre Stimme.

«Dagmar!», sagte sie. «Ich bin's, Samoya, wir kommen aus Ägypten, von Firmus ...»

Die beiden Frauen fielen sich in die Arme und küssten sich unter Tränen. Beide mochten kaum glauben, dass sie sich endlich wiedersahen. Samoya stellte sie ihren Gefährtinnen vor.

«Sie waren Sklavinnen», sagte sie, «aber ich habe ihnen die Freiheit geschenkt. Jetzt sind sie Soldaten.»

Dagmar grinste und hakte sich bei Samoya unter.

«Jetzt komm, wir müssen schnell zum Palast. Ich glaube, das Schlimmste steht unmittelbar bevor. Die Römer rücken immer näher.»

«Auf dem Weg hierher sind uns nur Tote und Sterbende begegnet», sagte Samoya und setzte sich den Hügel hinab in Bewegung, auf die Stadt zu.

«Ich weiß nicht, was wir jetzt tun sollen», sagte Dagmar bekümmert. «Auch nicht, was die Königin nun tun soll.»

Die Stadttore waren verwaist, sie konnten Palmyra mühelos betreten. Kein Zöllner prüfte, welche Waren sie mit sich führten. Die Stadt wirkte wie eine Geisterstadt. Es war sehr ruhig, von geschäftigem Treiben keine Spur.

«Wo sind denn alle hin?», fragte Samoya.

«Ins Gebirge geflüchtet vermutlich oder zum Euphrat, egal wohin, Hauptsache in Sicherheit, weit weg von den Kämpfen.»

«Aber», wandte Samoya ein und musterte die Gebäude, die alle intakt waren, «hier scheint es doch gar keine Kämpfe gegeben zu haben.»

«Nein, das stimmt, und sie hoffen, wenn das so bleibt, wenn sie den Römern keinen Widerstand leisten, dass sie dann zurückkehren und ihr Leben fortsetzen können, als hätte es Zenobia nie gegeben», sagte Dagmar.

An den Palasttoren standen noch Wachen. Sie erkannten Dagmar und ließen sie passieren. Auf Dagmars Ersuchen hin ließen sie auch Samoya und ihre Gefährtinnen durch.

Zenobia hielt sich im Thronsaal auf. Sie hatte einige loyale Senatoren und Cassius, den Philosophen, bei sich und beratschlagte mit ihnen das weitere Vorgehen, als Dagmar, Samoya und ihre Begleiterinnen hereinkamen.

«Ich finde, Ihr solltet nach Persien reisen», sagte Cassius gerade. «Ihr habt einen Vertrag mit Schapur, dem persischen Kaiser, geschlossen, den sollte er einhalten und Euch zu Hilfe kommen.»

«Aber er reagiert nicht auf meine Hilferufe. Wie viele Boten hast du schon zu ihm geschickt, Cassius?»

«Viele, Eure Majestät», sagte Cassius.

«Und keine einzige Antwort. Mittlerweile hätte ich von ihm hören müssen.»

«Ihr werdet Euch selbst hinbegeben müssen», sagte Cassius. «Eine andere Möglichkeit gibt es nicht.»

Dagmar schaute die Königin an und empfand tiefes Mitgefühl. Rückzug, das war nicht ihre Art. Aber sie war umzingelt. Die einzigen Straßen, die noch frei von Römern waren, führten nach Osten, zum Euphrat, nach Persien. Da fiel der Blick der Königin auf Dagmar und ihre zerlumpten Gefährtinnen.

«Dagmar, was gibt es Neues von den Beduinen?», fragte sie.

«Sie haben ihre Verabredung nicht eingehalten, Eure Majestät», entgegnete Dagmar. «Ich glaube, sie haben die Seiten gewechselt.»

«Dann müsst Ihr sofort nach Persien», sagte Cassius.

«Wen hast du da bei dir?», fragte Zenobia, ohne auf Cassius' Bemerkung einzugehen.

«Samoya», sagte Samoya und trat vor. Die Königin erhob sich vom Thron und kam hinab, um Samoya zu begrüßen. Sie warf die Arme um sie, drückte sie an sich und weinte.

«Samoya, Samoya», schluchzte sie und hielt sie dann auf Armeslänge von sich fort. «Du siehst furchtbar aus, einfach furchtbar.»

«Wir haben eine schreckliche Reise hinter uns», sagte Samoya schlicht.

Zenobia klatschte in die Hände. Treue Sklaven erschienen.

«Essen, wir brauchen alle zu essen», sagte sie. Die Sklaven verbeugten sich und eilten hinaus.

«Ich habe eine Botschaft von Firmus für dich», sagte Samoya. «Sie lautet: Ganz gleich, was geschieht, du kannst immer auf ihn zählen. Er wird dir alle Unterstützung und Hilfe zukommen lassen, die in seiner Macht stehen. Er konnte nicht selbst kommen, da er Timogenes beisteht.»

«Und wie war die Lage in Alexandria bei deiner Abreise?», fragte Zenobia.

«Sehr schlimm, die Römer hatten den Hafen zurückerobert, und in ganz Ägypten tobten heftige Kämpfe.»

«Und ich habe alles verloren», sagte Zenobia. «All meine Gebiete im Norden; Antiochia ist wieder römisch. Und dieser schreckliche Lucius Aurelian hat Bischof Paul in die Verbannung geschickt. Das hatten seine Christen sich gewünscht, und das hat er getan. Armer Paul.»

«Ist er allein gegangen?», fragte Samoya.

«Ich weiß es nicht», sagte Zenobia.

«Ist das derselbe Lucius Aurelian, dem wir damals vor Antiochia begegnet sind?», fragte Samoya.

«Allerdings», sagte Zenobia zornig.

«Oh!», rief Samoya, doch bevor sie weiter darüber nachdenken konnte, wurden Speisen hereingebracht, auf den Tischen vor ihnen angerichtet, und sie begannen ihr Mahl.

Beim Essen dachte Zenobia zurück an den Tag, als sie Lucius Aurelian begegnet war. Genau an dem Tag hatte ihr doch auch das alte Weib geweissagt, sie würde von zwei Kaisern geliebt werden. Und war Schapur etwa kein Kaiser? Der Kaiser von Persien. Das also war die Lösung. Sie musste nach Persien reisen, Schapur würde sich in sie verlieben und ihr alles gewähren, was sie verlangte. Sie und Palmyra würden wieder bessere Zeiten erleben.

«Cassius hat ganz Recht», sagte Zenobia unvermittelt. Alle hoben den Blick von ihren Tellern und sahen sie verständnislos an. «Ich werde nach Persien reisen. Ich werde mich als Wäscherin verkleiden, und ihr könnt euch selbst etwas ausdenken», verkündete Zenobia. Dann kam ihr ein Gedanke. «Oder wollt ihr vielleicht gar nicht mitkommen?»

«Nein, nein, wir kommen mit», sagte Samoya. «Nicht wahr?»

Und Dagmar stimmte ihr zu, und Samoyas Kriegerinnen

ebenfalls. Die Senatoren erklärten, lieber in Palmyra bleiben zu wollen, um die Ordnung in der Stadt weiter zu gewährleisten. Zur allgemeinen Verwunderung aber tat Cassius kund, er wolle Zenobia und ihre Reisegesellschaft begleiten.

«O nein, Cassius», sagte Zenobia, «das ist nicht nötig.»

«O doch, Eure Majestät», sagte er und verneigte sich fast bis zum Boden, damit sie das triumphierende Grinsen auf seinem heimtückischen Gesicht nicht sah. «Wisst Ihr, Ihr werdet Schutz benötigen. Aurelians Truppen sind, wie ich höre, überall. Er bewegt sich von Westen nach Osten – mit seinem Sonnengott.»

Bei diesen Worten ergriff blinde Panik von Zenobia Besitz. Die Stimme der alten Wahrsagerin hallte ihr durch den Kopf. «Deine Herrschaft wird erst enden, wenn die Sonne von Westen nach Osten wandert.»

Kapitel zwölf

Samoya stand auf dem Balkon ihrer Villa und spähte hinüber zu den Hügeln, dann hinab auf den Tiber, der sich unter ihr, schlammig-braun und planlos, durch die Stadt Rom schlängelte. Sie war nach der neuesten Mode gekleidet, in eine elegant drapierte Robe aus feinster grauer Seide, die ihre weiblichen Rundungen und wohlgeformten Brüste ins rechte Licht rückte. Die Farbe passte vorzüglich zu ihren veilchenblauen Augen. Ihr herrliches rotgoldenes Haar trug sie offen. Im Haus war es ausnahmsweise einmal angenehm ruhig, und sie wartete frohgemut auf die Heimkehr ihres Gemahls.

Von ihrer Warte aus sah sie zwei Gestalten, die den gewundenen Pfad zu ihrem Haus emporkamen. Hell schien die Sonne auf die größere der beiden, die Samoya sogleich am Gang erkannte. Sie lächelte hocherfreut und läutete nach ihren Sklaven. Es kämen Besucher, erklärte sie ihnen, denen ein besonders herzlicher Empfang bereitet werden sollte. Die besten Weine sollten aus dem Keller geholt, die delikatesten Käsesorten aufgetischt werden. Als sie wieder allein war, ließ Samoya den Blick erneut über Rom schweifen, und dabei ging ihr durch den Kopf, wie sehr diese Aussicht sich unterschied von ihrem ersten Eindruck bei ihrer Ankunft.

Damals war Rom ihr als stinkender, wogender, fauliger Moloch erschienen, ein Gewirr enger Gassen und grandioser Bauten, bevölkert von lärmenden Menschen, Dieben, Gaunern, Huren, Gladiatoren, und wo zur Volksbelustigung gelegentlich Triumphzüge abgehalten wurden. Sie war eine Gefangene gewesen, gefesselt und misshandelt, zur Schau gestellt und benutzt.

Samoya dachte zurück daran, wie sie, an die Wand gekettet, in einer elenden Zelle mit Gitterfenster lag, zu der die Rufe von Straßenhändlern, vermengt mit dem Gestank des Tibers, heraufdrangen. Sie war völlig verdreckt, genau wie ihr armseliges Lager aus Stroh. Dagmar, die mit ihr die Zelle teilte, befand sich in keinem besseren Zustand. Sie waren zur Schau gestellt worden. Die Menge hatte sie johlend verhöhnt und mit fauligem Gemüse beworfen, und der Gestank in der Zelle war überwältigend. Wie lange ihre Gefangenschaft dauern würde, wussten sie nicht. Was würde aus ihnen, wenn sie freigelassen würden? Würden sie in die Sklaverei verkauft? Hingerichtet?

«Na ja, dieser Verräter Cassius wenigstens hat bekommen, was ihm zustand», sagte Samoya. Kaiser Aurelian hatte damals seine Hinrichtung angeordnet. Zu ihrer aller Erstaunen, denn eigentlich rechneten *sie* damit, ins Jenseits befördert zu werden, vor allem Zenobia. Aber nein. Nach seinem Sieg in dem erbitterten Krieg gegen die Königin von Palmyra hatte er Cassius wegen Verrats den Prozess machen und ihn hinrichten lassen. Zenobia und ihre Anhänger hatte er als Trophäen nach Rom mitgeführt.

«Großartig sah sie aus, nicht wahr?» Dagmar spielte auf Zenobia an, die, mit goldenen Ketten behängt, zusammen mit den anderen Gefangenen bei Aurelians Triumphzug zur Schau gestellt worden war. «Die Menge wagte es vor lauter Angst kaum, sie mit Unrat zu bewerfen.»

«Aber wo ist sie jetzt?», fragte Samoya ängstlich. «Zwei Wochen und nicht ein Wort von ihr.»

Zenobia hatte zunächst die Zelle mit ihnen geteilt, aber nach dem Triumphzug war sie verschwunden.

Die beiden Frauen hatten sich furchtbar allein gefühlt. Sie waren zu weit voneinander entfernt angekettet, um sich berühren zu können. So blieb es ihnen verwehrt, sich zu umarmen, um sich an der Schulter der anderen auszuweinen und über ihre Trauer hinwegzukommen. Einmal um Timogenes, der bei einer Schlacht in Ägypten gefallen war, und auch um Firmus, der spurlos verschwunden war, nachdem er eine Armee für Zenobia ausgehoben hatte – zum Kampf gegen die Römer, um Palmyra den Palmyrenern wiederzugeben. Aber Aurelian hatte davon erfahren. In einem Gewaltmarsch war er mit seinen Truppen nach Syrien zurückgeeilt und hatte Palmyra restlos schleifen lassen. Nur ein paar Säulen vom Tempel des Sonnengottes blieben aufrecht stehen.

Plötzlich ertönte Schlüsselgeklirr, ihre Zellentür ging auf, ein Soldat kam herein, machte Samoya und Dagmar von ihren Ketten los und forderte sie auf, ihm zu folgen.

Durch schmale, gewundene Flure wurden sie in einen großen Raum geführt, wo man sie hieß, auf Stühlen Platz zu nehmen und zu warten. Dann ließ der Soldat sie allein. Samoya und Dagmar schauten sich verblüfft an. Angst hatten sie längst nicht mehr. Kurze Zeit später tauchte eine alte Frau mit neuer Kleidung über dem Arm auf.

«Ihr sollt mitkommen», sagte sie. Und sie folgten der Alten durch weitere lange Flure, bis sie eine breite Tür öffnete und sie sich in einem großen Gemeinschaftsbad wiederfanden.

«Was ist denn los?», fragte Samoya.

«Das erfahrt ihr noch», sagte die Alte mit zahnlosem Grinsen. «Jetzt ab mit euch ins Wasser, wascht euch.»

Was für eine Wohltat, ins frische, klare Wasser zu tauchen! Der Schmutz von ihrer langen Reise, der Dreck der Zellen löste sich langsam von ihren Körpern, und damit kehrte auch ihre Lebensfreude zurück. Ausgelassen tollten sie im Wasser herum. Nach einer Weile rief die Alte sie wieder heraus und gab ihnen Hemden aus feinem, gebleichtem Leinen zum Anziehen, dazu zierliche Ledersandalen. Dann kamen ein paar weitere Soldaten, legten ihnen Handschellen an und befahlen ihnen, mitzukommen.

Sie wurden hinausgeführt in den Sonnenschein und durch einen Stadtteil, den sie während Lucius Aurelians Triumphzug nicht zu Gesicht bekommen hatten. Hier standen elegante, luxuriöse Villen. Folgsam stiegen sie hinter den Soldaten den Hügel hinauf. Am Gipfel angekommen, standen sie vor der größten, elegantesten Villa des Viertels. Und die Soldaten läuteten an der Glocke vorn am Tor.

Ein weiterer Soldat kam heraus und begrüßte sie. Die Soldaten, die Samoya und Dagmar eskortierten, salutierten, schoben die beiden Frauen durch das offene Tor und traten den Rückweg den Hügel hinab an.

Eine Sklavin nahm sie auf der Treppe in Empfang und führte sie in die Haupthalle, die stilvoll, aber nicht protzig eingerichtet war. Dort ließ sie Dagmar auf einem vergoldeten Sofa mit Seidenkissen Platz nehmen, ohne ihr aber die Handschellen abzunehmen. Samoya forderte sie auf, ihr zu folgen. Die beiden Freundinnen warfen einander hilflose Blicke zu. War jetzt der Moment ihrer Trennung gekommen? Befanden sie sich im Haus eines Sklavenhändlers? Sollten sie nun verkauft werden?

Die Sklavin führte Samoya durch den Innenhof, in dem Apfelsinen- und Zitronenbäume, Lorbeer und Töpfe voll süß duftendem Rosmarin, Thymian und Basilikum gediehen. Durch einen Bogengang traten sie dann ins Innere der riesigen Villa, wo die Sklavin zwei riesige Türen öffnete, sich verbeugte und Samoya eintreten ließ.

Zitternd vor Furcht betrat Samoya das Gemach, wo sie zu ihrer größten Überraschung Zenobia vorfand, die dort auf dem Boden saß und mit ihrem Sohn Backgammon spielte. Bei ihrem Anblick sprangen beide sofort auf, liefen zu ihr und umarmten sie stürmisch. Die Sklavin bedeutete Zenobias Sohn, seine Mutter nun allein zu lassen. Sie hob das Backgammonbrett auf und versprach ihm eine Partie, solange seine Mutter mit Staatsgeschäften zu tun hatte.

«Ich verstehe überhaupt nichts», sagte Samoya, die völlig perplex war.

«Befehl des Kaisers», sagte Zenobia.

«Was?», fragte Samoya.

«Alles. Dass ich hier bin, deine und Dagmars Freilassung», sagte Zenobia. «Komm, setz dich her, dann erkläre ich dir alles. Weißt du noch, wie die Alte damals vor Antiochia mir geweissagt hat, ich würde von zwei Kaisern geliebt werden …?»

«Ja, und Dagmar würde Krieger, hat sie gesagt, und ich zweimal Witwe, ehe ich Mutter würde», sagte Samoya.

«Nun», sagte Zenobia, «der zweite Kaiser, dachte ich, müsste Schapur sein. Deswegen habe ich der Reise nach Persien zugestimmt. Aber das war ein Irrtum. Der zweite Kaiser ist Lucius Aurelian.»

Zenobia schaute Samoya an, und ihre Augen strahlten.

«Lucius Aurelian liebt mich», sagte Zenobia schlicht.

«Aber das ist ja furchtbar», sagte Samoya.

«So ein Unsinn, natürlich nicht. Was glaubst du wohl, wie ich sonst deine und Dagmars Freilassung hätte erwirken können», entgegnete Zenobia scharf.

«Weil er verheiratet ist, meine ich», sagte Samoya.

«Genau deshalb hat er mir auch diese herrliche Villa geschenkt», erklärte Zenobia.

«Die Villa gehört dir?»

«Ja.»

«Aber was willst du denn den ganzen Tag über tun? Du wirst dich zu Tode langweilen.»

«Keineswegs», sagte Zenobia bestimmt. «Hier gibt es viel zu

tun. Schau dich doch um. Alles so … so schlicht, so klassisch. So geschmackvoll. Hier fehlt es an Leben, an Pracht. Da und da kommt Gold hin, dazu Wandmalereien und Wandteppiche überall und Kissen, statt dieser lächerlichen Sessel. Die römischen Matronen werden natürlich die Nase rümpfen, ‹typisch Palmyrenerin, keine Kultur, meine Liebe›, werden sie hinter meinem Rücken lästern. Aber herkommen werden sie trotzdem, zum Gaffen. Und sich meine Speisen und meinen Wein munden lassen. Nein, Samoya, langweilen werde ich mich nicht; außerdem kommt mich der Kaiser jeden Tag besuchen.»

«Du wirst es bald satt haben, mit ihm zu schlafen», stellte Samoya ganz pragmatisch fest.

«Er kommt doch nicht nur her, um mit mir zu schlafen!», rief Zenobia. «Obwohl das schon wundervoll ist.»

Zenobia blickte verträumt ins Leere und sann darüber nach, wie wundervoll es wirklich war. Der mächtigste Mann der Welt, der für sie auch der sexuell anziehendste war, war ihr Liebhaber. Für Zenobia aber waren diese beiden Faktoren immer schon untrennbar verbunden. Sex ohne Macht, das übte auf sie keinerlei Reiz aus.

Als sie sich endlich von Angesicht zu Angesicht gegenüberstanden, sie, die Gefangene, und er, der General, der Kaiser, hatten sie sich angeschaut und sich beide an den Tag damals vor den Toren Antiochias erinnert, als er sie auf eine Trage gebettet hatte. Und bei der Erinnerung hatten sie beide gezittert. Ihre Blicke trafen sich wie einst, voll demselben tiefen Verlangen. Lucius Aurelian hatte die abgesetzte Königin gut behandelt. Er hielt sich zwar von ihr fern, sorgte aber dafür, dass es ihr auf den Märschen und während der Schiffsreise nach Rom an nichts fehlte. Dort angekommen, blieb ihm keine Wahl, als mit ihr ebenso zu verfahren wie mit den anderen Gefangenen und sie auf seinem Triumphzug zur Schau zu stellen, als kostbarste Trophäe seines palmyrenischen Feldzuges. Nach dem Zug aber hatte er sie zu sich bringen lassen.

«Nun, aus welchem Grund kommt der Kaiser dich denn noch besuchen?», fragte Samoya.

«Zum Arbeiten», erwiderte Zenobia.

«Zum Arbeiten!», wiederholte Samoya erstaunt.

«Ja. Er meinte, ich hätte Palmyra und seine Besitzungen ausnehmend gut regiert und dass Rom jemanden braucht, der es organisiert. Er hat sein Leben vorwiegend auf Feldzügen verbracht, also arbeite ich neue Gesetze aus und …»

«Was für neue Gesetze?», fiel Samoya ihr verdutzt ins Wort.

«Getreidegesetze für die Armen, Maßnahmen zur Stabilisierung der Währung, Pläne für den Bau einer neuen Mauer rings um die Stadt, wie meine rings um Palmyra …»

«Oh, ich verstehe», sagte Samoya. «Und den Lorbeer dafür wird natürlich er ernten.»

«Ja, leider. Aber spielt das eine Rolle? Das Leben aller wird dafür besser.»

«Und das willst du alles allein machen?», staunte Samoya ein wenig ungläubig.

«Nein, er schickt mir einen Schreiber, der mir helfen wird.»

«Und weißt du auch, was aus mir und Dagmar werden soll?»

«Nein, das hängt von euch ab», sagte Zenobia.

«Das hängt von uns ab!», rief Samoya aufgebracht. Was sollte das denn heißen? Sie waren Gefangene. Sie konnten nicht in ihre Heimat zurück. «Willst du damit sagen, es hängt von uns ab, ob wir in die Sklaverei verkauft oder hingerichtet werden?»

Ehe Zenobia antworten konnte, erklangen Trompeten, und die Türen flogen auf. Seine Kaiserliche Majestät, Lucius Aurelian, Kaiser von Rom, kam mit seiner Leibgarde hereingeschritten. Zenobia und Samoya verneigten sich.

Lucius Aurelian nickte Samoya knapp zu, ergriff dann Zenobias Hand, drückte einen Kuss darauf und führte sie zu einem Sessel.

«Ist schon irgendetwas erwähnt worden?», raunte er ihr ins Ohr.

«Nein. Sie ist völlig verwirrt. Hat keine Ahnung, ob sie und Dagmar verkauft oder hingerichtet werden sollen.»

Während der Kaiser und Zenobia miteinander tuschelten, spähte Samoya im Gemach umher und bewunderte dann Lucius' Garde. Es waren ausnahmslos Prachtkerle, in ihren Uniformen, kurzen Tuniken, Brustpanzern und Helmen. Gut ausgebildete Kämpfer, gestählt und muskulös. Sie musterte ihre Arme und Beine, sonnengebräunt und voller Narben von den Schlachten, in denen sie gekämpft hatten. Einer von ihnen jedoch war nicht sonnengebräunt. Er war schwarz. Pechschwarz, mit seidiger, bläulich schimmernder Haut. Sie seufzte still. Sie hatte in ihrem Leben nur einen Mann mit solcher Haut gekannt. Marcus. Marcus, den sie geliebt, nach dem sie sich gesehnt hatte. Marcus, von dem sie in Palmyra und Alexandria geträumt hatte, auf den Märschen quer durch die Wüste, während der stürmischen Schiffsreise, die sie nach Rom brachte. Marcus, dessen Berührungen und Liebkosungen sie sich in ihren dunkelsten Stunden ausgemalt hatte. Marcus. Warum war sie nur so töricht gewesen, ihm vorzumachen, sie wünsche sich die Heirat mit Prinz Alif? Aus Arroganz? Aus verletztem Stolz? Wie unendlich lang das alles her schien. Sie verscheuchte diese Gedanken.

Der Kaiser schaute sie an, Zenobia ebenfalls, aber nicht der schwarze Soldat. Sein Blick war starr geradeaus gerichtet. Reglos stand er da und behielt wachsam die Gestalt des Kaisers im Auge. Samoya riss sich zusammen, nahm Haltung an. Niemand durfte ihre Gedanken erraten. Der Kaiser flüsterte Zenobia erneut etwas ins Ohr. Samoya gab sich alle Mühe, das Gesicht unter dem schweren römischen Helm zu erkennen. Dann machte ihr Herz einen Satz. Es *war* Marcus! Samoyas Herz hämmerte heftig, ihr Mund war wie ausgetrocknet. Das Blut schoss ihr ins Gesicht, sie begann am ganzen Leib zu zittern. Sie wollte ihren Augen nicht trauen. Marcus befand sich mit ihr in einem Raum, und er war noch genauso schön wie früher. Sie beäugte seine muskulösen Oberschenkel unter der Tunika, seine breite Brust und sein hübsches Gesicht, soweit es sichtbar war – es schien ein wenig älter und deshalb noch interessanter. Samoya wäre für ihr Leben gern zu ihm gestürzt, um ihm über die Haut zu streichen, ihn zu berühren, seine Lippen zu küssen. So nah und doch so fern, dachte sie traurig. Und da küsste der Kaiser Zenobia die Hände, nickte kurz in ihre Richtung und verließ, zusammen mit seiner Leibgarde, das Gemach.

Samoya blieb wie am Boden zerstört zurück. Sie wusste nicht, was sie tun oder sagen sollte. Auf einmal spürte sie eine bleierne Müdigkeit.

«Du hast einen sehr aufreibenden Tag hinter dir», sagte Zenobia, die interessiert beobachtet hatte, wie blass Samoya geworden war, als die Garde hinausging. «Möchtest du dich etwas hinlegen?»

«Ja», sagte sie. «Aber was hat der Kaiser gesagt? Hat er dir gesagt, was aus mir werden soll und aus Dagmar?»

«Nein, nur dass mein neuer Schreiber bald eintreffen wird», sagte Zenobia und klatschte in die Hände, um eine Sklavin zu rufen. «Nun musst du erst einmal ausruhen. Der Kaiser wird mir seine Entscheidungen später mitteilen, nehme ich an.»

Eine Sklavin trat ein, und Zenobia trug ihr auf, Samoya ins Gästezimmer zu bringen. Die großen Türen wurden für sie geöffnet und schlossen sich hinter ihr. Und Samoya fand sich unvermutet Marcus gegenüber. Sie standen reglos da, wie vom Donner gerührt. Die Sklavin, die Samoya vor die Tür gebracht hatte, zog sich lautlos zurück. Nun waren sie ganz allein.

«Marcus!», stieß Samoya hervor, während ihr vor Freude die Tränen kamen.

«Samoya!», sagte er und breitete die Arme aus. Er kam zwei Schritte auf sie zu und umarmte sie leidenschaftlich. «Samoya, ich dachte, ich hätte dich für immer verloren. Ich habe nie aufgehört, an dich zu denken, zu grübeln, was aus dir geworden sein mochte. Und ich habe nie aufgehört, dich zu lieben.»

«Marcus.» Mehr konnte sie nicht sagen, denn da küsste er sie auch schon, erst zart, dann drängend, mit der Zunge ihren Mund erkundend, als wollte er sie in einer Bewegung ganz aufnehmen. Er ließ seine Hände an ihrem Körper hinabwandern, umfasste ihren Po, zog sie enger an sich, damit sie spüren konnte, wie stark und lang seine Erregung war. Gleich bei der ersten Berührung wurde Marcus ganz flau vor Verlangen. Er nahm eine Hand von ihrem Po und fuhr damit hoch an ihre Brust, an ihre Brustwarzen.

Samoya stockte der Atem. Sie zitterte, als wäre sie nie zuvor von einem Mann berührt worden. Heftige Erregung durchströmte sie. Ihre Nerven vibrierten, sehnten sich nach Besänftigung, nach Zärtlichkeit.

Marcus lud sie sich auf die Arme und eilte mit ihr im Laufschritt durch den breiten Flur.

«Marcus, Marcus, wo bringst du mich hin?», quietschte sie lachend.

«Zu Bett», sagte er mit seiner aufregend honigbraunen Stimme.

Er stieß eine Tür auf, die nur angelehnt war, und lief mit ihr auf ein breites, hohes Bett zu.

«Ich soll mich doch im Gästezimmer hinlegen», sagte sie.

«Dies ist das Gästezimmer, und du legst dich ja hin», entgegnete er, warf sich auf sie und schob ihr Kleid hoch, bis ihre Schenkel, ihr Bauch, ihr Geschlecht sich seinem Blick darboten. «Marcus …», fing sie an.

«Pscht», raunte er, verschloss ihr den Mund mit einem Kuss und streichelte ihre offenen Beine, zärtlich mit den Fingern hinaufwandernd. «Ich will dich.»

Samoya spürte sein hartes Glied an ihrem Körper und wand sich ein wenig unter ihm, um mit der Hand danach zu tasten. Sie musste ihn fühlen und umfassen, daran spielen, ihn lutschen. Seine Finger fingen an, in sie einzudringen, sanft, forschend, und ihr Geschlecht öffnete sich ihm. Sie wand sich keuchend, während er tiefer in ihre geile Öffnung tauchte. Dann machte sie sich von ihm los, damit sie sich beide ausziehen konnten.

Nackt lagen sie nebeneinander und streichelten sich, voll Erwartung und Vorfreude. Langsam ließ sie sich an ihm hinabgleiten und nahm seine Männlichkeit in den Mund. Er hob sie hoch und drehte sie so herum, dass ihr rosiges, nasses Geschlecht sich vor seinen Lippen befand. Er fuhr mit der Zunge an ihrer Nässe entlang und knabberte dann sacht an ihrer harten, kleinen Knospe, bis ihre Muskeln sich zusammenzogen und sie sich vor Lust wand. Gemeinsam trieben sie dahin auf einem Meer der Sinnlichkeit, eng umschlungen wie Tänzer. Ihre harten Brustwarzen drückten sich an seine muskulöse Brust, sein hartes Glied drückte sich zwischen ihre Beine. Dann nahm er ihre Hände, hielt sie ihr über den Kopf und stieß seinen Schwanz zwischen ihre Beine, dorthin, wo eben noch seine Finger gewesen waren. Sie spreizte die Beine weiter, um ihn aufzunehmen, aus dem heftigen Bedürfnis heraus, zu spüren, wie er sie eroberte. Langsam, sehr langsam schob sein Schwanz sich zwischen ihre nassen Schamlippen. Heftig keuchend spürte sie, wie seine prachtvolle Männlichkeit die Kontrolle über sie gewann. Ihre Hüften reckten sich empor, um jeden Stoß zu empfangen. Seine Lippen fanden ihren Mund im selben Moment, als er mit dem Schwanz bis zur Mitte ihres Seins vordrang. Während seine Zunge ungestüm in ihrem Mund arbeitete, stieß sein Schwanz, wie ein Echo, fest in ihr Geschlecht.

«Nimm mich. Hör nie mehr auf.» Das war ihr einziger Gedanke, während ihr Körper ganz und gar auf seinen Körper reagierte.

Sie spürten das Prickeln und Pochen aufgestauter Empfindung, und beide fühlten gleichzeitig, wie sich tief in ihren Bäuchen die gleiche urtümliche Kraft sammelte, die danach verlangte, freigesetzt zu werden.

Samoya reckte die Hüften höher, um ihn tiefer in sich aufzunehmen, er stieß sich fester in sie, um mehr von ihr zu besitzen. Und dann war es so weit. Liebe und Energie strömten wie entfesselt durch ihre Körper, und in einer ungeheuren Explosion angespannter Muskeln kamen sie beide gleichzeitig zum Orgasmus. Marcus hielt sie eng umschlungen, ohne sich aus ihr zurückzuziehen. Sie begann zu sprechen. Sie wollte ihm so viel erzählen, wollte ihm so viele Fragen stellen, aber er legte ihr einen Finger an den Mund.

«Heirate mich», sagte er.

Samoya kuschelte sich in seine Armbeuge.

«Ja», sagte sie. «Aber was wird der Kaiser dazu sagen?»

«Ich glaube, genau die Kunde will der Kaiser hören», entgegnete er.

«Soll das heißen … der Kaiser hat das geplant? Es so eingerichtet, dass du ihn als Leibgardist herbegleitet hast?», fragte sie verblüfft.

«Genau», sagte Marcus. «Ich habe ihm nämlich erzählt, dass ich dich will. Aber ich wollte sichergehen, dass du mich auch willst. Der Kaiser hatte Verständnis dafür. Jede Form von Zwang widerstrebt ihm. In Wahrheit gehöre ich gar nicht zu seiner Leibgarde. Ich bin jetzt Kommandant einer Legion.»

«Wo warst du denn, als er in Syrien war?»

«In der Ukraine, um gegen die Goten zu kämpfen», sagte er. «Aber die sind jetzt besiegt …»

«Genau wie wir», sagte Samoya.

«Ja, aber du bist in Rom, und ich habe eine schöne Villa oben in den Hügeln, und ich möchte, dass du meine Frau wirst, und … Heiratest du mich?»

«Ja, Marcus. Weil ich dich liebe. Ich habe dich immer schon geliebt. Als ich dich kennen lernte, wollte ich von zu Hause weglaufen und dich heiraten.»

«Genauso ging's mir auch», erwiderte er, küsste sie auf die Wange und rollte sich dann vom Bett. «Komm, ich möchte dem Kaiser mitteilen, dass du meinen Heiratsantrag angenommen hast.»

Dagmar saß eine ganze Weile allein da. Sie hatte gesehen, wie der Kaiser mit seiner Leibgarde auftauchte und wieder verschwand. Eine Sklavin brachte ihr Pfefferminztee und eine Auswahl köstlicher kleiner Kuchen. Sie fragte, warum sie so lange warten müsse. Die Sklavin entgegnete, das würde sie bald erfahren, allerdings sei sie nicht befugt, ihr mehr zu verraten.

Dann traf ein junger Mann ein. Er sagte der Sklavin, er sei der vom Kaiser gesandte Schreiber. Schweigend saßen Dagmar und der junge Mann da und warteten darauf, gerufen zu werden.

Dagmar warf ihm verstohlene Blicke zu. Sie war sich sicher, ihn schon einmal irgendwo gesehen zu haben. Aber sie wusste nicht mehr, wo. Sie fasste ihn genauer ins Auge. Er war nicht groß, aber nett anzusehen, mit haselnussbraunen Augen und hellbraunem Haar. Seine Finger waren lang und spitz zulaufend, fast feminin, was Dagmar seltsam erotisch fand. Sie betrachtete seine Füße in den Sandalen. Auch sie waren länglich und verjüngten sich. Dagmar ertappte sich bei dem Gedanken, wie wohl andere Körperteile bei ihm beschaffen waren. Hatte er auch einen langen, spitz zulaufenden Penis? Und da ging ihr ein Licht auf. Sie erinnerte sich. Das war Antonius, der Sekretär des Bischofs Paul von Antiochia, dem sie einst den Schwanz gelutscht hatte, als er eigentlich Backgammon mit Samoya hätte spielen sollen. Dagmar entsann sich, wie attraktiv sie ihn damals gefunden hatte, aber als Sklavin war sie natürlich machtlos. Sie sah hinab auf die Handschellen um ihre Handgelenke. Heute war sie wieder eine Sklavin, nicht mehr und nicht weniger. Vielleicht gerade wegen ihrer Fesselung ließ sie ihrer Phantasie freien Lauf. Sie malte sich aus, die Sache zu beenden, die Samoya vor so langer Zeit begonnen hatte. Stellte sich vor, wie sie Antonius die Hände unter das Gewand schob, seinen Kolben fand und ausgiebig befühlte.

Die Frau, die neben Antonius saß, gab ihm Rätsel auf. Sie war hellhäutig und blond. Ihrem Aussehen nach sollte sie Sklavin sein. Zwar war sie nicht wie eine gekleidet, aber sie trug Handschellen. Was Antonius äußerst erotisch fand. Er stellte sich vor, es mit einer Frau zu treiben, die nicht nur an den Händen, sondern auch an den Füßen gefesselt war. Im Geiste zog er die Blonde neben sich aus. Stellte sich ihre Brüste vor, ihren drallen nackten Hintern. Was war sie? *Wer* war sie? Ihr Gesicht kam ihm bekannt vor, aber ihm wollte nicht einfallen, wo er sie schon einmal gesehen haben könnte. Sie war ganz schön aufregend. Antonius merkte, wie sein Penis zuckte und unaufhörlich wuchs. Unbehaglich rutschte er auf dem Sessel herum, und dabei trafen sich ihre Blicke.

«Heißt du Antonius?», fragte Dagmar.

«Ja», entgegnete er, verwirrter denn je.

«Bist du Christ?», fragte sie.

«Hm, ja», sagte er ein wenig zögerlich. Es war nicht immer ratsam, das zuzugeben.

«Meine Mutter war auch Christin», sagte Dagmar

«Dann solltest du auch eine sein», sagte er.

«Kann sein», sagte sie. Ihre Erfahrungen mit Christen hatten sie jedoch bisher nicht davon überzeugen können, dass sie irgendwie besser waren als andere Menschen.

Dagmar blickte von Antonius' Gesicht hinab auf seinen Schoß und bemerkte sofort die Wölbung dort. Ein fast übermächtiges Verlangen, ihn dort anzufassen, kam sie an. Nun, warum nicht. Sie würde genauso vorgehen wie Samoya damals und sich zu Boden sinken lassen. Sicher, die Handschellen waren ein Problem, aber da fände sich eine Lösung. Aber wollte sie das wirklich?

«Warst du beim Bischof von Antiochia als Sekretär beschäftigt?», fragte Dagmar und hob die Hände an die Schläfe, als hätte sie schlimmes Kopfweh.

«Ja», erwiderte er und schluckte schwer. Wie sie die gefesselten Hände hob, war verteufelt erotisch. «Woher weißt du das?»

«Ich habe dir im Haus des Kaufmanns Pernel Vergnügen bereitet. Und das würde ich jetzt gern wieder tun.»

«Wirklich!», rief Antonius aus, rückte abermals herum und öffnete die Beine, noch erregter als zuvor.

«Ja, wirklich», sagte Dagmar, glitt vom Sofa und kniete sich vor ihn hin.

Antonius saß reglos im Sessel und sah zu, wie ihre gefesselten Hände unter seinem Gewand verschwanden, bis er spürte, wie sie sich kühl um sein warmes, steifes Glied legten. Dann schob sie auch ihren Kopf unter sein Gewand. Er stöhnte laut auf, als sie seinen Schwanz in den Mund nahm und zu lutschen begann. Auf und ab fuhr ihr Kopf unter seiner Robe, auf und ab glitt ihr Mund über seine Penisspitze, auf und ab strichen ihm ihre Hände am Schwanz entlang.

Antonius reckte die Beine vor, drückte sich gegen die Rückenlehne des Sessels, während er seine Säfte aufsteigen spürte. Sie trieb ihn schier in den Wahnsinn. Gefesseltes Teufelsweib, dachte er. Und empfand heftiges Verlangen nach ihr. Er malte sich aus, wie sie gefesselt und nackt vor ihm lag. Wie er ihren Po packte. Sie sogar, ging es ihm durch den erhitzten Kopf, ein wenig züchtigte dafür, ihn so sehr aufzugeilen. Während diese Gedanken sich in seinem Kopf überschlugen, bei der Vorstellung, Dagmars nackten Hintern zu versohlen, verlor er die Beherrschung und entlud sich in ihren Mund.

Antonius und Dagmar saßen wieder still Seite an Seite da, als die Sklavin kam, um Dagmar zu holen. Sie wusste immer noch nicht, wen sie nun sehen würde, warum sie in die Villa gebracht worden oder wohin Samoya verschwunden war.

Sie folgte der Sklavin, die zwei hohe Türen öffnete und sie in ein Gemach schob, wo Zenobia mit Samoya und einem Mann zusammensaß. Als sie eintrat, drehten sie sich beide um. Dagmar erkannte Marcus wieder und erschrak. Mehr aber auch nicht, ihr Verlangen von einst war erloschen. Sie hatte sich für Antonius entschieden. Etwas an seiner widersprüchlichen Art, zugleich dominant und unterwürfig, sprach sie stark an.

Zenobia stand auf und breitete die Arme aus. Sie umarmten einander.

«Tut mir Leid, dass du so lange warten musstest», sagte Zenobia.

«Oh, ich habe mir die Zeit ganz angenehm vertrieben», sagte Dagmar.

«Ich habe Neuigkeiten für dich. Samoya und Marcus, der ansehnliche junge Mann neben ihr …»

«Hallo, Marcus», sagte Dagmar und schüttelte ihm die Hand, als sähe sie ihn zum ersten Mal. Ihre Begegnung an den Ufern des Orontes würde ihr Geheimnis bleiben. Davon brauchte niemand etwas zu erfahren. Das war längst vorbei.

«… haben beschlossen, zu heiraten», schloss Zenobia.

«Das freut mich sehr für euch beide», sagte Dagmar, gab Samoya einen Kuss und nickte Marcus zu.

«Ich wollte dich und Samoya nicht trennen, deshalb musste ich erst wissen, was sie tun wollte, ehe ich dich bitten konnte, hier bei mir zu wohnen», sagte Zenobia.

«Als was?», fragte Dagmar argwöhnisch.

«Mein Sohn darf seine Wurzeln nicht vergessen», sagte Zenobia. «Ich möchte, dass du ihm vom Leben in der Wüste erzählst, ihn mit den Sitten und Gebräuchen dort vertraut machst. Bist du dazu bereit?»

Dagmar brauchte keine lange Bedenkzeit. Sie kannte Zenobia und ihre Art, großzügig und nervtötend zugleich.

«Ja», sagte sie.

«Der Schreiber soll herkommen», sagte Zenobia und klatschte gebieterisch in die Hände. Eine ihrer Sklavinnen huschte davon und kehrte bald darauf mit Antonius zurück.

«Antonius!», rief Samoya. «Antonius! Du! Was machst du denn in Rom?»

«Ich bin Römer», sagte er. «Christ und Römer. Deshalb ging ich damals nach Antiochia, um von Bischof Paul zu lernen. Und Aurelian hat mich nach Rom zurückgeschickt.»

Nun war es an Zenobia, sich zu wundern. «Du hast Bischof Paul gekannt?», rief sie.

«Ich war sein Sekretär», entgegnete er.

«Antonius, bitte, ist dir etwas davon bekannt», sagte Samoya, «als der Bischof damals ins Exil musste, hat ihn da jemand begleitet?»

«Ja», erwiderte er. «Eine Frau namens Berenike. Sie weigerte sich, von seiner Seite zu weichen. Sagte, sie liebe ihn über alles, er sei ihr Leben, ohne ihn sei sie ein Nichts. Also wurde sie mit ihm in die Verbannung geschickt.»

Eine Neuigkeit, die alle Anwesenden, trotz allem, was sie selbst durchgemacht hatten, außerordentlich froh stimmte. Samoya und Zenobia lächelten sich an. Glücklich und erleichtert.

«Und jetzt wirst du mein Schreiber, mein Sekretär», sagte Zenobia.

«Jawohl, Herrin», sagte er.

Als sie das hörte, lächelte Dagmar verstohlen. Wenn sie beide in Zenobias Villa beschäftigt waren, würde es nicht an Gelegenheit mangeln, sich miteinander zu vergnügen.

Samoya hörte die Glocke draußen am Tor läuten. Ihre Besucher waren angekommen. Sie schritt durchs Esszimmer und sah das Brot, die vielen Sorten Käse und Schinken, die Oliven und anderen Leckerbissen, die für ein Mahl an der frischen Luft angerichtet waren. Und die verschiedenen, bereits geöffneten Weine, mit großen Silberkelchen daneben. Dann trat Samoya hinaus auf die Haupttreppe, um Dagmar, ihren Ehemann Antonius und ihr Neugeborenes zu begrüßen.

«Wir kommen gerade von der Königin», sagte Dagmar, die sich einfach nicht abgewöhnen konnte, Zenobia so zu nennen. «Sie schlägt vor, wir sollen den Kleinen Lukas nennen. Ein christlicher Name, aber er erinnert sie an Lucius.»

Samoya lachte und wollte eben zum Wein greifen, als Marcus hereinkam.

«Greift mein Weib wieder mal zur Flasche?», scherzte er und küsste Samoya.

«Zum ersten Mal seit Ewigkeiten», verwahrte Samoya sich,

als die Amme mit zwei Säuglingen im Arm hereintrat, die den häuslichen Frieden sogleich mit markerschütterndem Geschrei zunichte machten.

«Meine Zwillinge», verkündete Marcus stolz. «Trinken wir auf alle, und besonders auf die Kleinen, auf Lukas und Theodosius und Zainab. Möge ihnen allen ein langes, schönes Leben beschieden sein.»

«Theodosius ist Griechisch und heißt Geschenk Gottes, das weiß ich, aber den Namen Zainab habe ich noch nie gehört. Was bedeutet er?», fragte Antonius.

«Er bedeutet Leben von Zeus», sagte Samoya, ohne eine Miene zu verziehen. Keine zehn Pferde würden ihr jemals entlocken, dass so Zenobias Name auf Syrisch lautete. Was die Römer nicht wussten, darüber konnten sie auch nicht zanken.

Marcus schenkte den Wein ein. Samoya schaute langsam von einem zum anderen. Sie hatten eine lange Reise hinter sich, aber letzten Endes hatten alle ihre Wege nach Rom geführt.